清人戲曲序跋研究

作者◉羅麗容

目　錄

劉　序

　　東吳大學，百年學府，北與京華之燕京，津沽之南開齊名；南幷南京之金陵，廣州之嶺南比肩。自政府播遷來臺，東吳乃徙地外雙溪，秀山活水，台員名校，譽滿士林。

　　羅麗容女士，中學出身新竹女中，博士取得東吳大學文學院，遂受聘於母校，盡心回饋，教其後昆學弟妹，講授中國古典戲曲、曲選及習作、文學概論等必、選修課程，莘莘學子，形化神移，全心傾注，敬而愛之，現諸神色。光義兼課東吳十有五年，麗容博士授課情況，素所稔知，不敢溢美，均實錄也。

　　麗容博士，幼承庭訓，其尊人讀書課子，篤守家風，素樸淡泊，以守分孝慈爲教，是以其哲嗣俱有所成。近十餘年來，麗容於執教持家之餘，自勉自勵，博取強識，精讀所獲，與其得天獨厚之秉賦結合，遂成《曲學概要》、《雨墨齋曲話》兩專著，均已付梓刊行；今又撰就《清人戲曲序跋研究》一書，實乃傾其精神，深入該領域之後，所成之學術積儲、鴻文巨製也。此帙於曲論源流，由漢唐以降，迄乎明清，發生演變，作系統舉述，而入有清，遂傾其一代文人，於雜劇傳奇及其相關理論之序跋，作評述、析解之研究。

　　元人蒙古，有清東胡，俱爲少數民族，於華夏文化，取捨態度，迥乎歧殊。元人拒華夏文明而不納，清則自其世祖順治皇帝入關，經康、雍、乾三朝，力倡漢化，精研深究，尋入甚廣，無殊漢人；而究屬少數民族統治多數，故多所猜

忌，防伺極嚴，屢興文字大獄，以此文人怯於評史論經，稍
涉疑忌，覆宗滅門，慘禍立至。而詞曲戲劇，較少牽連，雋
辭麗句，味永義長，置諸案頭，欣賞翫習，可慰寂寥，可納
深慨，舉凡家國哀怨，人生惆悵，志遂意得，俱於其中，覓
得抒解。有清文學巨匠大家，讀此佳構奇文，所生喟慨，蕩
氣迴腸，亦必非同凡響。麗容博士，注目於此，足徵思慮高
潔，超凡蒞眞，抒發爲文，內容自有瑰麗等第。愚也讀此巨
著既盡，心感摩己，情不能戢，不顧語拙意薄，竟敢信口開
合，成此蕪詞，見笑大方，自慚不息。茲以爲序。

八七叟劉光義拜識於台北永和之晚晴軒。時酷暑濃重，所謂秋老
虎之二〇〇二年八月八日也。

自　序

　　筆者博士論文之撰寫，受敎於　張淸徽先生，完稿於一九八四年，題目爲《淸代曲論研究》，所依據之主要資料爲一九七四年鼎文書局出版《歷代詩史長編二輯》①，屬淸代部分之二十三種戲曲理論專輯，以及輯自他書附載，或輯自淸人著作各卷論曲部分之資料。無可置疑者，此類資料共三十二種，確爲研究淸代戲曲理論之重要依據，除此之外，猶有散見於各劇本、選本、曲論、曲律之序跋，皆爲研究者所不可忽視之重要資料，非僅數量衆多，且亦不乏獨到之見解，對研究戲曲之美學、文學、理論、批評等方面皆有重大意義。然而此類序跋由於書海浩瀚，蒐羅匪易，兼之數量衆多，難期求全，故未受重視，亦鮮有研究者，此即爲當年撰寫博士論文時所未及探討之憾也。

　　一九八五年大陸學者蔡毅以三年時間，廣爲蒐輯，完成《中國古典戲曲序跋彙編》一書（以下簡稱《序跋彙編》），全書依時代順序羅列：唐、宋、元、明、淸、近代，劃分爲五類：甲編卷一至卷三爲「曲論曲律類」；乙編卷四「曲選類」；丙編卷五「戲文類」；丁編卷六至卷九「雜劇類」；戊編卷十至卷十四「傳奇類」；卷十五附錄「近代」；除少數地方圖書館及私家收藏不計，全書共計「作家五百四十餘人，著作一百六十餘部，劇目七百七十六種，收序跋條目爲二千一百九十條」②，可謂工程浩大；所深惜者，地方戲序跋之蒐集頗爲少見，蓋地方戲之崛起較晚，初始尚無定本，且其鄙俚庸俗之鄉野氣息，較不受文人學士重視，故其書在地方戲劇本序跋方面除《綴白裘》外，其餘皆

乏善可陳；蓋以蒐求不易之故也。而《序跋彙編》所謂序跋之範圍，頗為廣義，非僅限於著作前後之自序或他序，亦包括「不以序跋為名而實與序跋同功」之「題詠、弁言、小引、凡例、規約、贈言、總評、本事、問答等等各種有關劇作的文字」③，一併選入，然「純係贈答性質，而無多少參考價值的題詞」④則不錄，故其所選錄之材料真可謂深、廣、精矣。

　　歲月匆匆，博士論文完成迄今，轉瞬十有八年，清徽師亦已作古人矣；而余以俗事紛擾，兼之疏懶淺學，至今一事無成，愧對恩師，博士論文資料不全之遺憾，亦始終無法補全，古人云：「日月逝於上，體貌衰於下」，若不及時省悟，難免有志士之痛，故以《序跋彙編》所輯，凡屬清人序跋之曲論、曲律、曲選、戲文、雜劇、傳奇等「廣義性序跋」，不限時代，皆為本論文之主要研究對象。而地方戲之資料，由於清人序跋情況十分有限，而非清人序跋者又不屬於本論文之討論範圍，故就地方戲劇本之序跋而論，除前所提之《綴白裘》序跋外，其餘在本論文中皆付之闕如。亦有些序跋作者生於清代與民國之間，則視本論文需要，或取或捨，皆以一九四九年以前為限。

　　本文之寫作次第，先將清人序跋材料做一綜合性研究，再從中歸納出普遍性、規律性之條例，從而比較、探討其與前代或當代專門論曲者之異同，並說明其對後代戲曲之影響，如此於中國戲曲理論之發展或可提供較為清晰之線索。魯鈍如筆者，勉強肩負此艱鉅之任務，實有不從心之嘆，然今日不做，則將生明日之悔，故不揣譾陋，奮力完成。敬祈海內外專家學者、大雅君子有以敎之，是所至禱焉。

　　論文寫作期間，承蒙輔大　劉師光義、臺大　曾師永義、中

央　洪師惟助之鼓勵提攜與教誨，以及市北師應用語文研究所碩士班研究生高文彥同學，悉心校稿，隆情厚誼，永銘在心。尤其在論文完成前二、三年間，筆者每週必到臺大文17教室，聆聽三小時永義師爲博、碩士班學生所授之古典戲曲課程，永義師毫不保留、傾囊相授，即使永義師休假之年，亦不辭辛勞，依舊每週到校爲此輩老學生授課，課後輪流聚餐，此爲筆者博士班畢業以來，最感充實快樂之時光，不僅重拾學生時代之回憶，同時亦更加懷念清徽恩師，在她走後，仍留此源頭活水，俾令筆者輩能有所攀援、努力不懈。荀卿〈勸學〉篇所謂：「駑馬十駕，功在不捨」，踽踽學術途中，願長此自勉焉。

中華民國九十一年七月羅麗容謹識於臺北雨墨齋寓所

注　解

① 此即北京「中國戲劇出版社」所輯之《中國古典戲曲論著集成》，本論文所採以此爲本。

② 蔡毅：《中國古典戲曲序跋彙編》，（大陸濟南：齊魯書社，1989年10月）冊1，頁3。

③ 敏澤：《中國古典戲曲序跋彙編・序》，（大陸濟南：齊魯書社，1989年10月）冊1，頁1。

④ 蔡毅：《中國古典戲曲序跋彙編》，（大陸濟南：齊魯書社，1989年10月）冊1，頁2。

上篇　清人戲曲序跋之理論基礎——以前代曲論做爲觀察對象

第一章　緣　起

　　中國古典戲曲理論迄至元代中晚期方逐漸成熟，此後明清兩代之發展各具特色，而戲曲之評論亦展現不同之面貌，清代之戲曲理論繼明代而更上層樓，各家爭鳴，百花競放，蓬勃非凡，有以專書之形式出現者，如黃周星《製曲枝語》、徐大椿《樂府傳聲》等；有散見於文集、雜記或附載於他書中者，如：李斗《揚州畫舫錄》、劉廷璣《在園雜志》、高奕《新傳奇品》、笠閣漁翁《笠閣批評舊戲目》等；亦有自書中整卷輯成者，如：李漁《閒情偶寄》、劉熙載《藝概》等；凡此之類，前人研究探討之論文已相當可觀，茲不贅述。而清代所呈現之戲曲理論除以上專著外，尚有散見於各種與戲曲論著相關之序跋、評點、題詠、小引、凡例、規約、贈言、總評、本事、問答等處者，此類曲論之數量龐大、內容豐富，其重要性不下於專門論著，甚至可從中窺知戲曲藝術發展在各代所產生之變化。例如明中葉已有折子戲，然其有頻繁之舞臺演出，乃至於有較高評價，壓倒全本戲之局面者，則必待清中葉以後方呈現。而有關折子戲在藝術上之變化，視程大衡《綴白裘・序》即可窺知一二：

　　　　……其中大排場，褒忠揚孝，實勉人爲善去惡，濟世之良

劑也；小結構梆子秧腔，乃一味插科打渾（同譚），警愚之木鐸也。雅艷豪雄，靡不悉備，南弦北板，各擅所長，擷翠尋芳，彙成金璧，既可怡情悅目，兼能善勸惡懲，雖梨園之小劇，若使西堂見之，亦必以此為一部廿一史也。①

由此可知折子戲有「警醒頑愚、勸善懲惡、褒忠揚孝、濟世良方」等優點，凡此佳處，一般之全本戲靡不兼有，若乃擷翠尋芳、彙成金璧、怡人情性等佳勝處，則非折子戲難以達成。蓋清代戲曲於南洪北孔之後，並無大家出現，觀眾在無可如何之餘，只能翻看舊劇，於是將舊劇之精華摘出，作重點式演出之趨勢，乃應運而生，而演出方式改變，勢必提昇演員之藝術水平，及劇本創作之方向，凡此種種，在在皆影響戲曲理論之走勢，而在清人相關戲曲論著之序跋中可預知也。

同時由序跋中亦可看出當時戲劇界之不少問題：就理論而言，有因觀點之不同而產生之爭執；有因批評角度之差異而產生南轅北轍之結論；或因個人好惡而影響客觀性；或專注於校勘版本、聲韻故實而不暇他論；或簡言片語、輕描淡寫不成體系，……不一而足，而理論之導向亦影響創作之方向，故李漁《閒情偶寄》凡例七則，即提出「四期三戒」之說，以正曲壇風向，四期為：點綴太平、崇尚儉樸、規正風俗、警惕人心；三戒為：戒剿竊陳言、戒網羅舊籍、戒支離補湊。由此凡例中亦可窺知曲壇之風尚所在。

又清代劇本大多出自文人之手，以抒情寫恨、抒發懷抱為最大動機，難登氍毹、不以演出為目的之案頭劇，在所多有，故清代劇本之序跋中，與作者相互共鳴、應和酬唱之作，為數頗多，

在在反映出當時有些文人劇本無法演出之真實情形。清中葉以後，戲曲理論之重心，較之前代，有不同之趨勢，前代以劇本或作家爲重心，討論其本色當行、風格才氣等方式，在清代已不再盛行，代之而起者爲：寫作動機論，戲曲史觀論，更詳贍之曲論、曲律論，版本目錄批評論，選曲標準論，悲喜劇觀，方言、術語、觀念、題詞等新局面之興起，此亦爲清代戲曲理論之一大特色，而從序跋中略可窺知者也。

　　本論文劉序、自序而外，分上、中、下三篇：上篇緒論，寫清代戲曲序跋理論之初基礎，以清以前之曲論做爲觀察對象，故又分爲四章：第一章緣起；第二章元代以前之戲曲理論；第三章元代之戲曲理論；第四章明代之戲曲理論；各章下又分若干節。中篇清人戲曲之序跋理論，下分八章：第一章總論；第二章曲律論；第三章動機論；第四章創作論；第五章表演論；第六章戲曲史觀論；第七章批評論；第八章雜論；各章下亦分若干節。下篇結論，分三章：第一章清人戲曲序跋之內涵與承傳；第二章古典戲曲之美對清人序跋之影響；第三章清人戲曲序跋之美學特質；各章下亦分若干節。上篇叙述清代以前之戲曲理論，藉以觀清人之承繼；中篇爲本論文之重心，藉序跋資料之呈現，勾勒清代專著以外戲曲理論之全貌；下篇總論清人序跋之內涵、承傳與美學特質做爲全本論文之總結。

注　解

① 　程大衡：《綴白裘・序》，《善本戲曲叢刊第五輯》（臺灣臺北：臺灣學生書局，1987年11月）冊58，頁4-5。

第二章　元代以前之戲曲理論

　　元代以前之曲論，可分爲三階段叙述，其一是先秦時期；其二從漢至唐時期；其三爲宋代。此時中國古典戲曲理論尚處於自萌芽至稍具雛型之階段。兹將各期之特色論述於後：

第一節　先秦時期

　　此期與戲曲理論有關之資料大多散落於先秦典籍史料中，二者間雖無直接關係，然對日後曲論之發展而言，亦有不容忽視之影響力。

　　首先，中國戲曲在先秦時代就已奠定歌、樂、舞一體之觀念。《尚書・舜典》云：

> 予擊石拊石，百獸率舞。①

　　此中所謂「石」，即樂器中之「磬」也，以石爲之，故謂之「石磬」，八音之中，石磬之音最清，故必擊以鳴之，拊亦擊之小者也。可知先秦時代，先民打獵豐收之餘，獵人聚合，披以獸皮，慶賀勝利，模仿群獸之舞蹈動作，必有樂器相和，推而想知之，歌唱亦不免矣。《毛詩・序》云：

> 詩者，志之所之也。在心爲志，發言爲詩。情動於中而形於言，言之不足故嗟嘆之，嗟嘆之不足故永歌之，永歌之不足，不知手之舞之，足之蹈之也。②

　　此言人之有情，發言爲詩；言之不足，發而爲嗟嘆；嗟嘆不

足，發而爲永歌；永歌不足，發而爲舞蹈，故詩、歌、舞一體，皆因有情而生，而詩皆可被爲管絃，歌、舞與樂之關係密切矣。而《呂氏春秋‧古樂篇》則更進而闡發歌、樂、舞之直接關係：

> 昔葛天氏之樂，三人操牛尾，投足以歌八闋：一曰載民，二曰玄鳥，三曰遂草木，四曰奮五穀，五曰敬天常，六曰達帝功，七曰依地德，八曰總萬物之極。③

文中之「操牛尾」、「投足」即舞蹈動作，「歌八闋」即歌唱動作，「葛天氏之樂」即上古之樂，如此歌樂舞之緊密結合，對後世戲曲藝術形態之發展及理論基礎，有深遠之影響。

其次，中國戲曲在先秦時代所確立之第二觀念即：歌、舞、樂三者之祭祀、敎化功用遠超過娛樂價值。先就祭祀而言，此期之歌舞樂與巫儀關係密切，例如：《周禮‧春官》云：「司巫掌巫群之政令，若國大旱，則帥巫而舞雩。④」賈公彥疏云，雩爲「呼嗟求雨之祭」，此即旱祭，祈雨之時，由巫掌祭祀口中呼嗟有辭；另有舞師爲舞，舞時必有樂與之合，《禮記‧月令》：「大雩帝習盛樂。」可知歌、舞、樂之密切關係。

又如楚人信鬼好祀，巫風所及，遍於全國。《漢書‧郊祀志》曰：「楚懷王隆祭祀、事鬼神，欲以獲福助、卻秦師。」宋洪興祖《楚辭補註》云：「……昔楚國南郢之邑，沅湘之間，其俗信鬼而好祀，其祀必做歌樂鼓舞以樂諸神。⑤」而其辭鄙陋、文采不彰，屈原放逐，愁思沸鬱，改作民間褻慢淫荒之巫舞歌辭爲《楚辭‧九歌》，其中頗多描述楚人祀神之熱鬧場面，例如《九歌‧東皇太一》：

> 瑤席兮玉瑱，盍將把兮瓊芳？蕙肴兮蘭藉，奠桂酒兮椒
> 漿。揚枹兮拊鼓，疏緩節兮安歌，陳竽瑟兮浩倡。靈偃蹇
> 兮姣服，芳菲菲兮滿堂，五音紛兮繁會，君欣欣兮樂康。⑥

　　由文中「盍將把兮瓊芳」、「揚枹兮拊鼓，疏緩節兮安歌」、
「陳竽瑟兮浩倡」、「靈偃蹇兮姣服」數句可知祭祀時，巫覡或身
著美服，手執瓊芳，婆娑起舞；或揚枹拊鼓、緩節清歌，或吹竽
彈瑟、齊聲高唱；明顯可見舞、歌、樂合一之祀神場面，王國維
《宋元戲曲考》曰：「蓋後世戲曲之萌芽，已有存焉者矣。」此
即說明歌舞樂與祭祀之密切關係，間接促進戲曲之形成。

　　就教化功用而言，先秦時代之「樂」，必須受「禮」之制
衡，而發揮「樂為禮用」之倫理道德之功能。《禮記・樂記》
曰：

> 故禮以道其志，樂以和其聲，政以一其行，刑以防其奸，
> 禮樂刑政，其極一也，所以同民心而出治道也。⑦

　　是知樂之實施必須與其他條件：禮、政、刑之配合，而達成
道德教化之境界，並無獨立範疇之地位，而當代對樂之批評觀點
亦以此為中心思想，《左傳・襄公二十九年》所記載之〈季札觀
樂〉當為先秦時期最重要之「樂論」，云：

> 吳公子札來聘，……請觀於周樂。使工為之歌〈周南〉、
> 〈召南〉，曰：「美哉！始基之矣，猶未也。然勤而不怨
> 矣。」為之歌〈邶〉、〈鄘〉、〈衛〉，曰：「美哉，淵
> 乎！憂而不困者也。吾聞魏康叔、武公之德如是，是其
> 〈衛風〉乎！」為之歌〈王〉，曰：「美哉！思而不懼，其

周之東乎？」爲之歌〈鄭〉，曰：「美哉！其細已甚，民弗堪也，是其先亡乎！」爲之歌〈齊〉，曰：「美哉！泱泱乎，大風也哉！表東海者，其大公乎！國未可量也！」爲之歌〈豳〉，曰：「美哉，蕩乎！樂而不淫，其周公之東乎！」爲之歌〈秦〉，曰：「此之謂夏聲，夫能夏則大，大之至也，其周之舊乎！」爲之歌〈魏〉，曰：「美哉！渢渢乎，大而婉，險而易行，以德輔此，則明主也。」爲之歌〈唐〉，曰：「思深哉！其有陶唐氏之遺民乎？不然何憂之遠也？非令德之後，誰能若是？」爲之歌〈陳〉，曰：「國無主，其能久乎？……」⑧

觀此可知「樂」在先秦時代所象徵之意義與地位，絕非後世所謂單純之音階組合、爲娛樂目的而已，其所牽涉之層面頗廣，舉凡歷史、文化、民風、土俗，甚至國之盛衰、俗之文野，均於是乎在，故季札觀樂，從道德教化觀點著眼，對後世「不關風化體，縱好也徒然」之戲曲風教觀，影響至鉅。

歌樂舞之緊密接合，以及祭祀教化意義超過娛樂價值，即爲先秦古籍資料中，對後世戲曲理論之發展影響較大者。

第二節　漢代至唐代

此期戲曲發展尚處於盟芽孕育之雛型階段，故小戲特別發達，由諸多小戲再融合發展爲宋元時期之大戲，故此期在戲曲理論上之貢獻是：間接促成戲曲表演論、叙事論之萌生。在此之前，類似戲曲之活動總不脫競技範圍，此期已發展成《東海黃公》、《踏謠娘》之類，有劇目、有內容情節、有歌舞等融合歌

舞性與叙事性爲一爐之小戲。曾永義先生〈中國地方戲曲形成與
發展之路徑〉云：

> 中國歷代戲劇，像西漢《東海黃公》、曹魏《遼東妖婦》、
> 唐代的《參軍戲》與《踏謠娘》，乃至於宋金雜劇院本、
> 明人過錦戲，都屬小戲範圍。其中除《參軍戲》與宋金雜
> 劇院本中的正雜劇含有宮廷小戲之成分外，其餘無不起自
> 民間。⑨

依此若將中國古典戲曲之淵源發展劃分爲民間系統與宮廷系
統兩條路線，即可詳觀其自萌芽、形成、融合、演進、發展之過
程，並從中窺知其影響後世曲論之所在。民間系統以漢代所盛
行，而起源於六國民間、發展於秦代之角牴戲爲淵源，角牴戲之
形式源於蚩尤戲，宋陳暘《樂書》云：

> 或曰蚩尤氏頭有角，與黃帝鬥，以角牴人，今冀州有樂名
> 蚩尤戲，其民兩兩戴牛角而相牴，漢造此戲豈其遺像耶？⑩

> 角牴戲本六國時所造，秦因而廣之。……角者，角其伎
> 也，兩兩相當，角及伎藝射御也，蓋雜伎之總稱云。⑪

是則可知，蚩尤戲是將黃帝與蚩尤之戰鬥精神，化而爲祭祀
戰神蚩尤之舞蹈儀式或競技競賽，後世愈演愈烈，漢代流傳至宮
廷後，又加入諸多傳自西域之競技表演，故角牴之內容更加豐
富，而改稱曰「百戲」，舉凡伎藝防禦、侏儒扶盧、烏獲扛鼎、
吞劍吐火、跳丸走索、自縛自解、易牛馬頭等，內容精彩、標新
立異之節目，漢代史傳中言之已詳，而大抵不出競技競賽之範

圍；唯流行於西漢，由角牴發展而成之《東海黃公》小戲，能將以競技爲主之角牴戲，提昇至戲劇表演之層次，其影響可謂深遠矣。張庚、郭漢城《中國戲曲通史》云：

> 這《東海黃公》的角牴戲，主要的部分乃是人與虎的搏鬥，它不出角牴的競技範圍，但已經有了一個故事了。其中的兩個演員也都有了特定的服裝和化妝：飾黃公的必須用絳繒束髮，手持赤金刀，他的對手卻必須扮成虎形。而在這個戲中的競技，也已經不是憑雙方的實力來分勝負，而是按故事的預定，最後黃公必須被虎所殺死。⑫

可知《東海黃公》所演雖不出競技範圍，然較之原始角牴戲，已具有戲劇雛型，如「人與虎鬥」之角色固定，「人爲虎所殺」之故事情節固定，「黃公以絳繒束髮、手持赤金刀；對手扮成虎形」之服裝、化妝固定，凡此皆將原本屬競技性質之技藝提昇至表演範疇，爲後代曲論中之表演論開其先聲。而漢代《東海黃公》角牴戲發揮極致，即演變爲起源於北齊⑬、盛行於唐代之《踏謠娘》歌舞系統。宋曾慥《類說》云：「蘇五奴妻張四娘，善歌舞，亦姿色，能弄《踏謠娘》。⑭」任半塘《唐戲弄》認爲中國古典戲曲至《踏謠娘》已具備全能戲曲之條件，而張四娘所演已然是包含有劇情之歌舞戲矣。其言曰：

> ……《踏謠娘》爲唐代全能之戲劇，在今日所得見之資料中，堪稱中國戲劇之已經具體、而時代又最早者。……所謂「全能」指演故事，而兼備音樂、歌唱、舞蹈、表演、說白五種伎藝。……宋曾慥《類說》七，已指出開天間善

演此劇之實在演員，非常重要，不僅使此劇之傳說爲益具體，並證明盛唐教坊不僅歌舞，且演歌舞戲，尤有關係。⑮

曾永義先生〈唐戲踏謠娘及其相關的問題〉則以爲《踏謠娘》之本質是民間藝人供爲笑樂之歌舞劇：

> 此劇情節雖然簡單，但實已自具首尾，合乎戲劇的要件。……用的是民間音樂，……《嘉話錄》所謂「妻美而善歌，每爲悲怨之聲」，《舊唐書》所謂「妻美色，善歌，爲怨苦之辭」，……都可以看出鄉土歌謠和幫腔；《舊唐書》所謂「每搖頓其身」，常非月所謂「翻身舞錦筵」可以看出是地方風俗性的舞蹈；《教坊記》所謂「作毆鬥之狀」，常非月所謂「舉手整花鈿」，……都可以看出表演的身段；《教坊記》所謂「稱冤」，《舊唐書》所謂「悲訴」，常非月所謂「情教細語傳」，都可以看出賓白，……《教坊記》所謂「丈夫著婦人衣」，常非月所謂「花鈿」，……都可以看出其妝扮，《教坊記》所謂入場的「場」，……指的是平地上的表演區，……。⑯

綜合言之，筆者以爲從角牴戲至《踏謠娘》此一系列發源自民間之歌舞戲，對後代戲曲影響最深遠者，當爲「歌舞」及「叙述」兩部分。「歌舞」部分自競技性質之角牴戲至東海黃公；自北齊原始《踏謠娘》之「且步且歌」、《舊唐書》之「每搖頓其身」至常非月之「翻身舞錦筵」，可觀知戲曲中歌舞之演化經過；而「叙述」部分則自北齊原始《踏謠娘》之「妻銜悲，訴於鄰里」、《舊唐書》之「悲訴」至常非月「情教細語傳」之發

展，則可觀知後世戲曲中曲文賓白之前身雛型；而此歌舞及曲文賓白呈現各自獨立又不失關連之發展，對後世戲曲理論中表演論與叙事論之確立，及其各自之發展，有間接之影響。

　　宮廷系統之淵源則須遠溯自先秦時之古優，先秦時期之優伶，大都是國君身旁解悶逗樂之人物，例如：《國語・鄭語》所載周幽王御側之侏儒、戚施；《國語・晉語》所載晉獻公之優施；《史記》所載楚莊王之優孟以及秦始皇之優旃等等；皆具備下列特質：一、能歌善舞，二、滑稽調笑，三、機智靈活，四、善於模仿，五、諷諫喻上；《史記・滑稽列傳》評之曰：「言談微中，亦可以解紛。」可見太史公肯定古優於滑稽調笑之餘，亦具排難解紛之作用。凡此有關古優之記載與評論，皆可視爲戲曲理論中表演論之直接基礎，對後代產生莫大之影響。

　　古優發展之極致即爲唐之參軍戲。關於參軍戲之源起，戲曲史上有二說：其一認爲始於後漢館陶令石耽。唐段安節《樂府雜錄》俳優條曰：

　　　　耽有贓犯，和帝惜其才，免罪。每宴樂，即令衣白夾衫，
　　　　命優伶戲弄辱之，經年乃放。後爲參軍，誤也。⑰

另一言始於後趙，《太平御覽》卷五六九〈優倡門〉引《趙書》：

　　　　石勒參軍周延，爲館陶令，斷官絹數百疋。下獄，以八議
　　　　宥之。後每大會，使俳優，著巾幘，黃絹單衣。優問：
　　　　『汝爲何官，在我革中？』曰：『我本爲館陶令』，斗數單
　　　　衣，曰：『正坐取是，故入汝革中。』以爲笑。⑱

此二說何者為是，據曾永義先生〈參軍戲及其演化之探討〉考證，東漢和帝時尚無「參軍」之官名，自不可能有「參軍戲」一詞，其說云：

> 參軍之號蓋始於東漢靈帝時，……而自晉代以後，參軍之職漸卑，列於六曹之下，……石勒的參軍周延，正好和和帝時的石耽一樣，都官館陶令，都貪贓枉法，於是石勒就效和帝故事，使周延為俳優，並命其他優伶來戲弄他，就因為石勒命周延以本官參軍的身分在劇中接受他優的戲弄，於是就把這一類型的演出叫做參軍戲。所以說，參軍戲論實質的演出形式始於東漢和帝，而論名稱的奠定，則在後趙石勒。⑲

其實，此二說僅止於以貪官本人，或者命俳優扮演貪官，做為懲罰示眾之對象而已，僅可以起源視之。較之成熟參軍戲演出，尚有差距。石勒之後，以優伶諷諫犯官之傳統，逐漸演進，至唐而有「蒼鶻」、「參軍」之固定角色名稱，起初是由蒼鶻執行諷刺戲弄之任務，參軍則為其戲謔對象，至唐則稍有改變，曾永義先生云：

> 唐代的參軍在戲中最多只充做被調謔的對象，被戲侮的情況則沒有；倒是他的對手往往成了被他戲侮的對象。⑳

可見參軍、蒼鶻之搬演任務時有更換，並非習以為常。然不論如何，以諷喻調笑為其本質，則是參軍戲自後漢後趙以來從未改變者。然而參軍戲之劇本早已亡佚，不復知其內涵。王國維遍覽唐宋傳說，輯成《優語錄》一書，考戲曲之源與變遷之跡，錄

優伶軼事五十條，內容大多以諷刺時政、諷諫皇帝、侮弄貪官、滑稽調笑為主，此資料之一部分即為唐代參軍戲之演出內容，衆所周知者如：優人李可及之「三敎論衡」說、疾宋璟苛政之「繫囚出魅」說、嘲諷朝廷兵敗之「病狀內黃」說等等，皆為耳熟能詳之優人調笑趣事，其後流入民間，而有優伶劉采春擅演參軍戲、以及陸羽爲優人李仙鶴撰寫參軍戲劇本之事。則此時之參軍戲筆者將其定義爲：「以諷喻、調笑爲本質，配合音樂、歌舞所做之表演。」流風所及，元雜劇之科諢，則爲此等小戲淋漓盡致之發揮場所；亦即宮廷系統之古優、參軍戲，經唐宋兩代之冶鍊融合，在元劇中已化而爲揷科打諢，貫徹參軍戲中特有之滑稽調笑本質，繼續娛樂觀衆。有關元劇科諢之例，多如過江之鯽，舉不勝舉，僅以《鄧夫人苦痛哭存孝》第一折，李存信、康君立二人之定場詩及自我介紹爲例：

> （沖末、淨李存信同康君立上。）
>
> 李存信云：米罕整斤吞，抹鄰不會騎，弩門並速門，弓箭怎的射？撒因答剌孫，見了搶著吃。喝的莎塔八，跌倒就是睡，若說我姓名，家將不能記。一對忽剌孩，都是狗養的。自家李存信的便是。這個是康君立。俺兩個不會開弓蹬弩，亦不會廝殺相持，哥哥會唱，我便能舞。俺父親是李克用。阿媽喜歡俺兩個，無俺兩個呵，酒也不吃，肉也不吃，若見俺兩個呵，便吃酒肉。好生的愛俺兩個！㉑

　　沖末李存信以韻文配合散文之方式做自我介紹，充分顯現元劇揷科打諢、諷刺滑稽、逗樂娛人之本質，而參軍戲小戲混入元劇大戲之痕跡，前後承傳之精髓，又彷彿貫穿其間矣。而論元劇

科諢之發展由來，則與宮廷系統之古優、參軍戲不脫干係；論其本質精神，則受參軍戲滑稽調笑影響頗深；而論其價值，則深得李漁、王國維等戲曲理論家之高度肯定，進而於《閒情偶寄》、《宋元戲曲考》等論著中，發展出相關之「科諢」、「本色自然」理論，筆者亦有拙文〈戲曲科諢之名稱、淵源、承傳、及演變再探〉⑫說明戲曲科諢與參軍戲之承傳關係；依此皆可知古優、參軍戲系統對後世戲曲理論之影響，可謂深且大矣。

　　約而言之，自漢至唐所發展出來與後代戲曲理論有關部分，可歸爲表演體系之踏謠娘歌舞系統，及敘事體系之參軍戲滑稽調笑系統，至宋元以後此雙線呈現交叉融合之現象，正式之大戲於焉誕生，而正式之戲曲理論亦逐漸蘊釀而成。

第三節　宋代

　　至宋出現大量筆記著作，記載當時宮廷及民間類似戲曲活動之實況，例如：孟元老《東京孟華錄》、周密《武林舊事》、耐得翁《都城紀勝》、吳自牧《夢粱錄》等皆爲與戲曲有密切相關者，此類筆記對後世戲曲理論影響之最大者乃爲：將史料與民俗做結合，並對民間技藝之淵源與演變做如實之報導及深入之探討，爲後世研究戲曲史及宋金雜劇者之重要依循資料。

　　中國古典戲曲演變之線索至宋代，民間系統之角牴戲、踏謠娘，及宮廷系統之古優、參軍戲有合而爲一之趨勢，而產生所謂宋雜劇，「雜劇」之名稱源於唐五代，而其定義有廣狹之別；廣義之宋雜劇包含角牴以來各項技藝之總匯，而參軍戲一貫而來之滑稽諷諫精神亦納入其中。唐太和三年，南詔攻掠成都，擄走成都五萬人，李德裕《李衛公文集卷十二・論故循州司馬杜元穎狀》

云其俘虜中有：「雜劇丈夫兩人」，又《新五代史‧伶官傳》：「莊宗……常身與俳優雜戲於庭」，可知唐、五代所稱之「雜劇」、「雜戲」，並無明顯界線，有時指漢代百戲，有時又指唐代參軍戲。據此，胡忌《宋金雜劇考》判斷出三點結論：

其一，西元九世紀之前雜劇名稱已然確立。

其二，晚唐時期成都方面已流行此名稱，則其他都市亦應已通行。

其三，雜劇藝人已被官府收用的事實，自唐即已如此。

　　然而雜劇名稱初成立，並非表示即與後代雜劇之意義相符合，必須經過不斷演化、蛻變方能成為南宋時期所謂之雜劇。其次，藝人亦非一概來自民間，古優系統之藝人即淵源於宮廷，唐代梨園子弟更為皇家精挑細選之後所培養之人才。至宋繼承唐代參軍戲之傳統，廣泛吸收各類表演、歌唱之技藝，並加以融合所形成之藝術型態，亦稱曰「雜劇」。然北宋雜劇尚屬於廣義範圍，根據《東京夢華錄》京瓦技藝條所載，諸般雜技皆可稱為雜劇，例如：

　　……般（搬）雜劇：杖頭傀儡任小三，每日五更頭回小雜劇，差晚看不及矣。……教坊鈞容直……每遇內宴前一月，教坊內勾集弟子小兒，習隊舞，作樂雜劇節次。㉓

　　此中傀儡戲及教坊小兒之隊舞，皆與雜劇有關。據胡忌《宋金雜劇考》所提廣義雜劇之內涵至少有九種，列敘如下：

一、滑稽戲：宋以前即流行。任二北《敦煌曲初探》將唐以來之戲劇分為：歌舞類戲、科白類戲。而科白類戲即滑稽戲。胡

忌仍延用「滑稽戲」之名稱，因爲名爲「科白戲」不免有穿
插歌曲之例外，就如同名爲「滑稽戲」亦有些部分並不滑
稽；旣然都有缺陷，不如延用舊名。且宋之滑稽戲大都以滑
稽爲主，如：《童蒙訓》、《談苑》、《夢粱錄》、《宋元戲
曲考・宋之滑稽戲》等皆有記載。筆者以爲不如將唐以來之
滑稽戲改爲「叙事類戲」，旣可免於「不穿插歌舞」之誤
解，又可包容「非滑稽戲」之部分。

二、歌舞戲：中國古典戲曲歌舞部分之形成頗早，已如前述，至
　　唐則大盛，宋代繼之，歌舞戲亦稱爲雜劇，例如：《宋史・
　　樂志》云眞宗不喜鄭聲，而或爲雜劇詞，未嘗宣布于外。又
　　《夢粱錄》卷二十伎樂條：「向者汴京敎坊大使孟角毬曾做
　　雜劇本子，葛守誠撰四十大曲，丁仙現捷才知音。」胡忌認
　　爲此「雜劇詞」或「雜劇本子」當爲歌舞戲之曲詞，而非散
　　說之腳本。《武林舊事》卷十所載官本雜劇段數名目中，有
　　大曲、法曲詞曲調等諸提名劇本。

三、傀儡戲：宋傀儡戲亦稱雜劇，《東京夢華錄》卷五瓦舍伎藝
　　條：「敎坊減罷幷溫習張翠蓋、張成弟子、薛子大、薛子小
　　……等搬雜劇。杖頭傀儡任小三，每日五更頭回小雜劇，差
　　晩看不及矣！」是知傀儡戲亦謂之雜劇。而《文獻通考》卷
　　一四六記宋「雲韶部」有傀儡八人，案此八人當爲雜劇中以
　　搬演傀儡戲爲主者。

四、小雜劇：名稱首見於《東京夢華錄》卷五瓦舍伎藝條，孫楷
　　第《傀儡戲考原》云：

　　　　小雜劇者，蓋是滑稽小劇，與當時以眞人扮演之雜劇同。

小者，別於煙粉、靈怪、鐵騎、公案諸傀儡戲而言；非因
當時以真人扮演之雜劇有大小之分，移稱於傀儡戲甚明。
蓋當時以真人扮演之雜劇，其劇無不小者，不得於小劇之
中更分別大小也。㉔

此段文字頗為晦澀，意義亦不明顯，勉強爬梳，有一、二
得，其一小雜劇是以內容滑稽為主，有別於煙粉、靈怪、鐵騎、
公案等內容之傀儡戲；其二當時真人搬演之雜劇有大小之別。

五、真人搬演之大雜劇：《暘谷漫錄》云：「京都中下之戶，不
　　重生男；每生女，則愛護如捧璧擎珠。㉕」其下記載女童藝
　　業，有供過人、針線人、堂前大雜劇人，可知以女童搬演之
　　節目亦稱雜劇。

六、真人搬演之小雜劇：《武林舊事》卷一云：

　　初坐，第四盞：吳師賢已下，上進小雜劇。……雜劇，吳
　　師賢已下，做君聖臣賢爨，斷送萬歲聲。㉖

七、啞雜劇：《東京夢華錄》卷七云：

　　……繼有二、三瘦瘠，以粉塗身，金睛白面如髑髏狀；繫
　　錦繡圍肚，看帶、手執軟杖，各作魁諧趨蹌舉止；若排
　　戲，謂之啞雜劇。㉗

八、諸種伎藝：《東京夢華錄》卷五京瓦伎藝條云：「楊望京小
　　兒相撲雜劇」；同書卷七駕幸臨水殿觀爭標錫宴條記諸軍百
　　戲云：「有大旗、獅豹、棹刀、蠻牌、神鬼、雜劇之類㉘」，
　　卷八六月六日崔府君生日二十四日神保觀神生日條云：「自

早呈拽百戲，如上竿、趯弄、跳索、相撲、鼓板、小唱、鬥雞、說諢話……浪子、雜劇、叫果子、學相聲……色色有之。至暮呈拽不盡。⑳」可知雜劇一詞在當時亦包含有『伎藝』之意義在內。

九、雜戲：範圍與雜劇相似，《東京夢華錄》卷九市執親王宗室百官入內上壽條第五盞御酒之後：

> ……內殿雜戲，為有使人預宴，不敢深作諧謔，為用群隊裝其似像，市語謂之『拽串』。雜戲畢，參軍色作語，放小兒隊。㉚

同卷在第七盞御酒之後，「女童進致語，勾雜戲入場，亦一場兩段。」由此二條之記載可知宋代早期雜劇之意同於雜戲，而雜戲本來具有之諧謔場面，因在內廷演出，所以演員不敢放肆。綜言之，宋時真人所扮演含有戲劇性的演出，都可稱為雜劇；而中國真正戲劇的成立，合歌、舞、白三項形式的運用，而出之以代言體之表演，曾受到宋雜劇之影響殆屬確然無疑。

而胡忌《宋金雜劇考》以為宋雜劇之表演形態與隊舞無涉，實則不然，依據《東京夢華錄》、《夢粱錄》二書所載，雜劇之演出包含在隊舞表演中，若小兒隊先表演則由小兒班首勾雜劇出場，若先女童隊，就由女童勾雜劇出場表演。《東京夢華錄》卷九宰執親王宗室百官入內上壽條第五盞御酒云：

> ……參軍色執竹竿子作語，勾小兒隊舞，……樂部舉樂，小兒舞步前進，直叩殿陛。參軍色作問，小兒班首近前，進口號，雜劇人皆打和畢，樂作，群舞合唱，且舞且唱，

又唱破子畢，小兒班首入進致語，勾雜劇入場，一場兩段。……雜戲畢，參軍色作語，放小兒隊。㉛

又第七盞御酒後云：

……參軍色作語，勾女童隊入場。……杖子頭四人，皆裹曲腳向後指天褁幞頭，簪花、紅黃寬袖衫，義襴，執銀裹頭杖子。……參軍色作語問隊，杖子頭者進口號，且舞且唱。樂部斷送（演奏之意）採蓮訖，曲終復群舞，唱中腔畢，女童進致語，勾雜戲入場，亦一場兩段訖，參軍色作語，放女童隊，又群唱曲子，舞步出場。㉜

依此雜劇搬演於女童隊舞之後及參軍作語之前，故筆者大膽將南宋雜劇開頭之「艷段」來源斷爲，由傳踏之小兒隊及女童隊所表演之隊舞演變而來，內容雖不盡相同，形式上有絕對之承襲關係。蓋至南宋《夢粱錄》即不再有關於隊舞之記載，而雜劇亦明顯變化爲三段。此外前所引「第五盞御酒」後有「雜劇人皆打和畢」，此「打和」疑爲「打呵」，「和」、「呵」有音近訛變之關係，而「打呵」即「開呵」之意，《雍熙樂府》云：「開硬呵，發乾科，潑生涯百般來做作。」徐渭《南詞敘錄》開場條云：「宋人凡勾欄未出，一老者先出，夸說大意，以求賞，謂之開呵，今戲文首一齣謂之開場亦遺意也。㉝」可知宋雜劇演出之前，雜劇人有先出場逗笑、說明演出大意者，此或亦爲艷段之起源亦未可知。

至南宋雜劇方有較固定的範圍，在傳學教坊十三部中，雜劇是正色，也就是在各種伎藝中成爲首要品類，演出雜劇時亦有嚴

格的演出程序，包括角色、任務、內容、風格……皆有一定之規
範，耐得翁《都城紀勝》云：

> 雜劇中末泥為長。每四人或五人為一場。先做尋常熟事一
> 段，名曰：艷段。次做正雜劇，通名為兩段。末泥色主
> 張，引戲色分副，副淨色發喬，副末色打諢，又或添一人
> 裝孤，其吹曲破斷送者，謂之把色。大抵全以故事世務為
> 滑稽，本是鑒戒，或隱為諫諍也，故從便跳露，謂之無過
> 蟲。㉞

《夢粱錄》卷廿十妓樂條，亦有類似記載，內容除文字敘述
稍不同之外，意思大致相類。《都城紀勝》又云：

> 雜扮或名雜旺，又名紐元子，又名技和，乃雜劇之散段。
> 在京師時，村人罕得入城，遂撰此端，多是借裝為山東河
> 北村人，以資笑。今之打和鼓、撚梢子、散耍皆是也。㉟

而《夢粱錄》則將「技和」寫做「拔和」，按「技」、「拔」
形近易訛，鄙意以為從「技」較近於雜劇之性質也。

由以上資料記載可判斷南宋雜劇之演出程序為：

第一：艷段　南宋雜劇演出時，先演一段與正雜劇無關之「尋常
　　　熟事」，做為開場，有如宋代說話人之「入話」、「得勝頭
　　　迴」。

第二：正雜劇　通常演兩段，為南宋雜劇之主要部分。

第三：紐元子　又名「散段」、「雜扮」。為宋雜劇之末段，所演
　　　內容亦與正雜劇無關；不過搬演一些俚俗之事，以供觀眾
　　　笑譚之資；因其僋俗不雅，故宮廷雜劇甚少演出。

　　以上爲今人由當代筆記著作中所得知宋雜劇之廣狹義定義及
其演出之概況，亦可視爲宋人在古典戲曲理論中之偉大貢獻。

注　解

① 《尚書・舜典》：《十三經注疏》清嘉慶重刊宋本，（臺灣臺
　　北：藝文印書館，1976年5月六版）冊1，頁46。

② 《毛詩・序》：《十三經注疏》清嘉慶重刊宋本，（臺灣臺北：
　　藝文印書館，1976年5月六版）冊2，頁12。

③ 陳奇猷校釋：《呂氏春秋校釋》，（臺灣臺北：華正書局，1985
　　年8月）頁284。

④ 《周禮・春官》：《十三經注疏》清嘉慶重刊宋本，（臺灣臺
　　北：藝文印書館，1976年5月六版）冊3，頁399。

⑤ 洪興祖：《楚辭補註》，（臺灣臺北：藝文印書館，1974年10月）
　　頁98。

⑥ 洪興祖：《楚辭補註》，（臺灣臺北：藝文印書館，1974年10月）
　　頁100-101。

⑦ 《禮記・樂記》：《十三經注疏》清嘉慶重刊宋本，（臺灣臺
　　北：藝文印書館，1976年5月六版）冊5，頁663。

⑧ 《左傳・襄公二十九年》：《十三經注疏》清嘉慶重刊宋本，
　　（臺灣臺北：藝文印書館，1976年5月六版）冊6，頁667-670。

⑨ 曾永義：《詩歌與戲曲》，（臺灣臺北：聯經出版事業公司，
　　1988年4月），頁116。

⑩ 陳暘：《樂書》，《四庫全書・經部》（臺灣臺北：臺灣商務印書
　　館，1986年3月）冊211，卷186，頁838。

⑪ 陳暘：《樂書》，《四庫全書・經部》（臺灣臺北：臺灣商務印書
　　館，1986年3月）冊211，卷186，頁838。

⑫ 張庚、郭漢城：《中國戲曲通史》，（大陸北京：中國戲劇出版

社，1992年4月）頁17。

⑬ 崔令欽：《教坊記》，《中國古典戲曲論著集成》（大陸北京：中國戲劇出版社，1959年7月）冊1，頁18，記載《踏謠娘》源於北齊之事云：「北齊有人姓蘇，皰鼻，實不仕，而自號爲郎中，嗜飲酗酒，每醉輒毆其妻。妻銜悲，訴於鄰里。時人弄之。丈夫著婦人衣，徐行入場，行歌，每一疊，傍人齊聲和之云：『踏謠和來，踏謠娘苦和來。』以其且步且歌，故謂之『踏謠』，以其稱冤，故言苦。及其夫至，則做鬥毆之狀，以爲笑樂。今則婦人爲之，遂不呼郎中，但云『阿叔子』，調弄又加典庫，全失舊旨。或呼爲『談容娘』，又非。」

⑭ 曾慥：《類說》，《筆記小說大觀三十一編》（臺灣臺北：新興書局，1980年8月）冊1，頁510。

⑮ 任半塘：《唐戲弄》，（大陸上海：上海古籍出版社，1984年10月）上冊，頁497-498。

⑯ 曾永義：〈唐戲踏謠娘及其相關的問題〉，《詩歌與戲曲》（臺灣臺北：聯經出版事業公司，1988年4月）頁160。

⑰ 段安節：《樂府雜錄》，《中國古典戲曲論著集成》（大陸北京：中國戲劇出版社，1959年7月）冊1，頁49。

⑱ 李昉、洪浩培：《太平御覽》（臺灣臺北：新興書局，1959年）卷569，頁2562。

⑲ 曾永義：《參軍戲與元雜劇・參軍戲及其演化之探討》，（臺灣臺北：聯經出版事業公司，1992年4月）頁7。

⑳ 曾永義：《參軍戲與元雜劇・參軍戲及其演化之探討》，（臺灣臺北：聯經出版事業公司，1992年4月）頁24-25。

㉑ 關漢卿：《鄧夫人苦痛哭存孝》，《全元曲》（大陸石家莊：河北教育出版社，1998年8月）冊1，頁4。

㉒ 羅麗容：〈戲曲科諢之名稱、淵源、承傳、及演變再探〉（臺灣

臺北：東吳中文學報第六期，2000年5月）頁197-222。

㉓　孟元老：《東京夢華錄》，（臺灣臺北：大立出版社，1980年10月）頁29-30。

㉔　孫楷第：《傀儡戲考原》，（大陸上海：上雜出版社，1952年）頁60。

㉕　洪蕙：《暘谷漫錄》，《筆記小說大觀三十八編》（臺灣臺北：新興書局，1985年1月）冊3，頁1。

㉖　周密：《武林舊事》，（臺灣臺北：大立出版社，1980年10月）頁351。

㉗　孟元老：《東京夢華錄》，（臺灣臺北：大立出版社，1980年10月）頁43。

㉘　孟元老：《東京夢華錄》，（臺灣臺北：大立出版社，1980年10月）頁40。

㉙　孟元老：《東京夢華錄》，（臺灣臺北：大立出版社，1980年10月）頁48。

㉚　孟元老：《東京夢華錄》，（臺灣臺北：大立出版社，1980年10月）頁54。

㉛　孟元老：《東京夢華錄》，（臺灣臺北：大立出版社，1980年10月）頁54。

㉜　孟元老：《東京夢華錄》，（臺灣臺北：大立出版社，1980年10月）頁55。

㉝　徐渭：《南詞叙錄》，《中國古典戲曲論著集成》（大陸北京：中國戲劇出版社，1959年7月）冊3，頁246。

㉞　耐得翁：《都城紀勝》，（臺灣臺北：大立出版社，1980年10月）頁96。

㉟　耐得翁：《都城紀勝》，（臺灣臺北：大立出版社，1980年10月）頁97。

第三章　元代之戲曲理論

中國古典戲曲理論至元代，已經逐漸脫離零星散亂形式，躍入正式戲曲理論之行列中，此期之曲論資料之分布有下列兩種情況：

其一，類似宋代筆記形式之零星記載者，如：胡祇遹〈黃氏詩卷序〉、〈優伶趙文益詩序〉、楊維楨〈周月湖今樂府序〉、〈沈氏今樂府序〉、〈宋明優戲序〉、〈優戲錄序〉、〈送朱女士桂英演史序〉、朱士凱《錄鬼簿・後序》、虞集《中原音韻・序》、陶宗儀《南村輟耕錄・作今樂府法》等。

其二，以專門論著形式出現者，如：芝菴《唱論》、周德清《中原音韻・序》、夏庭芝《青樓集》、鍾嗣成《錄鬼簿》等。

總體言之，此期之戲曲理論雖仍有筆記形式、附屬記事敘述之痕跡，然而戲曲論著專書之出現，使其理論之深廣度增強，從表演到創作、從優伶至作家、從音律到史論，各方面皆為為後世奠定堅實之理論基礎，則為此期之最大貢獻。以下分別以：作家及優伶批評論、戲曲史論、表演論、創作論、曲韻曲律論等五方面說明此期在戲曲理論方面發展之情況。

第一節　作家及優伶批評論

本節所謂作家即元代所謂之「才人」。元代統治階級對士子向存鄙視之態度，歸之於「九儒十丐」之列，俳優亦納於樂籍，不見重於世。惟鍾嗣成及夏庭芝二家，慧眼獨具，超越當代，作《錄鬼簿》、《青樓集》二書，進而提高當代曲家優伶之地位，亦

使此類資料得以保存。

　　元鍾嗣成（約1279-1360），字繼先，號醜齋，原籍大梁，後寓居杭州，仕途頗不順遂，其後亦不屑於仕進，畢其功於戲曲小道中，廣交當代曲家，著有曲論《錄鬼簿》及《蟠桃會》等七種雜劇、小令五十九首、散套一套，今僅存《錄鬼簿》一種，其中記載元代之書會才人、名公士夫等散曲戲曲作家一百五十二人之生平小傳，及作品目錄四百四十餘種。

　　《錄鬼簿》之創作動機鍾嗣成《錄鬼簿・序》中說明甚詳：

　　　　余因暇日，緬懷故人，門第卑微，職位不振，高才博識，
　　　　俱有可錄，歲月彌久，湮沒無聞，遂傳其本末，弔以樂
　　　　章；復以前乎此者，敘其姓名，述其所作，冀乎初學之
　　　　士，刻意詞章，使冰寒於水，青勝於藍，則亦幸矣。名之
　　　　曰《錄鬼簿》，嗟乎！余亦鬼也，使已死未死之鬼，作不
　　　　死之鬼，得以傳遠，余又何幸焉！若夫高尚之士，性理之
　　　　學，以為得罪於聖門者，吾黨且啖蛤蜊，別與知味者道。①

　　觀此可知其不同於流俗，勇於反抗傳統之眼光，並將門第卑微、職位不振之曲家公諸於世，故《錄鬼簿》之主旨，即以彰顯作家，著錄作品為目的，其所著錄之曲家依照明代說集本《錄鬼簿》，可分六類：

一、「前輩已死名公有樂府行於世者」，二十九人。

二、「方今已亡名公」，五人。

三、「前輩已死名公才人有所編傳奇行於世者」，五十三人。

四、「方今已死名公才人相知者為之作傳以【凌波仙】弔之云」，十四人。

五、「已死才人不相知者」，二人。

六、「方今知名才人」，八人。

此六類不分卷計一百十一人，其後鍾嗣成曾修訂過二次，故曹楝亭本分上下二卷，所著錄作家之數目增爲一百五十二人，曲家劃分多「今才人聞名而不相知者」一類而爲七。其中以【凌波仙】曲牌弔唁相知名公才人，尤爲感人，其詞文字優美、意境高雅、情深意厚、令人低迴。迴異於一般之應酬文字，堪稱爲弔唁韻文之楷模。例如弔金人傑、趙良弼、廖毅、周文質等依序云：

> 心交元不問親疏◎契飲那能較有無◎誰知一上金陵路◎嘆亡之命矣乎◎夢西湖何不歸歟◎魂來處◎返故居◎比梅花想更清癯◎②

> 閒中袖手刻新詞◎醉後揮毫寫舊詩◎兩般總是龍蛇字◎不風流難會此◎更文才宿世天資◎感夜雨梨花夢。歎秋風兩鬢絲◎住人間能有幾多時◎③

> 人間未得注金甌◎天上先教記玉樓◎恨蒼穹不與斯人壽◎未成名一土丘◎嘆平生壯志難酬◎朝還暮。春又秋◎爲思君淚滿鵾裘◎④

> 丹墀未叩玉樓宣◎黃土應埋白骨冤◎羊腸曲折雲千變◎料人生亦惘然◎嘆孤墳落日寒煙◎竹下泉聲細。梅邊月影圓◎因思君歌舞十全◎⑤

觀此文情並茂之好文章，旣保存元曲家之珍貴資料，亦可知作者對當世「高才博識」而「門第卑微，職位不振」之戲曲作家之深厚情誼，將他們擬之於「賢聖君臣」、「忠臣孝子」同等地位，以爲他們不但比同代「稍知義理、口發善言，而於學問之道

甘於暴棄，臨終之後，漠然無聞⑥」之輩高明，亦且必可「著在方册」如「日月炳煥、山川流峙，及乎千萬劫無窮已。⑦」《錄鬼簿》非但僅將文人曲家之地位提昇，尚且將樂籍身份之編劇家如花李郎、紅字李二、趙敬夫、張國賓等提昇至與才人同等之地位，此不同於流俗、不因人而廢言之卓越眼光與態度，間接提昇戲曲小說之文學地位，亦開後世評論曲家之先河。

　　元代除才人為當代所輕視外，編列於樂籍之藝人亦難入時人之眼。若說《錄鬼簿》是替編劇才人一吐胸臆，則元末明初夏庭芝《青樓集》即是為藝人提昇地位之鉅著，元張擇《青樓集・叙》云：

　　《青樓集》者，紀南北諸伶之姓氏也。名以青樓者何？蓋取秦少游之語也。紀以諸伶者誰？吳淞夏君之集也。夏君百合，文獻故家，起宋歷元，幾二百餘年，素富貴而苴富貴。……伯和（案即夏庭芝）優游衡茅，教子讀書，幅巾筇杖，逍遙乎林麓之間，泊如也。追憶曩時諸伶姓氏而集焉。喜事者哂之，弗究經史而誌米鹽瑣事，質之於頑老子，曰：賢哂其易易，竟弗究其所以然者，我聖元世皇御極，肇興龍朔，混一文軌，樂典章，煥乎唐堯，若名臣方蹻，具載信史。兹記諸伶姓氏，一以見盛世芬華，元元同樂，再以見庸夫溺濁流之弊，遂有今日之大亂，厥志淵矣哉。史列伶官之傳，侍兒有集，義倡司書，稗官小說，君子取焉。伯和記其賤末，後猶匪企及，況其碩士巨賢乎！當察夫集外之意，不當求諸集中之名也。⑧

　　觀此可知張擇對《青樓集》中樂籍優伶持正面之看法，以為

「稗官小說，君子取焉」，不當因為彼等為樂籍中人而賤視之，其
價值當「察夫集外之意，不當求諸集中之名也」。又此書之卷首
有作者夏庭芝於元至正己未春三月所題之《青樓集‧誌》，說明
其創作旨趣云：

> 嗚呼！我朝混一區宇，殆將百年，天下歌舞之妓何啻億
> 萬。而色藝表表在人耳目者，固不多也。僕聞青樓於方名
> 艷字，有見而知之者，有聞而知之者，雖詳其人，未暇記
> 錄，乃今風塵澒洞，群邑蕭條，追念舊遊，慌（疑為恍）
> 然夢境，於心蓋有感焉；因集成篇，題曰《青樓集》。遺
> 忘頗多，銓類無次，幸賞音之士，有所增益，庶使後來者
> 知承平之日，雖女伶亦有其人，可謂盛矣！⑨

　　觀此序可知夏氏寫書是闡揚女伶之色藝，使之流傳久遠「庶
使後來者知承平之日，雖女伶亦有人」，而對女伶努力發展本身
技藝持肯定之態度，乃為之立傳。本書記述元代大都市中，一百
十餘位青樓女子在雜劇、院本、說話、諸宮調、舞蹈等項目之技
藝表演；同時亦記載與之相關之男演員三十餘人及當代「名公、
士夫、才人」等五十餘人之相關事蹟。其中所載之戲曲演員最
盛，約六十餘人。本書為之立小傳，不獨可知其技藝發展之特
長，同時亦間接可知其生活狀況、與同代名人交往情形。例如：

> 張怡雲：善談笑，藝絕流輩，名重京師。趙松雪、商正
> 叔、高房山皆為寫怡雲圖以贈。諸名公題詩殆遍。姚牧
> 庵、閻靜軒，每於其家小酌。⑩
> 梁園秀：姓劉氏，行第四。歌舞談諧，為當代稱首。喜親

文墨，作字楷媚；間吟小詩，亦佳。所製樂府，如【小梁
州】……等，世所共唱之。又善隱語。其夫從小喬，樂藝
亦超絕云。[11]

曹娥秀：京師名妓也。賦性聰慧，色藝俱絕。

珠簾秀：姓朱氏，行第四，雜劇爲當今獨步，駕頭、花
旦、軟末泥等，悉造其妙。

順時秀：姓郭氏，字順卿，行第二，人稱之曰「郭二
姐」，姿態嫻雅，雜劇爲閨怨最高，駕頭諸旦本亦得體。
……平生與王元鼎密。偶疾，思得馬板腸，王即殺所騎駿
馬以啗之。

凡此資料，即成爲後世研究元代演員本身之特長、表演、及
生活、交游之濫觴，其中不乏古典戲曲理論之重要資料，可提供
後學不少之研究空間。

第二節　曲韻曲律論

元代論及曲韻曲律類之著作，非周德淸之《中原音韻》莫
屬。全書分兩部分，前爲十九韻譜，後爲「正語作詞起例」；而
後者又包含格律與創作兩類，創作論前項已有論及，茲不贅述。
茲將韻譜、格律之特色分述如下：

一、正中原之音爲通用之樂府語言：

周德淸爲江西人，工樂府、善音律，深知在當時元代盛行北
曲之情況下，作家創作之際，大都以北音定韻，故必須了解北曲
之方言與方音；此事對北籍作家自無問題，而南籍之北曲作家則

否，故周德清根據元初以還，雜劇與散曲之佳作者，採集其韻腳五千多字，分爲十九韻部，每韻部以二字爲標目，每韻部下，又分陰平、陽平、上聲、去聲，又因北曲無入聲字，故將入聲分別派入平、上、去三聲中，而標明「入作某聲」。書成之後，即爲寫作北曲之準繩，稍後之南曲亦深受影響；明代有關曲韻著作甚多，其中不乏對《中原音韻》多所批評者，然亦始終無法完全跳出其窠臼。

二、編撰簡略北曲譜提供作曲之依據：

北曲有曲譜可依循，此爲第一部；與往後成熟之曲譜相較，雖簡陋不全，然而開疆拓土之功不可沒。此譜可分宮調譜與曲調譜，宮調譜即說明宮調與曲調之關係，周德清沿襲芝菴《唱論》之觀點，將十七宮調按照管色高低及聲情分別部居，如：「仙呂調清新綿邈、南呂宮感嘆悲傷」，再將曲牌繫於相同聲情之宮調下，俾使填曲者在選擇套數時，有所依循。而曲調譜選四十首定格曲註明一曲調之曲牌、句式、句數、四聲平仄、韻腳、意境等內容，令填曲者知所取捨，另選六十九曲只論及末句平仄。例如：

> 【仙呂·金盞兒】據胡床◎對瀟湘◎黃鶴送酒仙人唱◎主人無量醉何妨◎若捲簾邀皓月。勝開宴出紅妝◎但一樽留墨客。是兩處夢黃粱◎

> 評曰：此是《岳陽樓》頭摺中詞也。妙在七字「黃鶴送酒仙人唱」，俊語也。況「酒」字上聲以轉其音，務頭在其上。有不識文義，以送爲齎送之義，言「黃鶴豈能送酒

乎」？改爲「對舞」，殊不知黃鶴事——仙人用榴皮畫鶴
一隻，以報酒家，客飲，撫掌則所畫黃鶴舞以送酒。初無
雙鶴，豈能對舞？且失飲酒之意。送者，如吳姬壓酒之
謂，甚矣！俗士不可醫也！⑫

此則就用字、平仄、辭情而作評論。亦有就對偶、音律、語句、
平仄而作評論者：

> 【中呂·朝天子】早霞◎晚霞◎粧點盧山畫◎仙翁何處鍊
> 丹砂◎一縷白雲下◎客去齋餘。人來茶罷◎嘆浮生指落花
> ◎楚家◎漢家◎做了漁樵話◎
>
> 【中呂·紅繡鞋】嘆孔子嘗聞俎豆◎羡嚴陵不事王侯◎百
> 尺雲帆洞庭秋◎醉呼元亮酒◎懶上仲宣樓◎功名不掛口◎
>
> 評曰：二詞對偶、音律、語句、平仄俱好。前詞務頭在
> 「人」字，後詞妙在「口」字上聲，務頭在其上，知音傑
> 作也。⑬

此外又有論及某曲牌末句之平仄，《中原音韻》云：「詩頭
曲尾是也。如得好句，其句意盡，可爲末句。⑭」因爲曲之尾句
平仄特別重要，故拈出六十九首常用曲牌將其末句定出標準格
式。例如：末句須用「去上」者有——【慶宣和】；末句用「仄
仄平平」者有——【折桂令】、【水仙子】、【殿前歡】、【喬木
查】、【普天樂】；末句須用「仄平平仄平平去」者有——【落
梅風】、【上小樓】、【夜行船】、【撥不斷】、【賣花聲】等。凡
此論點皆爲度人之金針，闕此則弗善也。周德清之曲韻曲律理論
雖有諸多闕失，不合於正式曲譜須統一化、格律化之要求，僅能

以過渡期之基型曲譜視之，然而對後世研究曲韻、曲律者，具有
莫大之影響力，乃無人能否認之事實也。

第三節　創作論

　　元代曲論中，專門提到創作之論調，有周德清《中原音韻》
「正語作詞起例」之「作詞十法」、陶宗儀《南村輟耕錄》卷八
「作今樂府法」及鍾嗣成《錄鬼簿》中零星散落於各處之理論。
茲將各家之創作主張略論於後：

一、才氣說：
　　　　　　　　文章政事，可學而得；歌曲詞章，自天性中來：

> 蓋無文章政事，一代典型，乃平日之所學；而歌曲詞章，
> 由於和順積中，英華自然發於外。……蓋風流蘊藉，自天
> 性中來，若夫村樸鄙陋，固不必論也。⑮

> 王庸，……其製作，清雅不俗，難以形容其妙趣，知音者
> 服其才焉。⑯

　　可知鍾氏主張「才氣論」，曹丕《典論・論文》所謂：「文
以氣爲主，氣之清濁有體，不可力強而致。至於引氣不齊，巧拙
有素，雖在父兄，不能以移子弟。」嚴羽《滄浪詩話》所謂：
「詩有別材，非關書也；詩有別趣，非關理也。⑰」尤其是韻文
方面之創作，藉由後天努力，的確能以勤補拙，到達某種程度，
然若論及登峰造極之境，則非賴天才之資不可達；嚴羽《滄浪詩
話》云：「以文字爲詩、以議論爲詩、以才學爲詩；以是爲詩，
夫豈不工，終非古人之詩也，蓋於一唱三嘆之音，有所歉焉。…
…讀之終篇，不知著到何在。⑱」鍾氏所云，即是此意。同時也

因爲人才之難得，故鍾氏逢才必顯，知才必達；《錄鬼簿》卷上
「前輩已死名公才人，有所編傳奇行於世者」編後云：「右前輩
編撰傳奇名公，僅止於此，才難之云，不其然乎？余僻處一隅，
聞見淺陋。散在天下，何地無才，蓋聞則必達，見則必知，姑叙
其姓名於右。⑲」以此知鍾氏創作論中，主張文以才爲主，故而
編纂《錄鬼簿》達到知才惜才之目的。

二、主工巧、務新奇，要皆出以自然，不以蹈襲爲尚：

　　《錄鬼簿》批評名公才人之作，嘗多次出現「新奇」、「工巧」
文字，以此可知其創作之觀點，例如：

　　　　范康，……一下筆即「新奇」，蓋天資卓異，人不可及也。
　　　　沈和，……如瀟湘八曲、歡喜冤家等曲，極爲「工巧」。
　　　　睢景臣，……又有【南呂・一枝花】題情云……亦爲「工
　　　　巧」，人所不及也。
　　　　周文質，……體貌清癯，學問賅博，資性「工巧」，文筆
　　　　「新奇」。
　　　　張以仁，……但於學問之餘，事務之暇，心機靈變，世法
　　　　通疏，移宮換羽，「搜奇索怪」，而以文章爲戲玩者，誠
　　　　絕無而僅有者也。
　　　　錢霖，……其自作樂府，有《醉邊餘興》，詞語極「工
　　　　巧」。
　　　　高克禮，……小曲、樂府，極爲「工巧」，人所不及。
　　　　王曄，……能詞章樂府，臨風對月之際，所製「工巧」。
　　　　吳朴，……所作「工巧」。⑳

　　觀諸上文，鍾氏在創作方面提及「工巧」或者「搜奇索怪」者，有八次之多，提及「新奇」者兩次，可知「工巧」與「新奇」於鍾氏心目中所佔份量之重，然此類作品皆須以出乎自然、不尙蹈襲爲其基本條件，例如鍾氏評元四大家之鄭光祖則曰：「公之所作，不待備述，名香天下，聲振閨閣，伶倫輩稱『鄭老先生』，皆知其爲德輝也。惜乎所作，貪於俳諧，未免多於斧鑿，此又別論焉。㉑」此中所謂「貪於俳諧，未免多於斧鑿」，即指不出於自然之意，不自然之作，即使元曲四大家亦難免譏焉。又評金仁傑則曰：「所述雖不駢麗，而其大概，多有可取焉。」金氏不以駢麗見稱，而仍有可取之處，或指其本色語也。評廖毅則曰：「……時出一二舊作，皆不凡俗，如【越調】『一點靈光』，借燈爲喻。【仙呂·賺煞】曰：『因王魁淺情，將桂英薄倖，致令得潑煙花不重俺俏書生』，發越新鮮，皆非蹈襲。㉒」亦指出廖毅之好乃在於新奇而不蹈襲之一面。

三、文學作品以感人爲要：

　　文學作品儘管新奇工巧，若缺乏感人之因素亦是枉然，故其評鮑天祐讚譽有加，蓋因有情之故也：

> 跬步之間，惟務搜奇索古而已。故其編撰，多使人感動詠嘆。余與之談論節奏，至今得其良法。㉓

　　以創作領域而論，在所有作家中，鍾氏最屬意此人，所編作品感人佔有重要因素。

四、作曲用字要訣：

　　周德清《中原音韻》提出「作詞十法」之主張，所謂十法
爲：知韻、造語、用事、用字、入聲作平聲、陰陽、務頭、對
偶、末句、定格。其中「造語」、「用事」、「用字」、「對耦
（同偶）」諸項，頗多牽涉到創作用字技巧之問題，是作曲者之圭
臬，試舉例如下：

> 造語——可作：「樂府語、經史語、天下通語」。未造其
> 語，先立其意；語、意俱高爲上。……
> 造語必俊，用字必熟，太文則迂，不文則俗；文而不文，
> 俗而不俗，要聳觀，又聳聽，格調高，音律好，襯字無，
> 平仄穩。不可作：「俗語、蠻語、謔語、嗑語、市語、方
> 語、書生語、譏誚語、全句語、拘肆語、張打油語、雙聲
> 疊韻語、六字三韻語、語病、語澀、語粗、語嫩。」㉔
> 用事——明事隱使，隱事明使。……
> 對耦——逢雙必對，自然之理，人皆知之。㉕

　　凡此，要非精通作曲之道者，實無以道出個中三昧，後世曲
家填曲大都以此爲圭臬。而陶宗儀《南村輟耕錄》卷八「作今樂
府法」云：

> 喬夢符博學多能，以樂府稱。嘗云作樂府亦有法曰：鳳
> 頭、豬肚、豹尾六字是也。大概起要美麗，中要浩蕩，結
> 要響亮。尤貴在首尾貫穿、意思清新，苟能若是，斯可以
> 言樂府。㉖

　　此說雖引自喬吉，而有賴陶宗儀筆之於書，方得流傳於後。

第四節　表演論

　　元代有關表演方面之論說，就專門著作而論，最著名者唯芝菴《唱論》一書；就零星不成套之理論而言，胡祇遹〈黃氏詩卷序〉、〈優伶趙文益詩序〉、楊維楨〈周月湖今樂府序〉、〈沈氏今樂府序〉、〈宋明優戲序〉、〈優戲錄序〉、〈送朱女士桂英演史序〉；朱士凱《錄鬼簿・後序》、虞集《中原音韻・序》等，或多或少，皆有提及表演理論之事。而夏庭芝《青樓集》在表演方面所載大致為青樓女子所具備之才藝如：戲曲、諸宮調、嘌唱、說話、舞蹈等記錄而已，對表演之理論著墨較少，茲不論述。故本小節以《唱論》及〈黃氏詩卷序〉為範圍討論之。

一、演唱技巧：

　　關於演員在演唱時之技巧問題，《唱論》有許多寶貴之資料。例如：

首先，歌唱時須注意節奏、節度、聲韻：

　　歌之節奏：停聲、待拍、偷吹、拽棒、字真、句篤、依腔、貼調。

　　凡歌一聲，聲有四節：起末、過度、搵簪、擷落。

　　凡歌一句，聲韻有一聲平、一聲背、一聲圓。聲要圓熟，腔要徹滿。[27]

　　所謂「停聲待拍」即是歌唱時，拍子要乾淨清楚，當停即停，該等就等，不可拖泥帶水、交待不清。而「字真句篤」即指咬字清晰，一字一句皆要落實，使聽者得以了然於心，方能感

人。歌者更須將聲與腔之特質拿捏穩準，聲之韻要圓融成熟，聲
之節要分清段落，唱腔要貫徹飽滿，貼近宮調所要表達之感情，
不可離題太遠。而胡祇遹〈黃氏詩卷序〉所謂「女樂百伎，獨步
同流」之「九美說」，其中第四、第五、第七等項，皆提及演唱
技巧問題：

> ……四、語言便利，字句眞明。五、歌喉清和圓轉，累累
> 然如貫珠。……七、一唱一說，輕重疾徐中節合度，雖記
> 誦閑熟，非如老僧之誦經。㉘

此中所提大類亦爲歌者須咬字清晰，轉喉圓婉，說唱中節，
輕重合度等觀念。此外，胡氏更提及演員做舞臺表演時之注意事
項，較之歌者又更進一層：

> 女樂之百伎，惟唱說焉。一、姿質濃彩，光彩動人；二、
> 舉止閒雅，無塵俗態；三、心思聰慧，洞答事物之情狀；
> ……六、分付顧盼，使人解悟；……八、發明古人喜怒哀
> 樂、憂悲愉佚、言行功業，使觀者如在目前，諦聽忘倦，
> 惟恐不得聞；九、溫故知新，關鍵詞藻，時出新奇，使人
> 不能測度爲之限量。㉙
> 恥踪塵爛，以新巧而易拙，出於衆人之不意，世俗之所未
> 嘗聞見者。㉚

此二文所言，首要條件是演員之外形，資質動人，嫻雅不俗
爲先決條件；其次表演要入木三分，令觀衆有眞實感，聞之見
之，唯恐不得聞見；最後演員要知所上進，關鍵詞藻能隨時更
新，不落俗套，不習故常，出人意表，世俗之人聞所未聞，令人

不可限量，觀眾方能愛悅。

二、歌唱者必須掌握宮調之聲情：

《唱論》將北曲六宮十一調，共十七宮調之聲情特色加以保留，自元曲之音樂性亡失後，此論成爲後世研究元代音樂之主要根據。當代劇作家在作劇時，必須選擇與劇情相應之宮調做配合，而歌唱者亦必須對宮調聲情之表達有所了解，方能掌握歌曲之情感，其文曰：

> 仙呂調唱，清新綿邈。　南呂宮唱，感嘆悲傷。　中呂宮唱，高下閃賺。　黃鐘宮唱，富貴纏綿。　正宮唱，惆悵雄壯。　道宮唱，飄逸清幽。　大石唱，風流醞藉。　小石唱，旖旎嫵媚。　高平唱，條物滉漾。　般涉唱，拾掇坑塹。　歇指唱，急併虛歇。　商角唱，悲傷婉轉。　雙調唱，健捷激裊。　商調唱，悽愴怨慕。　角調唱，鳴咽悠揚。　宮調唱，典雅沉重。　越調唱，陶寫冷笑。㉚

以上爲芝菴對各宮調之聲情詮釋，如今看來，有些尚能理解，有些已不甚了了，例如：「條物滉漾」、「拾掇坑塹」、「急併虛歇」等用詞，礙於時空間阻，委實難以完全了解。元人作劇組套慣例，第一折必用【仙呂】，第二折用【南呂】或【正宮】，第三折用【中呂】，第四折用【雙調】，除第一折外，其餘可視需要做調整，此種組套情況，與聲情表達或有密切關係。

三、歌唱者必須對自身嗓音特質有深入了解，並且避免歌唱弊病，才能進一步發揮其才能：

凡人聲音不等，各有所長。有川嗓，有堂聲，背合破簫
管。有唱得雄壯的，失之村沙；唱得蘊拭的，失之乜斜；
唱得輕巧的，失之閒賤；唱得本分的，失之老實；唱得用
意的，失之穿鑿；唱得打揾的，失之本調。㉜

　　所謂「歌唱弊病」即指歌者所易犯之毛病，有三種：其一
「歌節病」，指歌者因工夫下得不深，故唱得不入人耳。其二「唱
聲病」，指聲音先天不佳，如：散散、焦焦、乾乾、濁濁等，或
歌唱時搖頭、歪口、合眼、張口、昂頭、咳嗽等，皆爲毛病。其
三「添字病」，指歌者任意添字之惡習，如歌時添加：兀那、兀
的、不呢、一條了、一片了等等，皆爲惡習，歌者當極力避免。

第五節　戲曲史論

　　《錄鬼簿》除記載戲曲散曲作家之生平事蹟、作品目錄外，
在戲曲史方面，對後世亦有重大意義。首先本書以作者本人爲基
準點，勾勒出作者前後之散曲或雜劇作家，作家中又有「名
公」、「才人」；「已死」、「未死」；「相知」、「不相知」之
分，藉此分類，元代劇作家之先後年代因此而一脈相貫矣，遂令
一片混沌茫昧之元代曲壇、曲家，有孰先孰後之大致依歸，此爲
鍾氏在戲曲史上之最大貢獻，亦爲清人戲曲序跋中談論史觀之起
源。王國維《宋元戲曲考》即依此書之所提供之資料，而對元劇
作家之分期以及籍貫分布，有重大發現：

一、將元劇作家分爲三期：

　　王國維《宋元戲曲考》首創元雜劇作家可分爲三期之說，云：

由是觀之，則元劇創造之時代，可得而略定矣。至有元一代之雜劇可分爲三期：一、蒙古時代：此自太宗取中原以後，至至元一統之初。《錄鬼簿》卷上所錄之作者五十七人，大都在此期中。……其人皆北方人也。二、一統時代：則自至元後，至至順後，至元間。《錄鬼簿》所謂「已亡名公才人，與余相知或不相知者」是也。其人則南方人爲多；否則北人而僑寓南方者也。三、至正時代：《錄鬼簿》所謂「方今才人」是也。此三期，以第一期之作者爲最盛，其著作存著亦多，元劇之傑作大抵出於此期中。㉝

二、觀察出元劇作家前期聚集於大都，後期南遷至杭州，《宋元戲曲考》云：

更就雜劇家之里居研究之，……則六十二中，北人四十九，而南人十三。而北人之中，中書省所屬之地，即今直隸山東西產者，又得四十六人。而其中大都產者，十九人；且此四十六人中，其十分之九，爲第一期之雜劇家，則雜劇之淵源地，自不難推測也。又北人之中，大都之外，以平陽爲最多，其數當大都之五分之二。……至中葉以後，則劇家悉爲杭州人，中如宮天挺、鄭光祖、曾瑞、喬吉、秦簡夫、鍾嗣成等，雖爲北籍，亦均久居浙江，蓋雜劇之根本地，已移至南方，豈非以南宋舊都，文化頗盛之故？㉞

後世研究戲曲史者大致皆以鍾嗣成、王國維之意見爲依歸。

例如俞爲民、孫蓉蓉《中國古代戲曲理論史通論》云：

> 鍾嗣成在記載雜劇作家時，並不是雜亂無章的，而是根據
> 作家生活的時代先後及與自己的關係，將他們分爲「前輩
> 已死名公，有樂府行於世者」、「方今已亡名公」、「方今
> 才人」三類排列，通過這一排列，可以看出元雜劇從興盛
> 到衰落的發展過程。㉟

李春祥〈鍾嗣成的貢獻〉亦云：

> 在《錄鬼簿》裡，鍾氏突出作家中心時，以自己爲出發
> 點，以前輩和方今作時序，對作家按期分類，進行排列。
> 前輩和方今本身就是時間概念，這個概念貫串在全書中，
> 就是一條史的線索。根據這線索，他把元雜劇發展階段劃
> 分做兩個時期，天一閣藍格抄本就是將元劇作家排列爲
> 「前輩才人有所編傳奇于世者五十六人」和「方今才人相
> 知者爲之作傳，以【凌波仙】曲弔之」兩期的。㊱

凡此研究成果，大皆得自於《錄鬼簿》者。故將鍾嗣成推爲
「中國戲曲史之鼻祖」，而將《錄鬼簿》譽爲「中國戲曲史開山之
作」，皆可當之無愧矣。除此，元陶宗儀《南村輟耕錄》亦有相
關於戲曲史論方面之記載：

> 金有院本、雜劇、諸公（宮）調。院本、雜劇其實一也。
> 國朝院本、雜劇始釐而二之。㊲

說明院本、雜劇在宋金時代只有名稱相異，至元代院本與雜
劇始分而爲二。宋室南遷後，部分雜劇優伶隨南宋政權南下至臨

安，留在北方之優伶，爲適應環境，即與金朝之演員切磋技藝，在以宋雜劇爲基礎之表演藝術上逐漸產生變化，即後世所謂之金院本，而從宋雜劇過度至金院本之期間，雜劇、院本並無多大歧異，唯有名稱上之不同，直至元雜劇產生後，院本、雜劇方有實質上之差異。此段資料在戲曲史論上有重大之意義與價值。

注　解

① 鍾嗣成：《錄鬼簿》，《中國古典戲曲論著集成》（大陸北京：中國戲劇出版社，1959年7月）冊2，頁101。

② 鍾嗣成：《錄鬼簿》，《中國古典戲曲論著集成》（大陸北京：中國戲劇出版社，1959年7月）冊2，頁120。

③ 鍾嗣成：《錄鬼簿》，《中國古典戲曲論著集成》（大陸北京：中國戲劇出版社，1959年7月）冊2，頁125。

④ 鍾嗣成：《錄鬼簿》，《中國古典戲曲論著集成》（大陸北京：中國戲劇出版社，1959年7月）冊2，頁126。

⑤ 鍾嗣成：《錄鬼簿》，《中國古典戲曲論著集成》（大陸北京：中國戲劇出版社，1959年7月）冊2，頁128。

⑥ 鍾嗣成：《錄鬼簿·序》，《中國古典戲曲論著集成》（大陸北京：中國戲劇出版社，1959年7月）冊2，頁101。

⑦ 鍾嗣成：《錄鬼簿·序》，《中國古典戲曲論著集成》（大陸北京：中國戲劇出版社，1959年7月）冊2，頁101。

⑧ 張擇：《青樓集·序》，《中國古典戲曲論著集成》（大陸北京：中國戲劇出版社，1959年7月）冊2，頁6。

⑨ 夏庭芝：《青樓集·誌》，《中國古典戲曲論著集成》（大陸北京：中國戲劇出版社，1959年7月）冊2，頁7-8。

⑩ 以下三條資料皆出自夏庭芝：《青樓集》，《中國古典戲曲論著

集成》（大陸北京：中國戲劇出版社，1959年7月）冊2，頁17。

⑪　夏庭芝：《靑樓集》，《中國古典戲曲論著集成》（大陸北京：中
國戲劇出版社，1959年7月）冊2，頁17-20。 茲不贅述。

⑫　周德淸：《中原音韻》，《中國古典戲曲論著集成》（大陸北京：
中國戲劇出版社，1959年7月）冊1，頁242。

⑬　周德淸：《中原音韻》，《中國古典戲曲論著集成》（大陸北京：
中國戲劇出版社，1959年7月）冊1，頁242-243。

⑭　周德淸：《中原音韻》，《中國古典戲曲論著集成》（大陸北京：
中國戲劇出版社，1959年7月）冊1，頁237。

⑮　鍾嗣成：《錄鬼簿》，《中國古典戲曲論著集成》（大陸北京：中
國戲劇出版社，1959年7月）冊2，頁104。

⑯　鍾嗣成：《錄鬼簿》，《中國古典戲曲論著集成》（大陸北京：中
國戲劇出版社，1959年7月）冊2，頁134。

⑰　嚴羽：《滄浪詩話·滄浪詩話詩辨》，《中國歷代文論選》（臺灣
臺北：木鐸出版社，1981年4月）中冊，頁170。

⑱　嚴羽：《滄浪詩話·滄浪詩話詩辨》，《中國歷代文論選》（臺灣
臺北：木鐸出版社，1981年4月）中冊，頁170。

⑲　鍾嗣成：《錄鬼簿》，《中國古典戲曲論著集成》（大陸北京：中
國戲劇出版社，1959年7月）冊2，頁117。

⑳　以上所錄數則，皆見於鍾嗣成：《錄鬼簿》，《中國古典戲曲論
著集成》（大陸北京：中國戲劇出版社，1959年7月）冊2，頁
120-136。

㉑　鍾嗣成：《錄鬼簿》，《中國古典戲曲論著集成》（大陸北京：中
國戲劇出版社，1959年7月）冊2，頁119。

㉒　鍾嗣成：《錄鬼簿》，《中國古典戲曲論著集成》（大陸北京：中
國戲劇出版社，1959年7月）冊2，頁126。

㉓　鍾嗣成：《錄鬼簿》，《中國古典戲曲論著集成》（大陸北京：中

國戲劇出版社，1959年7月）冊2，頁122。

㉔　周德清：《中原音韻》，《中國古典戲曲論著集成》（大陸北京：
中國戲劇出版社，1959年7月）冊1，頁233-234。

㉕　此用事、對耦二項俱見於周德清：《中原音韻》，《中國古典戲
曲論著集成》（大陸北京：中國戲劇出版社，1959年7月）冊1，
頁233-234。

㉖　陶宗儀：《南村輟耕錄》，《元明史料筆記叢刊》（大陸北京：中
華書局，1959年2月）頁306。

㉗　芝菴：《唱論》，《中國古典戲曲論著集成》（大陸北京：中國戲
劇出版社，1959年7月）冊1，頁159。

㉘　胡祗遹：《紫山大全集・黃氏詩卷序》，《四庫全書・集部》（臺
灣臺北：臺灣商務印書館，1986年3月）冊1196，卷8，頁
149。

㉙　胡祗遹：《紫山大全集・黃氏詩卷序》，《四庫全書・集部》（臺
灣臺北：臺灣商務印書館，1986年3月）冊1196，卷8，頁
149。

㉚　胡祗遹：《紫山大全集・優伶趙文益詩序》，《四庫全書・集部》
（臺灣臺北：臺灣商務印書館，1986年3月）冊1196，卷8，頁
150。

㉛　芝菴：《唱論》，《中國古典戲曲論著集成》（大陸北京：中國戲
劇出版社，1959年7月）冊1，頁160。

㉜　芝菴：《唱論》，《中國古典戲曲論著集成》（大陸北京：中國戲
劇出版社，1959年7月）冊1，頁161-162。

㉝　王國維：《宋元戲曲考》，《觀堂曲學名著八種》（臺灣臺北：盤
庚出版社，1978年9月）頁80-81。

㉞　王國維：《宋元戲曲考》，《觀堂曲學名著八種》（臺灣臺北：盤
庚出版社，1978年9月）頁83-84。

㉟　俞爲民、孫蓉蓉：《中國古代戲曲理論史通論》，（臺灣臺北：
　　華正書局，1998年5月）頁86。

㊱　李春祥：〈鍾嗣成的貢獻〉，《中國古代戲曲論集》（大陸北京：
　　中國展望出版，1986年4月）頁132。

㊲　陶宗儀：《南村輟耕錄》，《元明史料筆記叢刊》（大陸北京：中
　　華書局，1959年2月）頁306。

第四章　明代之戲曲理論

　　本文將明代之戲曲理論分四期論述，第一期從明初太祖洪武初年(1368)至武宗正德十六年(1521)；第二期世宗嘉靖元年(1522)至穆宗隆慶六年(1572)；第三期神宗萬曆元年(1573)至萬曆四十九年(1621)；第四期光宗天啓元年(1621)至思宗崇禎十六年(1644)，茲將各期戲曲理論分述於後：

第一節　明初太祖洪武初年(1368)至武宗正德十六(1521)

　　此期之明代戲曲家處於改革北雜劇及創造南傳奇之時期，無暇論曲，故曲論之發展較爲緩慢，僅有賈仲明《增補錄鬼簿》、無名氏《錄鬼簿續編》、朱權《太和正音譜》等著作。

　　賈仲明之《增補錄鬼簿》是就鍾嗣成之《錄鬼簿》原著加以重新分類、補充，繼承原著之精神而擴大其論曲之範圍，對後世影響較大者爲作家作品批評論。賈仲明爲《錄鬼簿》添加輓詞，原著自關漢卿至高安道等八十二人皆無輓詞，賈仲明沿襲鍾氏所用之【凌波仙】曲牌，爲之一一補入，批評深刻，觀照廣博，是一部精簡之元代作家、作品批評論，有助於後世對元雜劇作家做更深層之認識，亦間接促進元劇作家地位之提昇。如弔關漢卿云：

珠璣語唾自然流◎金玉詞源即便有◎玲瓏肺腑天生就◎風月情忒慣熟◎姓名香四大神物（案「物」當爲「洲」之誤①）◎驅梨園領袖◎總編修師首◎撚雜劇班頭◎②

　　據此可斷出關氏身世、作品之蛛絲馬跡：一、關氏著作以風月劇占多數；二、關氏至明初已名滿天下、家喻戶曉；三、關氏身兼數職，是呼風喚雨、指揮演員、頗孚衆望之梨園領袖；是書會總編修，編雜劇獨步一時，所著以文采翩翩、自然本色著稱。四、雜劇演員不足時，不惜粉墨登場，以良家身份行戾家把戲。故根據賈仲明之輓詞，不僅可增加對關漢卿了解，亦可彌補文獻不足之憾。其他輓詞亦大類此。

　　無名氏《錄鬼簿續編》則附錄於賈仲明《增補錄鬼簿》之後，其生存年代與賈氏相合，乡疑爲賈氏之作，然賈氏本人則隻字未提，且又因本書亦將賈氏之生平事蹟、作品名目收入，且稱賈曰：「公丰神秀拔，衣冠濟楚，量度汪洋，天下名士大夫，咸與之相交。③」若爲賈氏所作，似不當自誇若此。本書記載元明間戲曲作家，自鍾嗣成至戴伯可凡七十一人之簡略生平；雜劇作品名目七十八種；及「諸公傳奇，失載名氏」者雜劇七十八種。可彌補元末明初雜劇發展史上，文獻不足徵之闕失。

　　朱權《太和正音譜》完稿於洪武三十一年(1398)，成書目的在爲北曲立一正音之標準。內容包括：「樂府體式」、「古今群英樂府格式」、「雜劇十二科」、「群英所編雜劇」、「知音善歌者」、「音律宮調」、「詞林須知」、「北雜劇曲譜」等八大部分，茲將其與曲論有關之理論分述於後云：

一、首創散曲、戲曲風格論：

　　朱權《太和正音譜》卷上云：「予今新定府體一十五家，及對式名目。」其中所謂「體」，學者皆以爲即是指樂府之風格而言④，而「府體」即指樂府之風格，此所謂「樂府」包括散曲戲

曲之範圍，以散曲戲曲之風格做爲研究對象，朱權而外，前無古
人。

　　朱權所分之十五家風格如下：

　　丹丘體：豪放不羈。

　　宗匠體：詞林老作之詞。

　　黃冠體：神遊廣漠，寄情太虛，有餐霞服日之思，名曰道
　　　　　　情。

　　承安體：華觀偉麗，過於佚樂。承安，金章宗正朔。

　　盛元體：快然有雍熙之治，字句皆無忌憚。又曰不諱體。

　　江東體：端謹嚴密。

　　西江體：文采煥然，風流儒雅。

　　東吳體：清麗華巧，浮而且艷。

　　淮南體：氣勁趣高。

　　玉堂體：公平正大。

　　草堂體：志在泉石。

　　楚江體：屈抑不伸，攄哀訴志。

　　香奩體：群裾脂粉。

　　騷人體：嘲譏戲謔。

　　俳優體：詭喻婬虐。即婬詞。⑤

　　此種分類法，可貴處在於將每一家風格作言簡意賅之深入之
分析，令後世研究曲家風格者有所依循，有所效法，可謂開山鼻
祖。而缺點在於類別不一、頭緒紛繁、重疊性高，故後學者紛紛
提出批評觀點，清劉熙載《藝概·詞曲概》云：

《太和正音譜》諸評，約之祇清深、豪曠、婉麗三品。清
深，如吳仁卿之「山間明月」也；豪曠，如貫酸齋之「天
馬脫羈」也；婉麗，如湯舜民之「錦屛春風」也。⑥

　是知劉熙載已將此十五種風格僅歸爲三種，而此種之劃分亦
因「淸深」與「婉麗」有部分重疊性而不甚理想，現代學者任二
北據前人之研究而有更上層樓之發揮與闡論，其《散曲概論》
云：

明寧王權《太和正音譜》之上卷，先列樂府十五體，……
……含意未純，有涉文章之派別者，有涉文字之内容者。
……涉及文字之内容者八體如次，……黃冠體、……承安
體、……玉堂體、……草堂體、……楚江體、……香奩
體、……騷人體、……俳優體。此八體所訂雖未足以盡該
（當爲賅）前人一切之作，而大概已具。……尚有關於文
章派別者七體如下：丹丘體、……宗匠體、……盛元體、
……江東體、……西江體、……東吳體、……淮南體，…
…惟此七體中，細按之，仍有重複及不切實處：僅丹丘體
之豪放不羈，江東體之端謹嚴密，東吳體之清麗華巧，可
以鼎峙而立，成爲三派；若盛元之字句皆無忌憚，淮南之
氣勁趣高，其義皆可於丹丘體之豪放不羈四字中見之；西
江之文采煥然，風流儒雅，可以附見於東吳體之清麗華巧
内；若宗匠體之詞林老作，不過指作者筆下老練而言，是
於各派之中皆有之，若其本身，終不能自成爲文章之一派
也。僅列豪放、端謹、清麗三派，事實上已可以廣包一
切。⑦

　　故現代論曲之風格者皆以任氏之「豪放、端謹、清麗」三論點為依歸，而探本溯源，要皆以朱權之十五家體式為濫觴。

二、作家批評：

　　繼鍾嗣成《錄鬼簿》之後，朱權《太和正音譜・古今群英樂府格勢》正式評論元明散曲戲曲作家二百零三人之風格，其中元代一百八十七人中，八十二人附有評論，一百零五人僅附姓名⑧。而有評論者又有詳簡之別，以馬東籬、張小山、白仁甫、李壽卿、喬夢符、費唐臣、宮大用、王實甫、張鳴善、關漢卿、鄭德輝、白無咎等十二人為最詳，其餘七十人則每人四字之評而已，而明朝十六人皆附有評論，各有詳簡之別。茲各舉一例如下：

> 元：關漢卿之詞，如瓊筵醉客。觀其詞語，乃可上可下之才，蓋所以取者，初為雜劇之始，故卓以前列。⑨
> 元：貫酸齋之詞，如天馬脫羈。鄧玉賓之詞，如幽谷芳蘭。⑩
> 明：谷子敬之詞，如崑山片玉。其詞理溫潤，如璆琳琅玕，可薦為郊廟之用，誠美物也。⑪
> 明：藍楚芳之詞，如秋風桂子。陳克明之詞，如九畹芳蘭。⑫

　　以上樂府群英格勢，後之論各曲家風格者，每以此為準，然亦有譏之者，如王驥德《曲律・雜論第三十九上》即不屑於此：

> 《正音譜》中所列元人，各有品目，然不足憑。涵虛子於

文理原不甚通，其評語多足付笑。又前八十二人有評，後
一百五人漫無可否，筆力竭耳，非眞有所甄別其間也。⑬

王氏所言並非全無道理，例如：如朱權將關漢卿列爲「可上
可下之材」之缺乏識見之類，然後世對元劇作家在風格方面之認
知，大類以此爲準則，亦爲不爭之事實，惟引用時須特別留意，
以免爲前人所誤導。而原書於樂府群英格勢之後尙附有簡略之創
作論，大抵言說創作樂府先要明腔，後要識譜，切忌傷於音律等
意見，而北曲譜之創作，即爲正音之故，此點容後段論之。

三、音律論：

朱權重視音律勝過所有法則，曰：「大概作樂府切忌有傷於
音律，乃作者之大病也。且如女眞風流體等樂章，皆以女眞人音
聲歌之，雖字有舛訛，不傷於音律，不爲害也。⑭」故以周德清
《中原音韻》所錄四十支北曲譜爲基礎，朱權將三百三十五首之
北曲曲牌依十二宮調歸類，選錄元代及明初之散曲雜劇爲例，註
明平仄四聲，雖然不無缺失，然而較之周德清之四十支曲譜，僅
用文字扼要說明特殊字之平仄用法者，更爲詳盡規律，後世研究
北曲音律格律、或製作北曲譜者，如：明范文若《博山堂曲
譜》、清李玉《北詞廣正譜》、清王奕清等編《欽定曲譜》、清周
祥鈺《九宮大成南北詞宮譜》之北曲部分，莫不以此爲重要參考
指標。

四、戲曲史料之蒐集與保存：

有關戲曲史料之保存，朱權在《太和正音譜》錄有「群英所

編雜劇」及「詞林須知」兩項，雖然還不能成爲一完備之理論架
構，然就保存戲曲史料之觀點而言，厥功甚偉。

「群英所編雜劇」共錄有元雜劇作家，「群英、良人」有馬
致遠等六十九人、三百八十五本，「娼夫不入群英」有趙明鏡、
張酷貧、紅字李二、花李郎等四人、十一本；明初雜劇作家朱權
等八人、三十三本；古今無名氏雜劇一百一十三本；收錄元代及
明初者凡五百四十二本，又於文末結尾云：

> 蓋雜劇者，太平之勝事，非太平則無以出。今以耳聞目擊
> 者收入譜內。天下才人非一，以一人管見，不能備知，望
> 後之知音者增入焉。⑮

依此，則當時雜劇又將超過此數矣，而就鍾嗣成《錄鬼簿》
而論，朱權所見已較之多出無名氏一百一十三本、明初三十三
本，凡此皆有助於後世研究戲曲史之資料。此外「詞林須知」所
錄之歌唱表演論、宮調性質、歷代著名歌唱家，大部分承襲元芝
菴《唱論》及鍾嗣成《錄鬼簿》之資料，有保存之效而無開創之
功。惟將當代九種雜劇角色名稱之來歷、特質、一一說明，提供
後世研究戲曲角色之有力線索，例如：

> 靚：付粉墨者爲之靚。獻笑供詔者也。古謂參軍。書語稱
> 狐爲「田參軍」，故付末稱「蒼鶻」者，以能擊狐也。
> 靚，粉白黛綠謂之「靚粧」，故曰「靚粧色」，呼爲
> 「淨」，非也。⑮

此項說明「淨」色之扮相、任務及與其他角色之關係，如
「付末」可撲打「靚」，蓋靚色古稱「參軍」、狐亦稱「田參軍」，

蒼鶻可以擊狐，付末古稱「蒼鶻」，故付末可在當場擊打靚色。
此外如：正末、付末、狙、狐、鴇、猱、捷譏、引戲等八色皆有
詳盡說明，可供研究參考。

五、優伶批評論：

朱權《太和正音譜》著錄群英所編雜劇，特將俳優編劇家另
立一項曰：「娼夫不入群英，共十一本」，註曰：

> 子昂趙先生曰：娼夫之詞名曰「綠巾詞」，其詞雖有切
> 者，亦不可以樂府稱也，故入於娼夫之列。⑯

又曰：

> 娼夫自春秋之世有之。異類托姓，有名無字，趙明鏡訛傳
> 趙文敬，非也；張酷貧訛傳張國賓，非也。自古娼夫，如
> 黃番綽、鏡新磨、雷海青之輩，皆古之名娼也，止以樂名
> 稱之耳，互世無字。⑰

又引趙子昂、關漢卿之言曰：

> 子昂趙先生曰：良家子弟所扮雜劇，謂之行家生活；娼優
> 所扮者，謂之戾家把戲。良人貴其恥，故扮者寡，今少
> 矣，反以娼優扮者謂之行家，失之遠也。……雜劇出於鴻
> 儒碩士、騷人墨客所作，皆良人也，若非我輩所做作，娼
> 優豈能扮乎？推其本而明其理，故以為戾家也。⑲
> 關漢卿曰：非是他當行本事，我家生活，他不過為奴隸之
> 役，供笑獻勤，以奉我輩耳。子弟所扮，是我一家風月。⑳

　　故依朱權所引關漢卿、趙子昂二者之言以觀之，則彼等賤視倡優之心亦已甚矣！然則關漢卿之言，在諸多資料中僅見引於朱權，是否確實出自關氏之口，尚有可議之處，而賈仲明增補本《錄鬼簿》輓關漢卿弔詞稱關氏為：「驅梨園領袖、總編修師首、捻雜劇班頭」，關氏亦有【南呂‧一枝花】散套，贈「雜劇為當代獨步」之伶人朱簾秀，可見關氏同大多數之元代才人相同，對優伶相惜有加，馬致遠不惜以曲狀元之尊，與花李郎、紅字李二、李時中等同編《黃粱夢》雜劇：

> 元貞書會李時中◎馬致遠、花李郎、紅字公◎四高賢合捻黃粱夢◎東籬翁頭折冤。第二折商調相從◎第三折大石調。第四折是正宮◎都一般愁霧悲風◎㉑

　　可見元代文人大都與優伶關係密切，賤視優伶之心態，尚無它種證據可尋。而趙孟頫子昂，宋室之胄，宋亡家居，以程鉅夫薦，累官至元翰林學士承旨、榮祿大夫，乞休南歸。《全元散曲》收其小令【黃鍾‧人月圓】云：

> 一枝仙桂香生玉。消得喚卿卿◎緩歌金縷。輕敲象板。傾國傾城◎　幾時不見。紅裙翠袖。多少閒情◎想應如舊。春山澹澹。秋水盈盈◎㉒

　　此為贈青樓女子之曲，觀其用詞吐屬，皆儒雅有致，難以想像其賤視優伶之心態，如朱權所引；蓋趙氏宋末元初人(1254-1322)；朱權元末明初人(1378-1448)，死生年代相距約五十年，所憾者，朱權所引不知出自何所也。而賤視優伶，自古有之，然亦有如夏庭芝《青樓集》以表揚優伶色藝為主者；而付之筆墨，

昭告於世，公然賤視者，除朱權外，亦不多見。後世編劇家與扮
演者分工越細，若再持朱權之見，則文人之劇皆爲案頭，難登氍
毹矣。

六、雜劇分科論：

有關雜劇之分科是依內容而分者，元夏庭芝《青樓集》嘗提
及雜劇有駕頭、花旦、軟末泥、閨怨、綠林等類，然隨意散置篇
章中，籠統而混雜，自朱權依劇本內容，始將元至明初雜劇分爲
十二科：

> 一曰神仙道化　二曰隱居樂道（又曰林泉丘壑）　三曰披
> 袍秉笏（即君臣雜劇）　四曰忠臣烈士　五曰孝義廉節
> 六曰叱奸罵讒　七曰逐臣孤子　八曰鏺刀趕棒（即脫膊雜
> 劇）　九曰風花雪夜　十曰悲歡離合　十一曰煙花粉黛
> （即花旦雜劇）　十二曰神頭鬼面（即神佛雜劇）㉓

綜觀此十二類分法，未臻理想，如第三、四、七類，皆涉及
君臣之事，內容重疊性高，難以界定；又第九、十、十一類，風
花雪夜必與悲歡離合有關，而煙花粉黛必定有風花雪夜及悲歡離
合之場面，強分爲三，似覺不妥。然而此無論矣，中國古典戲曲
之分類，實肇基於朱權，爲後世治戲曲者開啓無限門徑，其功不
可沒也。

第二節　世宗嘉靖元年(1522)至穆宗隆慶六年(1572)

此期有關戲曲理論方面之著作，較之明代前一百五十多年之
沉寂，可謂天壤之別，計有：魏良輔《南詞引正》、李開先《詞

諓》、何良俊《四友齋叢說‧曲說》、徐渭《南詞叙錄》、王世貞
《藝苑卮言‧曲藻㉔》、李贄《焚書》等，可謂犖犖大觀，令人目
不暇接，茲將此期重要理論分爲「表演論」、「本色論」、「劇本
批評論」、「音律論」、「戲曲史論」、「戲曲風格論」等項目，
分述於後：

一、表演論：

　　此期間提到表演論者有二：魏良輔《曲律》及李開先《詞
諓》，前者針對崑曲而發，後者以人爲例，多做説明。魏氏對學
唱崑曲者各有不同之要求，然各方人士皆須具備之基本認知爲
「三絕五難」：

> 曲有三絕：字清爲一絕；腔純爲二絕；板正爲三絕。……
> 曲有五難：開口難；出字難；過腔難；低難；轉收入鼻音
> 難。㉕

而開口唱曲時，魏氏又有不同之要求：

> 初學先從引發其聲響，次辨別其字面，又次理正其腔調，
> 不可混雜強記，以亂規格。如學【集賢賓】，只唱【集賢
> 賓】；學【桂枝香】，只唱【桂枝香】；久久成熟，移宮
> 換呂，自然貫穿。㉖
> 雙疊字，上兩字，接上腔，下兩字，稍離下腔。如【字字
> 錦】：「思思想想，心心念念」，又如【素帶兒】：「他
> 生得齊齊整整，裊裊停停」之類。至單疊字，比雙疊字不
> 同，全在頓挫輕便。如【尾犯序】：「一旦冷清清」之

類，要抑揚，於此演繹，方得意味。㉗

清唱，俗謂之冷板凳。不比戲場借鑼鼓之勢，全要閒雅整
肅，清俊溫潤。其有專於模擬腔調，而不顧板眼；又有專
主板眼而不審腔調，二者病則一般。惟腔與板兩工者，乃
為上乘。至如面上發紅，喉間筋露，搖頭擺足，起立不
常，此自關人器品，雖無與于曲之工拙，然能成此，方為
盡善。㉘

　　魏氏此語專為清唱而設，誠字字珠璣、出自肺腑，啟發後學
無限生機者也。次則李開先《詞謔》亦偶有提及歌唱表演之事
者：

徐州人周全……人每有從之者，先令唱一兩曲，其聲屬宮
屬商，則就其近似者而教之。教必以昏夜，師徒對坐，點
一炷香，師執之，高舉則聲隨之高，香住則聲住，低亦如
之。蓋唱詞惟在抑揚中節，非香，則用口說，一心聽說，
一心唱詞，未免相奪；若以目視香，詞則心口相應也。㉙

顏容，字可觀，……乃良家子，性好為戲，……嘗與眾扮
《趙氏孤兒戲文》，容為公孫杵臼，見聽者無戚容，歸即左
手持鬚，右手打其兩頰盡赤，取一穿衣鏡，抱一木雕孤
兒，說一番、唱一番、哭一番，其孤苦感愴，真有可憐之
色，難已之情。異日復為此戲，千百人哭皆失聲。㉚

　　前者談教唱之法，後者談表演者務必先將感情蓄積於胸中，
方能牽動觀眾於舉手投足之間。

二、本色論：

明代第二期曲論家中，涉及本色論之曲家有李開先、何良俊、徐渭等三人，然真正以此爲嚴肅議題而探討者，唯何良俊《曲論》⑪、徐渭《南詞叙錄》兩家而已。⑫何氏所謂「本色」，皆就戲曲而論，以爲劇作中有本色語方爲作家，故關馬鄭白四大家中獨推鄭光祖，蓋其「語入本色」也：

> 蓋《西廂》全帶脂粉，《琵琶》專弄學問，其本色語少。蓋塡詞須用本色語，方是作家。⑬

> 馬之詞老健而乏姿媚；關之詞激厲而少蘊藉；白頗簡淡，所欠者俊語；當以鄭爲第一。……鄭德輝所作情詞，亦自與人不同，……【寄生草】：「不爭琴操中單訴你飄零◎卻不道窗兒外更有人孤零◎」，……此語何等蘊藉有趣！【大石調‧初開口】內：「又不曾薦枕席◎便指望同棺槨。只想夜偷期◎不記朝聞道。」，……語不著色相，情意獨至，真得詞家三昧者也。⑭

> 鄭德輝《倩女離魂》【越調‧聖藥王】內：「近蓼花◎纜釣槎◎有折蒲衰草綠兼葭◎過水窪◎傍淺沙◎遙望見煙籠寒水月籠紗◎我只見茅舍三兩家◎」如此等語，清麗流便，語入本色，然殊不穠郁，宜不諧於俗耳。⑮

> 王實甫《絲竹芙蓉亭》雜劇仙呂一套，通篇皆本色，詞殊簡淡可喜。其間如：【混江龍】內：「想著我懷兒中受用。怕什麼臉上兒搶白◎」【元和令】內：「他有曹子建

> 七步才◎還不了龐居士一分債◎」【勝葫蘆】內：「兀的
> 般月斜風細。更闌人靜。天上巧安排◎」【寄生草】內：
> 「你莫不一家兒受了康禪戒◎」此等皆俊語也。㊱

> 王實甫不但長於情辭，有《歌舞麗春堂》雜劇，其十三換
> 頭【落梅風】內：「對青銅猛然兩鬢霜，全不似舊時模
> 樣。」此句甚簡淡。偶然言及老頓，即稱此二句，此老亦
> 自具眼。㊲

> ……【調笑令】內：「擘面的便搶白俺那病襄王◎呀，怎
> 生來番悔了巫山窈窕娘◎滿口裡之乎者也沒攔當◎都噴在
> 那生臉上◎謔笑那有情人恨無個地縫藏◎羞煞也敷粉何郎
> ◎」……止是尋常說話，略帶訕語，然中間意趣無窮，此
> 便是作家也。㊳

　　觀此數則，可知何良俊所謂「本色」乃必備數個條件：

　　其一，「簡淡而有俊語」，何氏頗為排斥「濃鹽赤醬」之用
詞造句，以為「刻畫太過」，不如「靚粧素服」、「天然妙麗」之
「簡淡」為勝，然「簡淡」並非一味白描，須有「俊語」，所謂
「俊語」即語含靈動、機伶、俏皮又逸趣橫生之意，白樸用詞簡
淡，然缺乏「俊語」，亦算不得本色。

　　其二，本色層次有高下之分，最高境界為「用語清麗流
便」、「不著色相而情意獨至」，如《西廂》帶脂粉，《琵琶》弄
學問，此則「著相」，「著相」則本色之味大減，便入下層矣。
至若不得已而非著相，如有關閨閣用語，則須以冷語出之，切忌
穠艷，如《西廂》閨閣用語：「魂靈兒飛在半天」、「我將你做

心肝兒看待」、「少可有一萬聲長吁短嘆，五千遍倒枕椎床」，何氏評曰：「語意皆露，殊無蘊藉。……鄭詞淡而淨，王詞濃而蕪。」用詞穠而蕪，則非本色矣。

其三，本色語不可一本正經，能做到尋常說話中帶無限意趣，方爲本色，亦唯有能作本色語者，方可稱爲作家而當之無愧。

徐渭《南詞叙錄》論及本色之次數，不及何良俊《曲論》之多，然亦有深刻語可供探討：

> 南易製，罕妙曲；北難製，乃有佳者；……南曲固是末句，然作者未易臻其妙，《琵琶》尚矣，其次則《玩江樓》、《江流兒》、《鶯燕爭春》、《荊釵》、《拜月》數種，稍有可觀，其餘皆俚俗語也。然有一高處：句句是本色語，無今人時文氣。㊴

> 以時文爲南曲，元末、國初未有也，其弊起於《香囊記》。《香囊》乃宜興老生員邵文明作，習詩經，專學杜詩，遂以二書語句勻入曲中，賓白亦是文語，又好用故事做對子，最爲害事。夫曲本取於感發人心，歌之使奴、童、婦、女皆喻，乃爲得體；經、子之談，以之爲詩且不可，況此等耶？直以才情欠少，未免鈔補成篇。吾意：與其文而晦，曷若俗而鄙之易曉也？㊵

> 《香囊》如教坊雷大使舞，終非本色，雖有一二套可取者，以其人博記，又得錢西清、杭道卿諸子幫貼，未至瀾倒，至於效顰《香囊》而作者，一味孜孜汲汲，無一句非

前場語，無一處無故事，無復毛髮宋元之舊，三吳俗子，以爲文雅，翕然敎其婢，遂至盛行。南戲之厄，莫盛於今。⑷

或言：「《琵琶記》高處在慶壽、成婚、彈琴、賞月諸大套。」此猶有規模可尋，惟食糠、嘗藥、築墳、寫眞諸作，從人心流出，嚴滄浪言「水中之月，空中之影」，最不可到。如十八答，句句是常言俗語，扭作曲子，點鐵成金，信是妙手。⑿

以上爲《南詞叙錄》中，與曲之本色有關之資料，綜合而論，本色之意有三：其一，與當代時文之駢麗無涉，即絕不以用詞駢麗爲尙；其二，本色之曲大都通俗易曉，絕非咬文嚼字、晦澀難通；其三，本色之曲不作前場語；不作典故語、掉書袋；不作文雅語；只用通常語言，加之以自內心流露之感情，即能點鐵成金，成爲佳篇。

凡此二家之本色論，對後世論本色者有莫大之啓發作用。

三、劇本批評論：

對前代劇作之批評，是本期曲論家最大特色、最高成就。舉凡李開先、何良俊、王世貞、李贄等曲家，皆有獨到之見解，茲將其論點叙述於下：

（一）從曲文賓白之觀點作評論：

曲文賓白爲構成劇本之大宗，同時亦爲曲論家論斷劇本高低優劣之重要條件。例如何良俊以爲元四大家中鄭光祖當爲第一，即以曲文賓白爲論斷觀點：

元人樂府稱馬東籬、鄭德輝、關漢卿、白仁甫爲四大家。
馬之詞老健而乏姿媚，關之詞激厲而少蘊藉；白頗簡淡，
所欠者俊語；當以鄭爲第一。㊸

《虎頭牌》是武元皇帝事。金武元皇帝未踐位時，其叔踐
之出鎮。十七換頭《落梅風》云：「抹得瓶口兒淨。斟得
盞兒圓◎望見碧天邊太陽澆莫◎只俺這女眞人無甚麼別咒
願◎則願我弟兄們早能夠相見◎」此等詞，情眞語切，正
當行家也。㊹

　　而李開先《詞謔》則以爲鄭光祖《王粲登樓》犯襯字太多、
賓白太繁之毛病；而《倩女離魂》之佳處，則少有匹配：

　　鄭德輝作《王粲登樓》雜劇，四折俱優，渾成慷慨，蒼老
　　雄奇。……然白處太繁，……又有不甚整齊者，襯字亦
　　多，大勢則不可及。……《倩女離魂》第三折，亦德輝
　　作，中呂。他調少有儷其美者。㊺

　　此皆就同一作者之曲文賓白作評論者，又有對同一劇本之曲
文賓白作不同評論者，如何良俊《曲論》即以爲《西廂》、《琵
琶》之曲文賓白過於造作，故不及元人雜劇：

　　……南人又不知北音，聽者即不喜，則習者亦漸少，而
　　《西廂》、《琵琶記》傳刻偶多，世皆快睹，故其所知者，
　　獨此二家。余所藏劇本幾三百種，舊戲本雖無刻本，然每
　　見於詞家之書，乃知今元人之詞，往往有出於二家之上
　　者。蓋《西廂》全帶脂粉，《琵琶》專弄學問，其本色語
　　少。㊻

　　此就文詞觀點論《西廂》、《琵琶》，以其穠艷繁瑣，不及元人雜劇亢爽本色，如以《拜月亭》與此二劇相較，則《拜》劇出其上矣！

> 《拜月亭》是元人施君美所撰。……余謂其高出《琵琶記》遠甚。蓋其才藻雖不及高，然終是當行。其「拜新月」二折，乃隱括關漢卿雜劇語。他如「走雨」、「錯認」、「上路」、館驛中相逢數折，彼此問答，皆不須賓白，而敘說情事，宛轉詳盡，全不費詞，可謂妙絕。⑰

此種批評王世貞並不贊同，在《曲藻》中，持反對看法：

> 《拜月亭》是元人施君美撰，亦佳。元朗謂勝《琵琶》，則大謬也。中間雖有一二佳曲，然無詞家大學問，一短也；既無風其情，又無裨風敎，二短也；歌演終場，不能使人墜淚，三短也。⑱

　　此類評論《拜月亭》與《西廂》、《琵琶》高下優劣之議題，引發後期之曲論家如沈德符、徐複祚、凌濛初、王驥德諸家之論爭，各有看法，此留待後段再表述。

　　（二）從劇本之創作動機作評論：

　　此期曲論家亦有關注到作者創作劇本之動機問題，並以此做爲劇本高下之標準。何良俊《曲論》以爲《西廂》僅一「情」字，創作首尾廿一套，不免蕪雜：

> 王實甫才情富麗，眞辭家之雄；但《西廂》首尾五卷，曲二十一套，終始不出一「情」字，亦何怪其意之重複，語

之蕪纇耶！今乃眞知元人雜劇止是四折，未爲無見。⑭

　　其實湯顯祖《牡丹亭》五十五齣亦詮釋一「情」字，未嘗有人以相同理由責怪之，何氏之評，無寧失之公允。其次論李贄《焚書》針對此項之意見，李氏所強調之創作動機，乃發自內心之眞感情：

> 且夫世之眞能文者，比其初皆非有意於爲文也。其胸中有如許無狀可怪之事，其喉間有如許欲吐而不敢吐之物，其口頭又時時有許多欲語而莫可所以告語之處，蓄極積久，勢不能遏。一日見景生情，觸目興嘆，奪他人酒杯，澆自己之壘塊，訴心中之不平，感數奇於千載。⑤

　　好文章旣創於無可做假、蓄之心胸已久之眞感情，李贄即以「非有意爲文」，「蓋出於胸臆」之標準來批判《拜月》、《西廂》、《琵琶》之優劣高下，則有所謂「化工」說、「畫工」說之創見：

> 《拜月》、《西廂》，化工也；《琵琶》，畫工也。夫所謂畫工者，以其能奪天地之化工，……要知造化無工，雖有神聖，亦不能識知化工之所在，而其誰能得知？由此觀之，畫工雖巧，已落二義矣。……蓋工莫工於《琵琶》矣。彼高生者，固已殫其力之所能工，而極吾才於旣竭，惟作者窮巧極工，不遺餘力，是故語盡而意亦盡，詞竭而味索然亦隨以竭。吾嘗攬《琵琶》而彈之矣：一彈而嘆，再彈而怨，三彈而向之怨嘆無復存者。此其故何耶？豈其似眞非眞，所以入人之心者不深耶！蓋雖工巧之極，其氣力限量

　　只可達於皮膚骨血之間，則其感人僅僅如是，何足怪哉！
《西廂》、《拜月》乃不如是。意者宇宙之內，本自有如此
可喜之人，如化工之於物，其工巧自不可思議爾。⑤

　　此說明《拜月》、《西廂》勝於《琵琶》之因乃在於：《琵
琶》有心爲文，似眞非眞，要與天地一爭短長，孰知天地造化之
工，雖有神聖亦不能解，何況以人力所爲之《琵琶》，雖極工
巧，亦難深入人心矣。而《拜月》、《西廂》之佳在於宇宙之間
本有其事，譜而爲曲絲毫不帶勉強，李贄所謂：「意者宇宙之
內，本自有如此可喜之人，如化工之於物，其工巧自不可思議。
⑤」以其初心，有意或無意爲文判斷三劇之高下，亦發前人所爲
發。而此初心李贄亦稱之爲「童心」，其《焚書》云：

　　　　夫童心者，眞心也，若以童心爲不可，是以眞心爲不可
　　　　也。夫童心者，絕假純眞，最初一念之本心也。若失卻童
　　　　心，便失卻眞心；失卻眞心，便失卻眞人。人而非眞，全
　　　　不復有初矣。……蓋其人既假，則無所不假矣。……然則
　　　　雖有天下之至文，其湮滅於假人而不盡見於後世者，又豈
　　　　少哉？何也？天下之至文，未有不出於童心焉者也。苟童
　　　　心常存，則道理不行，聞見不立，無時不文，無人不文，
　　　　無一樣創制體格文字而非文者。詩何必古選、文何必先
　　　　秦？降而爲六朝，變而爲近體，又變而爲傳奇，變而爲院
　　　　本、爲雜劇，爲《西廂》曲，爲《水滸傳》，爲今之舉子
　　　　業，大賢言聖人之道皆古今至文，不可得而時勢先後論
　　　　也。故吾因是而有感於童心者之自文也，更說什麼六經，
　　　　更說什麼《語》、《孟》乎？⑤

　　由此可知李贄批判文學作品之標準，除前所述「先有情再有文」之外，尚要求作者創作時之童心，若無此童真之心，縱有生花妙筆、錦心繡口，也不過是假；而凡千古至文，未有不出於眞情流露者，故以此標準評《拜月》、《西廂》云：「當與天地相終始，有此世界，即離不得此傳奇」，此乃眞知灼見之評論也，對後世之劇評有頗大之影響。

　　（三）從劇本之內容、結構觀點作評論：

　　以劇本內容或結構作爲評論標準之批評觀點，是後世絕大多數之曲家所採用之觀點，明代此期曲家中，以王世貞及李贄較爲凸顯。然而大多依劇本作各別批評，尚未形成理論架構標準。例如王世貞評《琵琶記》等劇云：

> 則誠所以冠絕諸劇者，不唯其琢句之工、使事之美而已，其體貼人情，委曲必盡；描寫物態，彷彿如生；問答之際，了不見扭造；所以佳耳。至於腔調微有未諧，譬如見鍾、王跡，不得其合處，當精思以求諧不當執末以議本也。⑭
>
> 《荊釵》近俗而時動人，《香囊》近雅而不動人，《五倫全備》是文莊元老大儒之作，不免腐爛，……《㑳梅香》雖有佳處，而中多陳腐措大語，且套數、出沒、賓白，全剽《西廂》。《王粲登樓》事實可笑，毋亦厭常喜新之病歟！⑮

　　此類批評於《曲藻》中隨處可見，其批評專注於劇本內容之清新獨創性，如《㑳梅香》用詞陳腐、剽竊《西廂》尤多，故瑕瑜互見；《王粲登樓》內容平庸可笑，無法感人；《五倫全備》

思想陳腐，全無動人之處；《荊釵》俗而動人，《香囊》雅，反而不動人，可見動人之關鍵無關乎用詞之俗雅，要於內容之清新且獨創性高耳。凡此批評觀點，皆爲清人戲曲序跋之啓發，其影響可謂大矣。

　　李贄首創之劇本評點法，即就所閱讀劇本之某一部分，有感於心，直接作出評論。雖有隻字片語、不成篇章之譏，然後世競相仿傚，蔚爲批評風潮，影響可謂旣深且遠矣。例如評點《玉合記》云：

> 此記亦有許多曲折，但當要緊處卻緩慢，卻泛散，是以未盡其美，然亦不可不謂之不知趣矣。㊌

　　此就其內容關目之安排即——「結構」觀點，作批評也。而其評《拜月亭》、《西廂記》、《紅拂記》云：

> 此記關目極好，說得好，曲亦好，眞元人手筆也。首似散漫，終致奇絕，以配《西廂》，不妨相追逐也。自當與天地相終始，有此世界，即離不得此傳奇。肯以爲然否？縱不以爲然，吾當自然其然。……（以下評《紅拂記》）此記關目好，曲好、白好、事好。㊐

　　以此可知李氏之評點，大致就劇本之本事、結構、曲白等方面，安排是否得當，做爲品評劇本之高下之標準，此與王世貞之劇本貴在清新獨創之觀點，足以構成此期劇評之特色，清人評騭劇本亦多借鏡於此。

四、音律論

　　此期曲論家在劇本音律之範圍內，都有絕對嚴格之要求，其中較著者有：李開先、何良俊二人。李氏《詞謔》之第二部分「詞套」，倣效周德清《中原音韻》品評四十支北曲之方式，選出諸家散套、劇套中境界高、本色在、音律佳者四十餘套，加以品評瑕瑜，例如評張小山【南呂·一枝花】〈湖上晚歸〉及馬致遠【雙調·夜行船】〈秋思〉云：

　　　張小山〈湖上晚歸〉南呂，當爲古今絕唱，世獨重馬東籬
　　　北【夜行船】，人生有幸不幸耳！周德清稱其：「不重
　　　韻、無襯字、韻險、語俊。諺曰：『百中無一』，余曰：
　　　『萬中無一』。看他用蝶、穴、傑、別、竭、絕字，是入聲
　　　作平聲；闕、説鐵、雪、拙、缺、貼、歇、徹、血、節
　　　字，是入聲作上聲；滅、月、葉，是入聲作去聲；無一字
　　　不妥，足爲後輩學法。」但「一夢」多唱「亦猛」字，若
　　　改「夢裡」二字，雖協，卻不如不改之爲愈。數十刻本，
　　　互有得失，今悉歸正。總較之，東籬蒼老，小山清勁；瘦
　　　至骨立，而血肉消化俱盡，乃孫悟空煉成萬轉金鐵驅矣；
　　　止有「錦英」㊽，「英」字欠穩，必得上聲；「人面紅」
　　　㊾，「紅」字必得去聲，上聲亦可；然又無字可改，將之
　　　奈何？……有俗夫改「冷」字爲「景」字㊿，則索然無餘
　　　味矣。[61]

　　又評張小山【南呂·一枝花】〈牽掛〉云：「韻窄而字不重，句高而情更款，開首全對尤難[62]。」[63]其餘評論元明諸曲家者，大類皆從聲律、韻律、對仗，乃至於當代傳唱情況著眼。其《詞謔》之第一部分〈詞謔〉亦多有品評音律之意見，謔而不

虐，云：

> 【清江引】有不知韻而作之者，西埜譏之。詞出戲筆，兼
> 首句第二字錯用側聲，亦可爲捧腹之助：「沈約近來憔瘦
> 損◎打不開糊塗陣◎五言一小詞。四句協三韻◎提來到口
> 邊頭煞力子忍◎」64

　　所謂「首句第二字錯用側聲」者，指首句第二字當以平聲爲
佳，而「約」字《中原音韻》收爲入作「去聲」字用，故錯用。
案遍查諸曲譜，【清江引】首句第二字皆用平聲，唯鄭騫先生
《北曲新譜》載「平仄皆可」，觀李氏云「約」字爲「錯用側
聲」，則此字或用平聲字爲然。李氏所倡音律之理論，大致如
此。

　　其次則爲何良俊，何氏深諳曲中音律之三昧，提倡音律之謹
嚴度更超過李氏，李氏評馬致遠〈秋思〉散套，且云：「『一夢』
多唱『亦猛』字，若改『夢裡』二字，雖協，卻不如不改之爲
愈。」此則尚有顧慮文辭之意，不以聲害辭，至若何氏則以爲聲
重於辭，曰：

> 南戲自《拜月亭》之外，如《呂蒙正》「紅粧艷質，喜得
> 功名遂」，《王祥》內「夏日炎炎，今日個最關情處，路
> 遠遙迢」；《殺狗》內「千紅百翠」；《江流兒》內「崎
> 嶇去路賖」；《南西廂》內「團團皎皎」、「巴到西
> 廂」；《翫江樓》內「花底黃驪」；《子母冤家》內「東
> 野翠煙消」；《詐妮子》內「春來麗日長」，皆上絃索。
> 此九種，即所謂戲文，金、元人之筆也，詞雖不能盡工，

然皆入律，正以其身之和也。夫既謂之辭，寧聲協而辭不工，無寧辭工而聲不協。⑥

此言南戲之辭縱不能工，然能入律，亦不愧爲辭，反之，辭工而律不協，則無以爲辭矣，何氏並舉王渼陂欲塡北詞爲例，說明欲塡詞者當先懂音律，方有佳作：

王渼陂欲塡北詞，求善歌者至家，閉門學唱三年，然後操筆。余最愛其散套中「鶯巢涇春隱花梢」，以爲金元人無此一句。⑥

五、戲曲史論

此期探討戲曲之起源變化者有二人，一爲徐渭、另一則爲王世貞。徐渭所處之時代，雖已呈現北曲衰落，南戲興盛之局面，然萬曆之前，一般士大夫階級對南戲仍存鄙視心態，凡有宴會小酌皆唱北曲，且認爲南戲是幾無音律宮調可依尋，故由愚人蠢工，任意變更，杜撰胡說所得，顧起元《客座曲語‧戲劇》云：

南都萬曆以前，公侯與縉紳及富家，凡有讌會小集，多用散樂，或三四人、或多人唱大套北曲，樂曲用箏、篆、琵琶、三絃子、拍板、若大席則用教坊打院本，乃北曲大四套者。⑥

又如祝允明《猥談》云：

……自國初來，公私尚用優伶供事，數十年來，所謂南戲盛行，更爲無端，於是聲樂大亂。南戲出於宣和之後，南

渡之際，謂之溫州雜劇，予見舊牒，其時有趙閎夫榜禁，頗述名目，如趙貞女、蔡二郎等，亦不甚多，以後日增，今遍滿四方，輾轉改益又不如舊，而歌唱愈謬，極厭觀聽，蓋已略無音律腔調。⑱

其他如陸容《菽園雜記》、葉子奇《草木子》等書，對南戲之鄙視，如出一轍。徐渭目睹當時酷信北曲、鄙視南曲之風氣，頗不以為然，以為北曲只不過是：

遼、金北鄙殺伐之音，壯偉狠（狠）戾，武夫馬上之歌，流入中原，遂為民間日用。宋詞既不可被管絃，南人亦遂尚此，上下風靡，淺俗可嗤。⑲

而南曲固不如北曲之有宮調，然自有其高處，在音律上較北曲多出入聲，「北曲雖合律，而止於三聲，非復中原先代之正。」故北音僅有三聲是元人入主中原以後之現象，並非漢音本來如此，而南曲之前身雖僅止於「村坊小曲」、「本無宮調」、「亦罕節奏」而已，然邊鄙夷狄之音既可唱，豈有村坊小調不能唱之理？故徐渭以為欲光大南曲，必須探其本、溯其源，《南詞叙錄》即為此而作也，本書首論南戲之始，以為：

南戲始於宋光宗朝，永嘉人所作《趙貞女》、《王魁》二種實首之，故劉後村有「死後是非誰管得，滿村聽唱蔡中郎」之句。或云：「宣和間已濫觴，其盛行則自南渡，號曰永嘉雜劇，又曰鶻伶聲嗽。」⑳

此南戲起源之二說引起後世代廣泛討論，其中有所謂為南戲

濫觴於宣和年間者，出自於前所引祝允明《猥談》，祝氏認爲彼時於舊牒中，趙閎夫所出之榜禁，已有趙貞女、蔡二郎之名目。因此可知南戲於北宋宣和(1119-1125)及南渡之時，其發展已有劇目呈現，絕非昔日「村坊小曲」之可比擬，故南渡之後，大約又經過六、七十年，至宋光宗朝，乃孕育出徐渭所謂《趙貞女》、《王魁》之成熟南戲。

張庚、郭漢城《中國戲曲通史》據此判斷北宋的宣和年間，在溫州一帶農村出現者，僅爲南戲之前身，如節日社火或與敬神有關之季節性活動，並不具備有成熟戲劇之條件。⑦

曾永義先生《戲曲源流新論·也談南戲的名稱、淵源、形成和流播》亦以爲南戲濫觴於宣和間之「鶻伶聲嗽」，而南渡之際則吸收「官本雜劇」形成「永嘉雜劇」，光宗朝則發展爲大戲。

此類說法並非全無道理，然彼等忽略祝允明所言：宣和後、南渡之際，「其時」趙閎夫⑫之榜禁已有趙貞女、蔡二郎之名目，可見南戲之濫觴──尙處於社火、民間技藝、季節慶賀之時期，估算定比宣和後、南渡之際，再提早幾十年，約莫北宋中葉左右，方爲南戲之濫觴期，就如同宣和至光宗朝，約六、七十年，南戲之孕育，方略具規模，而發展成徐渭所說「《趙貞女》、《王魁》」之成熟戲劇。近代學者錢南揚《戲文概論》亦持「戲文之發生，應遠在宣和之前。⑬」之觀點。清人序跋中對南戲之起源尙有資料可做依循，皆因徐渭在《南詞叙錄》中所留下之蛛絲馬跡，可見徐渭影響力之一斑。

其次，徐渭在本書中提到南戲與宮調之關係，徐氏以爲南戲係一般村坊小曲、順口隨意唱而已，並無北曲所謂之宮調：

永嘉雜劇興，則又即村坊小曲而爲之，本無宮調、亦罕節
奏，徒取畸農市女可歌而已，諺所謂隨心令者，即其技
歟？間有一二協音律，終不可以例其餘，烏有所謂九宮？
必欲窮其宮調則當自唐、宋詞中別出十二律、二十一調，
方合古意。是九宮者，亦烏足以盡之？多見其無知妄作
也。⑭

南曲之源頭，旣爲隨心之令、市井俚唱，正如吳中之山歌
小曲，無處可尋宮調，而好事者硬將宮調套其曲中，所謂九宮十
三調者，不知從何而來？眞未免無知可笑，徐氏以爲如必欲尋宮
調，則當自唐宋遺音中尋求：

> 今南九宮不知出於何人？意亦國初教坊人所爲，最爲無稽
> 可笑。夫古之樂府皆協宮調；唐之律詩、絕句，悉可絃
> 詠，如「渭城朝雨」演爲三疊是也。至唐末，患其間有虛
> 聲難尋，遂實之以字，號長短句，如李太白【憶秦娥】、
> 【清平樂】，白樂天【長相思】已開其端矣；五代轉繁，考
> 之《尊前》、《花間》諸集可見；逮宋則又引而伸之，至
> 一腔數十百字，而古意頗微，徽宗朝，周、柳諸子，以此
> 貫彼，號曰「側犯」、「二犯」、「三犯」、「四犯」，轉輾
> 波蕩，非復唐人之舊。晚宋而時文叫吼，盡入宮調，益爲
> 可厭。⑮

可知徐氏以爲南曲之音樂系統當爲唐宋之遺，欲考南曲之宮
調當從唐詩宋詞入手，逐一按出宮商，方爲的論，不可因北曲有
宮調而亦步亦趨、東施效顰也。此種眞知卓見直可視爲南戲之音

樂史也。再者徐氏對當時明代流行之五大聲腔之出處來源亦有明
確之交待，足爲後世研究明代聲腔劇種者之資料：

> 弋陽腔，則出於江西、兩京、湖南、閩、廣用之。
>
> 餘姚腔，出於會稽、常、潤、池、太、揚、徐用之。
>
> 海鹽腔，嘉、湖、溫、台用之。
>
> 崑山腔，止行於吳中，流麗悠遠，出乎三腔之上，聽之最
> 足蕩人。[76]

再論王世貞對戲曲源流之看法，《曲藻》論南北曲之起源
云：

> 曲者，詞之變。自金元入主中國，所用胡樂，嘈雜淒緊，
> 緩急之間，詞不能按，乃更爲新聲以媚之。而諸君如：貫
> 酸齋、馬東籬、王實甫、關漢卿、張可久、喬夢符、鄭德
> 輝、宮大用、白仁甫輩、咸富有才情，兼喜聲律，以故遂
> 擅一代之長，所謂宋詞、元曲殆不虛也。但大江以北，漸
> 染胡語，時時採入，而沈約四聲，遂闕其一。東南之士爲
> 盡顧曲之周郎；逢掖之間，又稀辨撾之王應。稍稍復變新
> 體，號爲南曲。[77]
>
> 三百篇亡而後有騷、賦；騷、賦難入樂而後有古樂府，古
> 樂府不入俗而後以唐絕句爲樂府，絕句少宛轉而後有詞，
> 詞不快北耳而後有北曲，北曲不諧南耳而後有南曲。[78]

觀此可知王氏從音樂之觀點論南北曲之起源，此說可謂利弊
互見，從詩經到騷、賦、古樂府、唐詩、宋詞、元曲，皆因音樂

不協眾人之耳，方在文學形式上起變化，此乃的論也；然因此而認為南曲出於北曲之後，恐是王氏之短見。蓋南戲淵源於北宋中葉東南沿海一帶之社火、民間技藝、季節慶賀儀式等，前已論及，而北劇根源於宋金雜劇院本之基礎發展而來，二者有先後之別，而無直接承傳之關係。

六、戲曲風格論

　　王世貞談論戲曲之風格，又分南北曲之風格及劇作家之風格，兩方面探討，首先以風格論南北曲相異之處：

> 凡曲：北字多而調促，促處見筋；南字少而調緩，緩處見眼；北則辭情多而聲情少，南則辭情少而聲情多；北力在絃，南力在板；北宜和歌，南宜獨奏；北氣易粗，南氣易弱；此吾論曲三昧語。⑲

此說頗同於徐渭《南詞叙錄》之觀點：

> 聽北曲使人神氣鷹揚，毛髮洒淅，足以作人勇往之志，信胡人之善於鼓怒也，所謂其聲嗌殺以立怨是已。南曲則紆徐綿眇，流麗婉轉，使人飄飄喪其所守而不自覺，信南方之柔媚也，所謂亡國之音哀以思是矣。⑳

　　此二者從南北曲之本身或聽南北曲之感受而論南北曲之風格，頗有見地。而王世貞尚有論劇作家風格者，如：

> 馬致遠：百歲光陰，放逸宏麗，而不離本色。……
> 楊狀元慎：才情蓋世，所著有《洞天玄記》、《陶情樂

府》、《續陶情樂府》，流膾人口，而頗不爲當家所許。蓋
楊本蜀人，故多川調，不甚協南北本腔也。……

陳大聲：金陵將家子。所爲散套，既多蹈襲，亦淺才情，
然字句流麗，可入絃索。……

王舜耕：高郵人，有《西樓樂府》，詞頗警健，工題贈，
善調謔，而淺於風人之致。……

（祝）希哲能爲大套，富才情而多駁雜，（唐）伯虎小詞
翩翩有致。鄭所作《玉玦記》最佳，它未稱是。……張伯
起《紅拂記》潔而俊，失在輕弱；梁伯龍《吳越春秋》，
滿而妥，間流冗長。⑧

　　凡此類者，有涉及作家整體風格者，有論及所創作之劇本
者，雖三言兩語，然亦爲後世保留可貴之戲曲資料，啓發無限研
究空間。

第三節　神宗萬曆元年(1573)至萬曆四十九年(1621)

　　有關明代第三期之曲論家，論點主張之多，相較於第二期之
曲家，頗有不遑多讓之趨勢。計有：沈璟、湯顯祖、臧懋循、徐
復祚、潘之恆、王驥德、呂天成等人，所提出之論點大致可歸
爲：音律論、本色當行論、主情說、表演論、創作論等五項，茲
將此論分項叙論於後：

一、音律論：

　　戲曲發展至明代中晚期，音律等各方面之格律亦已漸趨嚴
密，故在此方面有特色有見解者不在少數。明代格律派之師──

沈璟有〈詞隱先生論曲〉散曲一套，足可說明其音律上見解：

（一）聲情勝於辭情：沈氏以爲旣名爲「樂府」，即當合律依腔，寧可不入時人之眼，無使歌者「撓喉捩嗓」，越有才越當守律：

> 何元朗◎一言兒啓詞宗寶藏◎道欲度新聲休走樣◎名爲樂府。須教合律依腔◎寧使時人不鑒賞◎無使人撓喉捩嗓◎說不得長才◎越有長才◎越當著意斟量◎⑧

此表明自身塡樂府之態度，呂天成《曲品》引沈璟之主張云：

> 寧律協而詞不工，讀之不成句而謳之使協，是曲中之工巧。⑧

（二）平仄調配須的當：沈氏以爲平仄調配的當是其獨家秘方。

> 【二郎神】⑧倘平音窘處，須巧將入韻埋藏◎……若是調飛揚◎把去聲兒塡他幾字相當◎⑧
> 【囀林鶯】詞中上聲還細講◎比平聲更覺微茫◎去聲正與分天壤◎休混把仄聲字塡腔◎析陰變陽◎卻只有那平聲分黨◎細商量◎陰與陽還須趁調低昂◎⑧

可知沈璟繼承自周德清《中原音韻》北曲平聲字可分派爲上去入之觀念，以爲南曲入聲字亦可代替平聲字用。此外南曲之平聲字亦當學北曲分陰陽，孫月峰〈與沈伯英論韻學書〉亦提到此問題：「總論則止三聲，平、側、入是也；析論則平有陰陽，側有去上，入有抑揚。今獨於側分去上，而於平入則混爲一，且至於反切俱不分陰陽而混之，何其忽略也？⑧」由此知沈氏平聲分

陰陽之概念，來自與孫月峰之切磋討論。此主張與同代湯顯祖相
牴觸，湯氏非不顧音律者，然音律與文采相牴觸時，乃云：

> 彼惡知曲意哉！予意所至，不妨拗折天下人嗓。⑧

> 凡文以意趣神色爲主，四者到時，或有麗詞儁音可用。爾
> 時能一一顧九宮四聲否？如必按字摸聲，即有窒滯迸拽之
> 苦，恐不能成句矣。⑧

　　以此可知湯顯祖之趨向文采傾向。晚明劇壇湯顯祖與沈璟並
峙，前者以文采言情爲主，世稱臨川派；後者崇尚格律本色爲
高，世稱吳江派。臨川吳江，各有主張，各領風騷，雙雄對峙，
當代曲家，或宗湯，或宗沈，各有依歸；而後世論湯沈高下，以
爲湯氏劇作《玉茗堂四夢》中所表現之絢爛文采、敢於反抗時代
之精神，皆爲沈璟所不及，故皆宗湯而抑沈；實則湯氏重在反傳
統、創新局；沈氏重在守傳統、護舊規，前者重開拓、後者謹守
成，就此而論，二家實難分軒輊也。

　　徐復祚是沈璟之追隨者，對音律問題亦是十分在行，於其著
作《曲論》⑨中，對沈璟推崇備至，曰：「……至其所著《南曲
全譜》、《唱曲當知》，訂世人沿襲之非，剗俗師扭捏之腔，令作
曲者知其所向往，皎然詞林指南車也，我輩循之以爲式，庶幾可
不失隊也。⑨」而品評劇本之高下亦以音律爲首要標準。例如評
《琵琶記》、《拜月亭》、《浣紗記》、《紅葉記》、《四夢》、《西
樓記》等，莫不與音律有直接關係：

> ……《琵琶》……文章至此，眞如九天咳唾，非食人間煙
> 火所能辦矣！然白璧微瑕，豈能盡掩？尋宮數調，東嘉已

自拈出，無庸再議，但詩有詩韻，曲有曲韻，詩韻則沈隱
侯之四聲，自唐至今，學人韻士兢兢守如三尺，罔敢踰
越，曲韻則周德清之《中原音韻》，元人無不宗之。曲之
不可用詩韻，亦猶詩之不敢用曲韻也。……今以東嘉【瑞
鶴仙】一闋言之，首句火字，又下和字，歌麻韻也（案依
據《中原音韻》當爲歌戈韻）；中間馬、化、下三字，家
麻韻也；日字齊微韻也；旨字，支思韻也；也字，車遮韻
也；一闋通止八句而用五韻。……「夫作曲先要明腔，後
要識譜，切記忌有傷於音律。」此丹丘先生之言也。腔未
協，音律何在？若謂不當執末以議本，則將抹煞譜板，全
取詞華而已乎？⑨

　　此於《琵琶記》之不協宮調大不以爲然，甚至於論《琵
琶》、《拜月》高下，亦以音律爲準：

何元朗謂施君美《拜月亭》勝於《琵琶》，未爲無見，
《拜月亭》宮調極明，平仄極協，自始至終，無一板一折
非當行本色語，此非深於是道不能解也，弇州乃以無大學
問爲一短，不知聲律家正不取于弘詞博學也；又以「無風
情、無褝風教」爲二短，不知《拜月》風情本自不乏，而
風教當就道學先生講求，不當責之騷人墨士也。……又以
「歌演終場不能使人墮淚」爲三短，不知酒以何歡，歌演
以佐酒，必以墮淚爲佳，將薤歌、蒿里盡侑觴具乎？⑩

　　《拜月》之長在合乎音律，《琵琶》之短在於傷於音律，而
曲以明腔識譜爲要，切忌傷音律，故與何良俊有相同看法，以爲

《拜月》勝過《琵琶》；並反駁王世貞批評《拜月》之闕失，頗爲有趣，二子若生於同時，必有精采之論辯。又評梁辰漁《浣紗記》云闕失實多，而其音律可取：

> 梁伯龍作《浣紗記》，無論其關目散緩、無骨無筋、全無收攝，即其詞亦出口便俗，一過後便不耐再咀；然其所長，亦自有在：不用春秋以後事，不裝八寶，不多出韻，平仄甚協，宮調不失，亦近來詞家所難。⑭

> 《玉茗堂四傳》，臨川湯若士先生作也。其《南柯》、《邯鄲》二傳，本若士臧晉叔先生所作元人彈詞來，晉叔既已彈詞造（案當爲肇）其端，復爲改正四傳以訂其訛，若士忠臣哉！⑮

> 近日袁晉作爲《西樓記》，調唇弄舌，驟聽之亦堪解頤，一過而嚼然矣，音韻宮商、當行本色，了不知爲何物矣！⑯

儘管將《浣紗記》作大肆批評，仍肯定其合律之項爲難能可貴，而湯顯祖、袁晉雖大名鼎鼎，所作不合於律，亦難掩其弊。此外，王驥德亦爲明代此期中重視音律者，然而王氏自有其獨到見解，非一味拾沈璟之牙慧者也。其於《曲律》中提出之主張可歸結爲下列幾項：（一）四聲調勻；（二）韻分南北；（三）少用險韻；（四）重視宮調；（五）愼用聯套；（六）不亂加襯。例如（一）、（二）項，王氏即不以沈璟南曲亦可假用《中原音韻》十九韻部之說爲然，而曰：

> 詞隱謂入可代平，爲獨洩造化之祕，又欲令作南曲者，悉

遵《中原音韻》，入聲亦止許代平，餘以上、去相間。不
知南曲北曲正自不同，北則無正音，故派入平、上、去之
三聲，且各有所屬，不得假借，南則入聲自有正音，又施
於平上去之三聲，無所不可，大抵詞曲之有入聲，正如藥
中甘草，一遇缺乏，或平上去三聲字面不妥，無可奈何之
際，得一入聲，便可通融打諢過去。是故可作平、可作
上、可作去；而其作平也，可作陰，又可作陽，不得以北
音為拘；此則世之唱者由而不知，而論者又未敢拈而筆之
紙上故耳。其用法，則宜平不得用仄，宜仄不得用平，宜
上不得用去，宜去不得用上。宜上去不得用去上，宜去上
不得用上去。上上、去去不得疊用，單句不得連用四平、
四上、四去、四入。⑨

　　由此可知王驥德時期，南曲已逐漸脫離北曲之藩籬，無論押
韻或平仄上皆各有嚴格之要求，較之沈璟當時，已大有改革。用
韻方面亦主張少用廉纖、監咸、侵尋、桓歡等險韻，用險韻須配
俊語，又須穩妥，方為上選，若只是湊韻而已，不如不用。而宮
調方面，北曲作者作曲絕不敢廢宮調，南曲則「無問宮調，只按
之一拍足矣，故作者多孟浪其調，至混淆錯亂，不可救藥。不知
南曲未嘗不可被管絃，實與北曲一律，而奈何離之？⑩」此看法
與徐渭《南詞叙錄》所言不同，徐氏以為南北曲各有源頭，南曲
出於村坊俚唱、本無宮調，若須尋其源頭，則須從唐宋歌曲源流
著手，奈何以不同源頭之北曲束縛之？王氏則以為南北曲實則一
律，不當有所差別。王氏嘗師徐渭、亦與沈璟切磋音律，而其對
南曲之音律觀當與沈璟較相近，然亦非完全遵循沈璟，所謂同中

有異，而異中有另類見解也。例如：沈璟重音律而輕文采，王驥德雖重音律，卻不敢輕文采，二者間難以定奪，常見其為難之處。

王驥德《曲律‧雜論》卷四第三十九下云：

> 臨川之於吳江，故自冰炭，吳江守法，斤斤三尺，不欲令一字乖律，而毫鋒殊拙。臨川尚趣，直是橫行，組織之工，幾與天孫爭巧，而屈曲聱牙，多令歌者齚舌。吳江嘗謂：寧協律而不工，讀之不成句，而謳之始協，是為中之之巧。曾為臨川改易《還魂》字句之不協者，呂吏部玉繩（鬱藍生尊人）以致臨川。臨川不懌，復書吏部曰：「彼惡知曲意哉！余意所至，不妨拗折天下人嗓子。」其志趣不同如此。鬱藍生謂臨川近狂，而吳江近狷，信然哉！⑼

由此可知王氏兩難處境。又王驥德《曲律‧雜論》卷四第三十九下云：

> 詞隱之持法也，可學而知也。臨川之修辭也，不可勉而能也。大匠能與人規矩，不能使人巧也。其所能者，人也；所不能者，天也。……所著散曲《情癡寱語》及《詞隱新詞》各一卷，大都法勝於詞。《曲海青冰》二卷，易北為南，用工良苦。⑽

詞隱生平，為挽回曲調計，可謂苦心。嘗賦〈二郎神〉一套，又雪夜賦〈鶯啼序〉一套，皆極論作詞之法。中【黃鶯兒】調，有「自心傷◎蕭蕭白首。誰與共雌黃◎」；【尾聲】：「吾言料沒知音賞◎這流水高山逸響◎直待後

世鍾期也不妨◎」二詞見勤之刻中。至今讀之，猶爲悵
然，蘇長公有言：「少游已矣，雖萬人何贖！」吾於詞隱
亦云。⑩

　　此二項可知王氏對沈璟在音律方面所下之苦功極爲認同、敬
佩，卻又不得不承認音律之法，可學而知，文采之才，不可學而
得；若湯臨川者，僅能以天授采筆形容之。而沈璟寂寞而亡，又
豈是王氏所樂見？又王驥德《曲律・論巧體》卷三第二十九、
《曲律・雜論》卷四第三十九下云：

　　今《紅蕖》用藥名、牌名、五色、五聲、八音及瀟湘八
　　景、離合、集句等體，種種皆備，然不甚合作。倘不能窮
　　極妙境，不如毋添蛇足之爲愈也！⑩

　　詞隱傳奇，要當以《紅蕖》稱首。其餘諸作，出之頗易，
　　未免庸率。然嘗與余言，歉以《紅蕖》爲非本色。殊不其
　　然。生平於聲韻、宮調，言之甚惢，顧於己作，更韻、更
　　調，每折而是，良多自恕，殆不可曉耳。⑩

　　此二則資料可知王氏以爲在文采方面固非沈璟所長，即使其
音律亦有眼高手低之弊病，求二者之兼備之劇作家，難如登天，
此則王氏在音律方面之看法也。此期之曲論家呂天成《曲品》，
爲此有頗爲中肯之觀點，可說是爲聲情與辭情之爭，作出完美結
論：

　　沈光祿……顧盼而煙雲滿座，咳唾而珠玉在握，運斤成
　　風，樂府之匠石；遊刃餘地，詞壇之庖丁；此道賴以中

興，吾黨甘爲北面。……予謂：二公譬如狂狷，天壤間應
有此兩項人物。不有光祿（案指沈璟），詞硎不新；不有
奉常（案指湯顯祖），詞髓孰抉？儻能守詞隱先生之矩
矱，而運以清遠道人之才情，豈非合之雙美者乎？而吾猶
未見其人。東南風雅蔚然，予且旦暮遇之矣。余之首沈而
次湯者，挽時之念方殷，悅耳之教寧緩也。略具後先，初
無軒輊，允爲上之上。⑭

二、當行本色論：

　　當行本色之說起於何時？可從兩方面看，其一是非戲曲觀
點，另一是戲曲觀點。前者對王驥德影響較大，《曲律》云：

> 當行本色之說非始於元，亦非始於曲，蓋本宋嚴滄浪之說
> 詩。滄浪以禪喻詩，其言：「禪道在妙悟，詩道亦然，爲
> 悟乃在當行，乃爲本色。有透徹之悟，有一知半解之
> 悟。」⑮

　　嚴氏以爲妙悟之詩方爲當行本色，王氏完全同意此種看法，
甚而將此理論用在曲中，故主張欲入曲中三昧，在於一「巧」
字，「巧」即所謂「妙」、「妙悟」，故王氏論曲之本色當行之角
度與前期之何良俊、徐渭有所不同，故對同一作品會有不同看
法，例如爭論甚久之《西廂》、《琵琶》二劇與《拜月》孰勝孰
負之問題，王氏以爲何良俊之批評太過，其言曰：

> 《西廂》組艷，《琵琶》脩質，其體固然。何元朗並訾
> 之，以爲《西廂》全帶脂粉，《琵琶》專弄學問，殊寡本

色。夫本色尚有勝二氏者哉？過矣！⑯

　　觀此可知王氏所謂之本色當行是立於妙、巧之觀點，與何氏之語言、境界、意趣之角度（前節已有詳述）大不相同，故其結論不同亦爲意料中事！然本色當行雖以妙、巧爲本，尙有其它相關條件方能稱「本色當行」。例如：所用語言當配合劇中人之身份，以及所用文字當令老嫗皆解，不得故作深奧等：

> 《琵琶》工處甚多，然時有語病，……又蔡別後，趙氏寂寥可想矣，而曰「翠減祥鸞羅幌，香消寶鴨金爐，楚館雲間，秦樓月冷」，後又曰「寶瑟塵埋，錦被羞鋪，寂寞瓊窗，蕭條朱戶」皆過富貴，非趙所宜。二十六折【駐馬聽】「書寄鄉關」二曲⑰，皆本色語，中「著啼痕纖處翠銷斑」二語，及「銀鈎飛動絲雲棧」二語，皆不搭色，不得爲之護短。⑱

　　此說明造語用字不能一味追求文采，若不能與劇中人身份相配，雖精美即算不上本色，即使一二句亦不能馬虎行事。又劇作家之用語必得通俗亦曉：

> ……白樂天作詩，必令老嫗聽之，問曰：解否？曰：解，則錄之；不解，則易。作戲劇，亦須令老嫗解得，方入衆耳，此即本色之説也。⑲

　　觀此，王驥德所謂之本色當行可思之過半矣。

　　其次論與戲曲有關之「當行」說。最早說明與戲曲有關之「當行」一詞者爲朱權《太和正音譜》所引趙子昂、關漢卿之

語，趙氏曰：「良家子弟所扮雜劇，謂之行家生活；娼優所扮者，謂之戾家把戲。良人貴其恥，故扮者寡，今少矣，反以娼優扮者謂之行家，失之遠也。」可知所謂「行家」必須出身於良人，而良人所扮演之雜劇方能稱爲「行家生活」，後世因良家子弟鮮少扮演，故將娼優所扮雜劇稱爲「行家」，誤也。又關氏曰：「非是他當行本事，我家生活，他不過爲奴隷之役，供笑獻勤，以奉我輩耳。子弟所扮，是我一家風月。⑪」此處所謂「當行本事」即指良家子弟扮演雜劇而言。故可知所謂「行家」、「當行」皆與扮演戲曲有關，且若非出身良家之鴻儒碩士、騷人墨客，兼能作雜劇、演雜劇者，否則便不能稱爲「當行」、「行家」。後世沿用此名詞，雖不見得完全按照元代之定義，然亦必得要在該領域中成爲佼佼者，乃能稱「當行」、「行家」。徐復祚之「當行本色」說，受此影響頗深。徐氏於其《曲論》中，「當行本色」四字，時而分講，時而合講，然大抵皆不離宮調、音律、韻律等範圍，唯其作者熟諳於此，故於作劇方面，方可稱爲「當行本色」。其書有六次提到此問題，唯有一次之定義範圍涉及其它：

> ……《拜月亭》宮調極明，平仄極協，自始至終，無一板一折非當行本色語，此非深於是道者不能解也。……⑪

> 《琵琶》、《拜月》而下，《荊釵》以情節、關目勝，然純是倭巷俚語，粗鄙之極；而用韻卻嚴，本色當行，時離時合。⑫

> 近日袁晉作爲《西樓記》，調唇弄舌，騃聽之亦堪解頤，

一過而嚼然矣，音律宮商，當行本色，了不知爲何物矣！⑬

此三則爲「本色當行」合講者，細觀之，皆指宮調、音律、韻律等事，合於此則可稱爲「本色當行」，反之則否。故本色與當行二詞，於此實無差別。然就此二名詞分述而論，又夾雜他意：

> 鄭盧舟若庸，余見其所作《玉玦記》手筆，……獨其好塡塞故事，未免開餖飣之門，闢堆垛之境，不復知詞中本色爲何物，是盧舟實爲濫觴矣，乃其用韻未嘗不守德清之約。⑭

是知曲中堆砌典故，即使守韻法，亦算不得本色。此爲徐氏本色論中，有別於音律之定義。此外尚有一例可循：

> 吳江顧大典有《義乳》、《青衫》、《葛衣》等記，皆起（案此指張鳳翼伯起）流派，操吳音以亂押者，清峭拔處，各自有可觀，不必求其本色也。⑮

> 沈光祿璟著作極富，有《雙魚》、《埋劍》、《金（分）錢》、《鴛被（衿）》、《義俠》、《紅蕖》等十數種，無不當行。《紅蕖》詞極贍、才極富，然本色不能不讓他作。蓋先生嚴於法，《紅蕖》時時爲法所拘，遂不復條暢。然自是詞家宗匠，不可輕議。⑯

徐氏以爲吳音向來先天、廉纖隨口亂押，顧大典亦有此病，故云：「不必求其本色」，是知本色與音律有絕大關係。其次提到《紅蕖》，徐氏以爲其當行而不本色，深究其因，當行是音律

等項皆合法度，不本色，恐是詞藻華贍之故。由此可知，徐氏所謂之當行本色，基本上皆指相同之宮調、音律、韻律等法度而言，然而在某些情況下，本色兼有不崇尚華詞麗句、不堆砌飣餖故實之它種意義。

臧晉叔對當行本色之看法，完全表現在《元曲選·序二》一文中：

> 而填詞者必須人習其方言，事肖其本色，境無旁溢，語無外假，此則關目緊湊之難。……曲有名家、有行家。名家者出入樂府，文采爛然，在淹通閎博之士，皆優爲之。行家者隨所妝演，無不摹擬曲盡，宛若身當其處，而幾忘其事之烏有，能使人快者掀髯、憤者扼腕、悲者掩泣、羨者色飛、是惟優孟衣冠，然後可以與于此。故稱曲上乘首曰當行。⑪

觀其意可知臧氏以爲名家之曲通常止於案頭文章，行家則熟悉一切場上表演，令觀衆忘其所以，融入劇中。而本色則用於創作劇本之際，其故事須合於本來面目，方能稱爲本色。是知臧氏所謂本色是指創作劇本而言，當行所涵蓋之範圍則指場上表演而論，受朱權《太和正音譜》所引趙子昂、關漢卿之影響頗深。

沈璟在戲曲藝術上之最大成就，除提倡格律外尚有崇尚本色。沈氏自稱「僻（案當作癖）好本色」，對元曲之方言本色語尤其推崇，其〈答王驥德〉一函云：

> 所寄《南曲全譜》，鄙意僻（癖）好本色，殊恐不稱先生意指，何至慨焉辱許叙首簡耶！⑱

其〈答王驥德之二〉又云：

> 蓋作北詞者難於南詞幾倍，而譜北詞又難於南詞幾十倍。
> 北詞去今益遠，漸失其真。而當時方言及本色語，至今多
> 不可解。即《正音譜》所收亦或有未確處，誰復正之哉！⑩

　　由此二札可略窺其曲論中，酷好本色之觀念。而何謂本色？
沈璟對本色定義若何？沈璟本身並無專為此下過定論，然而可從
同代作家之作品中略知一、二。王驥德《曲律·雜論》卷四第三
十九下云：

> 其於曲學，法律甚精，汎瀾極博。斤斤返古，力障狂瀾，
> 中興之功，良不可沒。……值有忌者，遂屏迹郊居，放情
> 詞曲，精心考索者垂三（當作二）十年，雅善歌，與同里
> 顧學憲道行先生，幷蓄聲妓，為香山洛社之游，所著詞曲
> 甚富。……《紅蕖》蔚多藻語，《雙魚》而後，專尚本
> 色。蓋詞林之哲匠，後學之師模也。……生平故有詞癖，
> 每客至，談及聲律，輒娓娓剖析，終日不置。⑳

　　可知與「本色」相對者為「藻語」，「藻語」即「用詞華贍」
之意，本色恰與「藻語」之意相反，是知其意為「用詞樸素」之
意。然此種只管用字，不論境界之本色，遂遭致王驥德之批評，
《曲律·雜論》卷四第三十九下云：

> 曲以婉麗俏俊為上。詞隱譜曲，於平仄合調處，曰：某句
> 上去妙甚。某句去上妙甚。是取其聲，而不論其義可耳。
> 至庸拙俚俗之曲，如《臥冰記》【古皂羅袍】：「理合敬

我哥哥」一曲，而曰：「質古之極，可愛可愛。」；《王
煥》傳奇【黃薔薇】：「三十哥央你不來」一引，而曰：
「大有元人遺意，可愛」。此皆打油之最者，而極口贊美。
其認路頭一差，所以己做諸曲，略墮此一劫，為後來之誤
甚矣，不得不為拈出。⑫

　　王氏之意，本色之分寸不好拿捏，對本色之認知若有差異，
誤以庸拙俚俗為本色，誤以張打油語為本色，此影響後世尤大，
故若取一句之聲而不論其義則可，若論其義則尚須其他條件配
合，如沈璟對某些庸拙俚俗之曲卻大加讚嘆，實不可取。

　　此期討論當行本色之曲家，大都沒有作出明確之定義或範
圍，必須從諸多資料中作揣測分析，方能確知其意之所在。唯獨
呂天成與眾不同，《曲品》中對此名詞有明確之劃分範圍：

　　博觀傳奇，近時為盛。大江左右，騷雅沸騰；吳浙之間，
　　風流掩映。第當行之手不多遇，本色之義未講明。當行兼
　　論作法，本色只指填詞。當行不在組織餖飣學問，此中自
　　有關節局概，一毫增損不得；若組織，正以蠹當行。本色
　　不在摹勒家常語言，此中別有機神情趣，一毫妝點不來；
　　若摹勒，正以蝕本色。⑫

　　此段資料中，將當行與本色劃分甚明，當行是指熟悉場上表
演，當行作家絕非組織餖飣學問、堆砌華詞麗藻而已；舉凡劇作
之關目、情節、布局等皆須瞭若指掌，方能稱為當行。至於本色
是指劇作家在填詞時，所用之詞藻，必有一種機趣、神情在，而
非模仿俚俗家常語可以替代，若以俚俗、粗鄙為本色，適足以蝕

毀本色。而當行與本色間之關係，當爲脣齒相依之現象：「果屬
當行，則句調必多本色；果其本色，則境態必是當行。⑫」明乎
此，則作家創作之際，即使不能當行本色，仍有華詞可擷，樸實
可風。

三、主情說：

　　湯顯祖「主情說」之內涵主要體現在其劇作、曲論、詩文、
尺牘之中，皆以「情」貫穿之，而主「情」思想之所自來，即受
前所論三人之影響，自不待言，茲將其主情說之內涵分述於後：
（一）情不可以論理，死不足以盡情。

　　湯顯祖曾自謂，一生「四夢」得意處惟在《牡丹》，即因
《牡丹亭》之立言神指是以「情」爲主，其〈牡丹亭題詞〉云；

> 天下女子有情，寧有如杜麗娘者乎。夢其人即病，病即彌
> 連，至手畫形容，傳於世而後死。死三年矣，復能溟沒中
> 求得所夢者而生。如麗娘者，乃可謂之有情人耳。情不知
> 所起，一往而深，生者可以死，死可以生。生而不可與
> 死，死而不可以復生者，皆非情之至也。⑫

　　杜麗娘既可爲情而生，又可爲情而死，湯顯祖以爲「情不知
所起」，乃是人人具有之天性，非人爲理性所能改變，凡欲以理
滅情者，皆非自然也。湯氏在與達觀上人往來之詩文中，大多流
露此「不可以論理」之「情」：

> 無情當作有情緣，幾夜交蘆話不眠。送到江頭惆悵盡，歸
> 時重上去時船。⑫（〈歸舟重得達公船〉）

無情無盡恰情多，情到無多得盡麼。解到多情情盡處，月
中無樹影無波。⑫（〈江中見月懷達公〉）

水月光中出化城，空風雲裡念聰明。不應悲涕長如許，此
事從知覺有情。⑫（〈離達老苦〉）

達公去處何時去？若老歸時何處歸？等是江西西上路，總
無情淚濕天衣。⑫（〈章門客有問湯老送達公悲泣者〉）

　　達觀乃是禪宗一代大師，湯氏時與之處，其詩文乃於禪機處
處之餘，自然流露出對達觀之友情，此乃無可矯飾、不可訴諸理
論者，亦當爲湯氏一生中無法割捨者。至於「死不足以盡情」之
說，在湯氏之觀念中，爲情而死，不可算多情，要爲情而復生，
才可算是情之至。明謔菴居士王思任〈批點玉茗堂牡丹亭叙〉
云：

　　若士以爲情不可以論理，死不足以盡情。百千情事，一死
　　而止，則情莫有深於阿麗者矣。況其感應相與，得易之
　　咸；從一而終，得易之恒。則不第情之深，而又爲情之至
　　正者。今有形一接而即殉夫以死，骨香名永，用表千秋，
　　安在其無知之性不本於一時之情也，則杜麗娘之情，正所
　　同也，而深所獨也，宜乎若士有取爾也！⑫

　　此文說明杜麗娘之所以能稱爲「至情」者，蓋他人之情皆因
死而止，唯杜麗娘「感應相與」、「從一而終」，合於易之「咸」
與「恒」，可謂情之「深」且「正」者，而一般婦女之殉夫，大
皆是殉「理」而非殉「情」，如若有因一時之「情」而殉者，亦

不如麗娘之一往情深爾！王思任之論情，亦可謂之湯氏論情之最
佳註解矣。

（二）情有者理必無，理有者情必無。

　　此言出自湯氏〈寄達觀〉之尺牘，深感「情」、「理」不能
并存，無奈之情躍然紙上：

> 情有者理必無，理有者情必無，眞是一刀兩斷語，使我奉
> 教以來，神氣頓王，諦視久之，并理亦無，世界身器，且
> 奈之何。[⑬]

　　其於〈青蓮閣記〉又云：

> 世有有情之天下，有有法之天下。唐人受陳、隋風流，君
> 臣游幸，率以才情自勝，則可以共浴華清、從階升、娛廣
> 寒。今白也生今之世，滔蕩零落，尚不能得一中縣而治，
> 彼誠遇有情之天下也。今天下大致滅才情而尊吏法，故季
> 宣低眉而在此。假生白時，其才氣凌厲一世，倒騎驢、龍
> 巾拭面，豈足道哉！[⑬]

　　此藉季宣（指後魏賈粲）之生不逢時，宣洩一己胸中之塊
壘。蓋湯顯祖乃一代之才子，若能生逢其時，則李白倒騎驢之狂
放、龍巾拭面之恩寵，皆不足論矣。然李白狂放不羈、恃才傲
物，尚能見容於國君，蓋繫於「情」之一字爾。彼唐之時，天下
有情，重情，故君臣能相率而浴華清；反觀明代，一切以法爲
尊，以理爲尚，然法、理者，情之大敵也，故法、理存則情滅
亡，無情則不能容人，不能容人則有才情之士遂不得發揮其才情
於天下矣。湯氏於此明白指出有「情」之天下，方爲人心希望之

所寄託。有明一代程、朱理學盛行，禮教束縛人心甚深，「情」至此而蕩然無存矣！

　　泰州子弟、達觀、李贄、湯顯祖，此輩進步之思想家皆已看出其弊病所在，故各用不同之方式力矯時弊，而湯顯祖則選擇深入民間的戲曲做爲主情思想寄託之所在，陳繼儒《批點牡丹亭・題詞》云：

> 張新建相國嘗語湯臨川云：「以君之辯才，握麈而登皋比，何渠出濂、洛、關、閩下？而逗漏於碧簫紅牙隊之間，將無爲青青子衿所笑矣！」臨川曰：「某與吾師終日共講學，而人不解也。師講性，某講情。」張公無以應。⑱

　　張位（新建）之見誠世俗之硜硜然鄙人也，彼燕雀焉知鴻鵠之志哉！

（三）情者志也，情之所至，志之所向也。

　　湯顯祖將一己之眞情皆寄託於戲曲中。《詩經》所謂「詩言志，歌永言」之「志」，湯氏釋爲「情」，並認爲「萬物之情各有其志」，即萬物之「志」，各表現在「情」之中，故志就是情。以戲曲而論，作者之情寄託在劇中，劇中人所流露之情，即作者之情，觀者只須了解劇中人之情，即是得劇作家情之三昧。湯氏〈董解元西廂題辭〉云：

> 董以董之情而索崔、張之情于花月徘徊之間；余亦以余之情而索董之情于筆墨煙波之際。董之發乎情也，鏗金戛石，可以如抗而如墜；余之發乎情也，宴酣嘯傲，可以翱而以翔。⑲

　　湯氏提出觀眾與作家間之連繫，即在劇中人所表現之「情」字，頗近於近世所謂「創作理論」之觀念，唯獨特別強調「情」而已。孫永和〈論湯顯祖在戲曲理論史上的地位〉云：

> 他（指湯氏）認爲作者的情感是寓於形象之中，通過形象具體地顯現出來的。在藝術欣賞中，觀眾又必須通過舞臺形象這一中介因素來體驗作者的情感，從而最後理解作品。

> 主情說的可貴之處，不但在於他提出了戲曲要表現人生理想和自然的性情，更重要的是，他意識到作者的情感要藉助舞臺形象來表現，把情感這一因素通達到對人物形象的探求。[134]

　　此即將湯氏主情說導向創作論之說法，雖然，當時湯氏未必有此種意圖，然近世西方創作理論發達後，用以檢視中國之曲論，使之亦能符合條理化、縝密化之要求，亦不失爲可行之研究方法。

（四）世總爲情，情生詩歌，而行於意趣神色之間

　　湯顯祖在〈復甘義麓〉書中云；「性無善無惡，情有之。」所謂情有善惡，即是指「眞情」與「矯情」而言。「眞情」必出於自然，湯顯祖所謂之「眞色」；「矯情」則指扼殺、束縛人性之禮敎而言。湯氏認爲情出自人性之本然，「人生而有情，思歡怒愁，感于幽微，流乎嘯歌，形諸動搖。或一往而盡，或積日而不能自休。蓋自鳳凰鳥獸以至巴渝夷鬼，無不能舞能歌，以靈機自相轉活，而況吾人。[135]」情既出乎本性，故以自然爲貴：

曲者，句字轉聲而已。莴天短而胡元長，時勢使然。總
之，偶方奇圓，節數隨異。四六之言，二字而節，五言
三，七言四，歌詩者自然而然。乃至唱曲，三言四言，一
字一節，爲緩音，以舒上下長句，使然而自然也。⑬

　　此貴自然之說，與李贄之「童心說」相近，二人所言：一曰
眞色，一曰童心，皆爲眞情耳，亦皆以「自然」爲本。李贄發於
其作品、文學批評中；湯氏則發於其戲曲創作上，要求自然，凡
與此原則相牴觸之事，寧可犧牲，矢言維護自然。

　　弟在此自謂知曲者，筆懶韻落，時時有之，正不妨拗折天
下人嗓子。兄達者，能信此乎。⑬

　　不佞《牡丹亭》記，大受呂玉繩改竄，云便吳歌。不佞啞
然笑曰：「昔有人嫌摩詰之冬景芭蕉，割蕉加梅，冬則冬
矣，然非王摩詰冬景也。其中駘蕩淫夷，轉在筆墨之外
耳。若夫北地之于文，猶新都之于曲。余子何道哉。」⑬

　　此段言湯氏不屑他人竄改《牡丹亭》之事，適可看出其執著
於自然之所在，故王驥德《曲律・雜論》卷四第三十九下云：
「臨川尙趣，直是橫行，組織之工，幾與天孫爭巧，而屈曲聱
牙，多令歌者咋舌。」⑬當時湯氏除寫〈見改竄牡丹詞者失笑〉
詩諷刺竄改人之外⑭，又不惜多費筆墨寫信予宜伶羅章二，懇懇
告誡云：

　　《牡丹亭記》，要依我原本，其呂家改的，切不可從。雖是
增減一二字，以便俗唱，卻與我原作的意趣大不同了。⑭

　　此透露堅持自然之眞情，即使「做官做家，都不起耳」，亦
絕不後悔，泰州本色也！而於戲曲表演中，湯氏亦一貫崇尙眞
情、自然，於〈宜黃縣戲神淸源師廟記〉一文告誡江西唱海鹽腔
之宜伶曰：

> 爲旦者常自作女想，爲男者常欲如其人。……使舞蹈者不
> 知情之所自來，賞嘆者不知神之所自止。⑭

　　此即要求演員須隨時隨處揣摩角色之情感，以便上演時，得
以表現出自然眞實之形象。 此外，在其他文學形式創作中，亦
主張以自然、眞情爲主之「意、趣、神、色」，而不是「按字摸
聲」或「步趨形似」之表象而已。

> 予謂文章之妙，不在步趨形似之間，自然靈氣，恍惚而
> 來，不思而至，怪怪奇奇，莫可名狀。非物尋常得以合
> 之。蘇子瞻畫枯株竹石，絕異古今畫格，乃愈奇妙。若以
> 畫格程之，幾不入格。⑭

　　所謂「意趣神色」，殆指主題、機趣、神韻、詞藻而言，文
章因情而生，意趣神色自然來到，絕不爲符合聲律之故而改變。
而所謂「文章之妙，不在步趨形似之間」亦指藝術作品不求形貌
上之肖似，當以神韻爲主。凡此皆須本乎自然，此亦爲泰州學派
求自然、反傳統精神之再現，遂令湯氏反對爲求聲律之美、求形
貌之似而改變自然，故寧可拗折天下人嗓子而不改其自然本色。

四、表演論

　　此期之表演論可包括優伶平日素養、表演之方法、技巧、風

格等方面，以湯顯祖及潘之恆較為著名。湯顯祖從未寫過敎伶人
如何表演之類作品，然就其與伶人來往書牘中，可略知一、二，
約而言之，可歸為下列諸項目：

（一）優伶亦須進修：

湯顯祖〈宜黃縣戲神清源師廟記〉云：

> 汝知所以為清源祖師之道乎？一如神、端而虛。擇良師妙
> 侶，博解其詞而通領其意。動則觀天地人鬼世器之變，靜
> 則思之。絕父母骨肉之累，忘寢與食。少者守精魂以修
> 容，長者食恬淡以修身。⑭

此所謂清源祖師之道則是優伶進修之方，凝神專一，從良師
益友，先了解劇本之詞情，動靜之間，擺脫一切羈絆，修養自身
之容貌、聲音。

（二）經常揣摩劇中人物之表情、動作：

湯顯祖〈宜黃縣戲神清源師廟記〉云：

> 為旦常自做女想，為男者常欲如其人。其奏之也，抗之入
> 青雲，抑之如絕絲，圓好如珠環，不竭如清泉。微妙之
> 極，乃至有聞而無聲，目擊而道存。⑮

如此設身處地揣摩劇中人之個性、表情，令聲情與詞情融合
為一，表演時方能將劇中角色演活，此之謂帶情演戲，戲場即情
場，設若不帶感情上場表演，即無法感動觀衆，湯氏有詩評論
曰：「不堪歌舞奈情何？戶見羅張可雀羅。大是情場情復少，敎
人何處復情多。」即說明演員無感情則不能引起觀衆之共鳴，觀
看表演者自然門可羅雀矣。

　　此期對表演論有深入心得者，首推潘之恆，其《鸞嘯小品》、《亙史》、《譚部》、《技部》、《曲宴》等戲曲評論之書，除前二本外，餘皆已亡佚。一九八二年大陸學者汪效倚將《鸞嘯小品》、《亙史》等有關表演藝術論之作品，輯注成《潘之恆曲話》一書，中國戲劇出版社出版，是目前流行較廣之本。

　　潘之恆表演論可歸納爲下列諸項：

（一）表演之層次與境界

　　潘之恆以爲表演之境界由淺入深有三層次：

　　第一階段「基本演技」：「其少也，以技觀進退步武，俯養揖讓，具其質爾。非得嘹亮之音，飛揚之氣，不足以振之。⑭」可知演員之第一境界僅止於「進退步武，俯養揖讓」之演技而已，尚須嗓音及氣勢做配合，否則稱不上是第一境界。

　　第二階段「中節合度」：「及其壯也，知審音而後中節合度者，可以觀也。⑭」此層次則觀察演唱者是否注意演唱之法則節度，不僅是凸顯嘹亮之嗓音、飛揚之氣勢而已。

　　第三階段「求其神髓」：「然質以格囿，聲以調拘，不得其神，則色動者形離，目挑者情沮。……所謂以神求者以神告，不在聲音笑貌之間。今垂老，乃以神遇。⑭」此所謂演唱者之最高層次，可稱爲表演者之神髓，若不達此境，演唱之時神色變，動作卻不能配合；眼神動，神態卻不能飛揚；所表現之感情只限於聲音笑貌之表層而已。若論演技之極至，應以達神髓爲最高目標。

（二）達成最高境界之方法

　　潘氏以爲演員若要達成表演之最高境界，有如下方法：

　　1. 必得了解劇中人之情意：此即潘氏之「以情寫情論」：

「能癡者，而後能情；能情者，而後能寫其情。⑭」此言演員天生須有一股傻勁，方容易摹擬想像劇中人之情，演員有情之餘，方能以其情動人，引來觀眾共鳴。

2. 摹古者須遠志：潘氏以為演員若演古人，須先了解劇中人相關之志向、思想、行事，表演時方能入木三分。

3. 寫生者須近情：若演今人，則須了解其情感。而不論古今，以情之角度言，古今彼此相通：「知遠者降而之近，知近者溯而知遠⑮」，即了解古人情感有助於與今人情感溝通；而能與今人情感溝通則可推知古人之情。

（三）好演員必備條件

潘氏以為好演員殊為難能，然有好資質稟賦者，亦須有後天條件之配合，方能有成。以下將潘氏之意見做一敘述說明：

1. 先天之條件：才、慧、致三者先天兼備，謂之先天條件佳。「人之以技自負者，其才、慧、致三者，每不能兼。有才而無慧，其才不靈；有慧而無致，其慧不穎。穎之能立見，自古罕矣！⑮」所謂才是指演員之「賦質清婉、指距纖利、辭氣輕揚」，即指演員之稟賦容貌、體態動作、嗓音寬窄。所謂「慧」是聰明智慧，譬如對劇本之理解程度、記憶能力，對劇中人感情之掌握狀況等，皆屬「慧」之範圍。所謂「致」，潘氏云：「見獵而喜，將乘而蕩，登場而從容合節，不知所以然。⑯」此即演員登臺後隨機應變之能力，是否能用從容瀟灑、自然不矯之風韻，將劇中人之感情做最佳詮釋，例如潘氏記載蘇州廣陵汪季玄所蓄之家伎云：「國瓊枝，有場外之態，音外之韻，閨中雅度，林下風流。國士無雙，一見心許。……希疏越，修然

獨立，顧影自賞。叙情慷慨，忽發悲吟，有野鶴之在雞群之致。⑱」凡此皆說明演員之「致」，此亦好演員必備之先天條件也。

2. 後天之自修：一般而論，古代演員之知識水平皆不高，故演出時對劇本之理解，及劇中人思想個性之捉摸，恐不易拿捏，容易造成演出時之障礙。故潘氏以爲演員在平日就該用功，「先以名士訓其義、繼以詞士合其調、復以通士標其式。⑭」即先請名師將劇本大意、人物個性加以解說，再請精通音律、表演之師，將曲調之情、劇中人之身段動作，逐一示範，此則演員上演前所必備之功課也。

3. 表演之技巧：講求演員之「正字」，「調音」，「叙曲」，「度思步呼嘆」之技巧。⑴正字：咬字吐音清晰準確，是唱曲之基本要求，蓋曲之喜怒哀樂具在字詞之中，若「字訛音澀」則「意不眞、態不極」，亦無法感動觀者，故潘氏曲話〈正字〉開宗明義即說：「曲先正字，而後取音。」⑵調音：即調整唱腔之訛，使之圓滿有度、餘音不盡之感。潘氏曲話〈曲餘〉曰：「未得曲之餘，不可以言劇。夫所謂餘者，非長而羨之之謂，蓋滿而後溢，乃可以謂餘也。……故爲劇必自調音始。音也者，聲與樂之管也。聲之微爲音，音之宣爲樂。故曰：知聲而不知音，不能識曲；知音而不知樂，不能宣情。⑮」不懂調音則不能談劇曲，更不得識曲宣情，調音之用大矣哉！⑶叙曲：唱曲之時有某些注意事項：「音尚清而忌重，尚亮而忌澀，尚潤而忌類，尚簡潔而忌曼衍，尚節奏而忌平鋪。有新腔而無定板，有緣聲而無轉字，有飛度而無稽留。⑯」凡此皆爲

曲家之三昧也。(4)度思步呼嘆：潘氏〈與楊超超評劇五則〉提到舞臺表演之五種注意事項：

第一為「度」，演員具有才、慧、致之餘，尚須有「度」，所謂度，即細心揣摹劇中角色之一切思想、感情、志氣，然後表現於舞臺。若缺乏此要件，則僅能自度，即演出演員自身之感情，不能生動表現劇中人之感情，所謂「盡之者度人，未盡者自度」，演員若僅能自度，感人則不深也。

第二為「思」，要深入思考劇中人之感情，而舉手投足皆要為表達此種感情而設，所謂「西施之捧心也，思也，非病也。⑩」能將西子思念故國之情，形之於神色場上，即能將戲詮釋完美。

第三為「步」，即指舞臺表演之臺步，須達「進若翔鴻、轉若翻燕、止若立鵠」之境界，無一不合規矩而應節奏，不可纏束矜持，窘態百出。

第四為「呼」，呼發於思，如五娘思伯喈、西施思范蠡，不覺形之於呼，潘氏以為演員呼之時，須有淒然之韻，方能感人入人心。

第五為「嘆」，為賓白中寄託感嘆之聲，發此嘆聲須緩辭勁節、近於自然，方能警場。

以上為潘之恆表演論之大略也，有明一代論表演之深入者，當以潘氏為第一人選。

五、創作論：

此期之創作論，以論劇本結構為主：有徐復祚、呂天成二

家。

　　徐復祚論劇本之結構，並無一套完整之理論，而是散見於其
《曲論》中，若將此零散之資料組合，則可拼湊出蛛絲馬跡：

> 《琵琶》、《拜月》而下，《荊釵》以情節關目勝。⑱

> 《題紅》，王伯良驥德作。……獨其結構如摶沙，開闔照
> 應，了無線索，每於緊處散緩，是又大不如伯起者也。⑲

> 梁伯龍作《浣紗記》，……其關目散緩、無骨無筋，全無
> 收攝。……⑳

> 《彩霞》出一優師之作，曲雖俚，然間架步驟，亦自可
> 觀。㉑

> ……孫柚，亦有才情，……其所作《琴心記》，極有佳
> 句，第頭腦太亂，腳色太多，大傷體裁，不便於登場。㉒

> 張伯起先生，……所作傳奇……而《紅拂》最先，本《虬
> 髯客傳》而作，惜其增出徐德言合鏡一段，遂成兩家門，
> 頭腦太多。㉓

　　以上爲徐氏有關結構之理論也，稍覺凌亂，勉強爬梳，可得
其理論重心如下：（一）劇本結構重於一切，若結構佳，其餘部
分即使有瑕疵，猶有可觀，如《荊釵》、《彩霞》均以結構佳，
而得徐氏之讚賞。（二）劇本結構切忌頭緒紛繁，腳色太多，如
《紅拂》、《琴心》皆有此缺點，乃至不便登場。（三）結構以謹
嚴緊湊爲佳，如《題紅》、《浣紗》雖出自名家，然前者缺乏謹

嚴度，後者鬆散無骨，皆非佳作。

　　呂天成之結構理論亦散見於其《曲品》中，缺乏完整理論架構，茲舉其說如下：

> 《浣紗記》：……羅織富麗，局面甚大，第恨不能謹嚴。中有可減處，當一刪耳。……⑯

> 《紈扇記》：……局段未見謹嚴。⑯

> 《龍泉記》：情節闊大，而局不緊，是道學先生口氣。⑯

> 《紅拂記》：伯起以簡勝，此以繁勝。⑯

> 《鳴鳳記》：……詞調儘鬯達可詠，稍厭繁耳。⑯

> 《禁煙記》：……此記摹寫俱備，但摭重耳事甚詳，嫌賓太盛耳，末用八仙，則可笑矣。⑯

　　觀此可知，呂氏之見，與徐復祚有雷同之處，皆不主張頭緒紛繁，要求結構謹嚴，呂氏甚至以為與主題無關之處，略可刪減，且旁枝不可大過主幹，如《禁煙記》之主角當為介之推，然作者描寫重耳之篇幅太甚，有喧賓奪主之勢，為結構之一大弊病。

第四節　光宗天啓元年(1621)至思宗崇禎十六年(1644)

　　本期之代表曲論家有：馮夢龍、凌濛初、祁彪佳、沈寵綏等，所發展出重要之戲曲理論有：創作論、表演論、本色論等，頗有花間晚照、不讓前賢之態勢。

一、創作論

　　馮夢龍之戲曲創作論完全表現於《山歌・叙山歌》、《太霞新奏・序》二文及《墨憨齋傳奇》十餘種之小序、總評、眉批之中。歸納如下：

（一）絕假存眞、崇重自然

　　馮氏以爲創作若能絕假存眞，則可與〈國風〉爭勝，《山歌・叙山歌》云：

> 雖然，桑間濮上，國風刺之，尼父錄焉，是以爲情眞而不可廢也。山歌雖俚甚矣，獨非鄭魏之遺歟？且今雖季世，而但有假詩文，無假山歌，則以山歌不與詩文爭名，故不屑假，而吾藉以存眞，不亦可乎？⑩

　　眞感情乃源之於眞性情，眞性情來自於自然，此思想發之於戲曲創作，則講求音律、重尙自然美，《太霞新奏・序》云：

> 文之善達情者無如詩，三百篇之可以興人者，唯其發于中情，自然而然故也。自唐人用以取士，而詩入於套；六朝用以見才，而詩入於艱；宋人用以講學而詩入於腐。⑪

《風流夢・小引》云：

> 若士先生，千古逸才，所著《四夢》，《牡丹亭》最勝。……獨其塡詞不用韻、不用按律。即若士亦云：「吾不顧捩盡天下人嗓子。」夫曲以悅情達情，其抑揚清濁，音律本於自然，若士豈眞以捩嗓爲奇，蓋求其所以不捩嗓者而

未遑討，強半爲才情所役耳。識者以爲此案頭之書，非當場之譜，欲付當場敷演，即欲不稍加竄改而不可得也。⑫

馮氏爲晚明吳江派之健將，早年曾得沈璟之「丹頭祕訣，傾懷指授」，故對時尚陋習頗爲憤慨，《雙雄記・叙》云：

> 調罔別乎宮商，惟憑口授；音不分乎清濁，只取耳盈；或因句長而板妄增，……或認調差而腔幷失，……弄聲隨意，平上去入之不精，……識字未眞，脣舌齒喉之無辨。⑬

馮氏以爲此種情況乃南曲之不幸，故其《墨憨齋傳奇》十餘種，多數是他人作品音律不協而加以修改所得，此亦爲創作論中重尚自然之表現。

（二）情景交融、一氣呵成

除崇重自然而外，馮氏於創作中尚主張「情景交融」，反對「支離破碎」。晚明哲學思潮受「天人合一」思想之啓發，在美學上發展出「情景合一」、「情景交融」之理論，如李卓吾之「化工說」、「童心說」，而馮氏受此影想，於戲曲創作上亦提倡「情景交融」、「一氣呵成」之主張，《風流夢・總評》：

> 凡傳奇最忌支離。一貼旦而又翻小姑姑，一贅甚乎！今改春香出家，即以代小姑姑，且爲認眞容張本，省卻葛藤幾許，又李全原非正戲，借作線索，又添金主，不更贅乎！去之良是。……原本如老夫人祭奠、及柳生投店等折，詞非不佳，然折數太煩，故削去。即所改竄諸曲，儘有絕妙好辭，譬如取飽有限，雖龍肝鳳髓，不得不爲罷箸，觀者幸勿以點金成鐵笑余也。⑭

　　總評中說明修改原作之因，不外乎湯顯祖原劇頭緒紛繁，不能一氣呵成，亦不符合馮氏對傳奇創作須「明白條暢」、「節次清楚、過脈絕無痕跡」之基本要求，故只得割愛。

（三）以虛用實

　　馮氏受前期曲家王驥德之影響，於戲曲創作中，亦講求虛實運用之藝術技巧，《邯鄲夢・總評》云：

> 　　玉茗堂諸作，作《紫釵》、《牡丹》以情，《南柯》以幻，獨此（案指《邯鄲夢》）因情入道即幻悟眞，閱之令凡夫濁子俱有厭薄塵埃之想，四夢中當推第一。⑰

> 　　貴女安得獨處？花誥豈可偷塡？招賢榜非一人可袖，千片葉非一人可刺，劇中種種俱礙理，然不如此，不肖夢境。⑯

　　此中提出《邯鄲夢》虛實相生之創作技巧，因情入道，即由實而虛；即幻悟眞，又由虛而歸實；其劇內容俱非眞實，然非如此不足以示夢之眞，虛虛實實相生之道，藝術技巧之運用，已臻化境。

　　祁彪佳之創作論首重結構，以爲結構難於一切。結構若佳，其餘部分即有微疵，亦無傷大局，反之則全劇潰散。其《遠山堂曲品》評《紈扇記》云：「一意塡詞，雖綺麗可觀，而於闔闢離合之法，全是矒矒。⑰」可知祁氏重視結構凌駕一切。而傳奇之結構欲佳，其法有三：

（一）聯貫法

　　此即將戲曲之素材作一選擇提煉、使其呈現完整情節，無斷續痕跡之後，再一一呈現於舞臺上，其評《金牌記》且與《精忠

記》作比較云：

> 《精忠》簡潔有古色，而詳覈終推此本（案指《金牌
> 記》），且聯貫得法，武穆事功發揮殆盡。[178]

以此內容相同之二劇做比較，《金牌記》勝過《精忠記》，蓋前者結構較佳也，後者「末以冥鬼結局，前既枝蔓，後逐寂寥。[179]」顯然是結構上枝葉繁複兼之虎頭蛇尾之病也，故結構首重首尾聯貫。

（二）忌紛繁

明代諸曲論家皆以為傳奇之主線不宜紛繁，否則情節雜亂無章，明人傳奇中，《翠鈿記》、《增壽記》、《寶劍記》、《賜劍記》等皆有此病，此為不明傳奇結構之法者也：

> 此公不識煉局之法，故重複處頗多，以林沖為諫諍，而後高俅設白虎堂之計，末方出俅子謀沖妻一段，殊覺多費周折。[180]

太過紛繁則作者無法顧及所有關目，前後不得照應，情節關目相互矛盾，漏洞百出，此亦結構之大弊也。

（三）宜曲折

作傳奇者須將傳奇之「奇」寫出，否則平淡無奇何必演之虒虒？故作傳奇必多婉轉曲折方能引人入勝。然亦不可曲折太過，否則又墮入頭緒紛繁之弊病。如評《軒轅記》、《唾紅記》、《翡翠鈿》諸劇云：

> 意調若一覽易盡，構局之妙，令人且驚且疑，漸入佳境，

所謂深味之而無窮者。⑱

匠心創詞，能就尋常意境，層層掀翻，如一波未平，一波
又起。⑱

邇來詞人，每喜多轉折，以見頓挫抑揚之趣。不知轉折太
多，令觀者索一解未得，更索一解，便不得自然之致矣。⑱

曲折新奇之拿捏當恰到好處，不及則平淡寡味，太過則橫生
枝葉，運用之妙，存乎一心。

凌濛初在創造論方面，所言不多，僅提出結構論與取材論兩
方面意見，結構論之論點亦不超出明代曲論家之範圍，取材論則
頗有新意，對後代頗有影響。略述其《譚曲雜劄》中論點如下：
（一）結構須主線分明。此亦祁彪佳等人所言傳奇切忌頭緒紛繁
　　　之意也，並舉沈璟爲例，說明其弊：

戲曲搭架，亦是要事，不妥則全傳可憎矣。……沈伯英構
造極多，最喜以奇事舊聞，不論數種，扭合一家，更名易
姓，改頭換面，而又才不足以運棹布置，掣衿露肘，茫無
頭緒，尤爲可怪。⑱

結構爲一劇最重要之事。即使名家如沈璟，易犯頭緒主線太
多，不足以運之之病。
（二）取材須合情合理。新傳奇之取材子虛烏有，裝神弄鬼，人
　　　情人理皆不符合，此亦傳奇之大忌諱：

……舊戲無扭捏巧造之弊，稍有牽強，略附神鬼作用而
已，故都大雅可觀，今世愈造愈幻，假託寓言，明明看破

無論，即眞實一事，翻弄作烏有子虛。總之，人情所不
近，人理所必無，世法既自不通，鬼謀亦所不料，兼以照
管不來，動犯駁議，演者手忙腳亂，觀者眼暗頭昏，大可
笑也。⑱

二、表演論

明中葉以後，王陽明「心學」興起，促使理學解體之衝擊，
排山倒海而來，影響所及，衝破舊規矩法度之思潮，如火如荼，
文壇亦不能免，例如前後七子所強調之格調、形式之古法，食古
不化、勦襲摹擬之風，皆受到嚴厲之考驗批評。文學藝術之表達
方式，以傳神爲上，亦爲此期探討之主流之一。如湯顯祖「文以
意趣神色爲主」，潘之恆「以神求者，以神告」，皆爲時興之見，
馮夢龍當運會之趨，在戲曲表演上，亦有類似「傳神爲上」主
張，其《酒家傭》傳奇〈總評〉曰：

> 李固門人執義相殉者甚多，不能備載，聊存王成、郭亮等
> 一、二。演李固，要描一段忠憤的光景；演文姬、王成、
> 李燮，要描一段憂思的光景；演吳佑、郭亮，要描一段激
> 烈的光景。⑱

又其《酒家傭》傳奇第七齣〈吳佑罵佞〉眉批云：

> 此出全要描寫吳佑一片義氣，馬融傴儒，亦須還他架子。
> 俗優扮宰嚭，極其瘼屑，全無大臣體面，便是不能善體物
> 處，宰嚭要還他個大臣架子，馬融要還他個如者架子，方
> 是水墨高手。⑱

　　此二則所謂「光景」、「架子」皆爲抽象名詞，意指神似，即指表演傳神之意，演某人即須將某人之神情、即精神特質傳達出來，方能「得其意之所在」，如此方爲「水墨高手」，而「水墨高手」亦求神似而不求形肖，二者在美學上有異曲同工之妙。

　　沈寵綏在表演論方面著有《絃索辨訛》、《度曲須知》二書，前書專爲北曲弦索歌唱而作，後者南北曲皆有涉及。在後期曲論家中，特別重視歌唱者應該明字音、口法、念字技巧、念字方法，其重點皆載在二書中，可說是歌唱者之聲樂論。茲將其有關聲律、演唱技巧之重點歸納於後：

（一）列舉三百七十五支北曲曲牌、曲文，分別在每字旁側注以閉口、撮口、鼻音、開口、穿牙、陰出、陽收等符號，某些套數之後，尙有後註說明其演唱技巧，與其特色。

（二）訂正歌唱訛誤現象。如：「……入之收上、收去者，尙費商量。即如……『空目斷』之目字，『當日向西廂』之日字，本是去聲，今皆平唱。……⑱」凡此皆當代重彈不重唱之弊也。

（三）訂正以訛傳訛之字。如：「曲中『風欠』之欠字，癡呆之義，謂瘋狂且癡呆也。本北人調侃秀才語。元《蕭淑蘭》劇，有：『斷不了詩云子曰酸風欠，離不了之乎也者腌窮儉』，明明以欠押儉字之韻，何俗子訛作耍音。並字形改削，妄去轉筆一勾，遍考字書，從無此體書者，一時筆誤，唱者復久傳訛。⑱」

（四）四聲批窾。沈氏所謂「批窾」語出自《莊子・養生主》：「批大郤、導大窾」，即緣督爲經、順自然而行之意，而「四聲批窾」即敎人明辨四聲之原本面貌。蓋四聲正則腔

正，故沈氏曰：

> 昔詞隱先生曰：「凡去聲當高唱……」其說良然。然去聲
> 高唱，此在翠字、再字、世字等類，其聲屬陰者，則可
> 耳；若去聲陽字，如被字、淚字、動字等類，初出不嫌稍
> 平，轉腔乃始高唱，則平出去收，字方圓穩；不然，出口
> 便高揭，將被涉貝音，動涉凍音，陽去幾訛陰去矣。……⑩

此則以前人研究爲基礎，而青出於藍者也。

（五）出字總訣。沈氏將《中原音韻》十九韻部每一部出口發聲
　　之方法、部位，做詳盡之說明：

> 一、東鐘，舌居中。二、江陽，口開張。三、支思，露齒
> 兒。四、齊微，嘻嘴皮。五、魚模，撮口呼。六、皆來，
> 扯口開。七、眞文，鼻不吞。八、寒山，喉沒攔。九、桓
> 歡，口吐丸。十、先天，在舌端。十一、蕭豪，音甚清
> 高。十二、歌戈，莫混魚模。十三、家麻，啓口張牙。十
> 四、車遮，口略開些。十五、庚青，鼻裡出聲。十六、尤
> 侯，音出在喉。十七、侵尋，閉口眞文。十八、監咸，閉
> 口寒山。十九、廉纖，閉口先天。⑪

十九韻部之發音部位、方法，有此口訣而一目瞭然矣。此外
發一字之字頭、字腹、自字尾之音，亦須注意其時間性，如字頭
較短促，不及十分之一就當唱字腹，字腹約十分之二三，字尾約
十分之五六，字腹唱完後，須經過氣接脈，方可接唱尾音，不可
遽接。尾音亦不可亂收，須分清音路（音之韻部，口中發音之方
式）方可。以上即沈氏表演論之大略也，可推之爲此期曲論家中

最具實務經驗之專家。

三、本色論

　　凌濛初繼承前期曲論家論本色當行之風氣，故其《譚曲雜劄》之首項，即論本色當行之定義：

> 曲始於胡元，大略貴當行不貴藻麗。其當行者曰本色。蓋自有此一番材料，其修飾詞章，填塞學問，了無涉也。⑲

　　由此項資料可知下列意涵：其一　當行與藻麗相對，藻麗即詞藻華麗，當行則用詞素樸之意也。其二，當行即本色，是則本色亦為用詞素樸之意。其三，當行之用，自成一格，決不修飾華詞麗句或填塞典故，賣弄學問。此為凌氏本色當行之第一定義也。

　　當行本色雖與藻麗無涉，然亦絕非鄙俚澀詞之謂也，凌氏曰：

> 故以藻繢為曲，譬如以排律珠聯入〈陌上桑〉，〈董妖嬈〉樂府諸題下，多見其不類。以鄙俚為曲，譬如以三家村學究口號、歪詩，擬康衢、擊壤，為自我做祖，出口成章，豈不可笑。⑳

　　當行本色亦非鄙俚無文之謂，此為第二定義。

　　凌氏崇尚當行本色，而抨擊梁伯龍以來，崇尚華靡工麗之風，風氣所及，天下競為勦襲，「靡詞如繡閣羅闈、銅壺銀箭、黃鶯紫燕、浪蝶狂蜂之類，啓口即是，千篇一律，甚者使僻事，繪隱語，詞須累詮，意如商謎，不惟曲家一種本色語抹盡無餘，即人間一種真情話，埋沒不露矣。㉑」是知凌氏反華靡工麗、提

倡當行本色之因，蓋人間之真性情、真心話，皆由當行本色說出，未有用詞華靡而留有真情者也。是知當行本色須具有真性情，此為第三定義也。

　　當行本色亦為凌氏評論戲曲標準之一，如：「沈伯英審於律而短於才，亦知用故實、用套詞之非宜，欲作當家本色俊語，卻又不能，直以淺言俚語，捆拽牽湊，自謂獨得其宗，號稱詞隱。⑱」是知凌氏在吳江派諸家一致擁戴沈璟情況下，公然譏之以用詞「淺言俚語」或「不能當行本色」，即以當行本色之定義批判之也。

注　解

① 「物」當改作「洲」，本小令韻押「尤侯」，「物」為「魚模」，不協。「四大神州」即佛教傳說中之東勝身洲、南贍部洲、西牛貨洲、北俱盧洲。此泛指天下。或以「四大神物」為關、馬、鄭、白，意不通、韻不協，非也。

② 賈仲明：補《錄鬼簿》【凌波仙】輓詞，《中國古典戲曲論著集成》（大陸北京：中國戲劇出版社，1959年7月）冊2，頁151。

③ 無名氏：《錄鬼簿續編》，《中國古典戲曲論著集成》（大陸北京：中國戲劇出版社，1959年7月）冊2，頁292。

④ 曾永義〈太和正音譜的曲論〉云：「所謂體式，就是《文心雕龍》所說的體性，……是指風格而言。」俞為民《中國古代戲曲理論史通論》云：「所謂體，也即風格一詞的別名。如陸機《文賦》曰：『體有萬殊，物無一量。』劉勰《文心雕龍》中有體性篇，體，也是指詩文的風格。」

⑤ 朱權：《太和正音譜》，《中國古典戲曲論著集成》（大陸北京：中國戲劇出版社，1959年7月）冊3，頁13-14。

⑥　劉熙載：《藝概・詞曲概》，《中國古典戲曲論著集成》（大陸北京：中國戲劇出版社，1959年7月）冊9，頁117。

⑦　任二北：《散曲概論》，《元曲研究》（臺灣臺北：里仁書局，1984年9月），冊2，頁63-66，73-74。

⑧　此一百零五人前附有總評，其評曰：「俱是傑作，尤有勝於前列者。其詞非筆舌可能擬，眞詞林之英傑也。」

⑨　朱權：《太和正音譜》，《中國古典戲曲論著集成》（大陸北京：中國戲劇出版社，1959年7月）冊3，頁17。

⑩　朱權：《太和正音譜》，《中國古典戲曲論著集成》（大陸北京：中國戲劇出版社，1959年7月）冊3，頁18。

⑪　朱權：《太和正音譜》，《中國古典戲曲論著集成》（大陸北京：中國戲劇出版社，1959年7月）冊3，頁22。

⑫　朱權：《太和正音譜》，《中國古典戲曲論著集成》（大陸北京：中國戲劇出版社，1959年7 7月）冊3，頁22。

⑬　王驥德：《曲律》，《中國古典戲曲論著集成》（大陸北京：中國戲劇出版社，1959年7月）冊4，頁147。

⑭　朱權：《太和正音譜》，《中國古典戲曲論著集成》（大陸北京：中國戲劇出版社，1959年7月）冊3，頁23。

⑮　朱權：《太和正音譜》，《中國古典戲曲論著集成》（大陸北京：中國戲劇出版社，1959年7月）冊3，頁43。

⑯　朱權：《太和正音譜》，《中國古典戲曲論著集成》（大陸北京：中國戲劇出版社，1959年7月）冊3，頁53。

⑰　朱權：《太和正音譜》，《中國古典戲曲論著集成》（大陸北京：中國戲劇出版社，1959年7月）冊3，頁44。

⑱　朱權：《太和正音譜》，《中國古典戲曲論著集成》（大陸北京：中國戲劇出版社，1959年7月）冊3，頁44。

⑲　朱權：《太和正音譜》，《中國古典戲曲論著集成》（大陸北京：

中國戲劇出版社，1959年7月）冊3，頁24。

⑳　朱權：《太和正音譜》，《中國古典戲曲論著集成》（大陸北京：中國戲劇出版社，1959年7月）冊3，頁24-25。

㉑　賈仲明：《增補錄鬼簿》，《中國古典戲曲論著集成》（大陸北京：中國戲劇出版社，1959年7月）冊2，頁204。

㉒　趙孟頫：《松雪齋樂府‧歷代詩餘十八》，《全元散曲》（臺灣臺北：漢京文化事業有限公司，1983年12月）冊1，頁285。

㉓　朱權：《太和正音譜》，《中國古典戲曲論著集成》（大陸北京：中國戲劇出版社，1959年7月）冊3，頁24。

㉔　王世貞著述極富，其中有《弇州山人四部稿》一百七十四卷，計分賦部、詩部、文部、說部；其中說部有《藝苑卮言》八卷，又附錄二卷，皆為雜論詩文詞賦之作，專門論詞曲者在附錄一。亦有摘出詞、曲兩部分，提為《詞評》、《曲藻》，單刻行世者。

㉕　魏良輔：《曲律》，《中國古典戲曲論著集成》（大陸北京：中國戲劇出版社，1959年7月）冊5，頁7。

㉖　魏良輔：《曲律》，《中國古典戲曲論著集成》（大陸北京：中國戲劇出版社，1959年7月）冊5，頁5。

㉗　魏良輔：《曲律》，《中國古典戲曲論著集成》（大陸北京：中國戲劇出版社，1959年7月）冊5，頁6。

㉘　魏良輔：《曲律》，《中國古典戲曲論著集成》（大陸北京：中國戲劇出版社，1959年7月）冊5，頁6。

㉙　李開先：《詞謔》，《中國古典戲曲論著集成》（大陸北京：中國戲劇出版社，1959年7月）冊3，頁353。

㉚　李開先：《詞謔》，《中國古典戲曲論著集成》（大陸北京：中國戲劇出版社，1959年7月）冊3，頁354。

㉛　何良俊為明嘉靖年間重要之曲論家，其論曲文字見於《四友齋叢說》第三十七卷中，凡一卷，《新曲苑》稱之為「四友齋曲

說」，《中國古典戲曲論著集成》稱之爲《曲論》，今依後者。

㉜　李開先論及本色之部分散見於：〈西野春遊詞序〉、〈市井艷詞序〉、〈市井艷詞又序〉各篇章中，篇幅旣不多，著力處亦淺，如：〈西野春遊詞序〉云：「用本色者爲詞人之詞，否則爲文人之詞矣。」等，兹不贅述。

㉝　何良俊：《曲論》，《中國古典戲曲論著集成》（大陸北京：中國戲劇出版社，1959年7月）冊4，頁6。

㉞　何良俊：《曲論》，《中國古典戲曲論著集成》（大陸北京：中國戲劇出版社，1959年7月）冊4，頁6-7。

㉟　何良俊：《曲論》，《中國古典戲曲論著集成》（大陸北京：中國戲劇出版社，1959年7月）冊4，頁7。

㊱　何良俊：《曲論》，《中國古典戲曲論著集成》（大陸北京：中國戲劇出版社，1959年7月）冊4，頁8。

㊲　何良俊：《曲論》，《中國古典戲曲論著集成》（大陸北京：中國戲劇出版社，1959年7月）冊4，頁8。

㊳　何良俊：《曲論》，《中國古典戲曲論著集成》（大陸北京：中國戲劇出版社，1959年7月）冊4，頁8-9。

㊴　徐渭：《南詞叙錄》，《中國古典戲曲論著集成》（大陸北京：中國戲劇出版社，1959年7月）冊3，頁242。

㊵　徐渭：《南詞叙錄》，《中國古典戲曲論著集成》（大陸北京：中國戲劇出版社，1959年7月）冊3，頁243。

㊶　徐渭：《南詞叙錄》，《中國古典戲曲論著集成》（大陸北京：中國戲劇出版社，1959年7月）冊3，頁243。

㊷　徐渭：《南詞叙錄》，《中國古典戲曲論著集成》（大陸北京：中國戲劇出版社，1959年7月）冊3，頁243。

㊸　何良俊：《曲論》，《中國古典戲曲論著集成》（大陸北京：中國戲劇出版社，1959年7月）冊4，頁6-7。

㊹　何良俊：《曲論》，《中國古典戲曲論著集成》（大陸北京：中國
戲劇出版社，1959年7月）冊4，頁9。

㊺　李開先：《詞謔》，《中國古典戲曲論著集成》（大陸北京：中國
戲劇出版社，1959年7月）冊3，頁297-308。

㊻　何良俊：《曲論》，《中國古典戲曲論著集成》（大陸北京：中國
戲劇出版社，1959年7月）冊4，頁6。

㊼　何良俊：《曲論》，《中國古典戲曲論著集成》（大陸北京：中國
戲劇出版社，1959年7月）冊4，頁12。

㊽　王世貞：《曲藻》，《中國古典戲曲論著集成》（大陸北京：中國
戲劇出版社，1959年7月）冊4，頁34。

㊾　何良俊：《曲論》，《中國古典戲曲論著集成》（大陸北京：中國
戲劇出版社，1959年7月）冊4，頁7。

㊿　李贄：《焚書》卷三，（臺灣臺北：漢京文化事業有限公司，
1984年5月）頁97。

（51）　李贄：《焚書》卷三，（臺灣臺北：漢京文化事業有限公司，
1984年5月）頁97-98。

（52）　李贄：《焚書》卷三，（臺灣臺北：漢京文化事業有限公司，
1984年5月）頁97。

（53）　李贄：《焚書》卷三，（臺灣臺北：漢京文化事業有限公司，
1984年5月）頁99。

（54）　王世貞：《曲藻》，《中國古典戲曲論著集成》（大陸北京：中國
戲劇出版社，1959年7月）冊4，頁33。

（55）　王世貞：《曲藻》，《中國古典戲曲論著集成》（大陸北京：中國
戲劇出版社，1959年7月）冊4，頁34。

（56）　李贄：《焚書》卷三，（臺灣臺北：漢京文化事業有限公司，
1984年5月）頁193。

（57）　李贄：《焚書》卷三，（臺灣臺北：漢京文化事業有限公司，

1984年5月）頁194-195。

㊹ 張可久【南呂‧梁州】：「挽玉手流連錦英◎據胡床指點銀屏瓶
　　◎」，《全元散曲》（臺灣臺北：漢京文化事業有限公司，1984年
　　5月）頁990。

㊺ 張可久【南呂‧一枝花】：「花如人面紅。山似佛頭青◎」，
　　《全元散曲》（臺灣臺北：漢京文化事業有限公司，1984年5月）
　　頁990。

⑥ 張可久【南呂‧尾】：「笑歸來彷彿二更◎煞強似踏雪尋梅灞橋
　　冷◎」，《全元散曲》（臺灣臺北：漢京文化事業有限公司，1984
　　年5月）頁990。

㊽ 李開先：《詞謔》，《中國古典戲曲論著集成》（大陸北京：中國
　　戲劇出版社，1959年7月）冊3，頁293。

㊾ 張可久【南呂‧一枝花】〈牽掛〉散套，首四句云：「鶯穿殘楊
　　柳枝◎蟲蠹損薔薇刺◎蝶搧乾芍藥粉。蜂甖斷海棠絲◎」，《全
　　元散曲》（臺灣臺北：漢京文化事業有限公司，1984年5月）頁
　　990。

㊿ 李開先：《詞謔》，《中國古典戲曲論著集成》（大陸北京：中
　　國戲劇出版社，1959年7月）冊3，頁294。

64 李開先：《詞謔》，《中國古典戲曲論著集成》（大陸北京：中國
　　戲劇出版社，1959年7月）冊3，頁275。

65 何良俊：《曲論》，《中國古典戲曲論著集成》（大陸北京：中國
　　戲劇出版社，1959年7月）冊4，頁13。

66 何良俊：《曲論》，《中國古典戲曲論著集成》（大陸北京：中國
　　戲劇出版社，1959年7月）冊4，頁9。

67 顧起元：《客座贅語‧戲劇》，《元明史料筆記叢刊》（大陸北
　　京：中華書局，1987年4月）頁303。

68 祝允明：《猥談》，《古今說部叢書》（大陸上海：上海文藝出版

社，1991年5月）5集，頁4。

⑥ 徐渭：《南詞敘錄》，《中國古典戲曲論著集成》（大陸北京：中
國戲劇出版社，1959年7月）冊3，頁241。

⑦ 徐渭：《南詞敘錄》，《中國古典戲曲論著集成》（大陸北京：中
國戲劇出版社，1959年7月）冊3，頁239。

⑦ 張庚、郭漢城：《中國戲曲通史》，（大陸北京：中國戲劇出版
社，1992年4月）頁82。

⑦ 錢南揚考證趙閎夫爲趙庭美之八世孫，宋光宗爲趙匡胤之八世
孫，而趙庭美與趙匡胤爲兄弟，故證明趙閎夫爲宋光宗同朝人。
筆者以爲此種印證頗爲不可靠，蓋同一輩份之兄弟，而年齡之差
距有長達一、二十年者，比比皆是，何況長達八世，豈可以道理
計？吾故以爲依祝允明《猥談》所言，判趙閎夫爲宣和間、南渡
之際之人，較爲可靠。

⑦ 錢南揚：《戲文概論》，（臺灣臺北：里仁書局，2000年1月）
頁25-29。

⑦ 徐渭：《南詞敘錄》，《中國古典戲曲論著集成》（大陸北京：中
國戲劇出版社，1959年7月）冊3，頁240。

⑦ 徐渭：《南詞敘錄》，《中國古典戲曲論著集成》（大陸北京：中
國戲劇出版社，1959年7月）冊3，頁240。

⑦ 徐渭：《南詞敘錄》，《中國古典戲曲論著集成》（大陸北京：中
國戲劇出版社，1959年7月）冊3，頁242。

⑦ 王世貞：《曲藻‧序》，《中國古典戲曲論著集成》（大陸北京：
中國戲劇出版社，1959年7月）冊4，頁25。

⑦ 王世貞：《曲藻》，《中國古典戲曲論著集成》（大陸北京：中國
戲劇出版社，1959年7月）冊4，頁27。

⑦ 王世貞：《曲藻》，《中國古典戲曲論著集成》（大陸北京：中國
戲劇出版社，1959年7月）冊4，頁27。

⑧ 徐渭：《南詞叙錄》，《中國古典戲曲論著集成》（大陸北京：中國戲劇出版社，1959年7月）冊3，頁245。

⑧ 王世貞：《曲藻》，《中國古典戲曲論著集成》（大陸北京：中國戲劇出版社，1959年7月）冊4，頁36-37。

⑧ 沈璟：《沈璟集》，（大陸上海：上海古籍出版社，1991年12月）下冊，頁849。

⑧ 呂天成：《曲品‧新傳奇品》，《中國古典戲曲論著集成》（大陸北京：中國戲劇出版社，1959年3月）冊6，頁213。

⑧ 此爲商調【二郎神】論曲之第二支曲牌，原標明曰【前腔】，而其前一支曲爲【二郎神】，故此處直書【二郎神】。

⑧ 沈璟：《沈璟集》，（大陸上海：上海古籍出版社，1991年12月）下冊，頁849。

⑧ 沈璟：《沈璟集》，（大陸上海：上海古籍出版社，1991年12月）下冊，頁849。

⑧ 孫月峰：《月峰先生集‧與沈伯英論韻學書》，《沈璟集》（大陸上海：上海古籍出版社，1991年12月）下冊，頁938。

⑧ 呂天成：《曲品‧新傳奇品》，《中國古典戲曲論著集成》（大陸北京：中國戲劇出版社，1959年3月）冊6，頁213。

⑧ 湯顯祖：《湯顯祖集‧答呂姜山》，（臺灣臺北：洪氏出版社，1975年3月）冊2，頁1337。

⑨ 徐復祚著有《三家村老猥談》三十六卷，又稱《花當閣叢談》，內容有涉及戲曲者，已爲鄧實輯錄於《何元朗徐陽初曲論》中，經《中國古典戲曲論著集成》編輯又將徐復祚部分分開，即今之《曲論》。

⑨ 徐復祚：《曲論》，《中國古典戲曲論著集成》（大陸北京：中國戲劇出版社，1959年3月）冊4，頁240。

⑨ 徐復祚：《曲論》，《中國古典戲曲論著集成》（大陸北京：中國

戲劇出版社，1959年3月）冊4，頁234-235。

⑼　徐復祚：《曲論》，《中國古典戲曲論著集成》（大陸北京：中國
　　戲劇出版社，1959年3月）冊4，頁236。

⑼　徐復祚：《曲論》，《中國古典戲曲論著集成》（大陸北京：中國
　　戲劇出版社，1959年3月）冊4，頁239。

⑼　徐復祚：《曲論》，《中國古典戲曲論著集成》（大陸北京：中國
　　戲劇出版社，1959年3月）冊4，頁240。

⑼　徐復祚：《曲論》，《中國古典戲曲論著集成》（大陸北京：中國
　　戲劇出版社，1959年3月）冊4，頁240。

⑼　王驥德：《曲律》，《中國古典戲曲論著集成》（大陸北京：中國
　　戲劇出版社，1959年3月）冊4，頁105-106。

⑼　王驥德：《曲律》，《中國古典戲曲論著集成》（大陸北京：中國
　　戲劇出版社，1959年3月）冊4，頁104。

⑼　王驥德：《曲律・雜論》，《中國古典戲曲論著集成》（大陸北
　　京：中國戲劇出版社，1959年3月）冊4，頁165。

⑽　王驥德：《曲律・雜論》，《中國古典戲曲論著集成》（大陸北
　　京：中國戲劇出版社，1959年3月）冊4，頁166。

⑽　王驥德：《曲律・雜論》，《中國古典戲曲論著集成》（大陸北
　　京：中國戲劇出版社，1959年3月）冊4，頁166。

⑽　王驥德：《曲律・雜論》，《中國古典戲曲論著集成》（大陸北
　　京：中國戲劇出版社，1959年3月）冊4，頁137。

⑽　王驥德：《曲律・雜論》，《中國古典戲曲論著集成》（大陸北
　　京：中國戲劇出版社，1959年3月）冊4，頁164。

⑽　呂天成：《曲品・新傳奇品》，《中國古典戲曲論著集成》（大陸
　　北京：中國戲劇出版社，1959年3月）冊6，頁212-213。

⑽　王驥德：《曲律・雜論》，《中國古典戲曲論著集成》（大陸北
　　京：中國戲劇出版社，1959年3月）冊4，頁152。

⑩　王驥德：《曲律‧雜論》，《中國古典戲曲論著集成》（大陸北京：中國戲劇出版社，1959年3月）冊4，頁149。

⑩　案《琵琶記》第二十六齣〈拐兒紿誤〉所錄之【駐馬聽】有三曲，王氏所云恐爲前二曲，茲將三曲【駐馬聽】之原曲文錄之如下：「書寄鄉關◎說起敎人心痛酸◎鄉親傳示俺八旬爹媽。道與俺兩月妻房。隔涉萬水千山◎啼痕緘處翠銷斑◎夢魂飛遶銀屏遠◎（合）報道平安◎想一家賀喜。只說道再見◎」；「遙憶鄉關◎有個人人凝望眼◎他頻看飛雁◎望斷孤舟。倚遍危欄◎見這銀鉤飛動彩雲箋◎又索玉筯界破殘妝面◎（合前）」；「西出陽關◎卻嘆今朝行路難◎念取經年離別。跋涉萬里程途。帶著一紙雲箋◎只怕豺狼紛擾路途間◎雁鴻怕不到家鄉畔◎（合前）」以上引用明毛晉編《六十種曲》（大陸北京：中華書局，1958年5月）冊1，頁104。

⑩　王驥德：《曲律‧雜論》，《中國古典戲曲論著集成》（大陸北京：中國戲劇出版社，1959年3月）冊4，頁150。

⑩　王驥德：《曲律‧雜論》，《中國古典戲曲論著集成》（大陸北京：中國戲劇出版社，1959年3月）冊4，頁154。

⑩　朱權：《太和正音譜》，《中國古典戲曲論著集成》（大陸北京：中國戲劇出版社，1959年3月）冊3，頁24-25。

⑪　徐復祚：《曲論》，《中國古典戲曲論著集成》（大陸北京：中國戲劇出版社，1959年3月）冊4，頁235-236。

⑫　徐復祚：《曲論》，《中國古典戲曲論著集成》（大陸北京：中國戲劇出版社，1959年3月）冊4，頁236。

⑬　徐復祚：《曲論》，《中國古典戲曲論著集成》（大陸北京：中國戲劇出版社，1959年3月）冊4，頁237。

⑭　徐復祚：《曲論》，《中國古典戲曲論著集成》（大陸北京：中國戲劇出版社，1959年3月）冊4，頁240。

⑮　徐復祚：《曲論》，《中國古典戲曲論著集成》（大陸北京：中國
　　戲劇出版社，1959年3月）冊4，頁237。

⑯　徐復祚：《曲論》，《中國古典戲曲論著集成》（大陸北京：中國
　　戲劇出版社，1959年3月）冊4，頁240。

⑰　臧晉叔：《元曲選・序二》，《元曲選校注》（大陸石家莊：河北
　　教育出版社，1994年6月）冊1，頁11-12。

⑱　沈璟：《沈璟集・答王驥德》，（大陸上海：上海古籍出版社，
　　1991年12月）下冊，頁900。

⑲　沈璟：《沈璟集・答王驥德》，（大陸上海：上海古籍出版社，
　　1991年12月）下冊，頁901。

⑳　王驥德：《曲律・雜論》，《中國古典戲曲論著集成》（大陸北
　　京：中國戲劇出版社，1959年3月）冊4，頁164。

㉑　王驥德：《曲律・雜論》，《中國古典戲曲論著集成》（大陸北
　　京：中國戲劇出版社，1959年3月）冊4，頁160。

㉒　呂天成：《曲品》，《中國古典戲曲論著集成》（大陸北京：中國
　　戲劇出版社，1959年3月）冊6，頁211。

㉓　呂天成：《曲品》，《中國古典戲曲論著集成》（大陸北京：中國
　　戲劇出版社，1959年3月）冊6，頁211。

㉔　湯顯祖：〈牡丹亭記題詞〉，《湯顯祖集》（臺灣臺北：洪氏出版
　　社，1975年3月）冊4，頁1093。

㉕　湯顯祖：《玉茗堂詩之九》，《湯顯祖集》（臺灣臺北：洪氏出版
　　社，1975年3月）冊1，頁531。

㉖　湯顯祖：《玉茗堂詩之九》，《湯顯祖集》（臺灣臺北：洪氏出版
　　社，1975年3月）冊1，頁531。

㉗　湯顯祖：《玉茗堂詩之九》，《湯顯祖集》（臺灣臺北：洪氏出版
　　社，1975年3月）冊1，頁532。

㉘　湯顯祖：《玉茗堂詩之九》，《湯顯祖集》（臺灣臺北：洪氏出版

社，1975年3月）冊1，頁531。

⑫⑨ 王思任：《批點玉茗堂牡丹亭・叙》，《湯顯祖集》（臺灣臺北：洪氏出版社，1975年3月）冊2，頁1544。

⑬⓪ 湯顯祖：《玉茗堂尺牘之二》，《湯顯祖集》（臺灣臺北：洪氏出版社，1975年3月）冊2，頁1268。

⑬① 湯顯祖：《玉茗堂文之七》，《湯顯祖集》（臺灣臺北：洪氏出版社，1975年3月）冊2，頁1112。

⑬② 陳繼儒：《批點玉茗堂牡丹亭・題詞》，《湯顯祖集》（臺灣臺北：洪氏出版社，1975年3月）冊2，頁1545。

⑬③ 湯顯祖：《玉茗堂補遺》，《湯顯祖集》（臺灣臺北：洪氏出版社，1975年3月）冊2，頁1502。

⑬④ 孫永和：〈論湯顯祖在戲曲理論史上的地位〉，《戲曲研究》（大陸北京：文化藝術出版社，1988年12月）第28期，頁171。

⑬⑤ 湯顯祖：《玉茗堂文之七・宜黃縣戲神清源師廟記》，《湯顯祖集》（臺灣臺北：洪氏出版社，1975年3月）冊2，頁1127。

⑬⑥ 湯顯祖：《玉茗堂尺牘之四・答凌初成》，《湯顯祖集》（臺灣臺北：洪氏出版社，1975年3月）冊2，頁1344。

⑬⑦ 湯顯祖：《玉茗堂尺牘之三・答孫俟居》，《湯顯祖集》（臺灣臺北：洪氏出版社，1975年3月）冊2，頁1299。

⑬⑧ 湯顯祖：《玉茗堂尺牘之四・答凌初成》，《湯顯祖集》（臺灣臺北：洪氏出版社，1975年3月）冊2，頁1344。

⑬⑨ 王驥德：《曲律》，《中國古典戲曲論著集成》（大陸北京：中國戲劇出版社，1959年3月）冊4，頁165。

⑭⓪ 其詩云：「醉漢瓊筵風味殊，通仙鐵笛海雲孤，總饒割就時人體，卻愧王維舊雪圖。」

⑭① 湯顯祖：《玉茗堂尺牘之六・與宜伶羅章二》，《湯顯祖集》（臺灣臺北：洪氏出版社，1975年3月）冊2，頁1426。

⑫　湯顯祖：《玉茗堂文之七・宜黃縣戲神清源師廟記》，《湯顯祖集》（臺灣臺北：洪氏出版社，1975年3月）冊2，頁1128。

⑬　湯顯祖：《玉茗堂文之五・合奇序》，《湯顯祖集》（臺灣臺北：洪氏出版社，1975年3月）冊2，頁1077。

⑭　湯顯祖：《玉茗堂文之七・宜黃縣戲神清源師廟記》，《湯顯祖集》（臺灣臺北：洪氏出版社，1975年3月）冊2，頁1128。

⑮　湯顯祖：《玉茗堂文之七・宜黃縣戲神清源師廟記》，《湯顯祖集》（臺灣臺北：洪氏出版社，1975年3月）冊2，頁1128。

⑯　潘之恆：《潘之恆曲話》，（大陸北京：中國戲劇出版社，1982年8月）頁47。

⑰　潘之恆：《潘之恆曲話》，（大陸北京：中國戲劇出版社，1982年8月）頁47。

⑱　潘之恆：《潘之恆曲話》，（大陸北京：中國戲劇出版社，1982年8月）頁47。

⑲　潘之恆：《潘之恆曲話》，（大陸北京：中國戲劇出版社，1982年8月）頁72。

⑮⓪　潘之恆：《潘之恆曲話》，（大陸北京：中國戲劇出版社，1982年8月）頁47。

⑮①　潘之恆：《潘之恆曲話》，（大陸北京：中國戲劇出版社，1982年8月）頁42。

⑮②　潘之恆：《潘之恆曲話》，（大陸北京：中國戲劇出版社，1982年8月）頁42。

⑮③　潘之恆：《潘之恆曲話》，（大陸北京：中國戲劇出版社，1982年8月）頁212。

⑮④　潘之恆：《潘之恆曲話》，（大陸北京：中國戲劇出版社，1982年8月）頁73。

⑮⑤　潘之恆：《潘之恆曲話》，（大陸北京：中國戲劇出版社，1982

　　年8月）頁13。

㊝　潘之恆：《潘之恆曲話》，（大陸北京：中國戲劇出版社，1982
　　年8月）頁8。

㊝　潘之恆：《潘之恆曲話》，（大陸北京：中國戲劇出版社，1982
　　年8月）頁44。

㊝　徐復祚：《曲論》，《中國古典戲曲論著集成》（大陸北京：中國
　　戲劇出版社，1959年3月）冊4，頁236。

㊝　徐復祚：《曲論》，《中國古典戲曲論著集成》（大陸北京：中國
　　戲劇出版社，1959年3月）冊4，頁238。

⑯　徐復祚：《曲論》，《中國古典戲曲論著集成》（大陸北京：中國
　　戲劇出版社，1959年3月）冊4，頁239。

⑯　徐復祚：《曲論》，《中國古典戲曲論著集成》（大陸北京：中國
　　戲劇出版社，1959年3月）冊4，頁240。

⑯　徐復祚：《曲論》，《中國古典戲曲論著集成》（大陸北京：中國
　　戲劇出版社，1959年3月）冊4，頁244。

⑯　徐復祚：《曲論》，《中國古典戲曲論著集成》（大陸北京：中國
　　戲劇出版社，1959年3月）冊4，頁237。

⑯　徐復祚：《曲論》，《中國古典戲曲論著集成》（大陸北京：中國
　　戲劇出版社，1959年3月）冊4，頁232。

⑯　呂天成：《曲品》，《中國古典戲曲論著集成》（大陸北京：中國
　　戲劇出版社，1959年3月）冊6，頁239。

⑯　呂天成：《曲品》，《中國古典戲曲論著集成》（大陸北京：中國
　　戲劇出版社，1959年3月）冊6，頁228。

⑯　呂天成：《曲品》，《中國古典戲曲論著集成》（大陸北京：中國
　　戲劇出版社，1959年3月）冊6，頁240。

⑯　呂天成：《曲品》，《中國古典戲曲論著集成》（大陸北京：中國
　　戲劇出版社，1959年3月）冊6，頁249。

⑯　呂天成：《曲品》，《中國古典戲曲論著集成》（大陸北京：中國
　　戲劇出版社，1959年3月）冊6，頁242。

⑰　馮夢龍：《馮夢龍全集・敘山歌》，（大陸上海：上海古籍出版
　　社，1993年6月）冊42，頁2。

⑰　馮夢龍：《太霞新奏・序》，《馮夢龍全集》（大陸上海：上海古
　　籍出版社，1993年6月）冊15，頁1。

⑰　馮夢龍：《風流夢・小引》，《馮夢龍全集》（大陸上海：上海古
　　籍出版社，1993年6月）冊18，頁2025。

⑰　馮夢龍：《雙雄記・序》，《馮夢龍全集》（大陸上海：上海古籍
　　出版社，1993年6月）冊16，頁6-7。

⑰　馮夢龍：《風流夢・總評》，《馮夢龍全集》（大陸上海：上海古
　　籍出版社，1993年6月）冊18，頁2034-2035。

⑰　馮夢龍：《邯鄲夢・總評》，《馮夢龍全集》（大陸上海：上海古
　　籍出版社，1993年6月）冊18，頁2285。

⑰　馮夢龍：《邯鄲夢・總評》，《馮夢龍全集》（大陸上海：上海古
　　籍出版社，1993年6月）冊18，頁2286。

⑰　祁彪佳：《遠山堂曲品・納扇記》，《中國古典戲曲論著集成》
　　（大陸北京：中國戲劇出版社，1959年3月）冊6，頁22。

⑰　祁彪佳：《遠山堂曲品・金牌記》，《中國古典戲曲論著集成》
　　（大陸北京：中國戲劇出版社，1959年3月）冊6，頁74。

⑰　祁彪佳：《遠山堂曲品・精忠記》，《中國古典戲曲論著集成》
　　（大陸北京：中國戲劇出版社，1959年3月）冊6，頁26。

⑱　祁彪佳：《遠山堂曲品・寶劍記》，《中國古典戲曲論著集成》
　　（大陸北京：中國戲劇出版社，1959年3月）冊6，頁47。

⑱　祁彪佳：《遠山堂曲品・軒轅記》，《中國古典戲曲論著集成》
　　（大陸北京：中國戲劇出版社，1959年3月）冊6，頁58。

⑱　祁彪佳：《遠山堂曲品・唾紅記》，《中國古典戲曲論著集成》

　　　（大陸北京：中國戲劇出版社，1959年3月）冊6，頁44。

⑱　祁彪佳：《遠山堂曲品・翡翠鈿》，《中國古典戲曲論著集成》
　　　（大陸北京：中國戲劇出版社，1959年3月）冊6，頁58。

⑱　凌濛初：《譚曲雜箚》，《中國古典戲曲論著集成》（大陸北京：
　　　中國戲劇出版社，1959年3月）冊4，頁258。

⑱　凌濛初：《譚曲雜箚》，《中國古典戲曲論著集成》（大陸北京：
　　　中國戲劇出版社，1959年3月）冊4，頁258。

⑱　馮夢龍：《酒家傭・總評》，《馮夢龍全集》（大陸上海：上海古
　　　籍出版社，1993年6月）冊16，頁630。

⑱　馮夢龍：《酒家傭・眉批》，《馮夢龍全集》（大陸上海：上海古
　　　籍出版社，1993年6月）冊16，頁655-656。

⑱　沈寵綏：《絃索辨訛》，《中國古典戲曲論著集成》（大陸北京：
　　　中國戲劇出版社，1959年3月）冊5，頁51。

⑱　沈寵綏：《絃索辨訛》，《中國古典戲曲論著集成》（大陸北京：
　　　中國戲劇出版社，1959年3月）冊5，頁65。

⑲　沈寵綏：《度曲須知》，《中國古典戲曲論著集成》（大陸北京：
　　　中國戲劇出版社，1959年3月）冊5，頁200。

⑲　沈寵綏：《度曲須知》，《中國古典戲曲論著集成》（大陸北京：
　　　中國戲劇出版社，1959年3月）冊5，頁205。

⑲　凌濛初：《譚曲雜箚》，《中國古典戲曲論著集成》（大陸北京：
　　　中國戲劇出版社，1959年3月）冊4，頁253。

⑲　凌濛初：《譚曲雜箚》，《中國古典戲曲論著集成》（大陸北京：
　　　中國戲劇出版社，1959年3月）冊4，頁255-256。

⑲　凌濛初：《譚曲雜箚》，《中國古典戲曲論著集成》（大陸北京：
　　　中國戲劇出版社，1959年3月）冊4，頁253。

⑲　凌濛初：《譚曲雜箚》，《中國古典戲曲論著集成》（大陸北京：
　　　中國戲劇出版社，1959年3月）冊4，頁254。

中篇　清人戲曲序跋本論

第一章　總　　論

第一節　清代呈現專著形式之曲論

　　根據筆者一九八四年博士論文《清代曲論研究》所分析，清代呈現專著形式之曲論凡三十二種，究其來源，大致可分為四類：

一、獨立成書或成篇者，如：《製曲枝語》、《南曲入聲客問》、《樂府傳聲》、《傳奇彙考標目》、《重訂曲海總目》、《也是園藏古今雜劇目錄》、《雨村曲話》、《劇話》、《劇說》、《花部農譚》、《梨園原》、《顧誤錄》、《曲目新編》、《小棲霞說稗》、《詞餘叢話》、《續詞餘叢話》、《今樂考證》、《曲話》等十八種。

二、輯自書中整卷者，如：《閒情偶寄》、《看山閣集閒筆》、《藝概》等三種。

三、輯自他書之附載者，如：《新傳奇品》、《笠閣批評舊戲目》、《九宮大成譜卷首論例》等三種。

四、輯自全書各卷論曲部分者，如：《易餘籥錄》、《在園雜志》、《揚州畫舫錄》、《書隱叢說》、《兩般秋雨盦隨筆》、《北涇草堂外集》、《京塵雜錄》、《劉氏遺書》等八種。①

　　此三十二種專著，幾可概括清代專著曲論之主流，而依據其探討方向，筆者於《清代曲論研究》一書中，將此三十二種專著之內容歸納爲十四類：一、梨園子弟，二、戲曲作家，三、戲曲本事，四、戲曲批評，五、梨園掌故，六、戲曲釋名，七、花部亂彈，八、製曲須知，九、舞臺藝術，十、戲曲體製，十一、音律宮調，十二、戲曲沿革，十三、戲曲目錄，十四、戲曲雜談。

　　而清人專著形式曲論之內容，與清人序跋曲論之內容相較，其異同如何？清人序跋是否另闢蹊徑，觀察出專著所未曾留意之問題？抑其所差無幾？甚或相形失色？凡此問題若得解決，則非但可爲清代闢出更深層之曲論境界，同時亦可凸顯戲曲序跋在此領域中之價值。

第二節　清人戲曲序跋之數量與範圍

　　根據《序跋彙編》之統計，清人在戲曲相關論著方面寫作序跋之風氣，盛於元明兩代：就數量而言，以曲論曲律之序跋而論，唐宋元明清凡二百七十二篇，清代有九十篇，占三分之一左右；以雜劇序跋而論，元人有序跋一百八十三篇、明二百五十九篇、清二百九十五篇，超過元明二代總數之一半以上；以傳奇序跋而論，明人有序跋三百十二篇、清人八百五十七篇，總數幾達明人之三倍；可知不論任何一種戲曲形式之序跋，清人總居其冠，其風氣之盛，可以想見。

　　《序跋彙編》又將唐、宋、元、明、清、近代，與戲曲有關論著之序跋分爲：曲論、曲律、曲選、戲文、雜劇、傳奇等項，茲將各項序跋之數量敘述於後云：

一、曲論曲律：

　　清人所著有關「曲論曲律」之書計有三十六種、作者有名可考者三十七人、不著撰人者一種、姓名不詳者一人。其中屬於曲律範圍、以製曲譜、探曲律爲目的者有：李玉《北詞廣正譜》，周少霞《中州全韻》，范善臻《中原全韻》，紐少雅、徐慶卿《南曲九宮正始》，王瑞生《新定十二律京腔譜》，呂士雄、楊緒、劉瑛、唐尙信《南詞定律》（又稱《新編南詞定律》），湯彬和、顧峻德、徐興華、朱廷鏐《太古傳宗》，周祥鈺、莊親王允祿《新定九宮大成南北詞宮譜》，楊□□（未詳何人）《曲譜》，葉堂《納書楹曲譜》、《納書楹重訂西廂記譜》、《納書楹四夢全譜》，馮起鳳《長生殿曲譜》、《牡丹亭曲譜》、《昆曲曲譜》，計十九人、十五種。

　　而屬於曲論範圍、以陳述戲曲理論或其他相關經驗爲主者有：高奕《新傳奇品》，李漁《李笠翁曲話》，黃周星《製曲枝語》，毛先舒《南曲入聲客問》，黃圖珌《看山閣集閒筆》，徐大椿《樂府傳聲》，無名氏《傳奇彙考標目》，韜庵居士《度曲芻言》，黃文暘《重訂曲海總目》，黃丕烈《也是園藏書古今雜劇目錄》，李調元《雨村曲話》、《雨村劇話》，焦循《劇說》、《花部農譚》，梁廷柟《曲話》，黃旛綽《梨園原》，王德輝、徐沅澂《顧誤錄》，劉熙載《藝概》，支豐宜《曲目新編》，楊恩壽《詞餘叢話》，姚燮《今樂考證》，計二十人、二十一種。

　　就曲論、曲律爲範圍之序跋而言，清人爲前朝人所作之序跋較少，而爲當代人序跋者較多。就唐宋元明四朝而言，《序跋彙編》所輯共二十種著作，序跋六十六篇，清人序跋者不過六種、

八篇而已，以篇數而論，只佔全數之百分之十二弱，而且所論皆
不及於曲律曲論，大部分以版本校勘爲主，時而附有本書之校勘
記，甚至順便介紹收藏家，如孫毓修之介紹蔡廷楨；而討論曲論
曲律者，大約只有少數篇章之三言兩語而已；至於爲當代曲論、
曲律所寫之序跋則數量多、內容廣、資料豐富、見解新穎。而此
種在序跋中介紹版本兼及校勘之趨勢對後人之影響頗大，例如
《中國古典戲曲論著集成》所輯有關曲論曲律之書，每本書前之
提要，除介紹內容外兼及版本校勘，鉅細靡遺，提供研究者不少
方便之路。

　　至其作者，大皆爲當代文人才士或本身即精通音律者，羅列
如下：錢熙祚、金管齋、劉世珩、孫毓修、李元玉（即李玄
玉）、袁于令、袁園客、沈寵綏、顏俊彥、沈標、高奕、王國
維、陳玉祥、吳偉業、曹聚仁、張潮、周少霞、袁晉、紐少雅、
馮旭、吳亮中、姚思、王瑞生、呂士雄、楊緒、黃圖珌、湯彬
和、孫鵬、徐興華、朱廷鏐、朱珩、和碩莊親王允祿、周祥鈺、
于振、徐大椿、胡彥穎、唐少祖、黃之雋、無我道人、王保玠、
李瀚章，李伯珩、葉堂、王文治、許寶善、韜庵居士、石韞玉、
古鳳、黃文暘、管庭芬、黃丕烈、李調元、焦循、梁廷枏、李齎
平、鄭錫瀛、莊肇奎、葉元清、夢菊居士、周棠、劉熙載、錢梅
溪、裴文禩等六十五人。其中除和碩莊親王允祿爲王侯而外，大
都爲知識份子、官宦中人，或爲精通音律之一代大家，或爲長久
浸淫此道之戲曲大師；有發而爲戲曲之的論者，亦有歸而爲曲律
之製作者，皆精闢奧妙，非泛泛而論者可比擬也。

二、雜劇、傳奇：

　　清人所著雜劇有序跋者計一百十三本，序跋共二百九十五篇，《序跋彙編》所錄雜劇作者有名可考者六十六人，缺名者二人。

　　清人所著傳奇有序跋者計三百十五本，序跋共八百五十七篇，《序跋彙編》所錄傳奇作者，有名可考者一百六十六人，缺名者二人。

　　就雜劇為範圍之序跋而言，清人為前朝人序跋之情況較為少見，僅見者有：劉世珩之《鶯鶯紅娘圍棋闖局‧跋》及《園林午夢‧跋》等二篇。就傳奇而論，清人為前朝人序跋者亦僅有劉世珩之《紫釵記‧跋》、怡府本《牡丹亭‧跋》、紐少雅格正本《牡丹亭‧跋》、《南柯記‧跋》等四篇。可見清人為前人作序跋之風氣並不盛行，大多為當代所熟識之人錦上添花，或有感而發，或自序自跋自題詞之作也。

三、曲選、戲文：

　　清人所編有關曲選之書，為數不多，計有鄒式金《雜劇三集》，玩花主人及錢德蒼《綴白裘》，福持齋主人《樂府新聲》、佚名《審音鑑古錄》、王廷章《昭代簫韶》、謝趨青《訪期錄》、張照《月令應承戲》、劉世珩《彙刻傳奇雜劇》等八種，序跋二十六篇。

　　清人所編之戲文寡少，僅有清至民國間梁貞瑞公所修改之《好逑金鑑戲文》一種，凡例中言，此為陝西易俗社之本，原名《春闈考試》，因嫌其空泛而加改編，編成之時，僅有翼仲為之序，而翼仲為民初時人，故本論文屬於戲文之部分從缺不論。

第三節　清代戲曲序跋之分類

　　清代戲曲序跋就範圍而言，十分廣泛，有涉及曲論曲律者，如：腔板、宮調、曲牌、五音、聲律、韻律、字數、句法、製曲、製譜、唱曲等等；有涉及寫作動機者；有說明如何創造劇本者；有論及表演藝術者；有涉及文學史觀及戲曲史觀者；有批評曲家之曲壇地位及品評劇作之高下者；有比較版本目錄之優劣、敘述校勘之經過、公開書籍流布之情形者；有批評曲選、曲譜之選文標準者；有零星特殊之觀點者，如悲劇喜劇論、文氣論、女性觀點論、音樂觀點論等等；其所牽涉討論之層面可謂五花八門、無所不有，其豐富之內涵遠超過元明二代。

　　本篇欲就與清代戲曲相關論著之序跋爲範圍，將其內容分爲：一、曲律論，二、動機論，三、創作論，四、表演論，五、史觀論，六、批評論，七、雜論等七類；敘述其內容、比較其優劣，說明其影響、價值，闡發清代曲論家之序跋在戲曲理論方面之貢獻。

　　注　解

　〔1〕　羅麗容：《清代曲論研究》，（臺灣臺北：東吳大學中文研究所博士論文，1984年7月）頁69。

第二章　曲律論

第一節　腔板論

清人在曲律序跋中對腔板有見解者有：袁于令、王瑞生、周祥鈺、葉堂等四人。「腔、板」之名稱，前人各有定義；明祝允明《猥談》云：「腔者，章句、字數、長短、高下、疾徐、抑揚之節，各有部位。①」王瑞生則並未多加解釋，唯將腔分爲行腔、緩轉腔、急轉腔三種，再加以說明：

> 行腔者，句頭之中下餘兩三字，則于其間頓挫成聲，故謂之行腔也。緩轉腔者，曲文句頭，止餘一字，勢在難行，而其腔又纍纍乎如貫珠者。然于斯時也，必擊鼓二聲，以諧音調，故謂之緩轉腔也。急轉腔者，曲文句頭，止餘一字，而其腔亦僅不絕如縷，腔宜急轉，乃可收聲。二聲之鼓可以不擊，故謂之急轉腔也。②

至於「板」，則以周祥鈺《新定九宮大成南北詞宮譜》知之最深。周氏將各板名稱定義爲：

一、實板：「聲初出即下者」，亦曰迎頭板，符號爲「、」。

二、腰板：「字半而下者」，亦曰掣板，符號爲「╎」。

三、底板：「聲盡而下」，亦曰截板，符號爲「－」。

四、眼：「板之細節曰眼。一板原有七眼，連板爲八數細節，不能盡列。」故僅註出一板一眼之部分，符號爲「口」③。

　　而「腔板」之重要性爲何？周祥鈺將之歸爲三點：

一、曲之分別宮調，全在腔板，如【仙呂調】，套中有借【中呂
　　調】一二曲，其腔板稍異，必依【仙呂調】之聲音，始爲妥
　　協。

二、有字數句法雖同，而腔板迥異，即截然兩調。

三、腔之高下，按以工尺；腔之遲疾，限以板眼。④

　　袁于令亦云：

　　　至於詞，則更有宮商、頓挫、高下、疾徐，制爲排（宜爲
　　　牌）名，分爲腔板，句可長短，調不可出入；字可增減，
　　　調不可參差；不意後之作者，率意塡詞，動輒旁犯，淆亂
　　　正闋，形之謳歌，相習傳訛，巧爲正腔，任其出入，幾使
　　　排（宜爲牌）名莫定，板逗無準，而詞曲遂不可問矣。⑤

　　可知謳歌之混亂，皆由於腔板之無定。

　　而歷來有所謂「死腔活板」之說，諸家亦各有看法，周祥鈺
認爲此說較適合北曲，蓋北曲板式活潑變化大，貴乎「跌宕閃
賺」、「變動不拘」，其落板與南曲不同，其變動情況正如周氏所
云：

一、一起三四調，俱做底板。

二、其落板之曲，或有於第三四句方落實板，或一兩曲已落實
　　板，而忽又搜板不落。

三、或煞尾前半闋已落實板，後半闋做收煞，每句用一底板。

四、一字而下三四板，至襯字多處，亦不妨增一二底板以就之。⑥

　　故北曲襯字偶需增正板，以符合實際之需要，雖曲理上說襯字不加板，然周氏為因應實情，以為在下列情況下，必須加板：

一、元人曲中多用方言俚語，每冠於正文之上，此即落板歇下之處。

二、某些曲文襯字多於正文，如【百字折桂令】、【百字堯民歌】、【百字知秋令】、【增字雁兒落】等，若一味拘於法度，則難以合度，故必須增板以度，如此方能「文句清楚，不致躲閃不及，良為方便。⑦」

　　而南曲板式之重要，非可妄改以就詞也，周氏云：「襯字無正板，蓋板固有定式也。俗云『死腔活板』者，非但詞先而板後，若詞應上三下四句法，而誤填上四下三，則又不得不挪板以就之。修好詞句，究屬遷就，非端使然也。⑧」此云南曲之「死腔活板」，只是遷就詞句，不得不如此，下下之策也，非可認定為必然也。

　　而葉堂對「死腔活板」之說法本身自有矛盾之處，不如周祥鈺之中肯、分明。例如其於《納書楹曲譜》凡例云：

　　　　蓋宮譜字分正襯，主備格式，此譜欲盡度曲之妙，間有挪借板眼處，故不分正襯，所謂死腔活板也。⑨

　　依此，則知葉氏肯定「死腔活板」之說，而於《納書楹重訂西廂記譜》，其說又有不同：

　　　　曲有一定之板而無一定之眼，假如某曲某句，格應幾板，此一定者也。至於眼之多寡，則視乎曲之緊慢；側直，則

從乎腔之轉折。善歌者自能心領神會，無一定者也。若必
強做解事，而曰某曲三眼一板，某曲一眼一板，以致鬥接
收煞，盡露痕跡，而於側直又處處誌之。是殆所謂活腔死
唱者歟！⑩

依此，葉氏又改「死腔活板」說爲「死板活眼」，同爲板
矣，一死一活，其理何哉！固不如周氏之曲分南北，北板活、南
板死之的當也。

第二節　宮調論

清人曲律序跋中，對前人宮調說提出質疑反駁，而不遺餘力
者首推王瑞生，其於《新定十二律京腔譜》中，對元人六宮十一
調說、蔡氏新書宮調說⑪、《宮調總論》、沈璟《九宮十三調曲
譜》、凌濛初《南音三籟》等，皆作嚴正之批評，並提出一己之
見：

一、對元人六宮十一調之質疑：

王氏首先對古人五音律呂相配之方法，提出質疑，第一：古
人五音律呂相配之原則，無非陰陽，或君臣民事物等一歲之事相
配而已，無關乎音樂原理；第二：五音中獨缺徵音七調，其他四
音所生之調名亦混淆不清，如宮所生之七音爲宮；商、羽之七音
又謂之調；而角之七音又謂之角；幾無法則可尋，而北曲卻以此
爲取法原則，後人又都取法於此，可謂大謬矣。

　　按及元人宮調，【仙呂】等宮，是爲六宮，【大石】等調
　　是爲十一調。即今《百種》諸書，其所彰明較著者，如是

而已。然而考其所本，則甚謬也。嘗觀律呂相合河圖洛書之數，無非陰陽相配之義，無觀論樂取裁，至於五音律呂之論，……而惟獨微音七調則缺之，或以其變微而不能成聲乎！夫變微而無其調似也，而宮音爲變宮何獨無仍有其調乎？是可疑也。更可異者，既名七調，何以宮生之調皆謂之宮，商羽聲之調乃謂之調，角聲之調又謂之角？夫此等宮調，皆北曲所取法者，已混淆如是。更觀其以黃鐘爲宮，太簇爲商，姑洗爲角，蕤賓爲變微，林鐘爲微，南呂爲羽，應鐘爲變宮，其所見如是者，蓋不過君、臣、民、事、物，一歲之事也，無關於樂也。⑫

二、對蔡氏新書宮調說之質疑：

蔡氏，未詳何人，「其（案指蔡氏）五調皆用外轉，黃鐘爲宮，則無射爲商，夷則爲角，中呂爲微，夾鐘爲羽，大呂爲變宮，蕤賓爲變微；以其在宮調之內，故俱謂之宮；惟夷則爲正角不用，而用南呂爲宮；餘皆依其本律。黃鐘宮一也，無射爲高宮二也，南呂宮三也，蕤賓爲道宮四也，中呂宮五也，夾鐘爲正宮六也，大呂爲仙呂宮七也。其商角羽調皆仿此。⑬」

而王瑞生對蔡氏新書宮調說之評語爲：「紛更倒置」、「妄爲贅解」，「且其言宮，而非專屬乎宮，言調而非專屬乎調，甚無謂也。」且後世並無傳說有蔡氏之曲譜者，或以荒謬之故爲世所淘汰亦未可知。

三、對《宮調總論》之質疑：

王瑞生引《宮調總論》之說為：

> 旋相為宮，以律為經，復以律為緯，每律得十二調，合之
> 十二律，共得八十四調。蓋其時未有牌名，因調而為之歌
> 章，故有諸宮調之稱謂。即如古歌行、少年行等類存其
> 名，以便於歌者。⑭

王氏不同意以上《宮調總論》之看法，批評曰：

> 自盛唐以來，始於有牌名，後復甚繁。而北曲所唱者，較
> 之八十四調，與牌名迥異，唱頭原以牌名。當是時也，及
> 至欲去其宮調之名，而奈因優伶之革借正樂而為之餬口之
> 計，豈可捨其宮調之名歟！因而於中生巧，言宮調太繁，
> 省其八十四為四十八，可見愚蠢之至也。按其數『八十
> 四』、『四十八』並無成數關礙，無非『四』字那上，
> 『八』字移下，文人可不哂哉！⑮

綜合王氏之意見，其對以上舊有宮調論點之糾謬有三：其
一，北曲所唱之曲牌與八十四宮調及唐以來盛行之曲牌，毫不相
涉；其二，所言因八十四宮調太繁複，故改為四十八，其中毫無
道理可循，只為伶人餬口之計耳。且既有曲牌，豈有任意更換為
其他宮調之理耶？其三，元人所分之六宮十一調已屬雜亂無章，
後世又以之為藍本，誤上加誤也。

舉凡王氏之言，皆屬清代改革創新之論，並非一無可取，然
而一旦為眾人認同，則古人窮畢生歲月所訂之詞曲譜，均將付諸

東流矣。

四、對沈璟《九宮十三調曲譜》之質疑：

南北曲起源之不同，衆所皆知，故北曲有宮調而南曲本無，詞隱先生沈璟所定之《九宮十三調曲譜》，皆彷彿北曲宮調，然而南曲之通行，在王氏所處之時代，已近三百年，所以王氏以爲「欲定南曲之譜，自當探索本源，另分部曲，何得亦拾北曲宮調之餘唾，而爲南曲之條目乎？」而北曲所取宮調已屬大謬，詞隱爲南曲定譜乃步趨其後，天下又宗詞隱，是相率而趨病也，以此之故，王瑞生抨擊此譜最爲嚴厲：

首先，認爲當從兩方面劃分南北曲歧異之處；其一，音樂宗派；北曲是樂府歌章體系、院本源流；而南曲爲三百篇體系、詩詞源流；不可相混。其二，劇場宗派，王氏云：

> 北曲……當是時也，傅粉墨而登場者有之，而搬演之輩寥寥無幾，若狚、若靚、若狐、若鴇、若猱、若捷譏、若引戲、若正末，又謂之末泥，若執磕爪以扑靚之副末，皆與南曲劇場之宗派大相逕庭。……明時雖有南曲，而其所尚，猶有絃索官腔，至嘉隆間乃漸改舊習，玉步既更，始備衆樂器，而劇場乃爲大盛。⑯

王氏此說受徐渭影響頗多，明確劃分南北曲於起源方面相異之點。北曲音樂源出於朝廷樂府歌章，包括郊廟祭祀樂章，隋謂之「康衢戲」、唐謂之「梨園戲」、宋謂之「華林戲」、元謂之「昇平樂」；而其表演藝術則出於有一技在身、卻流落至行院之藝人之手，前者屬朝廷御用文人製作，後者則屬一技在身且仗此

以餬口之藝人；二者皆爲學有專長之士，論其創作，則皆有所爲而爲也。而南曲之體系自三百篇國風起，至古風、而新體詩、而詞，雖不乏文人之作品，而論其源起，則大多出自於民間，初不以創作爲目的，久而蔚然成風者。王氏之說頗有眞知灼見，與徐渭《南詞叙錄》中，對南曲源流之看法頗爲近似，其言當有所本。

而王氏又以爲北曲票友多而演員少，此恐與事實不符，元夏庭芝《靑樓集》，所列出當代大都市中，專業男女藝人約一百一十幾人，大都從事雜劇、院本、嘌唱、說話、諸宮調、舞蹈表演之業，尚有未經著錄者，爲數亦不少。而元代稱良家子弟粉墨登場者爲「行家生活」，專以演戲爲職業者稱「戾家把戲」，王氏認爲當時良家子弟偶因興趣之故登場表演者多，以此爲業餬口者少，此爲的當。

其次，沈璟《九宮十三調曲譜》又以元人所分六宮十一調、月令、五音，爲標準而衡量南曲，王氏則以宮調數目之不符合詰詞隱：

> 查其【仙呂】、【正宮】、【黃鐘】、【南呂】、【中呂】，乃五宮也。彼若欲以北宮爲宮，予則不解其缺一也。又查其【商調】、【越調】、【羽調】、【大石調】、【小石調】、【般涉調】、【雙調】、【仙呂入雙調】，乃八調也。彼若欲以北調爲調，則不解其既缺其四，而又謬添一【仙呂入雙調】也。不特此也，彼名曰九宮，而僅有其五，附十三調，而僅有其八。此皆更不可解者也。或曰：「彼欲以月令爲宮也。」而揆之月令，則忘其九。蓋止有【黃

鐘】、【中呂】、【南呂】也；「欲以五音爲調也」，而按
以五音，則失其三，蓋止有商與羽也。此于不可解之中，
而恨不能起詞隱而質其故也⑰。

諸多有關詞隱先生編《九宮十三調曲譜》之問題，經王氏詰
責後，的確令人難以明瞭。而有關【仙呂入雙調】之曲牌，周祥
鈺《新定九宮大成南北詞宮譜》亦認爲此調南北譜皆載，然宮調
中並無是名，故判爲訛傳：「假仙呂宮有雙調曲，是名【仙呂入
雙調】；若商調有仙呂宮調曲，即爲【商調入仙呂調】。⑱」然
今者除【仙呂入雙調】之外，並無其他，訛傳之可能性頗大。故
選「仙呂宮之南詞，雙角調之北詞，南北合套者爲閏月，另成一
帙，是爲【仙呂入雙角】，以證舊日之訛。⑲」是二家皆對此調
有懷疑，而王瑞生不敢驟下斷語，周祥鈺則另成新曲，以證舊
訛。

五、對《南音三籟》、《南詞新譜》之評論：

王氏以爲《南音三籟》過於蕪雜，而《南詞新譜》又偏論旁
枝，皆無法凸顯主題，故批評此二譜曰：

> 若夫《南音三籟》，雖能博採聯套，而其不可宗者，在乎
> 兼存歧路，《南詞新譜》雖較能查犯調，而其不足取者，
> 在乎偏論旁枝。皆非所以爲九宮補過，而適足爲九宮滋弊
> 者也。⑳

六、總論：

王瑞生說明各家曲譜之闕失後，即表示在此頹波泛濫之下，

欲為曲譜之中流砥柱，立下前所未有之指南，而完成此弋腔之
譜，故《新定十二律京腔譜》者，弋陽腔之譜也。其特色如下：

（一）以五音十二律定譜：「五音各異，其於分貼十二律最為詳
　　　確。如春行木令，而太簇、夾鐘、姑洗，皆宜從角焉；夏
　　　行火令，而中呂、蕤賓、林鐘，皆宜屬徵焉；秋行金令，
　　　而夷則、南呂、無射，皆宜屬商焉；冬行水令，而應鐘、
　　　黃鐘、大呂，皆宜屬羽焉。㉑」是以十二律分歸於五音，
　　　再配合陰陽、五行之說也。

（二）分門別類，以曲腔之低昂揚抑而細為之審度：「若者為陽
　　　生之曲，則宜規於黃鐘也；若者為陰生之曲，則宜歸於蕤
　　　賓也。其他如由一陽而至於過盛，由少陰而至於當復，皆
　　　以曲情之若何而體認精明以分晰（析）之，使歌者領會於
　　　其間，自不致出入乖違也。㉒」

（三）正曲體：「定其一定之板，分其各異之腔，不襲夫古法，
　　　不狃於偏見，較核精詳，名曰：《十二律京腔譜》。蓋即子
　　　輿氏所謂『不以六律，不能正五音』之微意也。㉓」隨書
　　　附上《音韻大全》、《問奇一覽》二書，前者切音精晰，分
　　　合得宜也；後者註釋詳明、典故兼備也。

第三節　曲牌論

　　以上為清代諸曲家在序跋中所呈現對宮調之觀點及糾謬，其
次說明諸家對曲牌之看法。其中紐少雅、王瑞生、呂士雄、周祥
鈺皆有見解。

　　紐少雅對某小令當歸屬某宮調之問題，認為不應當單以某一
小令為判斷準則，必得成為套數之後方能判定。並舉小令【吳小

四】爲例，以爲：「【南呂】調固有，九宮【商調】亦有，彼此俱可那（案即挪）用，何見而此收彼置乎？特緣兩處俱是小令，無耑屬耳。㉔」而另一曲牌【望梅花】，同屬【仙呂】、【南呂】，然而屬【南呂】調者乃套數專用，紐氏以爲：「其前後爲一門數調夾定逼出，是調不容不隨全套借出偕入，他處奚能假借也？㉕」故將【望梅花】定籍於【南呂】，而偶趨【仙呂】，爲單一小令時用，如此則調不亂而曲牌之籍有所歸矣。此外，【耍鮑老】之定於【中呂】而偶趨【黃鐘】，【永團圓】之定於【黃鐘】而偶趨【中呂】，亦爲相同之原因。紐氏於曲牌之另一貢獻爲：將似是而非之曲牌分別釐清，如【羅鼓令】乃【朝元令】及【刮鼓令】，不得與【太平令】、【包子令】相混；又如【梧桐歌】乃【六么歌】即【六么令】之別名，不得與【孝順歌】等觀。

　　王瑞生在曲牌方面對詞隱先生之不滿，一如前所論之宮調。其言曰：「況其曲體不一，每存又一體之名，註解支離，常有姑闕之等語，至于不叙聯套，不辨緊慢，或稱過曲者有之，或稱慢詞近詞者有之。即使詞隱自思及此，恐亦不可解也。㉖」除曲體不一之外，尚有犯調正犯交錯、正襯不分等之缺失。「犯調之考核未協，牌名之整犯交錯，襯字之混入正文，平仄彼此各異，其不可解處，指不勝屈。而欲居然爲詞曲之儀型也，不亦難乎！㉗」沈璟《九宮十三調曲譜》在王氏嚴正之批判下，似無所遁形。

　　呂士雄《南詞定律》則提及賺詞之作用。認爲各宮調曲牌中有所謂「賺詞」之名稱，而各宮賺詞差別不大，惟句之長短，字之多寡而已，而賺詞之作用在於同一套中，若由兩種以上不同宮調之曲牌組成，做爲各宮調之間，曲牌板拍、調門高低之聯繫工作。其說曰：

殊不知賺者，乃掇賺之意，如《拜月亭》之「山徑路幽僻」，係【中呂‧尾犯序】，四曲唱畢，若即以【黃鐘‧耍鮑老】「朝廷當時」之曲接唱，非但宮調不同，亦且難按板拍，故善於詞曲者，即用「且與我留人」之一賺以間之。諸如此類頗多，實作家之巧意，亦歌者方便之門也。㉘

故不必拘泥於各調字句多寡之問題，而捨本逐末。

周祥鈺《新定九宮大成南北詞宮譜》對曲牌有深入之見解，茲將其說條列論說於後，以明其旨。

一、以詞牌名代部分曲牌名：「各宮調牌名，曲本所無，選詞以補之。元以後之曲，即宋以前之詞，非有二也。」此言曲牌源自詞牌，實則詞牌只為曲牌來源之一而已，以北曲為例，根據趙義山《元散曲通論》歸納吸收王國維、洛地等人之研究成果顯示，北曲曲牌之有源可考者有六，逐錄如下㉙：

（一）出于唐宋大曲者十四調。

（二）出于唐宋詞者一百零七調。

（三）出於唐宋教坊曲而無詞可做比較者七調。

（四）出於諸宮調者三十調。

（五）出自宋代戲藝及金院本者十五調

（六）有可能出于宋代俗曲者四調。

以上六項計一百七十七調，若以朱權《太和正音譜》十二宮調下著錄元代流行散曲三百三十五章而論，有跡可尋之曲牌約占一半左右，而此一百七十七調中，出自唐宋詞者及有一百零七調，不可謂少，然絕不可謂元代曲牌皆出於宋詞。

二、更「犯調」爲「集曲」：凡例以爲犯調之名不能切確表達
　　「以各宮牌名彙而成曲」之意義，故更其名曰「集曲」，「譬
　　如集腋以成裘，集花而釀蜜，庶幾於五色成文、八風從律之
　　旨，良有合也。㉚」而本譜所集之集曲概以《曲譜大成》、
　　《南詞定律》，蔣、沈諸譜擇而用之，未善者稍爲更改。而集
　　曲之順序概以「起句必用首句，中用中句，末用末句」爲原
　　則。

三、集曲之命名原則：舊譜對集曲之命名頗有可議之處，有「名
　　義可取而聲律失調者」，亦有「節奏克諧而名義欠雅者」，或
　　「曲則猶是也，而中間所集之句，其舊註小牌名句段，庸有
　　與本體不合」者。例如：「《梅花樓》之【桂香轉紅馬】，曲
　　中所集【紅葉兒】、【上馬踢】，今易以【誤佳期】，其總名
　　是當另改。夫旣換去紅、馬二曲之集句，使仍存其舊，名義
　　何居？㉛」一曲若有二名，可依實際情況自由取決。如：
　　「【好事近】一名【杏壇三操】，若集曲曰【好銀燈】、【好事
　　有四美】則當註【好事近】；若集曲曰【榴花三和】，則當
　　註【杏壇三操】，否則名義不貫。㉜」凡此之見，皆有因實
　　際狀況而命名者，惜知音不多，遂未能推廣矣。

四、強調北曲尾聲之重要性：周氏認爲一套曲之尾聲具有兩種重
　　要性，其一爲「所以收拾一套之音節」；其二爲「結束一篇
　　之文情」；故北曲之尾聲最緊要，且各宮調皆有不同之尾
　　聲，「在【仙呂調】曰【賺煞】，在【中呂調】曰【賣花聲
　　煞】，在【大石角】曰【催拍煞】，在【越角】曰【收尾】；
　　諸如此類，皆秩然不紊。㉝」周氏將諸調之煞尾稱做【慶
　　餘】，諸煞尾之別名也。

第四節　音律論

《序跋彙編》中強調音、律之重要性者有：袁于令、吳亮中、紐少雅、王瑞生、張潮、周祥鈺、楊□□諸家。袁于令曰：「畫卦而後定爲書制，書制有六，終曰諧聲。故天下義理，必歸文字；天下文字必歸音律。如詩必有韻，韻必宗沈約；賦必有體，體必本《離騷》，要皆有不易之宗主焉。⑭」此可視爲音律說之總論，其餘諸家則就此範圍內，分別闡論，茲將各家意見綜合歸納爲音、律、聲律、韻律四類論述如下：

一、五音：王瑞生於《新定十二律京腔譜》凡例中，講明五音與十二律之配合方法：「凡音有五，宮商角徵羽是也。宮爲土爲君，附于月令之姑洗、林鐘、無射、大呂，其聲也典雅沉重。商爲金爲臣，合於月令之夷則、南呂、無射，其聲也嗚咽悽愴。角爲木爲民，合於月令之太簇、夾鐘、姑洗，其聲也富貴纏綿。徵爲火、爲事，合於月令中之中呂、蕤賓、林鐘，其聲也雄壯激昂。羽爲水，爲物，合於月令之應鐘、黃鐘、大呂，其聲也輕清隱逸。⑮」其他如「隔八相生」、「璇璣玉衡」、「河圖洛書」等說法，雖皆配合律呂，各有圖識，然所專者乃在天文，與論樂一道，俱無干涉也，故不詳述。

二、律：吳亮中於《南曲九宮正始》序中首論曲「律」之重要性，以爲「律不明，其無曲矣。」其言曰：「……令變而還正，終而復始者，則有律在。苟徒逞其花上盈盈，桑中裊裊，而律不隨焉，或亦播之桔橰牛背間可耳。何至辱我桃花扇底，楊柳樓頭耶？⑯」而律之重要，甚至超過詞藻，苟徒

逞詞藻而忽略律，則傳之於閭里鄉間則可，若欲登大雅之堂，恐非易事矣。次論「律」之功用：「…韻侵蕭瑟，則脾沁辛酸；調入泓崢，則神登霽朗；現啼笑於八角檀中，醒醉夢於六么聲裡；非曲為之，律為之也。㊲」此言掌控人喜怒哀樂之情緒，有如此之深者，律也；而非曲所叙述之悲歡離合也。

三、聲律：紐少雅於《南曲九宮正始》凡例中對平仄四聲之講求十分嚴謹，例如：「音雖平仄二途，而上去相隔天淵。」以為同屬仄聲字之上、去不可互代，反而是平聲字做結尾字時，有時找不出適當字，可以用上聲替代，以上聲之音輕清，與平聲相差不遠也；然平聲亦有不可以上聲替代者，此不可不知。又若認為上、去同屬仄聲而相互替換，則必不協音也。但是對於有一種以上讀音之字，考查亦詳實。若能分清楚每個字之平仄，有時不止一種讀法，則歌者不至捩聲，曲家不必改字；如「應」字，平去二聲一義，故《拜月亭》〈排歌〉：「叫地不聞天怎應」，此「應」字，凡例云：「似仄而平」，此處唱平聲字，不改變原有意義，若不知此法，則有捩聲之虞。

南方較北方多一入聲，然南方之入聲不能如平上去之劃一，言人人殊。張潮以為：「欲調入聲，必先定其為平聲何部之所隸。其無所隸者，亦不妨聽其孤行，而不必強讀之於平上去之餘；而平上去之無入聲者，亦不必以不相協之入聲強為之配。㊳」而毛先舒《南曲入聲客問》乃以「入聲單押，隨調之所宜而唱之。」張潮評之曰：「雖曰自我作古，然其論則極正當而可行也。」

　　周祥鈺《新定九宮大成南北詞宮譜》，對周德清《中原音韻》
將入聲派入平上去三聲，頗爲認同，然而對其只將平聲分陰陽而
忽略上去，則評曰：「尙欠精析」，故譜以工尺，而盼知音者將
上去之陰陽「辨諸舌脣齒齶之間」，以補《中原音韻》之不足。
而《中州全韻》周少霞自序云，有鑒於周德清之入聲字作平上
去，其音不準，而昔潘次耕作《類音》，每於平聲字即將轉入聲
之字作切，頗有獨見，而作者本此以推，取周德清入聲字之平上
去，各從其類爲切，宛若天籟。韻中所列平聲陰陽，遵「德清
本」；去聲陰陽，參「崑白本」（案指范崑白之《中原全韻》）；
上聲陰陽，此宜閣定。凡此聲律皆越近精詳者也，遂令天下學曲
者望之怯步矣。

四、韻律：周祥鈺《新定九宮大成南北詞宮譜》之南北曲韻皆以
　　周德清《中原音韻》爲主，若韻字不能盡符合，則採用下列
　　方法因應：
　　（一）《中原音韻》所無，而《沈約韻》所通者，則書「協」
[39]。
　　（二）《中原音韻》所無，而《沈約韻》亦無者，則書
「押」；以齊微韻爲例：凡《中原音韻》所收，則應書「韻」；
若不收，而《沈約韻》五微八齊所有，並稱古韻通者，則書
「協」；倘混入東鍾，則書「押」。故「協」者，「古本有是音而
協也」；押者，「強押之辭言，但取其格不可法，其用韻夾雜
也。[40]」
　　楊氏，未詳何人，《曲譜》凡例云：「字有陰聲、陽聲、齊
齒、捲舌、收鼻、開口、合口、撮口、閉口之別，惟閉口極難得
法也。[41]」「侵尋混眞文，覃咸混寒山，廉纖混先天，三者最

易，故獨加圈以識別焉。⑫」此將容易混淆之韻部加以圈點識別，俾使後世有遵循；韻書方面，楊氏以爲北曲宜準《中原音韻》，南曲宜準《洪武正韻》；其時在明代如沈璟等曲家，韻書方面仍依《中原音韻》爲準，楊氏所云，較爲少見。

第五節　字數句法論

字數句法爲編曲譜最爲重要之部分，故凡重要曲譜之作者如：紐少雅、王瑞生、呂士雄等家，莫不就此點而深究之，其中以紐少雅《南曲九宮正始》要求最嚴，茲將其說之重點論列於下：

一、妄增減字句：紐氏、徐氏皆反對當時之作者優人，任意在字句方面妄增妄減，隨意更改，容易混淆成他調曲牌，曰：

　　大凡章句幾何，句字幾何，長短多寡，原有定額，豈容出入？自作者信心信口，而字句厄矣。自優人冥趨冥行，而字句益厄矣。⑬

並舉出《琵琶記》之各句，因任意增減字句所生之錯誤爲例，如臆論所云：【南呂】宮之【紅衲襖】末煞，妄增一句即爲同調之【青衲襖】；【南呂】調之【繫梧桐】末煞，妄減一句即爲同調之【芙蓉花】；此或爲當時伶人樂工妄改原曲之習氣盛行，故紐氏方作如此嚴正之聲明。

二、依元人之譜爲準則：凡屬明代之曲子譜有不當增減句讀之字句，皆依元譜更正之。字、句之不知其幾何者，大皆可以元劇之曲證之：「《拜月亭》【豆葉黃】除去第三、第七二句之七字，全章皆四字成句者，有〈詠朱買臣曲〉可證。⑭」清

曲家寧可證之於元人，亦不肯相信明人，可知明人竄改之習已相沿成風。

三、重聲情而輕詞情：聲情與詞情一旦不能吻合者，「當正音聲，不拘文理」，以襯字為例，時需修補襯字，以便填詞，如《琵琶記》【懶畫眉】第四句：「人必襯『在』字，而曰『殺聲絃中見』。此因『在』字去聲，不惟發調，且因律和諧耳。此但取聲音而略文理，余所稱服。」有時不當襯字而襯者，襯字為非。如《琵琶記》【古輪臺】換頭第二句「必應七字，非若下句可七可六，沈譜取東坡詩餘圓缺陰晴、離合悲歡之義，致以『與』字襯之，徒顧文理而壞格式，今所不敢聞命。⑮」聲音之道，自古奧妙曲折，故凡聲情詞情有所衝突時，曲家大皆捨詞情而就聲情，如明湯若士，寧拗折天下人嗓子而不改其詞者，畢竟少見。

四、襯字不可與正字同列，亦不可上板：「詞中襯字實詞家不得已而用之者，原係虛文也。凡今歌者，萬不可以其與正字同列，甚至有於其上用板者，益謬也。按古人舊詞，即如三節之暗襯，亦無沾一於上者；若然，調律、章規、句體皆亂矣。⑯」觀此可知本曲譜正襯之別嚴矣。

五、處理闕疑之字句，不可失之太泥，亦不可失之太率：若有闕疑之字，當揆以情理做判斷，不可依樣畫葫蘆，毫無主見。如：「《琵琶記》【惜奴嬌】，體少變矣，中少二字，原本如是，非闕也，今沈譜空之，唱者不能停腔，閱者不能妄益。此失之太泥也。⑰」又若有當闕之字，亦不可妄加改動，而使原貌失真也。如：「《琵琶記》底折【煞尾】，原本脫一字，今坊本擅加一字，而曰『盡說孝男拜孝女』，固非；至

時譜直抹去之，而曰『顯文明開盛治，說孝男幷義女』，使學者昧。一故格雜一新格，此又失之太率。㊽」當以闕所當闕爲判斷原則。

六、曲牌之句法，務求善格善本：如《王十朋》【黃鶯兒】末句六字是正體，而後人但知有五字，故本譜務在「微顯闡幽」。又有一些套數，以訛傳訛，世人但知贋本而已，故須提倡善本。

　　其次王瑞生對襯字及句數之看法亦謹愼而保守，甚至不贊成曲中隨意用襯字，《新定十二律京腔譜・凡例》云::「夫曲文之中，何句不可用襯？然而論其正體，何常（案宜作嘗）有一襯字，即如五言絕、七言律、詩餘、諸調令中，豈有一字之襯乎？㊾」故製譜之時對襯字採取「多減少添」之方法，凡例云：「今特查明，各曲字眼之過多者，即係襯字，而爲減去；字少者即爲添準，斯爲全璧而可傳矣。㊿」

　　而一般曲譜處理曲名相同而句式、字數相異之曲牌，有又一體之說，此說亦爲王瑞生所反對。其處理二曲同名之方法，槪取其通行之曲牌爲法，不存又一體之說：「如【博頭錢】一曲，《金印》之與《臥冰》，大不相同。查《金印》之曲通行，《臥冰》者不可爲法，予則槪取其通行，不必存又一體之說也。㊿」而它譜中所載之又一體，王氏認爲是字句多寡、平仄背謬之問題，故採取另改其名或歸入犯調之方式：

　　如【小桃紅】之又一體改爲【小紅桃】；【五韻美】之又一體改爲【五美韻】；又或查明，句頭之所犯何調而存於【犯調】之中，如【太師引】之又一體改爲【太師令】，

【漁家傲】之又一體改爲【漁家掛山燈】是也。㊿

　　蓋以此方法處理同名異調之又一體曲牌，固然言之成理，然曲牌中之又一體，有時是作者在不明正襯、句式之情況下所產生之誤會，其實是同一曲牌，根本不必另改其名，例如曾永義先生〈九宮大成北詞宮譜的又一體〉一文，探討該書作又一體時所產生之五項錯誤㊼：「（一）誤於句式所產生之又一體，（二）誤於正襯所產生之又一體，（三）因增減字所產生之又一體，（四）因攤破所產生之又一體，（五）其他因素所產生之又一體。」明乎此因，即不必因三字或五字之差，而另立一曲牌，似有枝葉蕪雜、小題大作之嫌。

　　呂士雄等《南詞定律》對又一體之看法，則以存錄通行可傳者爲主，亦可避免作者本身因句子之正襯不明、句法分析錯誤而誤判爲又一體之失。「句讀相同，板式不異者，即爲一體。至句拍皆不同者，始爲又一體，今以通行可傳者存之。其體異不行，不足法者，悉皆不錄。㊾」如此，則又一體不至於漫羨無歸，不失爲一佳法。

第六節　製譜論

　　有清一代製譜之風氣頗盛，如：李玉《北詞廣正譜》、紐少雅、徐慶卿《南曲九宮正始》、王瑞生《新定十二律京腔譜》、呂士雄等《南詞定律》、湯彬和《太古傳宗》、莊親王允祿、周祥鈺《新定九宮大成南北詞宮譜》、楊□□《曲譜》、葉堂《納書楹曲譜》、馮起鳳《長生殿曲譜》等，皆不滿當時通行曲譜之襲謬沿訛，正音乖舛，而發憤作譜，故其序跋皆以強調製譜之緣由、經

過、方法、原理爲主。馮旭《南曲九宮正始・序》云：「迨聲之變也，月露風雲，艷其詞而未工其調；金花玉樹，美其聽而未正其音；宮商之雜亂者多有，聲詩之匿者多有，曠古元音，邈乎難再。㉟」即說明製譜家之共同心態。

　　其中以紐少雅之製譜過程頗爲艱辛，前後凡歷廿四年，易稿九次，方始成之。此譜之完成，與徐慶卿有莫大之關係，徐氏爲世家子弟，酷好音律，亦不滿於當代曲譜多從坊本所創，無所考訂；故遍訪海內遺書而得元人《九宮十三調詞譜》、明初《樂府群珠》二部重要書籍，意欲輯而爲一，以紐氏識漢唐古譜之故，邀其共成其事。二人相知甚深，日共合力，終將二部書配以漢唐古譜，輯成一部，歷十二炎霜，易稿七次，而猶未愜心意，豈料徐氏遽逝，紐氏乃含悲領命，再易稿二次，方始成之，時年已八十又八矣。

　　而王瑞生《新定十二律京腔譜》之製譜緣由是明代崑弋並盛，而崑曲之相傳，有賴名家較羽論商，故腔板始備，而弋曲則無，弋陽腔向無曲譜，信手打板，信口唱腔，以至板腔乖紊，王氏不忍其蕩廢如是，故而製譜，而其製譜方法，歸納總結其論，約有十法：

一、不採北曲六宮十一調之名，而以月令之全律定之。十二律既定，而閏月律附之。

二、至於各律之外，更別其爲通用附錄犯調，列此三等之曲，皆名曰調。蓋以月令之目次而定諸律之曲，所以改《九宮》之按律未全也。分別曲腔相似者合爲一律，所以較《南詞新譜》之爲《九宮》翻案，而究致叙曲紊雜也。

三、曲體則考核之而歸於一格，襯字則刪去之而僅存正文，所以

改《九宮》之曲文字句不一也。

四、聯套則品第之兼用，與慢詞緊詞則條分之、縷晰（疑作析）之，所以正《南音三籟》之爲《九宮》補過，而猶有重載同一牌名之曲也。

五、重句止按通行而不循其舊格，排名整犯無混，引尾聯屬成章，所以改《九宮》之乖謬而無倫次也。

六、曲有與各律俱不相似者，則另歸一調，所以正《南音三籟》之復蹈《九宮》之前轍而不辨歧也。

七、曲有流通取用者，則另歸一調，所以正《南音三籟》之尚守《九宮》之鄙見，而不知變通也。

八、曲有未經通行者，細爲選擇於其間，載之而不遺，所以較《南詞新譜》之既爲《九宮》輔佐而又無匡救之術，卒致混雜遺漏也。

九、犯調所犯句數考對確當，而犯之不能自然與夫任意牽合者，概不濫收。勉強註疏者，即爲重核，所以較《南詞新譜》之既爲《九宮》演派，而徒多蔓延之葛藤也。

十、無所可用之曲，不堪入選者，概爲刪除，所以改《九宮》之僅存虛名也。而王氏編此譜所期望者乃：「蓋庶幾哉塡詞家有所宗矣，高唱者有所法矣。一切臆見紛紜妄爲聚訟者，與夫隨意下板信口成腔者，亦憬然如有所獲矣。㊱」

　　至於周祥鈺《新定九宮大成南北詞宮譜》之製譜標準又有所不同：凡舊譜有正襯、句韻不明之處，一概以《月令應承》、《法宮雅奏》作標準。舊譜有【仙呂入雙調】，周譜認爲「【仙呂】、【雙調】聲音迴別，何由可合？」故將【仙呂】、【雙調】之曲牌各自釐清。又念古曲之名不可竟廢，故以南【仙呂】、北

【雙角】合成套數以存之。舊譜有曲牌重用、或首句多字少字者，皆曰「前腔」或「前腔換頭」，周譜認為不妥，原因如下：所謂「腔」者，不是因為句法相同，「即使平仄同，其陰陽斷不能同」，既有如此多之相異處，何得而謂「前腔」乎？故周譜一律改之為「又一體」。可見周譜「又一體」之定義與他譜稍有不同，若不明瞭此點，恐在點檢上易生誤會。又周譜工尺字譜之訂定規則，依凡例為：

一、四字調為正調，「是譜皆從正調而翻七調」。

二、「七調之中，乙字調最下，上字調次之；五字調最高，六字調次之」。

三、「今之度曲者，用工字調最多，以其便於高下。為遇曲音過抗，則用尺字調，或上字調；曲音過衰，則用凡字調，或六字調。」

四、「今譜中【仙呂調】為首調，工尺調法，七調俱備，下不過乙，高不過五。旋宮轉調，自可相通，亦可便俗。㊆」

　　楊□□氏認為所有曲譜中所載之規則「不過成法大略耳。」所以歌者填者不當囿於成法，造成刻板之弊病：「每曲字句多寡、音聲高下、大都不出本宮調，而填者之縱橫見長，歌者之疾徐取巧，全在偷襯互犯，譜中不過成法大略耳。在善用譜者神而明之，斯無印板之病。㊆」此言曲譜之妙用，存乎歌者一心。

　　葉堂《納書楹曲譜》是諸家曲譜中較具知名度，且較為通行於後世者，葉氏自製譜之緣由為：「顧念自元明以來，法曲流傳，無慮數百種，其膾炙人口者，鼎中一臠耳。而俗伶登場，既無老教師為之按拍，襲謬沿訛，所在多有，余心弗善也。㊆」則

法曲中善者甚少，而歌者亦以訛傳訛之故也。至其製譜之方法：「暇日，搜擇討論，準古今而通雅俗，文之舛淆者訂之，律之未協者協之。而於四聲、離合、清濁、陰陽之芒杪、呼吸、關通，自謂頗有所得。⑩」可見其用心之一斑。而本譜之內容則為：

> 爰取雜曲之尤雅者，除《西廂記》、臨川《四夢》，全本單行問世外，自《琵琶記》以降，凡如（案當為若）干篇，都為一集，又徇世俗所通行者，廣為二集，統命之曰《納書楹曲譜》。⑪

葉氏又有《納書楹四夢全譜》，而此四夢全譜之完成是受《紫釵》譜成功後之啟示，以為天下事只需用心則必能有成。南曲之犯調最難剖析處置，葉氏以為湯顯祖之《四夢》尤甚：

> 譜中遇犯調諸曲，雖已細注某曲某句，然如【雙梧鬥五更】、【三節鮑老】等名，余所創始，未免穿鑿。第欲求合臨川之曲，不能謹守宮譜集曲之舊名，識者亮（疑作為諒）之。⑫

此說明葉氏為忠於臨川之原創曲文，不得不另創新曲牌，可謂臨川之知音矣！而臨川之寧可拗折天下人嗓子，亦不改其詞情，洵不虛矣。

注　解

① 祝允明：《猥談》，《古今說部叢書》（大陸上海：上海文藝出版社，1991年5月）5集，頁4。

② 王瑞生：《新定十二律京腔譜‧凡例》，《中國古典戲曲序跋彙

編》（大陸濟南：齊魯書社，1989年10月）冊1，頁108-109。

③　莊親王允祿、周祥鈺：《新定九宮大成南北詞宮譜·凡例》，
　　《中國古典戲曲序跋彙編》（大陸濟南：齊魯書社，1989年10月）
　　冊1，頁136。

④　莊親王允祿、周祥鈺：《新定九宮大成南北詞宮譜·凡例》，
　　《中國古典戲曲序跋彙編》（大陸濟南：齊魯書社，1989年10月）
　　冊1，頁136-137。

⑤　袁于令：《南音三籟·序》，《中國古典戲曲序跋彙編》（大陸濟
　　南：齊魯書社，1989年10月）冊1，頁62。

⑥　莊親王允祿、周祥鈺：《新定九宮大成南北詞宮譜·凡例》，
　　《中國古典戲曲序跋彙編》（大陸濟南：齊魯書社，1989年10月）
　　冊1，頁136。

⑦　莊親王允祿、周祥鈺：《新定九宮大成南北詞宮譜·凡例》，
　　《中國古典戲曲序跋彙編》（大陸濟南：齊魯書社，1989年10月）
　　冊1，頁136。

⑧　莊親王允祿、周祥鈺：《新定九宮大成南北詞宮譜·凡例》，
　　《中國古典戲曲序跋彙編》（大陸濟南：齊魯書社，1989年10月）
　　冊1，頁132。

⑨　葉堂：《納書楹曲譜·凡例》，《中國古典戲曲序跋彙編》（大陸
　　濟南：齊魯書社，1989年10月）冊1，頁152。

⑩　葉堂：《納書楹重訂譜·西廂記譜》，《中國古典戲曲序跋彙編》
　　（大陸濟南：齊魯書社，1989年10月）冊1，頁155。

⑪　蔡氏新書之宮調說，王瑞生未加說明，未詳何人何書。

⑫　王瑞生：《新定十二律京腔譜》，《中國古典戲曲序跋彙編》（大
　　陸濟南：齊魯書社，1989年10月）冊1，頁96。

⑬　王瑞生：《新定十二律京腔譜》，《中國古典戲曲序跋彙編》（大
　　陸濟南：齊魯書社，1989年10月）冊1，頁96。

⑭　王瑞生：《新定十二律京腔譜》，《中國古典戲曲序跋彙編》（大陸濟南：齊魯書社，1989年10月）冊1，頁96。

⑮　王瑞生：《新定十二律京腔譜‧自序》，《中國古典戲曲序跋彙編》（大陸濟南：齊魯書社，1989年10月）冊1，頁96-97。

⑯　王瑞生：《新定十二律京腔譜‧自序》，《中國古典戲曲序跋彙編》（大陸濟南：齊魯書社，1989年10月）冊1，頁97。

⑰　王瑞生：《新定十二律京腔譜‧自序》，《中國古典戲曲序跋彙編》（大陸濟南：齊魯書社，1989年10月）冊1，頁97。

⑱　周祥鈺：《新定九宮大成南北詞宮譜‧凡例》，《中國古典戲曲序跋彙編》（大陸濟南：齊魯書社，1989年10月）冊1，頁138。

⑲　周祥鈺：《新定九宮大成南北詞宮譜‧凡例》，《中國古典戲曲序跋彙編》（大陸濟南：齊魯書社，1989年10月）冊1，頁138。

⑳　王瑞生：《新定十二律京腔譜‧自序》，《中國古典戲曲序跋彙編》（大陸濟南：齊魯書社，1989年10月）冊1，頁98。

㉑　王瑞生：《新定十二律京腔譜‧自序》，《中國古典戲曲序跋彙編》（大陸濟南：齊魯書社，1989年10月）冊1，頁98。

㉒　王瑞生：《新定十二律京腔譜‧自序》，《中國古典戲曲序跋彙編》（大陸濟南：齊魯書社，1989年10月）冊1，頁98-99。

㉓　王瑞生：《新定十二律京腔譜‧自序》，《中國古典戲曲序跋彙編》（大陸濟南：齊魯書社，1989年10月）冊1，頁99。

㉔　紐少雅：《南曲九宮正始‧臆論》，《中國古典戲曲序跋彙編》（大陸濟南：齊魯書社，1989年10月）冊1，頁90。

㉕　紐少雅：《南曲九宮正始‧臆論》，《中國古典戲曲序跋彙編》（大陸濟南：齊魯書社，1989年10月）冊1，頁90。

㉖　王瑞生：《新定十二律京腔譜‧總論》，《中國古典戲曲序跋彙編》（大陸濟南：齊魯書社，1989年10月）冊1，頁100。

㉗　王瑞生：《新定十二律京腔譜‧總論》，《中國古典戲曲序跋彙

編》（大陸濟南：齊魯書社，1989年10月）冊1，頁100。

㉘　呂士雄等：《南詞定律・凡例》，《中國古典戲曲序跋彙編》（大陸濟南：齊魯書社，1989年10月）冊1，頁117。

㉙　趙義山：《元散曲通論》，（大陸成都：巴蜀書社，1993年7月）頁63-66。

㉚　周祥鈺：《新定九宮大成南北詞宮譜・凡例》，《中國古典戲曲序跋彙編》（大陸濟南：齊魯書社，1989年10月）冊1，頁133。

㉛　周祥鈺：《新定九宮大成南北詞宮譜・凡例》，《中國古典戲曲序跋彙編》（大陸濟南：齊魯書社，1989年10月）冊1，頁133。

㉜　周祥鈺：《新定九宮大成南北詞宮譜・凡例》，《中國古典戲曲序跋彙編》（大陸濟南：齊魯書社，1989年10月）冊1，頁133。

㉝　周祥鈺：《新定九宮大成南北詞宮譜・凡例》，《中國古典戲曲序跋彙編》（大陸濟南：齊魯書社，1989年10月）冊1，頁138。

㉞　袁于令：《南音三籟・序》，《中國古典戲曲序跋彙編》（大陸濟南：齊魯書社，1989年10月）冊1，頁62。

㉟　王瑞生：《新定十二律京腔譜・總論》，《中國古典戲曲序跋彙編》（大陸濟南：齊魯書社，1989年10月）冊1，頁102。

㊱　吳亮中：《南曲九宮正始・序》，《中國古典戲曲序跋彙編》（大陸濟南：齊魯書社，1989年10月）冊1，頁87。

㊲　吳亮中：《南曲九宮正始・序》，《中國古典戲曲序跋彙編》（大陸濟南：齊魯書社，1989年10月）冊1，頁87。

㊳　張潮：《南曲入聲客問・跋》，《中國古典戲曲序跋彙編》（大陸濟南：齊魯書社，1989年10月）冊1，頁118。

㊴　周祥鈺：《新定九宮大成南北詞宮譜・凡例》，《中國古典戲曲序跋彙編》（大陸濟南：齊魯書社，1989年10月）冊1，頁135。

㊵　周祥鈺：《新定九宮大成南北詞宮譜・凡例》，《中國古典戲曲序跋彙編》（大陸濟南：齊魯書社，1989年10月）冊1，頁135。

㊶ 楊□□：《曲譜・凡例》，《中國古典戲曲序跋彙編》（大陸濟南：齊魯書社，1989年10月）册1，頁149。

㊷ 楊□□：《曲譜・凡例》，《中國古典戲曲序跋彙編》（大陸濟南：齊魯書社，1989年10月）册1，頁149。

㊸ 紐少雅：《南曲九宮正始・臆論》，《中國古典戲曲序跋彙編》（大陸濟南：齊魯書社，1989年10月）册1，頁91。

㊹ 紐少雅：《南曲九宮正始・臆論》，《中國古典戲曲序跋彙編》（大陸濟南：齊魯書社，1989年10月）册1，頁93。

㊺ 紐少雅：《南曲九宮正始・臆論》，《中國古典戲曲序跋彙編》（大陸濟南：齊魯書社，1989年10月）册1，頁94。

㊻ 紐少雅：《南曲九宮正始・臆論》，《中國古典戲曲序跋彙編》（大陸濟南：齊魯書社，1989年10月）册1，頁1989。

㊼ 紐少雅：《南曲九宮正始・臆論》，《中國古典戲曲序跋彙編》（大陸濟南：齊魯書社，1989年10月）册1，頁94。

㊽ 紐少雅：《南曲九宮正始・臆論》，《中國古典戲曲序跋彙編》（大陸濟南：齊魯書社，1989年10月）册1，頁94。

㊾ 王瑞生：《新定十二律京腔譜・凡例》，《中國古典戲曲序跋彙編》（大陸濟南：齊魯書社，1989年10月）册1，頁103。

㊿ 王瑞生：《新定十二律京腔譜・凡例》，《中國古典戲曲序跋彙編》（大陸濟南：齊魯書社，1989年10月）册1，頁104。

(51) 王瑞生：《新定十二律京腔譜・凡例》，《中國古典戲曲序跋彙編》（大陸濟南：齊魯書社，1989年10月）册1，頁104。

(52) 王瑞生：《新定十二律京腔譜・凡例》，《中國古典戲曲序跋彙編》（大陸濟南：齊魯書社，1989年10月）册1，頁104。

(53) 曾永義：《參軍戲與元雜劇・九宮大成北詞宮譜的又一體》，（臺灣臺北：聯經出版事業公司，1992年4月）頁315-337。

(54) 呂士雄等：《南詞定律・凡例》，《中國古典戲曲序跋彙編》（大

陸濟南：齊魯書社，1989年10月）册1，頁117。

(55) 馮旭：《南曲九宮正始・序》，《中國古典戲曲序跋彙編》（大陸濟南：齊魯書社，1989年10月）册1，頁86。

(56) 王瑞生《新定十二律京腔譜・總論》，《中國古典戲曲序跋彙編》（大陸濟南：齊魯書社，1989年10月）册1，頁101。

(57) 本段所引文字資料，皆見周祥鈺：《新定九宮大成南北詞宮譜・凡例》，《中國古典戲曲序跋彙編》（大陸濟南：齊魯書社，1989年10月）册1，頁137。

(58) 楊□□：《曲譜・凡例》，《中國古典戲曲序跋彙編》（大陸濟南：齊魯書社，1989年10月）册1，頁148。

(59) 葉堂：《納書楹曲譜・自序》，《中國古典戲曲序跋彙編》（大陸濟南：齊魯書社，1989年10月）册1，頁151。

(60) 葉堂：《納書楹曲譜・自序》，《中國古典戲曲序跋彙編》（大陸濟南：齊魯書社，1989年10月）册1，頁151。

(61) 葉堂：《納書楹曲譜・自序》，《中國古典戲曲序跋彙編》（大陸濟南：齊魯書社，1989年10月）册1，頁151。

(62) 葉堂：《納書楹四夢全譜・自序》，《中國古典戲曲序跋彙編》（大陸濟南：齊魯書社，1989年10月）册1，頁158。

第三章　動機論

　　古典戲曲之創作動機五花八門、人各不同，而爲清人所獨擅，就清人戲曲之序跋而論，大多數之作者已體認出曲壇充斥惟新務奇，聳人耳目之歪風，雖有序跋者力挽狂瀾，然而某些士大夫對戲曲仍抱以「雕蟲小技」之賤視心態，認爲戲曲小說乃文人學士閒暇之餘，顯現才華之餘事，非爲第一要務也。而作品之流傳與否，與劇作家詞之工否無關，但視優伶之聲容動人、歌演盡其技而已。如葉鳳毛序曹錫黼《桃花吟》云：

> 竊觀多聞才藝之士，用之不盡則溢爲小說、詞曲。自元代創傳奇，四百年來，其書漢牛充棟，然優人習而歌之者，僅百餘種。蓋不必其詞之工，第識其聲容之足以動人，歌演得盡其技者而已。求其三者兼美，百餘種中又僅得一二。①

　　此實爲不當之論，不明於戲曲存在價值之瞽者也，實則有清一代對戲曲持正面觀點之曲家學者，占絕大多數，而曲家作劇之心態莫衷一是，各有不同，茲將清人戲曲序跋中所呈現之創作動機，分別爲以下六項論述之。

第一節　風化陶淑

　　清代許多序跋者皆認爲，當代傳奇盛極一時，然而大多數之作者「以不羈之材，寫當場之景，惟欲新人耳目，不拘文理，不知格局，不按宮商，但能便於搬演，發人歌泣，啓人艷慕，近情

動俗，描寫活現，逞奇爭巧，即可演行，不一而足。②」如此不負任何社會責任之創作風氣，與前賢所關心戲曲應當有「風化勸懲、陶淑世人」之旨，已經悖然相左。故如高奕等有見解之曲家，或藉序跋他人之作、或於自序中，紛紛表達此種隱憂。而吳偉業、杜陵睿水生、李調元、楊恩、蔣士銓、吳詒禮、戴全德、陳階平、徐石麒等人，爲尚存有教化觀念者，茲將其說，叙述如下：

吳偉業《北詞廣正譜‧序》云：

> ……於是乎熱腔罵世，冷板敲人，令閱者不自覺其喜怒悲歡之隨所觸而生，而亦於是乎歌呼笑罵之不自已，則感人之深，與樂之歌舞，所以陶淑斯人而歸於中正和平者，其致一也。③

吳偉業爲明代遺民，清初三大家之一，其以詩人之身份，及崇高之學術地位，尚且稱讚戲曲如此，其對戲曲社會功用之關心，則可知矣。

杜陵睿水生《祭皋陶‧幷語》曰：

> 雜劇院本，詞家之支流也；然出之有道，要不爲無益於事。蓋古之忠臣孝子，義人烈士，事在正史，不但愚氓無由知，即學淺儒生，至有不能舉其姓字者，惟一列之俳（疑爲排）場，節以樂句，則流通傳播，雖婦人孺子，皆知稱道之，故雜劇之效，能使草野閭巷之民，亦知慕君子而惡小人，此莊士之所不廢也。④

作者以爲藉戲曲演唱，可將忠臣孝子，義人烈士之事，流通

傳播，雖至愚氓無知，學淺儒生，亦將耳濡目染而有所仿傚矣！戲曲可導正社會風氣，此爲其存在不廢之價值所在者也。

李調元《雨村劇話‧自序》曰：

> 孔子曰：「詩可以興、可以觀、可以群、可以怨。」今舉賢奸忠佞、理亂興亡，搬演於笙歌鼓吹之場，男男婦婦、善善惡惡，使人觸目而懲戒生焉，豈不亦可興、可觀、可群、可怨乎？⑤

李氏將古典戲曲之地位，提高到與《詩經》比肩，認爲戲曲亦可興觀群怨、教化世俗、懲戒不軌。其見識之高遠、眼界之寬廣，豈同流於一般凡夫俗子哉！

楊愨爲《吟風閣雜劇》作者楊潮觀之姪孫，對當代戲曲之主題思想常感不滿，認爲皆屬「言情居多，或致有傷風化」，求其「激昂慷慨，使人感動興起，以羽翼名教」之作，殆不可得。而其伯祖楊潮觀之《吟風閣雜劇》三十二種，皆能符合戲曲勸世之旨，觀者若能「觸目警心，以爲作忠作孝之助」，則庶幾不負其先人之期望矣。其《吟風閣雜劇‧序》曰：

> 吟風閣者，愨伯祖笠湖公著書之室也。公嚴正氣性，學道愛人，從宦豫蜀，郡邑俎豆，爲學人，爲循吏，著作甚豐。公餘之暇，復取古人忠孝節義，足以動天地、泣鬼神者，傳之金石，播之笙歌，假伶倫之聲容，闡聖賢之風教，因事立義，不主故常，務使聞者動心，觀者泣下，鏗鏘鼓舞，凄入心脾，立懦廉頑而不自覺。刻成，因以吟風閣名之，以是知公之用心良苦，公之勸世良切也。⑥

　　觀此可知，楊恩以戲曲爲道德敎化工具之觀念，強於任何它種目的，然而若使戲曲步入唯務新奇、有傷風化之地步，固然欠佳；而矯枉過正使戲曲淪爲道德敎化之工具，則更屬不類。其間之分寸拿捏，有些序跋者之觀念，頗值借鑑：

　　蔣士銓《一片石》劇，以爲明代婁妃之精誠睿智能感動天地，有助敎化，故譜之。又於《一片石》、《第二碑》之後，復作《採樵圖》二十齣傳演其事，以表婁妃之隱志，世人或有以風化焉。《一片石》自序云：

> 余時撰《南昌縣志》，乃紀其事，參雜志中。以地屬新建故，〈祠墓篇〉中，例不得載。尚竊懼其弗播人口，霪雨溜簷，新甃上四壁，硯中塵薄若蒙穀，一燈熒熒然。乃起濡殘墨，衍其事爲《一片石》雜劇，期間稍涉神道附會，精誠所感，又何必不爾耶！⑦

　　乾隆十六年(1751)蔣氏任《南昌縣志》總修纂，爲褒揚婁妃之忠義節操，特請布政使立碑紀念外，又作《一片石》雜劇，以表揚婁妃之隱志；乾隆四十一年(1776)，在阮元及其舅吳翥堂大力支持下，婁妃新墓得以修建成功，蔣氏遂爲之作《第二碑》（又稱《後一片石》），籍紀其微；乾隆四十六年(1781)蔣氏又用傳奇形式作成《採樵圖》，全本二十齣，敘述婁妃一生遭遇，並凸顯泣諫、投江等關目。此三劇之創作，皆寫婁妃之事，爲期長達三十年之久，何以蔣氏願爲同一事花下偌大心思？從王均《第二碑‧叙》可略得觀知：

> ……辰濠雖叛，妃則始以歌諷，繼以泣諫，終以死殉。其

忠也、義也、烈也、不相掩也。⑧

　　是則蔣氏以為傳演嬖妃事，既具有故事性、新奇感，且具教化諷諫作用，實則寓教於樂之最佳題詠也；王永健《中國戲劇文學的瑰寶──明清傳奇》云：

> 在蔣氏看來，如此一唱三嘆之事，豈非宣揚名教的大好題材。顯而易見，蔣氏作此三劇意在表彰烈魄，這與他作《冬青樹》意在歌頌忠魂一樣，反映了他要借忠雅之事宣揚名教的創作思想。⑨

　　王永健先生極力強調蔣氏道德教化之基本立場，然無可否認，蔣劇予人之感覺，絕不僅有教化一端而已，其間分寸，唯有細心者方能體會。此外如劉永安《冰心冊》，是根據當代時事而作，寫雲貴制帥覺羅堂琅平定烏垣步、恒乍絣之事。琅公凱歸後，積勞成疾，一病而歿，其姬陳氏理完後事，自縊死節，古山子劉永安為琅之屬吏，為之作本劇。吳詒禮《冰心冊・序》云：

> ……或謂古山為漢軍才子，僅以詞藻取。余竊以忠貞之蹟，紀於太帝，假優孟之衣冠，感庸愚之耳目，式歌且舞。今之樂猶古之樂，與采艺、柏舟何以異哉？⑩

　　依此可知，本劇之著眼點，完全以教化為主。陳階平《補天石・序》，認為周樂清戲曲創作動機為：

> 夫文生於情，情根於性。古者教忠教孝，有不得已而託為歌詠，或播諸管絃，甚有補其缺陷，從離恨天上，極意形容，使人觀感。此後世樂府院本所由肇始。⑪

是則皆以風化陶淑爲主，而特重戲曲之敎化作用者也。惟清人序跋中，對作劇動機只持風化陶淑觀者，並不多見，某些序跋者雖持有此種觀點，然同時亦含有它種主張者，亦數見不鮮，可見傳統作劇以敎化爲目的，主張「不關風化體，縱好也徒然」之《琵琶記》時代之觀念，在清代已逐漸式微，而以抒情感憤爲創作目的之作品乃占絕大多數。

第二節　攄衷訴志

從清人戲曲之序跋可窺知，清代劇作家之創作動機中，藉創作戲曲之便，澆心中塊壘者爲數不少，吳偉業《北詞廣正譜‧序》云：

> 蓋士之不遇者，鬱積其無聊不平之槪於胸中，無所發抒，因藉古人之歌呼笑罵，以陶寫我之抑鬱牢騷，而我之性情，爰借古人之性情，而盤旋於紙上，宛轉於當場。⑫

蓋雜劇發展至清，不能演之氍毹，而成爲案頭淸供劇者，亦爲數不少，例如尤侗自言，其所編之劇由於「宮譜失傳，雖梨園父老，不能爲樂句，可慨也。」雖然，亦可消心中塊壘，尤侗《讀離騷‧自序》曰：

> 然古調自愛，雅不欲使潦倒樂工斟酌，吾輩只藏篋中，與二三知己，浮白歌呼，可消塊壘。亦惟作者各有深意，在秦箏趙瑟之外。⑬

王士祿《讀離騷‧題詞》云：

吾友悔菴以談天之才，屈首佐郡久之。直道不容，復投劾
以去。其所撰述，至流聞宮掖，世廟嘗嘆其才，若漢武之
於司馬，將宮之禁近，會龍遇上賓，其事遂已。是其受知
遇主，雖視左徒有殊，至懷才而不得伸，則實有同者，此
《讀離騷》之所由作也。⑭

可知尤侗所譜之歷史人物，大皆傷心人別有懷抱，如：屈
原、王嬙、陶潛等，亦無非藉之以抒情感懷而已，吳偉業序尤侗
《讀離騷》亦云：

展成司李北平，政成報績，遭遇視亭柏勝之；而雕龍之
才，凌雲之氣，經乙夜所賞歡，緣鼎湖陟格，不得一望承
明之庭。……士君子之牢落於斯世者，可勝道哉！展成既
退，歸吳門修閒居，養親之樂，詩文為當代所稱，以其餘
暇，操為北音，清壯佚宕，聽者無不以為合節。予十年
前，喜為小詞，晉江黃東崖貽之以詩曰：「微書鄭重眠餐
損，法曲淒涼涕淚橫。」今讀展成之詞，而有感於吾心
也。⑮

可知吳偉業序尤侗《讀離騷》，以為感憤之作。而鄭振鐸跋
吳偉業《通天台》雜劇亦云其為感憤之作：

或謂：炯即作者自況，故炯之痛哭即為作者之痛哭。蓋偉
業身經亡國之痛，無所洩其幽憤，不得已乃借古人酒杯，
澆自己之塊壘，其心苦矣。⑯

是則吳氏之苦中作苦、悲中作悲，較之一般抒情感憤者又更

甚矣。

　　而同期嵇永仁氏之《續離騷》包含有：《劉國師敎習扯淡歌》、《杜秀才痛哭泥神廟》、《癡和尚街頭笑布袋》、《憤司馬夢裡罵閻羅》等四劇，皆爲典型「借他人酒杯，澆胸中塊壘」之作，其生於明清轉代之亂世，自有難以言喩之悲情，自云：「僕輩遘此陸沉，天昏日慘，性命旣輕，眞情於是乎發，眞文於是乎生。雖塡詞不可抗騷，而續其牢騷之遺意，未始非楚些別調云。⑰」而之所以用《續離騷》爲戲曲之總名，則因：

> 文生於情，始爲眞文；情生於文，始爲眞情。《離騷》乃
> 千古繪情之書，故其文一唱三嘆，往復流連，纏綿而不可
> 解。所以，飮酒、讀離騷，便成名士，緣情之所鍾，正在
> 我輩忠孝節義，非情深者莫能解耳。⑱

　　故嵇氏此作，亦爲抒憤感情所發。鄭振鐸跋嵇永仁著《續離騷》云：

> 《續離騷》胥爲憤激不平之作，悲世憫人之什。蓋永仁遘
> 難囚居，不知命在何時，情緒由憤鬱之極，而變爲平淡；
> 思想由沉悶之極，而變爲高超，而語調，則由罵世而變爲
> 嘲世，由積極之痛哭而變爲消極之浩歌，蓋不知生之可
> 樂，又何有乎死之可怖？⑲

　　鄭氏由嵇氏之生平而推出其作劇之動機，亦可謂孟子所云：「他人有心，吾揣度之」者也。此外熊超《齊人記‧自序》及熊華《齊人記‧序》二文中，作者熊超將莊周超然自適之旨寄託於〈館中問答〉、〈豁堂自記〉二文中，其侄熊華就作者之創作旨趣

發表對本劇之感慨，蓋欲與作者之人生觀相互呼應者也。按熊超一生不遇，乾隆時嘗館於新邑吳祠，嘗自謂：「數奇而境厄，托館爲業久矣。」故時以超然豁達爲念以自勉。其言曰：

> 吾乃今而豁然悟矣，吾乃今更超然遠矣！福澤者魚之香餌也，營逐者鳥之自入於樊籠也，求而得之，猶之嚙腐鼠也，不得而妄求之，盲犬之逐狡兔也。破煩惱之城，而帝懸解矣，入逍遙之境，而吾真全矣。⑳

熊華於序中評其劇之主旨曰：

> 非佛非儒、亦莊亦老，名韁利鎖，兩手撒開，夢境塵關，一拳打破。

> 蓋聞寰中一大劇場也，生人一大傀儡也，天地一大提線者也。人生數十年，則又演出一局大戲也。余嘗與豁堂叔名超者，讀孟氏齊人篇，而嘆求富貴者可羞且泣也。求之必欲得之，而求切；得之欲固有之，而求益切；以至恥心喪、天理亡，宜乎切孟氏之嘆也。

> 豈知將捐館時，回首生平，若某某事，若某某人，皆我身親閱歷數十年來，直若插科打諢，扮演其中，而今而後，正下場終局時也。繞室妻孥，霎時間難成伴侶；滿堂金玉，冥寂時那帶分文？嗟乎！戲場不壞，傀儡難憑，又安知提線者又將提我爲何如也？又安知提線者提我不提我也？此真可以悟造化小兒，而求富貴者又奚爲也？㉑

二文之主旨蓋如是也，以此切入劇中，作爲齊人汲汲於富貴

之當頭棒喝可也，凡此之類，皆可視爲另類創作之大好文章也。

　　總之，清代文人案頭劇之盛行，影響戲曲理論之走向，戲曲由初期敎化淑世爲主，演變至後期之抒發個人思想情感、澆其胸中塊壘爲尚，其間之改變則受文人作劇之影響頗大。元代劇作家，雖不得志於當世，然目睹黑暗之政治，劇作之主旨大皆以挑戰現實、揭露社會黑暗面爲主；明代前期作家大多是道德之維護者，中晚期受當代哲學思潮之衝擊，乃有反抗傳統思想作品之產生。清代文字獄興，考證之學大盛，影響所及，反抗時代思潮之大塊作品少，而抒發個人胸中塊壘、憫其志向之不得伸張之作，乃充斥其間，誠如周樂淸《補天石‧自序》所云：「寄情抒恨，人有同然。……正如共此一副洪爐，所以銷鎔塊壘者，用各不同耳。㉒」故淸代文人之不遇，發於劇作，僅爲抒發個人胸中塊壘；至若元人之不遇，乃放眼於社會大衆，悲天憫人，胸懷開闊，故可孕育出關漢卿、高文秀、馬致遠等千古高材。此外如張韜自序《續四聲猿》、浚儀散人序車江英《四名家傳奇摘齣》、葉承宗序曹錫黼《桃花吟》、王定柱序桂馥《後四聲猿》、周樂淸自序《補天石》、嚴廷中自序《秋聲譜》、徐爔自序《寫心雜劇》等，皆爲此類趨向之充分發揮者也。

第三節　感懷共鳴

　　此項與前者攄衷訴志不同之處在於：序跋者無法處於客觀冷靜之批評立場，而是當下受劇本情境之感染，一時之間無以自拔，因而與作品產生心靈共鳴，發而爲序跋之文也，可視爲另類創作。此類序跋數量龐多，幾占總數之三、四成左右，情感眞摯，又多能發人所未發，即鷗夢詞人所謂：「嘆予懷之渺渺，覺

此恨之綿綿」者也。就楊潮觀之《吟風閣雜劇》而言，既有風化勸懲，陶淑世人之創作動機，如其姪孫楊愨於序中所云，亦有感懷共鳴之心思，穿雜其間，細觀其自序云：

> 《吟風》之曲，往年行役公餘，遣興爲之，其天籟耶？人籟耶？殊不自知。……夫哀樂相感，聲中有詩，此亦人事得失之林也。士大夫詩而不歌者久矣，風月無邊，江山如畫，能不以之興懷。㉓

是知此三十二本亦爲笠湖抒情感世、感懷共鳴之作也。例如：《吟風閣雜劇・新豐店馬周獨酌》及《吟風閣雜劇・大江西小姑送風》小序云：

> 新豐店，思行可也。命世無人，而馬周巷遇，爲世美談，敷陳其事，聊慰夫懷才未試者。㉔

> 大江西，思任運也。江行萬里，消受無邊風月，懷古之餘，倚帆清嘯，忘其于役之遙。㉕

此皆感懷共鳴之作也。此外吳梅跋徐石麒《坦庵詞曲五種》直接題以詩句做爲其跋，亦清新動人、自成一格：

一、《拈花笑》：拈花迦葉指禪宗，眷屬神仙也是空。我最服膺蘇老語，啼顏笑齒宦場中。

二、《大轉輪》：十七史從何處說，紛紛哀怨總成虛。何妨醉倒東籬下，來聽虞初一卷書。

三、《浮西施》：五湖煙水自蒼茫，誰信佳人是國殤。我本姑蘇台下住，忍聽遺屟響空廊。

四、《買花錢》：三春都費買花錢，難得知音在九天。只恐亭皋風葉下，傷心不獨柳屯田。㉖

　　此類中較特別者尚有：唐英《笳騷》爲蔡文姬歸漢而作，其情節本事按《胡笳十八拍》敷演而成。所欲傳達者蓋文姬之神形心事，「鎔鑄其十八拍之節調遺音，不枝不蔓，敷演引伸，笳吹騷動，騷譜笳傳。」其自序云，譜成之日，授予侍女阿雪，令其配簫聲而歌，歌聲嗚咽、簫聲淒淒，唐氏則「掀髯而聽，聽然而笑，拍案大叫，……歌竟雨歇，江風大作，濤聲澎湃，響震几筵，若助予之悲歌慷慨者。㉗」可知其亦感懷共鳴而不能自已者也。

　　張景宗序蔣士銓《四絃秋》，是以駢文寫成，重點之一在探討劇本創作之由：

> 溯青衫之歌泣，事以感生；揮彩筆之雲煙，興從境起；美
> 人香草，雲山助詞客謳吟；戍婦飛蓬，霜雪乃征夫寄託。
> 總緣千古情同，遂至一時紙貴。㉘

　　此中所提及文學作品之創作動機有二：「事以感生」、「興從境起」。此已涉及文學理論之範疇，說明文學作品之產生，必須具備有「感」即指感觸；「興」指意興、想像；「境」指情境、境界、心境之條件，張氏以爲文學作品若具感觸、想像、境界三者，乃能激起千古之同情。張氏此論已涉及文學理論之架構基礎，敘述清楚明白，非只泛泛之論而已。

　　桂馥作雜劇四種，總題《後四聲猿》：

　　其一曰《放楊枝》，寫白太傅不能忘情樊素之事。〈小引〉云：「余年及七十，孤宦天末。日夕顧影，滿引獨醉，友人有勸

余納姬者，余拊掌大笑曰：白傅遣素之年，吾乃爲卻扇之日耶？吾非不及情者，抑其情，情所以長有餘也。⑳」能抑其情，故不濫情，不濫情，正所以爲有情也。《放楊枝》劇即因有感於白居易晚年不能忘情於樊素，故攪亂老懷，引以爲戒之作。序中將白居易對樊素之情分爲四階段，其一爲「欲遣素而未能」，白詩云：「永豐西角荒園裡，盡日無人屬阿誰？」即〈不能忘情吟〉是也。其二爲「素終去矣」，白詩〈別柳枝〉絕句是也。其三爲「素初去，而猶繫念也」，故白詩云：「春隨樊素一時歸」及「思逐楊花觸處飛」是也。其四爲「素去後不得已之決絕也」，白詩又云：「柳老春深日又斜，任他飛向別人家；誰能更學兒童戲，尋逐春風捉柳花。」、「院靜留僧住，樓空放妓歸；衰殘強歡宴，此事久知非。」此因白太傅之事，而興起感懷，有所共鳴之作也，亦爲多情者之警戒也。

其二曰《題園壁》，寫陸放翁出妻之感慨。〈小引〉云：「古今倫常之際，遇有難處事，此家庭之大不幸也。陸放翁妻不得於其母，能不出之？然阿婆喜怒何常，兒女輩或有吞聲不能自白者耶。後乃相遇沈園，愍嘿題壁而已。余感其事，爲成散套，所以弔出婦而傷倫常之變也。㉚」此則有感於陸放翁遭家庭變故，處於妻、母之間，不得已而出妻之痛也。

其三曰《謁府帥》，此爲感慨東坡謁府帥陳希亮，不得見之事。東坡有詩〈客位假寐〉曰：「同僚不解事，愠色見鬚鬢。雖無性命憂，且復須臾忍。」桂馥《謁府帥・自序》云：「其屈沉下僚，抑鬱不平之氣，微露於游覽觴詠之際。今讀其詩，覺胸中塊壘竟日不消，只可付之鐃綽板耳。㉛」蓋歆慕東坡之人品，且爲東坡之遭遇抱不平者也。

　　其四曰《投圈中》，其〈小引〉第一句輒曰：「有才人每爲無才者忌。其忌之也，或誣之、或譖之、或己排之、或欲陷而殺之。」然桂氏以爲未有毒於毀人作品、投之圈中也。就文人而論，作品之重要有過於生命，而李長吉之中表，忌李之才，竟賺其詩，投入圈中，故劇中對李賀中表多做懲罰，曰：「此輩忌才人，若免神譴，成何世界？投之鬼窟，烈於圈中。㉜」觀此則替天行道，正義悲憤之作也。

第四節　評論史事

　　序跋者認爲劇作家將既有之史實敷演成篇，故藉機評論感慨，冀望後人引以爲鑑，勿再重蹈覆轍也，頗有翻案文章之意味。此項大皆爲歷史劇，是劇作家中，較富有積極之創作目的者也。例如裘璉《昆明池・自序》，蓋爲史事而發：

> 閱《唐史》，沈、宋皆坐張易之黨，貶南中。其詩雖佳，宜無足稱者。予之傳此，非慕之，嘆之也。……語云：唐以詩賦取士，李杜何曾做狀元？夫李杜不第，則謂唐無詩賦也可，之問冠昆明之首，則謂昭容不解詩也可。讀是篇，知作者爲嘆，勿爲慕，可與言詩已矣。㉝

而序跋以爲本劇又從三方面批駁昆明池之事：

一、批判中宗：「中宗初立，庶事叢脞，內有宣滛之母后，耽耽其上；外有奸佞之徒左右其間。正綱繆桑土，勵精圖治之時也，乃不聞有新政可書，親率群臣盤游嬉戲，不已甚乎！」

二、批判昭容：「昭容，婦官也。考之《周禮》，不過九嬪世婦中人耳。雖通詩翰，珥筆內庭已耳。何至結爲綵樓，出游外

苑，使之考第群臣上下，長後宮干政之漸，房州之役，宜其
及也。」

三、批判宋之問、沈佺期：「之問、佺期，險惡小人。覽其詩，
率侈張諂媚。意其時，曲江燕國諸臣，必有含規隱諷情見乎
詞者，而昭容不知取也，是皆可嘆矣。㉞」

此則以史筆寫雜劇者也。此外，裘璉尚有三劇，皆各有動
機：《集翠裘》自序其寫作動機乃藉集翠裘之事，凸顯狄仁傑之
賢俠，而貶武則天之寵男色、抑朝臣，「告夫天下之事君以權而
不失其純者。」《鑑湖隱》自序創作動機乃藉《唐史·賀知章列
傳》評論其不迷戀於富貴，知急流勇退之智慧，真可謂有道之士
也。《旗亭館》據唐代三位邊塞詩人王昌齡、王之渙、高適，旗
亭飲雪之韻事而作，從而感嘆自古才人不遇之無可奈何。王均叙
蔣士銓《第二碑》，說明文人之創作，可使歷史上沉冤莫白、或
不盡公允之人、事，得以昭雪。蔣士銓藉《采石磯》以譜李白之
事，重新締造李白之歷史定位，「後世誦其文者，皆以詩人目
之，淺之乎丈夫矣。」蔣氏認為李白雖「才傾人主，氣凌宦
官」，然絕不同於世間一般「才高識短」之「豎儒」，其「荐郭汾
陽，再造唐氏」之舉，慧眼識人之功，「雖姚宋何讓焉」。故於
此劇中欲令「見青蓮一生遭逢志節，同聲而哭者，或又破涕為笑
矣。」此亦為評論歷史人物之作。許鴻磐《西遼記》自序中顯現
作者對正史中《遼史》之記載觀點頗為不滿，故藉雜劇以說明自
己之觀點：

余讀《遼史·天祚記》而重有感也。遼自太祖開基，傳九
世，至天祚為金人所執。《續綱目廣義》即注曰：遼亡。

然遼實未嘗亡也。西遼耶律大石，乃太祖八代之孫，奔走西域，臣服諸國。迨天祚被執，即於起兒漫稱帝，以續遼統。寡婦孤兒，維持不墜。八九十年間，未嘗少屈於人，視北漢劉氏實爲過之。㉟

　　唯此重大之事，《遼史・天祚記》非但略記其事而已，且「又與耶律淳雅里視同一例，並肆譏評，使一線遺事湮沒不彰，亦可悲矣。」故依北雜劇四折之例以表彰、歌詠其事。又梁廷枏《江梅夢・自序》慨嘆開、天遺事僅及於楊妃，而不論梅妃江采蘋，故作此劇以補梅妃事不彰之憾。凡此皆藉史事抒發其感憤者也。

第五節　用洗前陋

　　由於不滿前人作品之鄙陋，欲重譜此事，此種創作動機，在清代尚不多見。蔣士銓《四弦秋・自序》云：

　　　壬辰晚秋，鶴亭主人邀袁春圃觀察、金棕亭教授及余，宴於秋聲之館，竹石蕭瑟。酒半，鶴亭偶舉白傅《琵琶行》，謂向有《青衫記》院本，以香山素狎此妓，乃於江州送客時，仍歸於司馬，踐成前約，命意敷詞，庸劣可鄙。同人娛以予粗知聲韻，相屬別撰一劇，當付伶人演習，用洗前陋。予唯唯。㉟

　　許鴻盤《三釵夢・自序》自言敷演紅樓小說爲戲曲者之陋，故憤而作此云：

　　　《紅樓夢》小說，膾炙人口，續之者似畫蛇足，其筆墨亦

遠不逮也。近有傖父合兩書爲傳奇，曲文庸劣無足觀者。
臨桂朱蘊山別爲《十二釵》十六折，思有以勝之，脫稿示
餘，未見其能勝也。㊲

　　凡此二則皆爲僅見，蓋劇作家非不得已不輕易以才傲人故
也。

第六節　煉石補恨

　　後人讀史，往往嘆息扼腕、痛哭流涕，恨造化弄人，亦無可
如何。值此之故，劇作家突發奇想，利用戲曲入人心之深，藉劇
以彌補古人之憾恨，並安頓今人爲古人抱不平之心。例如邱開來
序周樂清《補天石》，認同作者補天之本心，其理有三：

其一：爲百世未定之事定案：「夫忠臣孝子，離人怨婦，感時傷
　　　事，不平之鳴，釀成缺陷，宇宙當時已莫之救而聽之矣。
　　　若使慘魄幽魂賷憾泉臺者，千載永載覆盆，揆諸民彝物則
　　　之衷，究屬百世未定之案。」

其二：有千古之識，方能爲古人擔憂：以爲「士無上下千古之
　　　識，不克爲古人擔憂則已矣。如其不然，天生才人必能重
　　　開生面，補苴罅漏於舊史之傳熟者。」

其三：有益於人心之敎化：「……一朝忽易其局，雖爲異樣翻案
　　　文章，卻是生大歡喜故事。蓋理之不易，而協乎人心之所
　　　同然故也。被之管絃而登歌場，令觀者無不悅目快心，觸
　　　發天良，則誅奸慝於旣死，發潛德之幽光，……戲也云乎
　　　哉！㊳」

此外呂恩湛跋周樂清《補天石》亦持肯定看法，呂氏以爲天

道之不可知，故史傳中之忠臣孝子、仁人義士，經常爲天所阻塞摧抑、不竟其志，而周氏乃能「翻奇出新，代伸其志，而平其憾，使不得於天者，而皆償於人。」故呂氏稱之爲「補筆造化」、「補天之手」，信其有功於觀劇者也。

　　清代尚有許多無所爲而爲之創作家，以爲作劇不必非演之氍毹，置諸案頭，聊以自娛亦無不可。蓋純以遣興爲其創作動機。例如黃治《春燈新曲・自序》云：

> 此編乃予於乙未歲暮，偕伯兄壺舟旅泊維揚時所作也。客中無冗，各拈二事，爲燈劇八折。兄得蕭史柳毅事；予得蘇子卿、明武宗事，既成，彼此欣賞過，即棄諸故篋中，不復省覽矣。㊴

其弟子李鉏於跋云：

> 今樵師出塞，遺故篋於椿陰之室。鉏偶檢《春燈新曲》一卷，置之案頭，以時耽玩。㊵

　　此純粹案頭劇，作者黃治亦不以爲眞能流傳，其自序曰：「嘻，其眞可傳耶！一時狡獪之作，將勿令知音者齒冷耶！」作者本身淡泊名利之心態，兼之其後無人發掘，則將汩沒於書海中，永無人知，劇本之類似此遭遇者，不知凡幾，可供一嘆！

注　解

① 葉鳳毛：《桃花吟・序》，《中國古典戲曲序跋彙編》（大陸濟南：齊魯書社，1989年10月）冊2，頁1007-1008。

② 高奕：《新傳奇品・自序》，《中國古典戲曲序跋彙編》（大陸濟

南：齊魯書社，1989年10月）冊1，頁75。

③　吳偉業：《北詞廣正譜·序》，《中國古典戲曲序跋彙編》（大陸濟南：齊魯書社，1989年10月）冊1，頁79。

④　杜陵睿水生：《祭皋陶·并語》，《中國古典戲曲序跋彙編》（大陸濟南：齊魯書社，1989年10月）冊2，頁930-931。

⑤　李調元：《雨村劇話·自序》，《中國古典戲曲序跋彙編》（大陸濟南：齊魯書社，1989年10月）冊1，頁167。

⑥　楊懋：《吟風閣雜劇·序》，《中國古典戲曲序跋彙編》（大陸濟南：齊魯書社，1989年10月）冊1，頁977。

⑦　蔣士銓：《一片石·自序》，《中國古典戲曲序跋彙編》（大陸濟南：齊魯書社，1989年10月）冊2，頁982-983。

⑧　王均：《一片石·叙》，《中國古典戲曲序跋彙編》（大陸濟南：齊魯書社，1989年10月）冊2，頁997。

⑨　王永健：《中國戲劇文學的瑰寶——明清傳奇》，（大陸南京：江蘇教育出版社，1989年11月）頁280。

⑩　吳詒禮：《冰心冊·序》，《中國古典戲曲序跋彙編》（大陸濟南：齊魯書社，1989年10月）冊2，頁1062。

⑪　陳階平：《補天石·序》，《中國古典戲曲序跋彙編》（大陸濟南：齊魯書社，1989年10月）冊2，頁1107。

⑫　吳偉業：《北詞廣正譜·序》，《中國古典戲曲序跋彙編》（大陸濟南：齊魯書社，1989年10月）冊1，頁79。

⑬　尤侗：《讀離騷·自序》，《中國古典戲曲序跋彙編》（大陸濟南：齊魯書社，1989年10月）冊2，頁934。

⑭　王士祿：《讀離騷·題詞》，《中國古典戲曲序跋彙編》（大陸濟南：齊魯書社，1989年10月）冊2，頁936。

⑮　吳偉業：《讀離騷·序》，《中國古典戲曲序跋彙編》（大陸濟南：齊魯書社，1989年10月）冊2，頁934。

⑯　鄭振鐸：《通天台‧跋》，《中國古典戲曲序跋彙編》（大陸濟
　　南：齊魯書社，1989年10月）冊2，頁929。

⑰　嵇永仁：《續離騷‧自序》，《中國古典戲曲序跋彙編》（大陸濟
　　南：齊魯書社，1989年10月）冊2，頁945。

⑱　嵇永仁：《續離騷‧自序》，《中國古典戲曲序跋彙編》（大陸濟
　　南：齊魯書社，1989年10月）冊2，頁945。

⑲　鄭振鐸：《續離騷‧跋》，《中國古典戲曲序跋彙編》（大陸濟
　　南：齊魯書社，1989年10月）冊2，頁947。

⑳　熊超：《齊人記‧自序》，《中國古典戲曲序跋彙編》（大陸濟
　　南：齊魯書社，1989年10月）冊2，頁1031-1034。

㉑　此三則資料皆取之於熊華：《齊人記‧序》，《中國古典戲曲序
　　跋彙編》（大陸濟南：齊魯書社，1989年10月）冊2，頁1035。

㉒　周樂清：《補天石‧自序》，《中國古典戲曲序跋彙編》（大陸濟
　　南：齊魯書社，1989年10月）冊2，頁1104。

㉓　楊潮觀：《吟風閣雜劇‧自序》，《中國古典戲曲序跋彙編》（大
　　陸濟南：齊魯書社，1989年10月）冊2，頁969。

㉔　楊潮觀：《吟風閣雜劇‧新豐店馬周獨酌小序》，《中國古典戲
　　曲序跋彙編》（大陸濟南：齊魯書社，1989年10月）冊2，頁969。

㉕　楊潮觀：《吟風閣雜劇‧大江西小姑送風小序》，《中國古典戲
　　曲序跋彙編》（大陸濟南：齊魯書社，1989年10月）冊2，頁969。

㉖　以上四詩皆出於吳梅跋徐石麒《坦庵詞曲五種》，《中國古典戲
　　曲序跋彙編》（大陸濟南：齊魯書社，1989年10月）冊2，頁
　　924-925。

㉗　唐英：《笳騷‧題詞》，《中國古典戲曲序跋彙編》（大陸濟南：
　　齊魯書社，1989年10月）冊2，頁967。

㉘　張景宗：《四絃秋‧序》，《中國古典戲曲序跋彙編》（大陸濟
　　南：齊魯書社，1989年10月）冊2，頁991。

㉙　桂馥：《放楊枝・小引》，《中國古典戲曲序跋彙編》（大陸濟南：齊魯書社，1989年10月）冊2，頁1021。

㉚　桂馥：《放楊枝・小引》，《中國古典戲曲序跋彙編》（大陸濟南：齊魯書社，1989年10月）冊2，頁1022。

㉛　桂馥：《謁府帥・自序》，《中國古典戲曲序跋彙編》（大陸濟南：齊魯書社，1989年10月）冊2，頁1024。

㉜　桂馥：《投圂中・自序》，《中國古典戲曲序跋彙編》（大陸濟南：齊魯書社，1989年10月）冊2，頁1025。

㉝　裘璉：《昆明池・自序》，《中國古典戲曲序跋彙編》（大陸濟南：齊魯書社，1989年10月）冊2，頁951。

㉞　此三則皆出自於裘璉：《昆明池・自序》，《中國古典戲曲序跋彙編》（大陸濟南：齊魯書社，1989年10月）冊2，頁951。

㉟　許鴻磐：《西遼記・自序》，《中國古典戲曲序跋彙編》（大陸濟南：齊魯書社，1989年10月）冊2，頁1051。

㊱　蔣士銓：《四弦秋・自序》，《中國古典戲曲序跋彙編》（大陸濟南：齊魯書社，1989年10月）冊2，頁990。

㊲　許鴻磐：《三釵夢・自序》，《中國古典戲曲序跋彙編》（大陸濟南：齊魯書社，1989年10月）冊2，頁1048。

㊳　以上三則皆出於：邱開來《補天石・序》，《中國古典戲曲序跋彙編》（大陸濟南：齊魯書社，1989年10月）冊2，頁1109。

㊴　黃治：《春燈新曲・自序》，《中國古典戲曲序跋彙編》（大陸濟南：齊魯書社，1989年10月）冊2，頁1087。

㊵　李鉀：《春燈新曲・跋》，《中國古典戲曲序跋彙編》（大陸濟南：齊魯書社，1989年10月）冊2，頁1087。

第四章　創作論

　　清代雜劇序跋中提到劇本創作之理論頗多，約而言之，可歸爲取材論、主題思想論、關目情節論、結構論等四項，依次闡論如下：

第一節　取材論

　　戲曲之取材是否當如實鋪叙或稍加點染，關於此問題，日本文學家本間久雄氏以及俄國大文豪托爾斯泰二者皆曾經提出一相類似之問題：「生坯可否做爲文學之素材？」「是否無論何種情緒都可以成爲文學材料？」探討結果是：生坯絕不能成爲素材，日常生活之悲喜皆爲自身之經驗，等同於文學上之生坯素材，此素材若要精鍊爲文學作品，則必須經過藝術家某種心靈上之特殊創造，方能成爲文學上之素材。中國古典戲曲理論家最早對題材有虛實概念者爲王驥德，彼以爲戲曲題材出自於「史傳雜說」即可構成「實」之條件，其言曰：

> 戲劇之道，出之貴實，而用之貴虛也。《明珠》、《浣紗》、《紅拂》、《玉合》，以實而用實者也。《還魂》、《二夢》，以虛而用實者也。以實而用實也易，以虛而用實也難。①

　　準此，曾永義先生又將戲曲運用虛實之方式分爲「以實作實」、「以實作虛」、「以虛作虛」、「以虛作實」四種類型，其中「以實作虛」類最能符合戲劇運作之需求，曾先生云：

……以上四類，就我國古典戲劇來說，自然以『以實作虛』者爲絕大多數，其他三類都屬少數。這和我國戲劇是以歌舞爲美學基礎，以及戲劇的目的在於教化和娛樂有很密切的關係。因爲戲劇本事有所憑藉，作者便可專注於文辭的修飾和排場的美化，同時也可以在思想情感上多所發抒，強化主題。倘若以虛作虛必然空泛無根，以實作實又嫌拘礙太甚，以虛作實又非人人爲關漢卿、湯顯祖，所以『以實作虛』，不失爲戲劇之道。②

　　清代戲曲之序跋亦有以取材爲議論者，大多認爲劇本題材無法與史實或原素材完全相合乃極其自然之事。例如：江瀚跋嚴保庸《盂蘭夢》、夏世堂跋嚴保庸《盂蘭夢》、杜陵睿水生幷語序宋琬《祭皋陶》、杜濬題詞尤侗《李白登科記》等，其中頗有見地者有：周樂清、許鴻磐、夏世堂等三人。周樂清《補天石》自序以爲戲曲之取材若與歷史有涉，不須完全與歷史吻合，若事事須考眞僞，則只看歷史即可，戲曲反爲多餘。故作劇無須計較本事之歷史眞僞也。

　　……至期間參差信史，不協宮商，余既非太史公，世掌典章，亦非柳屯田，善謳風月，知我者，定有以諒之。倘必欲事事考其正僞，則有《通鑑》、《二十一史》在，無庸較此戲場面目也。③

　　可見以史實取材，亦須注意點染方不板滯也。其次周氏以爲取材當注意者爲：「蓋文熟求生，事詳宜略，相題所應爾也。④」此則作劇之不二法門也，文熟即無法脫離窠臼，若此則需求新求

變以應之；事詳則需大費周章、枝葉橫生，不如加以剪裁、言簡意賅，就劇目所需當如何便如何也。此外周氏亦揭示歷史劇之寫作諸法：

一、與史實背謬者：此屬不得不然之勢也，更何況戲者，戲也；何必當真？

二、藉正史發揮敷演者：此爲史傳所有，藉此以發揮敷演者。如：「李陵爲當戶遺腹子，降胡族誅，爲管敢公孫敖所誤，……皆列傳所有。……至陳湯、甘延壽功高賞薄，呼韓牙后妒，均可藉以敷演。」

三、依史傳中之實事搬演：「……如趙武靈王英偉，足爲秦敵；岳忠武遣梁興招集太行豪傑；……皆傳中實事。」

四、散見他書，引證牽類者：若有散見他書之史實可引，亦牽類引證，非一味子虛烏有也。⑤

　　依此可知周氏亦擅長讚賞「以實作虛」之取材法。此外許鴻磐《女雲臺・自序》亦提及劇本本事與史實無法相符之事，其原因有三：

其一，爲因應劇情之需。「其間有與《明史・本傳》相出入者，如召見平臺，實在崇禎三年，夔門之役、瑪瑙山之捷，均在其後。今撮叙戰功，不能不少爲易置。」

其二，行文鎔鑄結構之法。「其刻諸將一疏，在天啓時。亦彙見叙功之後，乃行文融鑄結構之法，非故亂正史也。」

其三，參照別傳之資料，有別於正史。「瑪瑙之戰，按《明史》石砫兵未在行間。然向見《秦夫人別傳》謂其獨當一面，且夫人受命，專辦蜀賊，豈有不與戰之理？故並及之。⑥」

說明改變素材實亦出於無奈。而夏世堂跋嚴保庸《盂蘭夢》

所涉及之創作理論頗多，其取材論曰：

其一，「脫胎換形」論：

> 今之言傳奇者，必曰《四夢》。然説夢難，夢中説夢尤
> 難。余爲藏園嬌，嘗見清容居士作九種曲。《香祖樓》、
> 《空谷香》皆本離魂而作。竊謂臨川以生爲夢，以死爲
> 醒；清容又以生爲死，以醒爲夢。

此則比較臨川與藏園戲曲取材手法之異也。皆以夢爲題材
也，臨川以生爲夢，藏園以死爲夢，藏園之手法出於臨川而稍有
不同，故謂之脫胎換形也。此亦爲取材手法之一。

其二「取材布局」論：

> 第選事製局，不限篇幅，可以消納，則安頓不難。可以粧
> 點，則呼應不難。且以閒人爲他人證夢，後人爲前人譜
> 夢，則可以憑空結撰，而排場局面皆不難。⑦

此則提出取材當不限篇幅，則劇情之安頓、呼應、排場皆可
消納、粧點、結撰，可見若限制題材篇幅，則作者之才思枯竭泰
半矣。凡此皆爲難得一見之精采理論，值得闡發幽微、發揚光
大。

第二節　主題思想論

中國古典戲曲一般而論，以娛樂及教化爲寫作目的之大宗，
故主題思想遂成爲一劇中嚴肅之課題。清代戲曲序跋提及此者頗
多，例如：熊華《齊人記・序》、孔尚任《桃花扇・凡例》等。
熊華以爲一劇之主旨思想是否光明正大性十分緊要，《水滸》、

《西廂》被疑爲誨淫、誨盜之作，關鍵在於主題「不甚正大，無怪乎疑之也。」而主旨思想須要有歷史背景、哲學思潮做襯托，而《齊人記》之時代背景爲：

> 戰國中，儀衍秦代之輩，皆富貴利達之徒，而孟氏一人不勝刺目，因大聲疾呼，寓言一齊人，惕之以乞，激之以羞，恥之以驕，有不暇顧妻妾之羞且泣也，孟氏其奈之何哉？⑧

而春秋以來讓國而輕富貴者，載之史籍，有跡可尋：「春秋中子文逃富，叔向賀貧，晏子辭邶殿，若子產、若季札、若伯玉，賢士大夫，莫不辭邑辭卿，班班可考。」惜哉！此優良之風骨，「一入俗眼中，則趨之若鶩焉。美惡戰於中，去取交於外，紛紛者卒無已時，於是喪其恥心，而不知有人焉從旁羞且泣也。」此則熊華所分析之歷史背景、哲學思潮兼及時人之弊病也。

《齊人記》之主旨思想光明正大、兼之能反映歷史背景、時代精神：

> 今觀記中，無一風情怪誕之事，悉本至情至理，寫出慕富貴心腸。卒之齊人乞不足羞，顯者之乞爲可羞，盡歸於正旨，以優孟衣冠插科打諢，庶幾世之人怵目可以驚心，入耳可以動念，而恥心頓發，是不啻讀孟氏書矣，是又不必讀孟氏書矣，是不啻使天下之人盡讀孟氏書矣，是又不啻孟氏家傳户曉而告之矣！⑨

此光明正大之主旨，實爲「醒世之書，其有裨益於孟氏不

小。」而且人生最難打破的關頭是富貴，「營營逐逐者，莫不傲倖一得以爲受用」，而《齊人記》無疑爲當頭棒喝！熊華以此方式分析一劇本之主旨，實爲創作批評者立下良好典範，亦爲序中評論最貼近劇本者。

第三節　關目排場論

孔尚任《桃花扇・凡例》云：「排場有起伏轉折，俱獨闢境界；突如而來，倏然而去，令觀者不能預擬其局面，凡局面可擬者，即厭套也。⑩」此論雖只就《桃花扇》而發，然卻一語道盡關目排場之重要性。一劇本之材料選定後，關目情節之安排、排場之高低起伏，若不能配合，則全劇功虧一簣，周樂清《補天石》凡例云，某些劇本題材雖佳，而關目情節之安排不甚合宜，故減損其價值；如：

> 明人有《易水寒》一劇，作爲荊軻生劫秦王，繞殿追逐，幾如村夫甌撲，令人齒冷。且一經秦政盧諾，即隨王子喬仙去，作如此不了事，漢何苦以田、樊性命爲兒戲？尤令人抑悶。又，徐坦庵《大轉輪》，則以三國爲韓彭勍後身，以亡漢興晉爲關目。然六出祁山者，何以慰厥躬盡瘁？⑪

此則以刺秦及漢亡爲例，說明其關目不合情理之處，故提出安排關目情節之有利辦法：

一、「就題變幻」，不另創新排場：「余以爲『葫蘆谷之火』，及『拜斗』等劇，已梨園熟演，童稚皆知，又何妨就題變幻，較之另創排場者，似更快心悅目。⑫」

二、曲白則當另出新裁，不可拾人牙慧，例如：「《懷沙記》組
　　織《離騷》語句入曲，備極苦心，竊恐知音難得。《和番》
　　則曲白鄙俚已極，關目亦毫無情理，自宜另出心裁，不敢輕
　　拾牙慧，非好與前人辯難也。⑬」

　　此說明關目情節可就題稍做變化，而曲文賓白則以獨運機杼
爲佳。而陳階平《補天石・序》亦以爲劇中之《宴臺》、《歸
廬》、《求盟》、《醉凱》諸齣，之所以令人擊節稱快之因，乃在
於「關目扼要處立案翻新⑭」，而情得以正、事動以誠之故也。

第四節　結構論

　　有關戲曲之結構論以清李漁提倡最力，清代戲曲序跋中有提
及結構者，不在少數，例如：桂淸序湯貽汾《逍遙巾》、熊華序
熊超《齊人記》、孔尙任《桃花扇》傳奇凡例。桂淸以爲《逍遙
巾》之一切翰墨姻緣、氣息意味，皆爲一主題《逍遙巾》而生，
故雖無理論之名，已有理論之實，故安揷於結構處。孔尙任以
爲：每齣戲當脈絡貫連，不增不減，不可東拽西牽，胡亂湊數。
而《齊人記》有熊華爲之序，序後尙有「總論」一文，是一篇具
體而微之戲曲創作論，較之其它諸家論戲曲創作者，不知超過凡
幾，而其中論及結構部分，則受李漁之影響頗深，舉其說爲例如
下：

一、立主腦：熊華以爲一劇之開首需「虛籠主腦」，尾聲則必
　　「總結主腦」，首尾照應，然而一劇之主腦何在？以《齊人記》
　　爲例做說明：

　　　一個命字，無論富貴貧賤，未有出此牢籠。孔子曰：「得

之不得曰有命。」孟子曰：「莫非命也。」韓子曰：「吾
非惡此而逃之，是有命焉。」今記中以命字爲宗，齊妾
曰：「良人你耗星入炒運多怨。姐姐你天喜休悶身兒賤。」
齊人曰：「我也命兒惡，你也命而薄。」齊婦曰：「都是
命該如此，待怨誰來？」⑮

　　以此爲主腦，則衍生出「線索、襯托、埋伏、照應、正描旁
描、倒挿在前、順補在後」等等之結構方式，推衍出一篇劇本。
其言曰：

> 以主腦言之，君子云者，孟子自謂。孟子不敢寫，寫陳仲
> 子，仲子非眞廉而不要富貴，則爲此記所取焉妻妾羞乞。
> 寫仲子，不得不寫仲子之妻相爲倡和，此正描也。若淳于
> 髡、若王驩、若田氏族、若匡章、若儲子、公行子，此對
> 襯也。北宮黝、若舍，此旁襯也。……科白中逆點仲子不
> 哀求，則爲暗伏，齊婦嘆月，人世豪華如糞土，則爲暗
> 映。齊妾掩雲關討清閒，則爲正襯。⑯

此主腦說即受《閒情偶寄》之影響頗深。李笠翁曰：

> 古人作文一篇，定有一篇之主腦。主腦非他，即作者立
> 言之本意也。傳奇亦然，一本戲中，有無數人名，究竟俱
> 屬陪賓，原其初心，止爲一人而設。即此一人之身，自始
> 至終，離合悲歡，中具無限情由，無窮關目，究竟俱屬衍
> 文，原其初心，又止爲一事而設，此一人一事，即作傳奇
> 之主腦也。⑰

觀此則知熊華之論源於李漁，而加以活用者。

二、大關鍵：此言一劇之轉折需注意之事項也。序跋資料中，彭宗岱跋嚴保庸《盂蘭夢》、熊華序《齊人記》，皆有提及劇情轉折需首尾照應，針線緊密之事。熊華認為《齊人記》之大關鍵在「乞祭」：

> 開首齊人口中明點乞字，空囊倚户句，則為暗伏；到華堂到醉鄉，則為反照。睏夫篇齊人口中再點乞字，謁顯宦則對襯也。將近墦間，先以店中乞酒以引之。對照者何？良人高會笑嘻嘻節是也。旁照者何？持囊挈囊也。於是以梧桐影節倒揷在前，以釵頭鳳節順補在後，而全篇關鍵，無不燦如指掌，不但已也，齊婦睏歸，正可以乞祭告矣已。⑱

彭宗岱以為「首尾整密」、「布置空靈」、「排場熱鬧」為結構之重要關鍵：

> 此題首尾難於整密，布置難於空靈，排場難於熱鬧，之三者，有一於此，皆傳奇家所忌也。問樵現才子身，說菩薩法，擺脱三難，一空掛礙。而又能使夢中人與夢外人，無不暢然意滿，尤為大難。……至其情文之妙，有目者自能賞之。⑲

此跋除批評劇本外，尚有涉及戲曲理論者，如「首尾難於整密」，即李漁戲曲理論中之密針線也；「布置難於空靈」，即關目靈動切忌板滯也；「排場難於熱鬧」，即排場需冷熱調劑也。《閒情偶寄》云：

> 每編一折，必須前顧數則，後顧數則，顧前者，欲其照
> 映，顧後者，便於埋伏。照映埋伏，不止照映一人、埋伏
> 一事，凡是此劇中有名之人，關涉之事，與前此後此所說
> 之話，節節俱要想到，寧使想到而不用，勿使有用而忽
> 之。⑳

　　說明每部分結構之安排皆爲下一情節而生，如此環環相扣則
結構明、針線密矣。

三、多曲折：文似看山不喜平，作劇亦如此，熊華深諳此中三
　　昧，故曰：

> 必用數番區曲折乃出，齊人不解兩人之泣，妻正可以乞祭
> 說破矣。必用無數精測，至大怒而乃說出焉，然後從正旨
> 寫顯者之乞食爲可羞。嗟乎，大主腦、大關鍵，而必用如
> 此鄭重、如此層折、如此襯托、如此照應、如此埋伏、如
> 此線索、如此正描旁描者，正如獅子滾球、貓兒捕鼠，不
> 遽爾抓住嚼住，必用無數往來撲跌，然後獅子意滿、貓兒
> 意滿，而觀者無不意滿。㉑

　　此點與《閒情偶寄》所提及之減頭緒稍有不同，李漁以爲傳
奇切忌頭緒紛繁：「頭緒繁多，傳奇之大病也。荊、劉、拜、殺
之得傳於後，只爲一線到底，並無旁見側出之情。三尺童子，觀
演此劇，皆能了了於心，便便於口，以其始終無二事，貫串只一
人也。㉒」而熊華以爲愈曲折、愈熱鬧，愈能令觀者滿意。其
實，運用之妙，存乎一心，若頭緒紛繁至主題無法凸顯，則有喧
賓奪主之嫌；若刪減頭緒至清淡寡味，則有欲振乏力之感，皆編

劇創作之忌諱也。

注　解

① 王驥德：《曲律・雜論》，《中國古典戲曲論著集成》（大陸北京：中國戲劇出版社，1959年3月）冊4，頁154。

② 曾永義：《說戲曲》，（臺灣臺北：聯經出版事業公司，1976年9月）頁27。

③ 周樂清：《補天石・自序》，《中國古典戲曲序跋彙編》（大陸濟南：齊魯書社，1989年10月）冊2，頁1105。

④ 周樂清：《補天石・自序》，《中國古典戲曲序跋彙編》（大陸濟南：齊魯書社，1989年10月）冊2，頁1106。

⑤ 以上四條皆出自周樂清：《補天石・凡例》，《中國古典戲曲序跋彙編》（大陸濟南：齊魯書社，1989年10月）冊2，頁1105。

⑥ 以上三條皆出自許鴻磐：《女雲臺・自序》，《中國古典戲曲序跋彙編》（大陸濟南：齊魯書社，1989年10月）冊2，頁1050。

⑦ 以上三條皆出自夏世堂：《盂蘭夢・跋》，《中國古典戲曲序跋彙編》（大陸濟南：齊魯書社，1989年10月）冊2，頁1099。

⑧ 熊華：《齊人記・序》，《中國古典戲曲序跋彙編》（大陸濟南：齊魯書社，1989年10月）冊2，頁1036。

⑨ 熊華：《齊人記・序》，《中國古典戲曲序跋彙編》（大陸濟南：齊魯書社，1989年10月）冊2，頁1036。

⑩ 孔尚任：《桃花扇・凡例》，《中國古典戲曲序跋彙編》（大陸濟南：齊魯書社，1989年10月）冊3，頁1605。

⑪ 周樂清：《補天石・凡例》，《中國古典戲曲序跋彙編》（大陸濟南：齊魯書社，1989年10月）冊2，頁1105-1106。

⑫ 周樂清：《補天石・凡例》，《中國古典戲曲序跋彙編》（大陸濟南：齊魯書社，1989年10月）冊2，頁1106。

⑬　周樂清：《補天石‧凡例》，《中國古典戲曲序跋彙編》（大陸濟
　　南：齊魯書社，1989年10月）冊2，頁1106。

⑭　陳階平：《補天石‧序》，《中國古典戲曲序跋彙編》（大陸濟
　　南：齊魯書社，1989年10月）冊2，頁1107。

⑮　熊華：《齊人記‧序》，《中國古典戲曲序跋彙編》（大陸濟南：
　　齊魯書社，1989年10月）冊2，頁1037-1038。

⑯　熊華：《齊人記‧序》，《中國古典戲曲序跋彙編》（大陸濟南：
　　齊魯書社，1989年10月）冊2，頁1037。

⑰　李漁：《閒情偶寄》，《中國古典戲曲論著集成》（大陸北京：中
　　國戲劇出版社，1959年7月）冊7，頁14。

⑱　熊華：《齊人記‧序》，《中國古典戲曲序跋彙編》（大陸濟南：
　　齊魯書社，1989年10月）冊2，頁1037。

⑲　彭宗岱：《盂蘭夢‧跋》，《中國古典戲曲序跋彙編》（大陸濟
　　南：齊魯書社，1989年10月）冊2，頁1098。

⑳　李漁：《閒情偶寄》，《中國古典戲曲論著集成》（大陸北京：中
　　國戲劇出版社，1959年7月）冊7，頁16。

㉑　熊華：《齊人記‧序》，《中國古典戲曲序跋彙編》（大陸濟南：
　　齊魯書社，1989年10月）冊2，頁1037。

㉒　李漁：《閒情偶寄》，《中國古典戲曲論著集成》（大陸北京：中
　　國戲劇出版社，1959年7月）冊7，頁18。

第五章　表演論

第一節　論唱曲

繼元芝菴《唱論》、明沈寵綏《絃索辯訛》、《度曲須知》諸家之後，清代亦有以論唱曲方法名家者。如：黃周星《製曲枝語》、毛先舒《南曲入聲客問》、吳震生《太平樂府》、徐大椿《樂府傳聲》、韜庵居士《度曲芻言》等，其中以徐氏之影響最深遠。徐大椿，《清史稿·列傳289》有傳，博學多才，「凡星經、地志、九宮、音律、技擊、句卒、嬴越之法，靡不就通，尤邃於醫，世都傳其異跡。①」其人雖以醫聞名天下，然生於江蘇吳江，自然對時行之崑腔有深刻之體會。茲將徐氏《樂府傳聲》有關之序跋篇章敘述如下：

徐氏之以為唱曲者必須注意三項：宮調、字音、口法；而三者中以口法為最難：

> 然宮調大端難越，即有失傳，而一為更換，即能循板歸腔；至字音亦一改即能正其讀；惟口法則字句各別，長唱有長唱之法，短唱有短唱之法，在此調為一法，在彼調又為一法，接此字一法，接彼字又一法，千變萬殊，此非若律呂、歌詩、典禮之可以書傳，八音之可以譜定，宮調之可以類分，字音之可以反切別；『全在發聲吐字之際，理融神悟，口到音隨。』顧昔人之聲已去，誰得而聞之？即一堂相對，旋唱而聲旋息，欲追其已往之聲，而已不復在

耳矣。此口法之所以日變而日亡也。②

可知口法及即指歌唱時之認知及技巧，由於律呂八音無法書傳譜定，歌場上又旋唱旋滅，故口法日日趨亡，此即口法之難處；次言口法之代代失傳情形：

> 上古之口法，三代不傳，三代之口法，漢魏六朝不傳，漢魏六朝之口法，唐宋不傳；唐宋之口法，元明不傳。若今日之南北曲，皆元明之舊，而其口法亦屢變。③

三言南曲之口法爲最違古法者：「南曲之變，變爲『崑腔』，去古浸遠，自成一家。其法盛行，故腔調尙不甚失，但其立法之初，靡慢模糊，聽者不能辨其爲何語，此曲之最違古法者。④」

四言北曲口法之講究，每況愈下：「北曲則自南曲盛行之後，不甚講習，即有唱者，又即以南曲聲口唱之，遂使宮調不分，陰陽無別，去上不清，全失元人本意。又數十年來，學士大夫全不究心，將來不知何所底止？⑤」

五言本書立論之旨有二：

一、「樂之道久已喪失，猶存一線於唱曲之中，而又日即消亡，余用憫焉，爰作傳聲法若干篇，借北曲以立論，從其近也；而南曲之口法亦不外是焉。」可見徐氏以北曲爲主，將口法形之於文字，冀能挽回頹勢於萬一。

二、人聲爲樂之本，故人聲存而樂之本不沒，本書所謂傳聲爲傳人之聲也。

無我道人寫序時爲咸豐九年，距徐大椿所處之乾隆期，已有

時日，此序乃是爲重新付梓而寫，故於序中首先感嘆度曲之難，
繼之則言此書之難能可貴處。

> 今之唱崑者，心傳口授，襲謬承訛，是徒得其貌而未得其
> 眞也。余賦性耽斯，摸索已四十年，其聲音字面，尚有書
> 可證可參，不難意會。惟用氣用喉，審情度理，全在心領
> 神會，刻意揣摩，日久月深，始識自然之妙，而自然之妙
> 亦實實難以言傳也。⑥

　　無我道人以爲學唱崑曲者，最難之處在於用氣用喉，如何心
領神會、審情度理，全靠唱者用心揣摩，眞積力久則入，實無法
以文字言傳。

　　其後韜庵居士受徐大椿、葉懷庭之影響，而作《度曲芻
言》，序中自云作此書之緣由及特色：「嘗讀徐靈胎《樂府傳聲》
一書，其論喉舌齒牙唇，四聲陰陽，五音清俗，分析詳明，與吳
中葉懷庭先生《論曲諸法》相合，足爲後學津梁。爰將前人所
論，摘成八則，名曰《度曲芻言》，俾初學知其源流，有門徑可
入。⑦」則此書是融合徐大椿及葉懷庭之說而成之耳。

　　其次東城旅客序吳震生《太平樂府》，其中提到魏良輔教唱
崑曲之方法，亦可視爲唱曲之重要理論：

一、當時之南曲尚無特色，東城旅客形容爲：「平直無意致」，
　　魏氏爲之「轉喉押調，度爲新規，疾徐高下清濁之數，一依
　　本宮，取字齒唇間，跌換巧掇，恆以深邈，助其凄唳。」此
　　種功力連吳中老曲師如袁髯、尤駝之輩，皆自嘆弗如也。

二、提倡崑曲之表演藝術：「學曲者移宮換呂，此熟後事也。初
　　戒雜，無務多，迎頭拍字，徹板隨腔，無或先後之。長宜圓

勁，短宜遒。然無飄五音，依於四聲，無或矯也，無艷。」
「開口難、出字難、過腔難；高不難、低難；有腔不難、無
腔難。⑧」「歇難、閣難。」此爲崑曲之秘而不宣之要訣，
而魏良輔盡洩之，可見其無私之心。

第二節　表演論序跋之特殊情況

　　清代曲家之表演論，繼承元代芝菴《唱論》、明代魏良輔
《曲律》、李開先《詞謔》、潘之恆《鸞嘯小品》、《亙史》、馮夢
龍「傳神論」、沈寵綏《絃索辯訛》、《度曲須知》等優秀曲家之
承傳，亦發展出如：李漁《閒情偶寄・詞曲部》、徐大椿《樂府
傳聲》、黃旛綽《梨園原》、王德輝、徐沅澂《顧誤錄》、劉廷璣
《在園曲志》等研究表演方面之煌煌鉅著，然而有關此類表演論
之序跋卻不多見，例如爲《梨園原》寫序跋者僅有鄭錫瀛、莊肇
奎、葉元清、夢菊居士等，其中夢菊乃是民國初年之人，爲徐大
椿《樂府傳聲》寫序跋者有胡彥穎、唐紹祖、黃之雋、無我道
人、王保玠、李翰章等人，爲王德輝、徐沅澂《顧誤錄》寫序者
僅周棠一人，其餘則自序之外，序跋者寥寥無幾，故欲從序跋中
窺知清代表演論之端倪，恐乃緣木求魚之事，然限於題目之範
疇，亦不可能跨越，故筆者處理此部分之問題，心中惶恐無限，
亦倍感惆悵，蓋恐掛一漏萬、資料不全；而優秀之理論，乃無人
爲之序，以利傳播也。

注　釋

① 趙爾巽等：《清史稿・列傳289》，（大陸北京：中華書局，1977
　　年8月）冊46，頁13877。

② 徐大椿：《樂府傳聲・自序》，《中國古典戲曲論著集成》（大陸北京：中國戲劇出版社，1959年7月）冊7，頁152。

③ 徐大椿：《樂府傳聲・自序》，《中國古典戲曲論著集成》（大陸：中國戲劇出版社，1959年7月）冊7，頁153。

④ 徐大椿：《樂府傳聲・自序》，《中國古典戲曲論著集成》（大陸北京：中國戲劇出版社，1959年7月）冊7，頁153。

⑤ 徐大椿：《樂府傳聲・自序》，《中國古典戲曲論著集成》（大陸北京：中國戲劇出版社，1959年7月）冊7，頁153。

⑥ 無我道人：《樂府傳聲・序》，《中國古典戲曲序跋彙編》（大陸濟南：齊魯書社，1989年10月）冊1，頁145。

⑦ 韜庵居士：《度曲芻言・自序》，《中國古典戲曲序跋彙編》（大陸濟南：齊魯書社，1989年10月）冊1，頁19-60。

⑧ 東城旅客：《太平樂府・序》，《中國古典戲曲序跋彙編》（大陸濟南：齊魯書社，1989年10月）冊2，頁965-966。

第六章　戲曲史觀論

在清代雜劇、傳奇之序跋中，探討戲曲來龍去脈之文章，占有不少之比例，對研究戲曲史之發展及相關劇本之深入探討，有莫大之裨益，茲將此部分資料分為戲曲本事溯源及戲曲史兩部分，討論於後：

第一節　戲曲本事溯源

在序跋中探討劇作本事之淵源，為戲曲史上重要之發展，可以藉此看出作劇者之微言大意及大部分戲曲之取材方向，故納入戲曲史觀之範圍中。又本論文之研究範圍以清人為主，然而屬於雜劇、傳奇方面之序跋，清末民初之學者如吳梅、鄭振鐸、王國維、盧冀野等人，涉獵深入，如鄭氏之序跋，風格與清代一般序跋家又有所差異，大多以追溯本事、分析結構、考證版本為能，頗少以分析曲論、曲律為主，幾可視為近代學者序跋古典戲曲之特色，若因鄭氏等非屬清代而割捨此部分，則又無以窺知在同類型序跋上，前後會通之處，故幾經思慮，決定將其納入討論範圍。故本節之內容，與題目稍有出入，盼讀者見諒之。

茲將此節分為清代及近代兩方面敘述之：

一、清代：

就清代古典戲曲序跋而論，說明作品之本事者，篇帙浩繁，略叙其說於下：

（一）彭遹孫題尤侗《黑白衛》，以為尤氏《黑白衛》之作固緣於

唐之傳奇小說，與太史公之《史記‧刺客列傳》亦大有淵源：

> 司馬子長作刺客傳，淋漓盡致，千載猶生。其傳末乃云：
> 「惜哉，其不講於刺劍之術。」此語不獨爲慶卿道，似因
> 要離聶政一流，頭顱俱碎，深加惋惜。窺其意中，已隱隱
> 有隱娘、紅線一輩人在，使之低迴神往。①

（二）裴鍹自序《明翠湖亭四韻事》以爲《昆明池》本事出於
　　《全唐詩話》；《集翠裘》本事出於《虞初集志》；《鑑湖
　　隱》本事出於《唐書‧賀知章列傳》；《旗亭館》本事出
　　於《唐詩新話》：

1.《昆明池》

本事出於《全唐詩話》：「中宗正月晦日，幸昆明池，賦
詩，群臣應制百餘篇。帳殿前結綵樓，命昭容選一篇，爲新翻御
製。從臣悉集其下，須臾，紙落如飛，各認其名而懷之。既退，
惟沈、宋二詩不下。移時，一紙飛墜，競取而觀，乃沈詩也。及
聞其評曰：二詩工力悉敵。沈詩落句云：『微臣彫朽質，羞睹豫
章才。』詞氣已竭。宋云：『不愁明月盡，自有夜珠來。』猶陟
健舉，沈乃伏，不敢復爭。」②

2.《集翠裘》

本事出於《虞初集志》：「則天時，南海郡獻集翠裘，珍麗
異常。張昌宗侍側，則天因以賜之。遂命披裘，供奉雙陸。宰相
狄梁公仁傑，時入奏事，則天令昇座。因命梁公與昌宗雙陸，梁
公拜恩就局。則天曰：卿二人賭何物？梁公曰：爭先三籌，賭昌
宗所衣毛裘。則天曰：卿以何物爲對？梁公指所衣紫絁袍：臣以

此敵。則天笑曰：卿未知此裘，價踰千金，卿之所指，爲不等
矣。梁公啓曰：臣此袍，乃大臣朝見奉對之衣。昌宗所衣，乃嬖
倖寵遇之服，對臣之袍，臣猶怏怏。則天業已處分，遂依其說。
而昌宗心根神阻，氣勢索莫，累局連北。梁公對御，就褫其裘，
拜恩而出，至光範門，遂付家奴衣之，乃促馬而去。」③

3.《鑑湖隱》

本事出於《唐書・賀知章列傳》：「賀知章，字季眞，四明
人，擢超群拔類科。授太常博士。陸象先嘗曰：季眞清韻風流，
吾一日不見，則鄙吝生矣！遷集賢學士，善行草書，好事者每具
筆研以從，即數十字，世傳爲天球尺璧也。……天寶初，夢遊帝
居。數日寤乞歸。賜鑑湖剡川一曲。……後賀相傳卒仙去云。」④

4.《旗亭館》

本事出於《唐詩新話》，寫開元中，王昌齡、高適、王之渙
齊名。一日，天寒微雪，三詩人共詣旗亭，貰酒小飲。有梨園伶
官至旗亭，相繼唱詩，三子相約「若詩入歌詞之多者爲優」。卒
之，王昌齡二首、高適一首，唯獨王之渙未有，因謂諸人曰：
「此輩皆巴人下里詞耳，陽春白雪之曲，俗物豈敢近哉！」因指
諸妓中最佳者，曰：「待此子所唱，如非吾詩，即終身不敢與子
爭衡矣。」其妓果然歌王詩之「黃河遠上」，三子因大歡噱，諸
伶知其故後，競拜之，乞就筵席，三子從之，飲醉竟日。⑤

凡此四劇，皆有所本，稱之爲歷史劇亦可，清代劇作家喜藉
有所本之事，抒發一己之感慨，微言大意，盡付其中，非獨所謂
自娛而已，此現象可從序跋中窺知一、二也。

（三）《楊狀元進諫謫滇南》，劉韙撰，本劇由作者自序，寫楊升
　　　庵之事。

劉巏曰：「昔人謂，有明一代才人，惟升庵與義仍兩先生而已」，而此二人皆因慷慨陳言，而爲當朝所抑，弗達於仕途，劉氏於楊升庵有獨特之哀憐，故就其生平譜爲戲曲：

> 余以三餘之暇，採綴成劇。非謂能傳先生諤諤謇謇之大節，聊以見先生當日蒙難艱貞其流風餘韻，付之優孟衣冠，或可爲敎孝敎忠者勸。⑥

可知其寫作動機除惺惺相惜外，尙有風化勸懲之目的。其序中述升庵之生平曰：

> 升庵先生，則以新都名閥弱冠登朝，心地光明，學問淵博，極其才智，其功名正未可量。乃以泣諫大禮，遠戍滇南，投荒之餘，肆力古學，於書無所不窺，嗣因長流不反，益復韜光晦跡，縱酒自放。間於春秋佳日，插花丫髻，擧行市中，蠻童僰婦，舞拜道路，酒榼歌扇，墨瀋淋漓，嗟乎，天既生才，不使展其宿負於九閹之上，乃極之竄謫遐方淪落，以老終其身，不能復進，是可哀也矣。⑦

有才有德而不爲當朝所用，乃至流徙蠻荒，淪落異鄉，終老一生，其情可憫、其事可哀，故爲之作劇以流傳久遠。

(四)《一片石》、《四絃秋》、《第二碑》、《空谷音》、《香祖樓》、《桂林霜》、《冬青樹》、《雪中人》、《臨川夢》，前三本雜劇、後六種傳奇、另《紅雪樓逸稿》（民國學者盧冀野編），皆爲蔣士銓所著。

　1.《一片石》
　　蔣士銓所寫之劇本，大都在自序中交待其劇之本事淵源。其

《一片石・自序》譜明寧王宸濠妃婁氏之碑事，婁妃事見於《明史》卷一一七諸王傳云：「初，宸濠謀逆，其妃婁氏嘗諫，及敗，嘆曰：昔紂用婦言亡，我以不用婦言亡，悔何及！⑧」而明代文人亦多有記述，以朱國楨《涌幢小品》卷五婁妃一節所載為最詳細，言婁妃本上饒人，婁諒女，性賢明，宸濠起兵反，曾苦諫不聽，宸濠敗，婁妃投水自盡。作者於序中說明發現婁妃墓之始末，藉此敷演以成劇。

2.《四絃秋》

本劇重譜白居易《琵琶行》事，自序說明本劇所根據之材料，及對白居易被貶之個人觀點，是就歷史而發揮個人議論者也。

3.《第二碑》

本劇自序說明作此劇之緣由始末，源於重新安頓婁妃之墓而起：乾隆四十年漢陽阮見亭至江西訪蔣士銓，對《一片石》雜劇極口稱讚。阮之舅氏吳翥堂為江西布政使，聽罷婁妃事後，會同令尹伍氏親臨查勘，乃捐資重修婁妃墓，《第二碑》即據此而編。

4.《空谷香》

本劇譜南昌令尹顧孝威與其妾姚氏之事。顧孝威又名顧錫鬯，字孝為，又字瓚園，據蔣士銓自序云，顧氏與其友善，其妾姚氏死後，蔣氏前往祭弔，「令尹獨留予飲繐帳側，語姬生平事最詳，凡三易燭，而令尹色沮聲咽，予亦泫然不能去。夫姬以弱女子未嘗學問一絲，既聘，能為令尹數數死之，其志卒不見奪，雖烈丈夫可也。⑨」本劇之本事大抵為真人真事稍加點染所得。

5.《香祖樓》

　　本劇譜欲界天中帝釋與夫人發落蘭花仙子中之紫蘭、黃蘭、素蘭轉世為人之情事，其中關目複雜、枝節頗多，而蔣氏於自序中說明本劇內容處不多，僅以劇中主角說明其情之正，合乎聖人之標準：曾氏（黃蘭仙子）得〈螽斯〉之正者也，李氏（素蘭仙子）得〈小星〉之正者也，仲子（紫蘭仙子）得〈關雎〉之正者也。發乎情、止乎禮，聖人弗以為非焉。豈兒女相思之謂耶！⑩

　　6.《桂林霜》

　　本劇譜清代馬雄鎮一家三十八口，在吳三桂反叛時，不肯降附，故而全家殉難之事。馬雄鎮，字錫藩，號坦公，漢軍鑲紅旗人，《清史稿》卷二五二有傳，本劇根據史實而略有增飾：

> 國初，三孽跳梁，諸臣死者纍纍，……顧皆慷慨捐生，雖難而未極其至也。若文毅（馬雄鎮）半載空銜，四年土室，凍骸餓殍，縱橫階戺間。虎倀螭媒，魅沙魚餌，日陳左右，而屹然不動。卒至嘔血常山，旋飆柴市，偕四十口薰葬尸陀。嗚呼，可謂極其難者矣。⑪

　　7.《冬青樹》

　　本劇譜文天祥、謝枋得殉國之事。案此事之創作前人已有：明卜世臣《冬青記》傳奇、朱九經《崖山烈》傳奇、清陸世廉《西臺記》雜劇等，增飾較甚；唯蔣氏此劇多按史實敷演，張塤石序云：「此書除勘獄一劇，餘皆實錄。」蔣氏自序云：

> 竊觀往代孤忠，當國步已移，尚間關忍死于萬無可為之時。志存恢復，耿耿丹忠，卒完大節，以結國家數百年養士之局，如吾鄉文、謝兩公者，嗚呼難矣哉！⑫

8.《雪中人》

本劇根據鈕琇《觚賸》卷七〈粵觚〉中〈雪遘〉一節，稍加增飾而成。寫鐵丐吳六奇與海寧文士查培繼相交往之經過，內容特別強調吳六奇落難時，查培繼不棄其卑賤，屢贈衣食；而查培繼後罹難文字獄，吳六奇已顯貴，吳不忘前情，奮力搭救，並泉湧相報之事。蔣氏於自序中，對此劇本事並不多提，僅說明其微言大意：

> 嗚呼！一取與求索間，皆丐也。得其所與者，輒忘其丐。丐其所與者，旋爭艷其得。丐也與也得也，有相圇而見，相膝以成者焉。蓬垢藍縷，特丐之外著者耳。然丐而能鐵，較之章而丐者，不差勝乎！於是作鐵丐傳，使凡丐者以鐵自勉焉，雪且失其寒也矣！⑬

9.《臨川夢》

本劇寫明代才子湯顯祖之一生榮枯，並增飾婁江女子俞二娘讀湯氏《牡丹亭》一慟而絕之事。本劇將湯氏一生之氣節、人品、才華，藉傳奇之筆以表敬重之意，是蔣氏諸傳奇中，成就較高者：

> 嗚呼！臨川一生大節，不逼權貴，遞爲執政所抑，一官潦倒，里居二十年。白首事親，哀毀而卒，是忠孝完人也。……其視古今四海，一枕窠蟻穴耳，在夢言夢，他何計焉。予恐天下如客者多矣，乃雜採各書，及《玉茗》所載種種情事，譜爲《臨川夢》一劇，摹繪先生人品，現身場上，庶幾癡人不以先生爲詞人也歟！嗟呼先生以生爲夢，

以死爲醒；予則以生爲死，以醒爲夢。於是引先生既醒之身，復入於既死之夢，且令《四夢》中人，與先生周旋於夢外之身，不亦荒唐可樂乎！獨惜婁江女子，爲公而死，其識力過於當時執政遠矣！⑭

（五）孔廣林自序《女專諸》之淵源云：「浙中閨秀某，取明三大案，用一人貫穿之，成《天雨花》三十卷。予欲演作傳奇，而年衰多病，無能爲役。姑摘其《刺賊》一段，成雜劇四折云。⑮」是則本劇是由說唱文學之彈詞《天雨花》之刺賊演變而來。

孔氏又自序《璿璣錦》，即爲元人所繪之《璿璣回文卷》之圖卷而作：「卷首畫回文圖，次記回文讀法，後列織錦、寄錦、玩回文、迎蘇氏四圖，末附圖說。謂竇滔爲安南將軍，攜寵姬趙陽臺赴襄陽，留蘇氏長安，不相通問。既而得回文詩，始悔而迎之，完好如初。⑯」

（六）金昌世跋韓錫胙《南山法曲》，此劇爲韓氏爲無錫刺史吳愛棠所作。吳氏爲官寬慈愷悌、溫詞絮語、群皆悅服；韓氏爲官侃直剛峻、必辨是非、人畏憚之。金氏云：「由是有『吳和韓冷』之稱，謂二公不相能。今觀韓爲吳作壽序，且製《南山法曲》以侑觴，其傾倒於吳，可謂至矣。⑰」依此，本劇當爲應酬祝壽之作。

（七）許鴻磐五種雜劇，其自序中皆說明本事之緣由：《三釵夢》自序云：「余謂讀《紅樓夢》以爲悲且恨者，莫如晴雯之逐、黛玉之死、寶釵之寡，乃別出機柚，以三人爲經，以寶玉爲緯，仿《元人百種體》，爲北調四折，曰《勘夢》、

曰《悼夢》、曰《斷夢》、曰《醒夢》，因謂之《三釵夢》。⑱」

《儒吏完城》此序自溯本事，乃源自其友朱韞山之《守澛日記》，敘述拒滑賊之事：

> 夫韞山一書生耳，乃能據危城抗強寇，凡十餘日。援致而城完。既保其境，而西南鄰邑皆資屏障，是亦可歌而可詠矣。時余養痾夷門，困頓無聊，且以文辭為破愁之具，……為北曲四套，以示韞山。⑲

《孝女存孤》則譜孝女臨桂張氏所稱之義姑之事也。其自序云：

> 孝女者臨桂張氏所稱之義姑也孝女之父兄俱死吳逆之難，所剩只一呱呱兒，乃以屏然不字之身，搘拄於巢礙卵破之日，無依無與，且二十年。卒使生者立，死者續，故張氏立祠祀之曰：義姑祠。然夷考其行，推原其心，當時之所以飲血茹恨而為此者，非若朋友、主僕之間感知己受託付，激於義憤之行，徒稱之曰：義。恐九京且有遺憾。余既本張氏之意，作《義姑傳》。茲改義曰孝者，核其行原其心也。⑳

《女雲臺》則寫秦夫人一士舍寡婦耳，乃能統部秦王，裹糧殺賊，效命疆場者二十年。殆至無可如何，復能仗節以終，為一代之完人之事也：

> 明末多故矣。其時奮不顧身，出死力報國家者，暨不乏

人，而以秦夫人爲獨絕。夫人，一土舍寡婦耳，乃能統部
秦王，裹糧殺賊，效命疆場者二十年。殆至無可如何，復
能仗節以終，爲一代之完人，實千古之奇人也。因倣《元
人百種》之體，以歌詠其事。⑳

《雁帛書》則譜元郝伯常經使宋，爲賈似道拘留眞州者一十
五年，而有雁足寄書之事。宋濂《元史》、陶宗儀《輟耕錄》俱
載之，許鴻磐自序云：

> 惟元郝伯常經使宋，爲賈似道拘留眞州者一十五年，乃眞
> 有雁足寄書之事。宋濂《元史》、陶九成《輟耕錄》俱載
> 之。嗚呼！伯常文章氣節，冠絕一時，而雁書一事，尤足
> 千古。故據本傳，參之《宋史》，爲北曲四套以傳其奇。㉒

（八）梁廷柟亦有四夢之作：《江梅夢》、《圓香夢》、《曇華
夢》、《斷緣夢》四種。自序《江梅夢》則取材於兩《唐書》
及唐人所撰《江妃傳》：

> 《傳》稱妃死亂兵之手，今以爲罵賊致死，固非盡空中樓
> 閣，獨『獻賦』、『賜珠』兩事，在閣召前稍更置而已。㉓

此則交待江妃事之淵源也。其後則以五言排律歌詠江妃之
事，有敘述、有感嘆、有寄託，實可與吳偉業之《圓圓曲》、白
居易之《長恨歌》媲美而毫無愧色矣！

> 自從柳葉嫁東風，巧織鶯簧蔽聖聰。頓使相依連理影，無
> 端遷種上陽宮。上陽宮裡流年促，離鶯慣臥鴛鴦褥。夢回
> 漏永一燈孤，生把傾城埋地獄。隔院朱弦風送秋，恍惚猶

聞羽衣曲。㉔

自古恩深盟白水，玉兒能爲東昏死。怪煞長羈永巷人，就
義從容竟如此。此回才算恨綿綿，便合哀喉譜短絃。聽殘
秋雨梧桐曲，猶是唐賢寫恨篇。㉕

凡此皆爲詩中之佳作名句也。

《圓香夢》譜柳含煙與韋莊達情事，藕香水榭跋此劇云：

曲絢爛極矣。而聲律復諧，《四夢》外別張一幟。第一二
折賓白，鎔鑄莊生所作《李姬傳》，可稱天衣無縫。餘間
以粵管方言，傳粵人口吻，於例無讖。㉖

此外，龔沅亦以香冷艷絕之駢文，將此劇內容描寫一過，文
采斐然，而用詞冷僻艱澀：

然而賦性自天，孽生於慧，大徹者至道，多情者佛心。手
注甘霖，即願流蘇並蒂，身饒艷骨，方能領互群芳。直欲
刪人間長恨之歌，補寰內有情之傳，燻衡蕪於漢帳，扇氤
氳於賈簾夫。然而香盡返生，夢俱圓覺而已。㉗

《曇華夢》，梁氏自言此劇乃爲毛奇齡西河之妾曼殊所作：

往閱《毛西河先生集》，文字之及其妾曼殊者，曰葬銘、
曰別誌、書碑，曰回生記，知先生於死生離別之際，尚有
餘情。每欲演爲雜劇，被之管絃，恐褻先生，不果。㉘

其後，毛西河自爲曼殊作別誌，碧虛仙史亦因其事作《盎中
花》雜劇，可見當時已有將此事搬演於場上者，毛西河不以爲

怪，梁廷枏故「取其本事曲折，略爲陶鑄」，撰成《曇花夢》之劇，此劇情眞事當，絕非鑿空添演之劇也。

《斷緣夢》梁廷枏撰此劇，僅源於人生如夢之觀念，故溯其本事，舉凡劇中人如陶四眉、高夢生皆爲子虛烏有之杜撰人物也。

> 古今皆夢境也，普天下皆夢中人也。達者于所歷之悲歡離合，盡作夢觀。人在夢中，不知是夢。其歡合悲離之際，了不與眞異，惟既醒之後，則別之曰：夢而已。……夫舉眞與夢兩者而齊之，即眞即夢，緣何自生？無所謂緣，更何所謂斷？當其眞也尚如此，況其夢耶？語緣于夢虛矣，悲夢中之緣之夢斷，虛之虛矣。㉙

此則清人自序其劇本溯源之大類情況也，鉅細靡遺、情感眞摯、微言大意、有感而發，是其特色。

二、清末民初

近代學者在戲曲序跋中溯源本事者有吳梅、鄭振鐸、盧冀野，鄭氏尤多。吳梅跋徐石麒《坦庵詞曲五種》云：

> 詞中《買花錢》劇，本《詞評》，《浮西施》本《墨子》，《大轉輪》亦本舊說。㉚

其中劇本來源之說明，模糊不清。鄭振鐸之序跋大多以溯源本事爲其特色；略述於下：

鄭氏跋吳偉業《臨春閣》、《通天台》雜劇云：

《臨春閣》本於《隋書·譙國夫人傳》。以譙國夫人冼氏爲主，而寫江南亡國之恨；陳氏之亡，論者每歸咎於張麗華諸女寵，偉業力翻舊案，深爲麗華鳴不平。此劇或爲福王亡國之寫照歟！

《通天台》本於《陳書·沈炯傳》，敘炯流寓長安，鬱鬱寡歡；一日郊遊，偶遇漢武帝通天台，乃登台痛哭，草表奉於武帝之靈，醉臥間，夢武帝召宴，並欲起用之，炯力辭，帝乃送之出函谷關外。醒時，卻見自身仍在通天台下一酒店中。㉛

　　鄭氏跋尤侗《雜劇五種》，言其「《讀離騷》譜屈原事。組織《楚辭》中之〈天問〉、〈卜居〉、〈九歌〉、〈漁父〉諸篇入曲，而以宋玉之〈招魂〉爲結束，結構殊具別裁。」；「《桃花源》四折，譜陶淵明事。以〈歸去來辭〉起，而以作詩自祭、入桃源洞仙去爲結。」；「《弔琵琶》四折，譜王昭君事。情節略同馬致遠之《漢宮秋》，而以蔡文姬之祭青塚爲結束。」；「《黑白衛》四折，譜聶隱事事（衍一『事』字）。」；「《清平調》一折，亦名《李白登科記》，譜李白中狀元事。白所作爲清平調三章，評定者亦及楊玉環。㉜」

　　鄭氏跋嵇永仁《續離騷》四種：《劉國師敎習扯淡歌》，以爲其曲白全襲劉基《扯淡歌》本文，組織殊見匠心；《杜秀才痛哭泥神廟》之本末，見《山堂肆考》；《癡和尚街頭笑布袋》歌曲原本〈布袋和尚歌〉意；《憤司馬夢裡罵閻羅》寫司馬貌斷獄之說，元建安虞氏刊行之《三國志》平話，已取此作爲入話。《古今小說》中，亦有〈鬧陰司司馬貌斷獄〉一回。

　　鄭氏跋裘璉《明翠湖亭四韻事》，首先說明以四劇爲一集之雜劇，其習尚從來久矣。例如：徐渭之《四聲猿》、葉憲祖之《四艷記》、車任遠之《四夢記》、黃兆森之《四才子》，皆以名不相涉之四短劇組成之；裘璉《四韻事》：《昆明池》寫上官婉容侍唐中宗於昆明池上評詩事；《集翠裘》寫狄仁傑與張昌宗雙陸事；《鑑湖隱》寫賀知章歸隱事；《旗亭館》寫王昌齡等三人旗亭聽歌事；四劇中惟旗亭聽歌詩事譜最多，明鄭之文有《旗亭記》，清張龍文有《旗亭燕》、盧見曾有《旗亭記》。

　　鄭氏跋張韜《續四聲猿》：《杜秀才痛哭霸亭廟》事見《山堂肆考》；《戴院長神行薊州道》此事全本《水滸》，即曲白亦多襲《水滸》本文；《王節使重續木蘭詩》寫王播貴後，至木蘭院，重續其曩所留題，播事見《唐摭言》；《李翰林醉草清平調》寫李白扶醉爲唐皇帝草〈清平調〉三章事。

　　鄭氏跋曹錫黼《四色石》說明：「《張雀網》寫翟公去官後，賓客絕跡，庭可羅雀。及其復貴，客又大集事。……《序蘭亭》，寫王羲之三月三日宴集蘭亭事。……《宴滕王》，寫王勃省父，路過南昌，值都督大宴賓客于滕王閣，勃以寫作《滕王閣序》驚一座事。……《寓同谷》，寫杜甫寓於同谷，感時歌吟事。[33]」

　　鄭氏跋嚴廷中《秋聲譜》以爲：「《洛城殿無雙艷福》嘲罵試官舉子，頗爲峻切。狀元得第，公主翻案。佳人才子，艷福無雙。……劇中才女應試一節，似有所本，並其情態，亦類襲之李松石《鏡花緣》說部。《武則天風流案卷》一劇，則大類湯若士《還魂記》傳奇中《冥判》一齣。《沈媚娘秋窗情話》一劇，再三致慨于美人之遲暮，而結之以『多謝西川遺公子，肯辭紅燭賞殘花』云云。[34]」鄭氏之跋，大抵脈落分明，交待清楚，爲研究

戲曲本事方面不可或缺之資料。

盧冀野《紅雪樓逸稿・序》中說明，蔣士銓除《紅雪樓九種曲》外，尚有遺稿，不甚爲世所見：

> 余二姑母適鉛山蔣氏，姑丈紹白先生，心餘太史之曾孫也。……初紹白先生爲言：「先太史所作曲不止九種，亦未盡刊入茲篇。庚從宦四方，久離鄉井，使他日言歸，當攜以示君。」忽忽十餘年，姑母與姑丈先後下世。每念前言，輒爲泫然。故不及料太史之遺稿，余終能見之也。昨歲校曲涵芬樓，大內曲本頗多祝頌之篇。知太史舊有《康衢樂》，爲高宗南巡接駕作，世多鈔本。不知尚有《廬山會》一種，觀其詞藻，似獻與王氏者，而王氏又不江右人。太史鄉梓之念甚殷。九種中曾有《一片石》、《第二碑》二劇，皆記婁妃事。又不知更有《採樵圖》，視二劇尤詳。而《采石磯》一本，作者隱以太白自寓，置諸前九種，有過無不及。余何幸而得娑摩太史手澤，燈窗點勘，不覺欣然自喜矣。[35]

此說明蔣士銓尚有世所不知之三劇，同時亦將其內容作大略提示。

由這類序跋可知清人戲曲之取材方向大致不出下列範圍，亦可當做戲曲史中之重要材料：

（一）取材於小說：有取材自唐人傳奇之《黑白衛》、清人小說之《三釵夢》等。

（二）取材於史傳：此類作品頗多，可顯現清人慣將個人情感，藉史事抒發於作品之情況。如：《一片石》、《冬青樹》、

《第二碑》、《臨川夢》、《楊狀元進諫謫滇南》、《鑑湖隱》、《雁帛書》等，大多微言大意，有所寄託者。

（三）取材於野史傳說：如《儒吏完城》、《集翠裘》、《雪中人》等。

（四）取材於詩話：如《昆明池》、《旗亭讌》。

（五）取材於民間說唱：如取於民間彈詞之《天雨花》。

（六）取材於當代時事：如《空谷香》、《桂林霜》。

　　民國以來之學者序跋戲曲之際，探討劇本本事來源，成爲一項必要工作，蓋近代以來，一般人所知之戲曲典故過於淺薄，必得從俗就簡；同時亦因爲近代序跋者所能序跋之範圍越來越窄，曲律、表演、創作等評論既非所長，而版本校勘外加本事溯源，亦已頗爲吃重，無暇他顧，此亦爲清代序跋情況至民國以來明顯之差距與改變也。

第二節　戲曲史觀

　　中國戲曲史亦與文學史緊密相連，故論戲曲者常於序、跋、凡例中表現其文學、戲曲史觀。在清人序跋中可發現有關文學或戲曲史之下列情況：

一、將所有文學之源頭歸到《三百篇》及《楚辭・離騷》，丁澎題尤侗《讀離騷》云：

　　《離騷》者《三百篇》之變耳。左徒既放江潭，行吟澤畔，故發爲詞章，以抒其憤懣不平之志，要不失風人忠厚之旨，猶夫《三百篇》之意也。後之擬者，蘭臺而下，惟長沙一賦足稱千古知己。然未聞塡詞及之也。塡詞之作，

始於煬帝《望江南》，太白《憶秦娥》、《菩薩蠻》，《金荃》、《花間》，至宋云盛。迨關、王輩出，則又變爲雜劇。自世變遞降，古音遐焉。風變爲雅，雅變爲頌，頌變爲賦、爲詩，且變爲雜劇，變極矣。而要其所歸莫不以楚詞爲宗。㊱

李繡平《曲話·序》云：

《扶犁》、《擊壤》後有《三百篇》，自是而《騷》，而漢魏六朝樂府，而唐絕，而宋詞、元曲，爲體屢遷，而其感人心移風俗一爾。㊲

丁澎、李繡平將詞曲之源流、演變以及當時一領風騷之文人，在序跋中一併提出敘述，兼論及當代文壇之風尚者，爲後世研究文學史、詞曲史者提供珍貴之史料。

二、將雜劇演變之規則、體製做一提綱挈領之說明，有助於了解雜劇在明清兩代之演變，吳梅跋蔣士銓《四弦秋》云：

雜劇體例，以南詞登場者，始於明之季世，如汪道昆《遠山戲》、《高唐夢》等皆是。心餘即本此而作，未可訾其蔑古焉。《茶別》齣開首有【尾犯序】一支，以茶客沖場，《送客》齣有【香柳娘】二支，以二客白傅沖場，是爲饒戲，其功用與北曲中楔子同。凡整套大曲，其前後先將情節布置妥貼，別填一二曲者，即饒戲。㊳

此說明南雜劇始於明末，其中除以南詞演唱之外，尚有以饒戲代替北雜劇之楔子者。

三、鰲清雜劇之發展,是彌足珍貴之史料價值。鄭振鐸《後四聲
　　猿·跋》云:

> 清劇自梅村、西堂、坦庵、權六諸人,開荆闢荒後,至乾
> 隆間而全盛。馥與楊潮觀猶爲大家,短劇風格之完成,允
> 當在於此時。[30]

　　此外清人尚有以元劇爲模範者,如許鴻磐《儒吏完城》、朱
鳳森《平銀記》,皆仿元人百種之劇作,因此而形成另一豪放曲
風之派別,迥異於當時以湯顯祖爲首之清麗曲派。

四、亦有在序跋中,點出崑曲之興盛史。東城旅客(疑爲明末清
　　初人余懷)《太平樂府·序》,將崑曲之興起,歸之於魏良
　　輔,其論點有四:

(一)魏氏之用心於南曲之情況:「良輔初習北音,絀於北人王
　　　友山,退而鏤心南曲,足跡不下樓十年。」

(二)魏氏之貢獻:1. 當時之南曲尚無特色,東城旅客形容爲:
　　　「平直無意致」,魏氏爲之「轉喉押調,度爲新規,疾徐高
　　　下清濁之數,一依本宮,取字齒唇間,跌換巧掇,恆以深
　　　邈,助其淒唳。」此種功力即吳中老曲師如袁髯、尤駝之
　　　輩,亦自嘆弗如也。2. 提倡崑曲之表演藝術:「學曲者移
　　　宮換呂,此熟後事也。初戒雜,無務多,迎頭拍字,徹板
　　　隨腔,無或先後之。長宜圓勁,短宜遒。然無剿五音,依
　　　於四聲,無或矯也,無艷。」「開口難、出字難、過腔難;
　　　高不難、低難;有腔不難、無腔難。」「歇難、閣難。」此
　　　爲崑曲之秘而不宣之要訣,而魏良輔盡洩之,可見其無私
　　　之心。

（三）從游友人：東城旅客以為魏氏改革崑曲得友人推波助瀾之
　　　功頗大：「……而同時婁東人張小泉，海虞人周夢山，競
　　　相附和，惟梁溪人潘荆南，獨精其技，……合曲必用簫
　　　管，而吳人則有張梅谷善吹洞簫，以簫從曲；毘鄰人則有
　　　謝林泉、工撫管，以管從曲，皆與良輔遊。」

（四）梁溪人繼踵其事者：「梁溪人陳夢萱、顧渭濱、呂起渭
　　　輩，並以簫管擅名。蓋度曲之工，始於玉峰，盛於梁溪
　　　者，殆將百年矣。」而梁溪人徐君見及太史留仙尊人各有
　　　絕技，為魏氏以後將崑曲藝術發揮至最妙者：

　　1. 徐君見之特色：「而徐生蹶起吳門，奪魏赤幟易漢幟，恨良
　　　輔不見徐生，不恨徐生不見良輔也。徐生年六十餘，而喉若
　　　雛鶯靜女，松間石山，按拍一歌，縹渺遲迴，吐納瀏亮，飛
　　　鳥遏音，游魚出聽，文人騷客，為之悄恍，為之神傷。妙
　　　哉！技至此乎！」此則對後繼者之讚賞也。

　　2. 留仙尊人之絕技：「……吳明府伯成觴之，留仙則挾歌者，
　　　乘畫舫，抱樂器，凌波而至，會於寄暢之園。於時天際秋
　　　冬，木葉微脫，循長廊而觀止水，倚峭壁以聽響泉。六七人
　　　者，衣青紵衣，躡五絲履，或綽約若處子，或恂恂若書生，
　　　列坐文石，或彈或吹，須臾，歌喉乍轉，纍纍如貫珠，行雲
　　　不流，萬籟俱寂。余乃狂叫曰：『徐生，徐生，豈欺我哉！』
　　　以其斂袖低眉，傾一座客也。分韻賦詩，三更乃罷。次日，
　　　復宴集太史家，又各奏技，余作歌貽之，俾知徐生之言不
　　　謬，良輔之道終盛於梁溪，而留仙父子，風流跌宕，照映九
　　　龍二泉間者，與山俱高，與水俱清也。⑩」此中記載聆聽留
　　　仙父子唱崑曲之美好回憶。

凡此皆爲珍貴之文學史料，不可等閒視之也。

第三節　花部史觀

　　清人之戲曲序跋中，偶有提及對某種小戲之看法，或溯源流、或探結果、或論教化，皆有助於對小戲之研究，特分章節討論之。

一、弋陽腔

　　王瑞生氏將弋陽腔從花部成爲雅部之經過，從緣由、流變、特色、社會觀點等方面，詳加說明：

（一）得名緣由：「弋腔之名何本乎？蓋因起自江右弋陽縣，故存此名，猶崑腔之起於江左崑山縣也。㊶」

（二）今昔之變：弋陽腔初起，即充分表現出強烈吸收融合之特色，無定譜、無定板、無定腔，流傳至一地，即吸收該地之曲藝文化，而成爲一個具有當地特色之新劇種，與原來之母體只維持形式上之關係，而風格面貌已經迥然有別矣。王氏云：「弋陽舊時宗派，淺陋猥瑣，有識者已經改變久矣。即如江浙間所唱弋腔，何嘗有弋陽舊習？況盛行於京都者，更爲潤色，其腔又與弋陽迥異。」

（三）腔調特色：腔板無準繩、鄙俗。

（四）曲家文人之觀點；大部分之曲家文人皆不滿小戲初起時之淺陋猥瑣，腔板無準繩，王氏亦不滿於弋腔之鄙俗，故爲弋腔定譜，一掃弋陽舊習，而成爲「集衆美而歸大成，出新裁而闢鄙俗，則又如製錦者之避華贍也，尚安得爲弋陽腔哉！」故譜成之後，不可謂之弋腔譜，而改稱之曰京腔

譜者，以爲其已大異於世俗之弋腔也。

（五）王氏在凡例中有提到關於滾白之觀念，對戲曲史而言，或爲一進展也。1. 就作用而言：是爲發揚曲情，如同崑曲之悅耳，「全憑絲竹相助而成聲」，弋陽腔若非有滾白，則無法將此調發揮淋漓盡致。2. 就種類而言：可分爲「加滾」、「合滾」二種。前者定義爲：「有某句曲文之下加滾已畢，然後接唱下句曲文者。」後者定義爲：「滾白之下，重唱滾前一句曲文者。」前者係原曲文中間插入滾白；後者係滾白之後再重唱前曲文，爲何要「重唱滾前一句曲文」？即爲使曲文經滾白詮釋之後，變成淺顯易懂之故。3. 就時機而言：弋陽腔雖無限制何時、何處可否加滾，然王氏認爲塡詞家習慣成自然之後，即可「用之得其道」，例如：「寫景、傳情、過文等劇，原可不加滾；如係閨怨離情、死節悼亡，一切悲哀之事，必須暢滾一二段，則情文接洽排場愈覺可觀矣。」4. 就句數、長短而言：王氏認爲：「予又謂凡著傳奇，宜于曲文段落之處，或用四六詩句，或用長短文法，語句聯屬，近情切理，不拘幾段雙行，另載於其間。在京腔即作滾白用，即使崑唱開演亦可作賓白用。」5. 就板數而言：因爲滾白之用板時機、句數長短皆無一定，故板數多寡亦無一格，採用隨聲下板之方式。「若夫合滾之後，再唱前句曲文，則此句曲板又不同前唱之板矣。」故譜中不另載板數。

　　後世就其滾調、滾白、滾唱之觀念多所討論，張庚、郭漢城《中國戲曲通史》對弋陽腔之滾調有如是之看法：

然而正是弋陽諸腔發展的時期，藝人通過自己的藝術實踐，創造了『滾調』這樣一種新的表現手段，對傳奇形式的文學體裁和曲牌聯套的音樂結構加以發展，並有所突破。這種在曲文中加滾的辦法，大都以通俗的韻文來闡釋深奧費解的曲文，更便於觀衆理解劇中的人物和情節，這件事本身就是弋陽諸腔適應廣大群衆的需要而發生的一種變化，而這種變化又使得聲腔劇種更加爲廣大群衆所喜聞樂見。如《詞林一枝》、《大明春》等選刊的青陽腔或徽詞雅調的單齣劇目，就是已經加了滾調的演出本。㊷

此段話之重點有三：其一，滾調由弋陽腔藝人所創；其二，滾調突破傳奇之文學體裁及音樂結構；其三，滾調係以淺顯通俗之韻文將原本艱澀之曲文再唱一遍，使觀衆明瞭易懂，並獲得大衆喜愛。

曾永義先生〈北曲格式變化的因素〉一文將滾白、滾唱之發生時間提早至元代，認爲：「北曲中的增句應當和弋陽腔的『滾白』和『滾唱』有類似的關係㊸」，故曾先生釋北曲之增句，以「不協韻者爲滾白，以協韻者爲滾唱，……如果將其偏於賓白來說就是滾白，如果將其偏於歌唱來說就是滾唱。㊹」該文並舉《昭代簫韶》第二本卷上第九齣【駐雲飛】、《忠義璇圖》第一本卷下第二十一齣【東甌令】爲例，說明弋陽腔滾白之句子皆爲同一句式之循環重複，協不協韻皆可，而再舉《玉谷調簧》所錄《題紅記》【二犯朝天子】之滾爲例，認爲此曲牌「加滾之位置與方式，與北曲的增句實在很相近。」

然而依據王瑞生、張庚等人對弋陽腔加滾之情況論，曾永義

先生認爲北曲之增句與弋陽腔之滾白、滾唱有關，所未曾顧慮之層面如下：其一，時代先後問題，弋陽腔雖然與其它聲腔如海鹽、餘姚、崑山同樣爲淵源久遠之南戲之一支，然而要發展出如滾白、滾唱之類，較爲進步之藝術技巧，絕非在元代尙未成形之弋腔所能辦到，故將元曲正盛時小令散套作品之特殊現象，說成與明代才有可能出現之滾白滾唱有關，時間問題上實在令人難以信服。其二，弋陽腔使用滾之場合大都是演唱傳奇之時，爲發揚曲情或解釋深奧艱澀之曲文，使之淺顯易懂之用，而曾先生所舉之北曲滾白滾唱式之增句，大多爲曲情之延續，並無所謂詮釋前曲之用意，故在意義上與弋腔用滾之作用不相符合。其三，王瑞生云弋腔中，滾之類別有加滾、合滾二類，前者爲挿入兩段曲文之間；後者爲挿入後重唱一次原前段曲文；總之，所謂滾絕對不可能置於句子之最末。而曾先生所引喬吉《兩世姻緣》【後庭花】之曲牌卻將末五句判爲滾唱㊺，與事實不相符合。其四，加滾之時機雖在弋腔中無明文歸定，然絕非想加就加之想當然耳。王瑞生以爲必須用之得其道，如提到悲哀之事，在情感上有抒發渲洩之必要時，就必須「暢滾一二段，則情文接洽，排場愈覺可觀矣。」若如曾先生所分析，凡不合於曲譜之曲牌，曲文增加部分即判爲滾白或滾唱式之增句，勢必與此原則衝突，竊以爲滾之出現，當有所爲而爲，而非任意加之曲文中也。至於加於何處，除前所言不得加於句末外，王氏認爲於傳奇曲文之段落處，即可加入。其五，滾之形式，王氏云：「或用四六詩句，或用長短文法，語句聯屬，近情切理，不拘幾段雙行，另載於其間。」可知滾有協韻（四六詩句）與不協韻（長短文法）二種，然不拘長短，必以雙數句之行式出現。雖然後期弋腔之滾亦大多不守此

法，而曾先生於此文所舉滾白滾唱之例，其形式有單有雙，似乎早已不守此法。

二、《花部農譚》

焦循在清代是所謂士大夫階層，一般而論，文人士夫鄙視花部戲之情況在所難免，而焦氏非但不如此，尚且爲之作書寫序，其關懷喜好之心，不言可喻，茲將其序之重點敘述如下：

（一）論花部定義：「花部者其文俚質，共稱爲亂彈者也。㊻」

（二）論雅部之失：「梨園共尚吳音。……蓋吳音繁縟，其曲雖極諧於律，而聽者使未睹本文，無不茫然不知所謂。其《琵琶》、《殺狗》、《邯鄲夢》、《一捧雪》十數本外，多男女猥褻，如《西樓》、《紅梨》之類，殊無足觀。」此謂吳音不容易耳聞即曉，及主題之貧乏與缺失。

（三）花部動人之處在於：主題具教化意義、曲詞平易近人、腔調慷慨，其後受蜀伶魏婉卿所倡奏腔之影響，稍有變化，不久即恢復舊觀：「花部原本於元劇，其事多忠、孝、節、義，足以動人；其詞直質，雖婦孺亦能解；其音慷慨，血氣爲之動盪。郭外各村，於二、八月間，遞相演唱，農叟、漁父，聚以爲歡，由來久矣。自西蜀魏三兒倡爲淫哇鄙諺之詞，市井中如樊八、郝天秀之輩，轉相效法，染及鄉隅。近年漸返於舊。」

（四）末言著書之緣由：「……余特喜之，每攜老婦幼孫，乘駕小舟，沿湖觀閱。天旣炎暑，田事餘閒，群坐柳陰豆棚之下，侈談故事，多不出花部所演，余因略爲解說，莫不鼓掌解頤。有村夫子者，筆之於册，用以示余。余曰：『此

農譚耳，不足以辱大雅之目。』為芟之，存數則云爾。」

此書非但保存花部之資料，同時亦提昇花部之地位，有益於戲曲史之研究。

注　解

① 彭遹孫：《黑白衛・題詞》，《中國古典戲曲序跋彙編》（大陸濟南：齊魯書社，1989年10月）冊2，頁940-941。

② 裘璉：《昆明池・小叙・附全唐詩話》，《中國古典戲曲序跋彙編》（大陸濟南：齊魯書社，1989年10月）冊2，頁951-952。

③ 裘璉：《集翠裘・小叙・附虞初集志》，《中國古典戲曲序跋彙編》（大陸濟南：齊魯書社，1989年10月）冊2，頁952。

④ 裘璉：《鑑湖隱・小叙・附賀知章本傳》，《中國古典戲曲序跋彙編》（大陸濟南：齊魯書社，1989年10月）冊2，頁953-954。

⑤ 裘璉：《旗亭館・小叙・附唐詩新話》，《中國古典戲曲序跋彙編》（大陸濟南：齊魯書社，1989年10月）冊2，頁954-955。

⑥ 劉羣：《楊狀元進諫謫滇南・自序》，《中國古典戲曲序跋彙編》（大陸濟南：齊魯書社，1989年10月）冊2，頁980。

⑦ 劉羣：《楊狀元進諫謫滇南・自序》，《中國古典戲曲序跋彙編》（大陸濟南：齊魯書社，1989年10月）冊2，頁980。

⑧ 張廷玉等撰：《明史》，（大陸北京：中華書局，1997年11月）卷117，冊19，頁3595。

⑨ 蔣士銓：《空谷音・自序》，《中國古典戲曲序跋彙編》（大陸濟南：齊魯書社，1989年10月）冊3，頁1784。

⑩ 蔣士銓：《香祖樓・自序》，《中國古典戲曲序跋彙編》（大陸濟南：齊魯書社，1989年10月）冊3，頁1790。

⑪ 蔣士銓：《桂林霜・自序》，《中國古典戲曲序跋彙編》（大陸濟

　　南：齊魯書社，1989年10月）冊3，頁1798。

⑫　蔣士銓：《桂林霜・自序》，《中國古典戲曲序跋彙編》（大陸濟
　　南：齊魯書社，1989年10月）冊3，頁1807。

⑬　蔣士銓：《雪中人・自序》，《中國古典戲曲序跋彙編》（大陸濟
　　南：齊魯書社，1989年10月）冊3，頁1808-1809。

⑭　蔣士銓：《雪中人・自序》，《中國古典戲曲序跋彙編》（大陸濟
　　南：齊魯書社，1989年10月）冊3，頁1810-1811。

⑮　孔廣林：《女專諸・自序》，《中國古典戲曲序跋彙編》（大陸濟
　　南：齊魯書社，1989年10月）冊2，頁1040。

⑯　《璿璣錦・自序》，《中國古典戲曲序跋彙編》（大陸濟南：齊魯
　　書社，1989年10月）冊2，頁1041。

⑰　金世昌：《南山法曲・跋》，《中國古典戲曲序跋彙編》（大陸濟
　　南：齊魯書社，1989年10月）冊2，頁1041。

⑱　許鴻磐：《三釵夢・自序》，《中國古典戲曲序跋彙編》（大陸濟
　　南：齊魯書社，1989年10月）冊2，頁1048。

⑲　許鴻磐：《儒吏完城・自序》，《中國古典戲曲序跋彙編》（大陸
　　濟南：齊魯書社，1989年10月）冊2，頁1049。

⑳　許鴻磐：《孝女存孤・自序》，《中國古典戲曲序跋彙編》（大陸
　　濟南：齊魯書社，1989年10月）冊2，頁1049。

㉑　許鴻磐：《女雲臺・自序》，《中國古典戲曲序跋彙編》（大陸濟
　　南：齊魯書社，1989年10月）冊2，頁1050。

㉒　許鴻磐：《雁帛書・自序》，《中國古典戲曲序跋彙編》（大陸濟
　　南：齊魯書社，1989年10月）冊2，頁1050。

㉓　梁廷枏：《江梅夢・自序》，《中國古典戲曲序跋彙編》（大陸濟
　　南：齊魯書社，1989年10月）冊2，頁1118。

㉔　梁廷枏：《江梅夢・自序》，《中國古典戲曲序跋彙編》（大陸濟
　　南：齊魯書社，1989年10月）冊2，頁1118。

㉕　梁廷枏：《江梅夢・自序》，《中國古典戲曲序跋彙編》（大陸濟
　　南：齊魯書社，1989年10月）冊2，頁1119。

㉖　藕香水榭：《圓香夢・跋》，《中國古典戲曲序跋彙編》（大陸濟
　　南：齊魯書社，1989年10月）冊2，頁1122。

㉗　龔沅：《圓香夢・序》，《中國古典戲曲序跋彙編》（大陸濟南：
　　齊魯書社，1989年10月）冊2，頁1120。

㉘　梁廷枏：《曡華夢・自序》，《中國古典戲曲序跋彙編》（大陸濟
　　南：齊魯書社，1989年10月）冊2，頁1126。

㉙　梁廷枏：《曡華夢・自序》，《中國古典戲曲序跋彙編》（大陸濟
　　南：齊魯書社，1989年10月）冊2，頁1128。

㉚　吳梅：《坦庵詞曲五種・跋》，《中國古典戲曲序跋彙編》（大陸
　　濟南：齊魯書社，1989年10月）冊2，頁924。

㉛　以上二則皆同出於鄭振鐸：《臨春閣・跋》、《通天台・跋》，
　　《中國古典戲曲序跋彙編》（大陸濟南：齊魯書社，1989年10月）
　　冊2，頁929。

㉜　以上五則皆出自鄭振鐸：《雜劇五種・跋》，《中國古典戲曲序
　　跋彙編》（大陸濟南：齊魯書社，1989年10月）冊2，頁943-
　　944。

㉝　鄭振鐸：《四色石・跋》，《中國古典戲曲序跋彙編》（大陸濟
　　南：齊魯書社，1989年10月）冊2，頁1010。

㉞　鄭振鐸：《秋聲譜・跋》，《中國古典戲曲序跋彙編》（大陸濟
　　南：齊魯書社，1989年10月）冊2，頁1114。

㉟　盧冀野：《紅雪樓逸稿・序》，《中國古典戲曲序跋彙編》（大陸
　　濟南：齊魯書社，1989年10月）冊3，頁1812-1813。

㊱　丁澎：《讀離騷・題詞》，《中國古典戲曲序跋彙編》（大陸濟
　　南：齊魯書社，1989年10月）冊2，頁936。

㊲　李薌平：《曲話・序》，《中國古典戲曲序跋彙編》（大陸濟南：

齊魯書社，1989年10月）冊1頁170。

㊳　吳梅：《四弦秋‧跋》，《中國古典戲曲序跋彙編》（大陸濟南：
　　齊魯書社，1989年10月）冊2，頁992。

㊴　鄭振鐸《後四聲猿‧跋》，《中國古典戲曲序跋彙編》（大陸濟
　　南：齊魯書社，1989年10月）冊2，頁1027。

㊵　此段崑曲史所引資料皆出自於東城旅客：《太平樂府‧序》，
　　《中國古典戲曲序跋彙編》（大陸濟南：齊魯書社，1989年10月）
　　冊2，頁965-966。

㊶　本節有關弋陽腔之資引文，皆來自王瑞生：《新定十二律京腔
　　譜‧序》，《中國古典戲曲序跋彙編》（大陸濟南：齊魯書社，
　　1989年10月）冊，頁102-103、109。茲不贅舉。

㊷　張庚、郭漢城：《中國戲曲通史》，（大陸北京：中國戲劇出版
　　社，1992年4月）頁483-484。

㊸　曾永義：《說俗文學‧北曲格式變化的因素》，（臺灣臺北：聯
　　經出版事業公司，1980年4月）頁339。

㊹　曾永義：《說俗文學‧北曲格式變化的因素》，（臺灣臺北：聯
　　經出版事業公司，1980年4月）頁339。

㊺　曾永義：【後庭花】曲牌分析，見《說俗文學‧北曲格式變化的
　　因素》，（臺灣臺北：聯經出版事業公司，1980年4月）頁337。

㊻　本節所引資料皆來自焦循：《花部農譚‧自序》，《中國古典戲
　　曲序跋彙編》（大陸濟南：齊魯書社，1989年10月）冊1，頁
　　169。茲不贅舉。

第七章　批評論

第一節　品評曲論曲律之優劣

　　本節是屬於清人對前人或當代人所著曲論、曲律之批評及介紹。其中不乏以詳實之考證，糾舉出原作者之錯誤，或品評該書價值之高下及立論之範圍者；對後人選用曲論、曲律有莫大之啓發，茲將重要部分羅列於後：

一、曲　論

（一）《曲品》

　　陳玉祥《新傳奇品·跋》云：「鬱藍生《曲品》三卷，搜羅頗富，評騭亦尙詳細，知其於此道確有心得，非苟爲雌黃褒貶者。①」此品評呂天成《曲品》爲優。

（二）《李笠翁曲話》

　　曹聚仁《李笠翁曲話·引》云：

> 曲盛於元，而世人以雕蟲小技目之，遂至數百年來因仍相
> 循，無所改善，清之李笠翁，於詞曲一端，鞭辟近裡，別
> 有會心。余乃於《一家書》（案書當爲言）中，取其論曲
> 者，爲之校讀一過，輯成一冊，以入《文藝叢書》，或於
> 攻戲曲者不無小補焉。②

　　此說明笠翁曲話獲得同時代人之肯定，中肯內行之意見，兼之又有舞台經驗，造就笠翁一代曲師之地位。

（三）《曲話》

李黼平言曲之感人在於感情之眞摯、內容之具敎化作用：

> 蓋文之至者，傾肺腑而出，…故聞忠孝節義之事，或軒襲
> 而舞，或垂涕而道；而南北曲者，復以妙伶登場，服古冠
> 巾，與其聲音笑貌而畢繪之，則其感人尤易人也。③

次論曲家只論律而弗及其他之非也：

> 顧世之論曲者不以文，以律，曰「某字宜平而仄，與五聲
> 乖也」……予觀《荆》、《劉》、《拜》、《殺》暨玉茗諸
> 大家，皆未嘗斤斤求合於律，俗工按之，始分出襯字，以
> 爲不可歌，其實得國工發聲，愈增韻析也。④

舊曲無定，以人聲之抑揚抗墜以爲定，此論實有別於當代以
聲律爲主者也。

（四）《修正增補梨園原》

此序爲葉元淸所寫。葉氏與兪維琛、龔瑞豐二人私交甚篤，
每嘆二人曲藝之精湛，二人乃將此歸功於黃旛綽，其論《明心鑑》
之淵源及增補之過程曰：

1. 更名爲《梨園原》：「有胥園居士佳其志，助其考古證今，
凡有關梨園一業，雖片紙支字，皆續載於是書。經數年之
久，乃臻完美，復更其名曰《梨園原》。⑤」

2. 請託葉元淸修正增補此書：「其後余出遊南省，數載始歸，
而吾師已作古人矣。余弔其家，贈其資。詢以是書，乃其後
人不知愛護，鼠囓蠹食，殆過半矣。余攜之歸，每欲修補以
供後人，又苦不文，今吾子（案指葉元淸）不以下交爲辱，

敢布腹心，欲出此殘書，並平生所得，千君撰補，吾子其亦
概許乎？⑥」

3. 本書特色：「文不求工，但取其淺而易解。⑦」而此書成
　　後，仍未刊行，以鈔本流傳，其後於一九一七年有夢菊居士
　　將梨園伶人之舊鈔本，及舊書肆中所發現之殘書四頁，加以
　　彙輯校訂，並求助於逸庵居士，「正其訛、考其誤，不半月
　　是書乃成。」

（五）《詞餘叢話》

　　裴文祀於序中介紹本書之內容、價值：

1. 內容部分：「卷分三類：一曰原律，辯論宮商，審明清濁。
　　一曰原文：凡曲之優劣高下，經都轉論定者，悉著於篇。一
　　曰原事：詼諧雜出，耳目一新，製曲之道，思過半矣。」

2. 價值部分：「……較之《隨園詩話》、《制藝叢談》、《楹聯
　　叢話》，更足啓發心思，昭示來學，不得以曲子相公為名臣
　　累也。⑧」觀此序跋對此書可得之過半矣。

二、曲　律

（一）《樂府雜錄》

　　本書為段安節著，清錢熙祚跋，優劣互見。其優點為：唐時
樂制，絕無傳者，存此尚足略見一斑，故《唐書》、《文獻通
考》、《樂府詩集》多取其說。

　　其劣處為：「唐季鍾虡頻移，樂紀廢墜，無復貞觀十部之
盛。段氏就其聞見，撰為此錄，語焉不詳，復多舛駁（案駁同
駁）。⑨」

　　又本書考證錯誤之處頗多，《崇文總目》譏其「蕪駁不

倫」：

1. 警鼓本軍營之樂，隋陽帝嘗一用於晏享，聲與眾樂不和，唐
制惟鼓吹部有警鼓，若宮縣四角之鼓，據《文獻通考》乃應
鼓、頻鼓、鷺鼓、雷鼓，而此以頻鼓、鷺股爲腰鼓、警鼓。

2. 《敎坊記》：「《踏謠娘》：北齊有人姓蘇，䏌鼻，不仕而
自號郎中。酗酒毆妻，妻悲訴鄰里。時人弄之，以其且步且
歌，謂之《踏謠娘》。」而此訛爲：「蘇葩，字號中郎」，又
別出「踏搖娘」，皆失考。

3. 「舜十調八音，用金石絲竹匏土革木，計用八百般樂器，周
時改用宮商角徵羽，製五音，減樂器至五百般。」說尤妄
誕。

4. 末五音圖云：「平聲羽、上聲角、去聲宮、入聲商，上平聲
調爲徵聲。」語不可解。據徐景安《樂書》：「以上平爲
宮，下平爲商，去聲爲羽，入聲爲角，則末七字當作上聲爲
徵聲。」胡竹軒《樂律表微》，乃謂：「上爲變宮，變恭爲
角，上平犯下平爲徵。」憑臆附會，直郢書燕說耳。

5. 宮商羽七運，皆起黃鐘，則七閏宮當首高大石角，今以樂角
爲首，亦傳寫之訛，蓋二十八調原本圓圖，後人易圖爲說，
致錯亂如此。⑩

（二）《南音三籟》

此書凌濛初著，袁于令序。其優點爲：自《九宮譜》出，協
然向風，梨園弟子，庶有規範，然猶未若《三籟》一書之盡善
也。《三籟》一書，定於即空觀主人之手詞不輕選，板不輕逗，
句有正字，調無贅板，能使作者不傷於法，讀者不越乎規，有功
於聲敎不淺矣。奈歲久殘闕，淫辭雜出，魯魚亥豕，無從徵考，

吾猶子園客，留心音律，苦志辨訛，搜拾遺編，裁斷己意，私淑
前人，重付梨棗，不特有功於習者，並亦有功於作者矣⑪。

（三）《新定十二律京腔譜》

本書由王瑞生編，王氏於凡例中批評《中原音韻》之缺失：

> 按《中原音韻》久為詞曲權衡，然其中亦有岐音、紊雜，
> 殊不諧于歌唱，亦予所歉然者也。況其一韻之中，儘有可
> 分為二者，或二韻三韻可合為一者。⑫

> 四方音有不齊，故韻或稍異。前人填詞，皆按《中原音
> 韻》，尚且不無意見參差，多致出入者。如齊微偶借支
> 思，魚模濫混歌戈之類。⑬

即對此書韻部歸類不十分滿意，故王氏又另編一韻書曰《音
韻大全》以代之，此書之好處在於「將各韻改移，音有各別者分
之，部伍安其所也；音有相似者合之，位置得其宜也。⑭」又將
《中原音韻》之十九部重新分類，音別者分之，音似者合之，另
定出「嚴兼」、「吟心」之閉口音。然後世對此書之重視程度仍
不如《中原音韻》，殆《中原音韻》時代較早，所歸類之音韻大
都以早期之北曲為準則之故也。而王氏乃以南曲音韻之角度衡量
北曲韻書，自然有不同之歸類也。

（四）《南詞定律》

呂士雄等四人認為諸家所著之九宮譜，板式正襯字眼，多致
舛誤，而梨園中又無人能提筆成文，自為著作者，故與蘇州之呂
子乾、劉子秀、唐心如；錢塘之楊震英；莞江之金輔佐等人合著
此書，彼等「或諳於律，或審於音，皆不易得之才，而翕然彙

聚，斟酌成書，亦詞律之幸也。⑮」此書之成又以楊緒（即楊震英）所攜回之隨園胡公之《隨園譜》爲準繩，以該譜考定斟酌博採諸家舊譜，而較坊本爲詳贍也。

（五）《太古傳宗》

　　本書由湯彬和等四人著，孫鵬原序、徐興華、朱廷鏐後序、朱玠序，孫鵬在原序中介紹此書之作者及內容特色。而此書之成，得之於湯彬和、顧子式、顧峻德之力最多。然此三人皆壯志未酬而歿，之後十餘年未付梓，而其後人徐興華、朱廷鏐於後序云：「……幸底稿尚存，今恭遇莊親王殿下審定元音，心通律呂，呈覽而稱善，隨命徐興華、朱廷鏐，復加校訂，付諸剞劂，以備韶樂之一助。⑯」徐爲湯之外甥，顧爲朱之業師。

　　次談本書之特色，有音無文，故以其音配時尚之曲文，乃得《西廂譜》及《宮詞譜》二種。朱玠曰：「吳中湯子彬和，顧子峻德，並鍾期之知音，繼周郎之顧誤，嘗著《太古傳宗》一編，品法精良，卓越恆蹊，按宮商配以合套，加工尺晰其斷續，始於弦索，立諸準繩。⑰」此則對是書有頗高之評價，《弦索辨訛》非能及也。

（六）《樂府傳聲》

　　本書爲徐大椿撰，黃之雋序。黃氏對本書推崇備至，其文簡要，約可分三部分言之：1. 首言其條理明析：「細讀數過，直發千古歇絕之秘篇，而昭明疏析之。」2. 次言其不故弄奧秘玄虛、淺顯易懂：「雖懵於知音如弟之頑石，亦輒點頭微悟，實天生神解之人於聖朝，審定律呂之時，非因源流家學而矣。」3. 言其與古之大師可相提並論：「亟宜刊行，公諸寰宇，無使夔、曠，寂寂江楓之上。⑱」

（七）《納書楹曲譜》

本書葉堂著，王文治序。王氏於序中盛讚本譜之佳處云：
「……曲皆有譜，譜必協宮。而文句之淆訛，四聲之離合，辨同
淄澠，析及芒杪，蓋畢生之精力專攻於斯，不稍間斷，始成此
書。……以此爲九宮之緯，其殆庶幾乎。⑲」

（八）《長生殿曲譜》

本書馮起鳳著，石韞玉序。石氏對於此譜推崇備至：「今吾
吳馮丈，以縹緲之音，度娟麗之語，凡聲律欸致，宮調節拍，胥
考訂無遺者，誠善本也。……迎頭拍字，按板隨腔，如雛鳳之
鳴，如流鶯之轉，此眞會心人與。⑳」

第二節　版本目錄校勘

清人在曲論、曲律之序跋方面，經常提及版本優劣以及如何
校勘之問題。故本節呈現清人評論，各曲論曲律之版本優劣，校
勘經過，爲叙述多於評論之章節也。

一、版本目錄優劣

（一）《樂府雜錄》　唐段安節著　　清錢熙祚跋

錢熙祚在跋中批評此本之缺點云：舊本訛脫甚夥，正文與注
文相互淆混，有一事分爲二事者，他條誤入此條者。㉑《直齋書
錄解題》有段安節《琵琶故事》一卷，晁伯宇《續談助》鈔作
《琵琶錄》，實即此書「烏孫公主」數條，殆好事竊取，其字句異
同處，頗資校訂云。㉒

（二）《碧鷄漫志》　王灼著　清金管齋序

錢遵王假毛黼季汲古閣本校定訛闕。惜家藏舊本少第二卷，

無從是正爲恨。乾隆己亥小春，吳門陸紹曾據鍾人傑《唐宋叢書》本重校一過。鍾本節刪過半，益知此本爲佳耳。㉓依此則知《碧鷄漫志》之「汲古閣本」優於「唐宋叢書本」。

（三）《錄鬼簿》　鍾嗣成著　劉世珩跋

　　劉世珩《錄鬼簿‧跋》云：「近時通行者，止《曹棟亭叢書》本，而舛訛特甚，嗣得尤貞起鈔本，紙墨似國初人。方知原書兩排，用漢碑例橫讀，曹本作一排，又以原本先上後下，則全數不合。後又得明人鈔本，方知明人已誤，棟亭仍之，兩本同出萬曆甲申，一仍原式，一變原式，其優劣如此。今取尤本重刊，以存本書眞象，愼弗再據曹本訂此本也。㉔」觀此可知《錄鬼簿》版本之優劣，尤貞起鈔本優於曹棟亭叢書本，《錄鬼簿》爲今人治戲曲者常用之參考書，若錯用版本，則後果可知矣。

（四）《太和正音譜》　朱權著　孫毓修跋

　　孫毓修《太和正音譜‧跋》云，此書現存版本有二：其一爲曹溶《學海類編》本，《四庫》附存目所收，即所謂涵虛子《詞品》，亦即本書之上卷，而曹本又本於《元曲選》卷首所錄論曲之語，刪節本也；其二爲洪武本，明程明善《嘯餘譜》所錄之全帙，即從此本而來，精雅絕倫，又收藏有多位收藏家之印記，版本較佳。㉕

（五）《新傳奇品》　高奕著　劉世珩跋

　　本書誤字纍纍，文又拙劣，然而無名氏《傳奇彙考》、江都黃文暘《曲目》，多取材於此，蓋著錄戲曲之書，除元鍾醜齋《錄鬼簿》、明寧憲王《太和正音譜》外，以此爲最古矣。㉖《新傳奇品》之版本問題，經由王國維、陳玉祥、劉世珩三人，方將問題釐清，前人之重版本有如是者。劉世珩《新傳奇品‧跋》言

王國維譔曲錄，曾假借此書校補數處，定爲三卷，以《傳奇品》爲中卷，而以誤列下卷之上，高晉音之《新傳奇品》爲下卷。鬱藍生自序，明言仿鍾榮《詩品》，庾肩吾《書品》，謝赫《畫品》例，各著評論，析爲上下二卷，上卷品作舊傳奇及作新傳奇者，下卷品各傳奇，其未考姓氏者且以傳奇附，其不入格者，擯而不錄。上下卷又各繫小序，以神妙能具上中下諸品次之。今仍作二卷，還其舊觀，並以正靜安之失。高晉音所編之《古人傳奇總目》、《新傳奇品》別爲《傳奇品》二卷，以《古人傳奇總目》爲上卷，《新傳奇品》爲下卷，方有合於高氏「但取現在所見聞者記之」之語。㉗

（六）《曲品》　呂天成著　陳玉祥跋

　　陳玉祥跋鬱藍生《曲品》三卷云：「……詞意淺俚，未能精緻透達，且訛字晦句層出迭見，或係鈔胥者之誤。海寧王君先爲補校數處，予亦假鈔一過，又爲之改正數十字，尚有未能臆揣者，再待考正。㉘」此言王國維、陳氏本人校勘過之《曲品》版本較佳。

（七）《傳奇彙考標目》　作者不詳　李伯珩跋

　　李伯珩《傳奇彙考標目・跋》說明此書之特色有二：1. 似由內府流出之善本：「開化紙工楷精鈔，黃臘銀箋標簽，裝潢類內府流出者，首有『寶敦樓珍藏』朱文印。間有朱筆批補，未考何人手墨。」2. 其標目所著錄者超過王國維之《曲錄》，可補充其不足。㉙

（八）《曲目新編》　支豐宜著　錢梅溪序

　　支豐宜此書是將李斗《揚州畫舫錄》所收黃文暘之曲目，加上焦循及自身增補之曲目，列爲一表，以便查閱。錢梅溪認爲此

書之作，對戲曲之來源有正本清源之效，而為之序：「……今詞
曲多門，南北異調，家弦戶誦，幾至傳習九州，而欲問歌者所自
出，輒謝曰『不知也』。」故作此以彌補世人之缺失：「俾知某
曲出於某本，某曲出於某劇。長歌之下，開卷瞭然，亦未始非顧
曲者之一助也。㉚」是知此書在戲曲之認知上，有正本清源之功
效。

（九）《曲律》　　王驥德著　　錢熙祚跋

　　本書雜論下篇，載文淵閣藏本《樂府大全》，又名《樂府渾
成》，中有字譜，核與《白石道人歌曲》、張叔夏《詞源》所列，
大同小異。《齊東野語》云：「《混成集》，修內司所刊，巨帙百
餘，古今歌詞之譜，靡不備載，只大曲一類，凡數百解。」而伯
良所見《渾成》，止林鐘商一調中所載詞至二百餘闋云，以樂律
推之，其書尚多，當得數十本，然則《樂府渾成》即《混成集》
也。《曲律》云：「所列凡目有【卜算子】、【浪淘沙】、【鵲橋
仙】、【西江月】等皆長調，又與詩餘不同，有【嬌木笪】，則元
人曲所謂【喬木查】，蓋沿其名而誤其字。」錢熙祚更正云：
「【卜算子】等四詞，宋人本有令、有慢。柳耆卿《樂章集》，
【卜算子】、【浪淘沙】、【鵲橋仙】三長調下，皆注歇指調，正
與《渾成》所云林鐘商，隋呼歇指調者相合。伯良賢於曲，而未
考於詞，故以為異耳。」《齊東野語》又云：「太皇最知音，極
喜歌，木笪人者，以歌《杏花天木笪》，遂補教坊都管。」亦可
與此相證。

　　《渾成》全書久佚，明閣本僅存林鐘商一類，今亦佚去，而
載於《曲律》者，僅「娟聲譜」及「小品譜」又不全舉其目，宋
人歌詞之法遂不復可考。㉛

（十）《南音三籟》　凌濛初著　李玄玉序

　　李玄玉序《南音三籟》以爲此譜將時曲中句有乖劣，字有舛謬，亥豕魯魚者，悉爲考證，校讎板眼，的有正傳，眞詞家之津筏，而歌客之金夏也。此書創於閔氏，遂精粹之。袁子園客，爲幔亭猶子（案幔亭即袁于令），詞曲秘妙，衣缽相傳，猶復精心探討，嚼徵移宮，擷英吐藻，塡詞染翰之餘，取三籟舊本再加考訂，必使字句板眼更無一訛，又精選近日散曲戲曲之可歌可詠者加入焉，壽之棗梨。㉜

（十一）《南音三籟》　凌濛初著　袁園客題詞

　　袁園客《南音三籟・題詞》以爲此譜將昔日他譜之疑惑及種種疏虞，概爲更正，頗爲可信也。初旣證其板眼，繼又定其字句，由是而梨園子弟，庶無承訛強合之誚；騷人逸士，易於擷詞挨藻可無遺憾也歟！㉝

　　清人在曲論曲律方面，所作版本目錄校勘之工作，的確惠人良多，所深惜者，此校勘工作並非有計畫、有目標之長期進行，僅興之所至，任意漫游，遂令古籍沉沒不彰，版本之佳者亦不得全然伸張矣。

第三節　作家批評論

　　清人序跋中，不時出現評論曲家之風格、曲壇地位，以及劇本高下之文字，雖然散落於各篇章中，不成體系，然統括而言，其中不乏彌足珍貴之戲曲理論，可爲後代研究戲曲理論之圭臬者。以雜劇而論，清人附有序跋之一百十三種雜劇，評論曲家風格及曲壇地位者約占三十二篇左右，品評劇本高下者約有三十七篇上下，不可謂少矣。茲將此類序跋分爲數項論述之。

一、雖有著戲曲，然曲名爲他文所掩蓋者：

（一）吳偉業

　　於清初以詩文著稱，故鄭振鐸與吳梅對吳偉業之評論著重點在於詩文，曲只是詩文之餘，消遣之作。鄭振鐸跋吳偉業《臨春閣》、《通天台》雜劇云：

> 偉業詩文，負一時重望，詩與錢謙益、龔鼎孳並稱江左三大家。所作於詩文集外，有《秣臨春》傳奇一種，及《臨春閣》等雜劇二種；諸劇皆作於亡國之後，故幽憤慷慨，寄寓極深。㉞

吳梅跋云：

> 梅村樂府，嗣響臨川，南部夢華，託諸幻影，艷思哀韻，感人深矣。傳本絕少，又掩於詩名，幾與碣石幽蘭，同此淪隱。㉟

二、一意作曲而名聲不甚彰顯者：

（一）葉小紈

　　此爲閨秀曲家，頗爲聲律家沈君庸等看重，曾與之論陰陽務頭之事，獲得好評，沈君庸序葉小紈《鴛鴦夢》雜劇云：

> 若夫詞曲一派，最盛於金元，未聞有擅能閨秀者。即國朝楊升庵亦多諸劇，然其夫人第有《黃鶯》數閥，未見染指北詞；綢甥獨出俊才，補從來閨房所未有，其意欲於無佛處稱尊爾。吾家詞隱先生，爲詞壇宗匠，其北詞亦未多，

概見余伯道無兒，育瓊章爲猶女，愛其絕世靈識，與較論
宮商，揚桃花扇底之風，一證詞家三昧，傷辨絃往矣。今
綱甥作其俊語，韻腳不讓酸齋、夢符諸君，即其下里，尚
猶是周憲王金梁橋下之聲，實可與語此道者。將以陰陽務
頭，從來詞家所昧行與商之。㊱

（二）葉承宗

葉承宗氏就曲史而言，沒沒無名之士也，而其作《孔方兄》
因徐文長【太平令】八字四韻之調法，「益廣百韻，韻不複押，
曲不南衆」，田御宿評之曰：

> 詞旨風華，音節響亮，備極推敲，出以渾成。偉麗秀爽，
> 情韻雙饒，允稱作手。至【太平令】一曲，博學宏才，熱
> 腸傲骨，俱見筆端，其波瀾層遞處，轉起轉生，取象題
> 中，拓境題外，窮思極想，又似一氣喝成。意不堆砌，字
> 不重複，韻不扭捏，妙合天然。集之元人名曲中，不知誰
> 爲伯仲？欣賞，欣賞。㊲

此言就詞意、聲韻方面推崇葉氏，可謂葉氏知音矣。

三、前代曲家而於序跋中見品評者：

（一）徐渭

葉承宗《孔方兄・自序》評徐渭曰：

> 徐山陰（徐渭字文長，又號青藤，山陰人）所演，南北間
> 出，迤當時新樣錦機，在在今殊成油調，頗爲選家所不
> 貴。且韻腳層見疊出，又犯德清（元周德清）所譏。……

余歲除酺飲，興會偶及，遂成此調。多演數韻，借山陰粉
本而濫觴，焉得無康成入室操戈乎？然韻腳不重、宮調不
奸，略有微長，焉得起文長老子與之細論文耶？㊳

此言徐渭曲作之不協聲律，而不重韻、不犯宮調正為葉氏略
勝一籌之處。

（二）馬致遠

尤侗《讀離騷・自序》云：

東籬四折，全用駕唱，大覺無色。明妃千秋悲怨，未爲寫
照，亦是闕事。故予力爲更之。近見西神鄭瑜著《汩羅江》
一劇殊佳，但櫽括騷經入曲，未免聱牙之病，餘子寥寥，
自鄶無譏矣。㊴

此則藉自序批評前代作家之例。

四、同期作家之評論：

清人評論同代作家之序跋占不少篇幅，見評者有尤侗、嵇永
仁、裘璉、張韜、車江英、楊潮觀、劉翬、曹錫輔、韓錫祚、石
韞玉、湯貽汾、嚴保庸、嚴廷中、蔣士銓等人。其評論內容有涉
及曲壇地位者，有說明其戲曲風格者，有偏重曲文詞藻者，有推
崇其人品才氣、介紹其生平者，有敘二者之交情者，內涵豐富、
項目繁多。試舉例如下：

曹爾堪題尤侗《讀離騷》云：

雜劇至元人曲盡其妙，後人無處生活。吾友悔庵起而排
之，以沉博絕麗之才，爲嬉笑、爲怒罵，雅俗錯陳，畢寫

情狀。此則元人之所秘者，後人不能學也。向有《讀離
騷》、《弔琵琶》二種，鄒木石太守梓行。名家雜劇已為
壓卷。近復編《桃花源記》，服其老宿談禪，《黑白衛
記》，詫其英雄說劍。使馬東籬、王實甫諸君見之，且有
撟舌而不下者，況鹿鹿（當為碌碌）時輩乎！

吳中前輩，如張伯起改定《紅拂》，梁伯龍重編《吳越春
秋》，未嘗不膾炙騷壇。然其所填詞，淺易流便，大都在
里優酒旗歌扇之間耳。豈能沉博絕麗，如我悔庵哉。……
悔庵之雜劇必傳無疑。㊵

曹氏認為尤氏之作能與元人比肩，而毫不遜色；若以文詞做
比較標準，甚至認為尤氏已超越梁伯龍、張伯起等人，如此讚譽
可說前無古人。此外王士祿、李澄等人亦就題詞中盛讚尤侗之才
氣與詞藻，如王士祿云：

今讀其詞，磊塊騷屑，如蜀鳥啼春，峽猿叫夜，有孤臣嫠
婦，聞而拊心，逐客騷人，聆而隕涕者焉。至於推排煩
蔼，滌盪牢愁，達識曠抱，又有出於左徒之上者。昔人
云：『痛飲酒，讀《離騷》，便可稱名士。』必具悔庵之
才之識，始可當此語。㊶

可謂推崇備至矣。又乾隆年間張塤石品評蔣士銓傳奇《冬青
樹・序》中盛讚作者之曲文：

文章爛漫易、老境難。老而乾癟，非老也，老而健、老而
腴。刊去枝葉，言無餘剩，此為老境，非少年學人才人所

可幾及也。心餘先生所撰院本，如《空谷音》、《桂林
霜》、《臨川夢》若干種，流播藝苑，家艷其書。而《冬
青樹》一種最後出。其時落葉打窗，風雨蕭寂，三日而成
此書。以文山疊山爲經，以趙王孫汪水雲幕府諸參軍，及
一切遺民爲緯，采撷既廣，感激亦切，振筆而書，褒貶各
見。此良史之三長，略具於此。而韻如鐵鑄，文成花燦。
此先生老境之文如此。⑫

　　此則評蔣氏晚年而文益奇之特質也，絕非泛泛之論而已，更
有利於後人對蔣士銓之深入認識。今人鄭振鐸跋尤侗《雜劇五
種》，則慣於序跋中介紹劇作家之生平事蹟及著作而已，此亦爲
清末民初序跋清雜劇之特色也。

　　裘璉有《明翠湖亭四韻事》，諸家對裘璉亦多所評論。馮家
楨叙言其雅擅南北曲；張韜有《續四聲猿》，鄭振鐸跋中評其詞
藻云：

……續青藤之《四聲》，雋艷奔放，無讓徐、沈。而意境
之高妙，似尤出其上。青藤、君庸諸作，間有塵下之音，
雜以嘲戲。韜作則精潔嚴謹，無愧爲純正之文人劇。清劇
作家，似當以韜與吳偉業爲之先河。然三百年來，韜名獨
晦，生既坎坷，沒亦無聞。論叙清劇者，宜有以章之矣。⑬

　　峻儀散人序車江英《四名家傳奇摘艷》，則著重其「人品高
邁，襟期之曠達」，以及高俊之才；陳俠君序楊潮觀《吟風閣雜
劇》言其「善詞曲，於官廨廳事之西，築吟風閣，公餘聚賓僚觴
詠賡歌其中，揮毫著書，以爲娛樂，志乘猶誌其事，嘗與袁隨園

文字詰難，隨園視爲畏友。⑪」此則依其生活軼事而論者。

　　曹錫輔撰《桃花吟》、《四色石》，有多人爲之序，諸如：葉承宗、葉鳳毛、施潤、鄭振鐸等，大都肯定其詞藻華贍、才華卓越、聲律諧美，甚至以爲「《桃花吟》一折能與玉茗堂《四夢》同工，而《四色石》慷慨淋漓，各盡其致，則徐文長之《四聲猿》可以頡頏」，謂《桃花吟》與《玉茗堂四夢》同工，或指文詞而言，而《四色石》足堪與《四聲猿》頡頏，則指其氣勢而言。故求諸《桃花吟》、《四色石》即可令曹氏流傳藝苑，足以不朽。其餘鄭振鐸評《四色石》，皆以本事內容爲範圍，目錄、版本、本事三項，此爲民國初年劇評之大致方向，其餘則恐非其所長也。

　　此外如金昌世跋韓錫祚《南山法曲》，盛讚其學問淹博，文筆高迥，如東岱西華，爭奇競秀。鄭振鐸跋石韞玉《花間九奏》首先證明花韻庵主人即石韞玉，後介紹石韞玉之生平，序跋中所介紹作者生平大致不甚詳細，可做參考之用，品評作者劇作處則較爲珍貴，鄭氏云石氏以衛道之士著稱，而親自作戲曲可謂難能矣！黃憲臣序湯貽汾《逍遙巾》則以優美之駢文，凸顯出湯貽汾及其劇作之特色，以爲湯氏是濁世中之翩翩儒將也，文筆空靈、超出群表，風塵中之神仙也。鈕福保跋嚴保庸《孟蘭夢》，首言對作者才華之傾心，繼之二人交往之經過，並盛讚其爲至情至性之人。江瀚、柳詒徵二人跋嚴保庸《孟蘭夢》，前者推崇其曠代逸才，夙精音律，後者評其天才高曠而不拘禮數。周樂清序嚴廷中《秋聲譜》，頗重其五采文筆，而朱蔭培跋則首論與作者之交情，繼則感嘆其淪落天涯之悲，再則提及作者不求聞達之灑脫。

　　由以上分析可知，清末及民初曲家之序跋，大多在作者才

氣、辭藻、託興、際遇、曲壇地位等方面，而無法在藝術理論上
再有拓展，此與清人戲曲逐漸趨於案頭劇，及雜劇傳奇已逐漸沒
落有關。

第四節　劇本批評論

　　清人序跋中對劇本有評論者高達百種以上，綜合其論點，有
評論風格辭藻者；有評論音律韻律、曲文賓白者；有評論思想、
主題、內容題材者；有論劇兼抒情者；有評論作劇方法、觀眾心
理者；有就同一題材之劇本做比較者；包羅萬象，不一而足，是
序跋之絕妙處也。茲將其較特殊之理論敘述如下：

一、評論風格辭藻者

　　以辭藻論大部分之評論家皆繼踵元人，崇重自然，吳梅跋徐
石麒《坦庵詞曲五種》文中，批評其《拈花笑》之嬉笑怒罵，刻
畫太過。而讚賞吳偉業「《通天台》第一折，炯之獨唱，悲壯憤
懣，字字若杜鵑之啼血，其感人蓋有過於《桃花扇・餘韻》中之
〈哀江南〉一曲也。㊺」李澄題以一首五言排律評論尤侗《讀離
騷》，是就其內涵深刻、文字優美而論：

> ……明妃哀怨左徒忠，紫塞荒江悲不窮。琵琶捍撥離騷
> 句，盡寫陽春白雪中。還嗟萬事多反覆，眼底鬚眉何碌
> 碌。聊憑紅袖花青萍，閃閃靈花盈尺幅。白門蕭寺風雨
> 秋，忽漫披吟遣客愁。棒喝忽來高座上，鶴笙疑過碧山
> 頭。……㊻

　　鄭振鐸跋桂馥《後四聲猿》，是就風格辭藻而論桂馥，給予

頗高之評價：「《後四聲猿》四劇，無一劇不富詩趣。風格之遒逸，辭藻之絢麗，蓋高出自號才士名流之作遠甚。似此雋永之短劇，不僅近代所少有，即求之元明諸大家，亦不易二三遇也。㊼」凡此皆為此類之例也，例證繁多，茲不贅舉。

二、論音律韻律、曲文賓白者

聲律韻律、曲文賓白皆為構成劇本之藝術條件，序跋家以為絕佳之曲文賓白與作者才氣及學養深淺有關，而聲律韻律則需仰賴音樂修養。吳梅跋桂馥《後四聲猿》云：

> 《謁帥府》【翠裙服】一套，係用關漢卿〈曉來雨過〉散曲，此則世所未能知者。而【上京馬】、【後庭花】遂與他處不同，故余表出之，俾先生之詞，非憑空節撰焉。㊽

吳氏認為桂氏之詞皆有來歷，此非有學養不達，絕非憑空杜撰者也。而吳梅序吳鎬《紅樓夢散套》則云：「此散套十六折，據坦園《詞餘叢話》，稱其『足奪關、王之席』。今讀之，僅足比蔣藏園而已。詞雖工，非元人本色也。」可知吳鎬之作傾向典麗，清人大多以此為論曲重點，如聽濤居士於序中評論本色派之作則曰：「夫曲一道，使村儒為之，則墮《白兔》、《殺狗》等惡道，猥鄙俚褻，即斤斤無一字乖調，亦非詞人口吻。使文士為之，則宗《香囊》、《玉玦》諸劇，但矜餖飣，安腔撿韻，略而勿論，又化為鉤輈格磔之聲矣。㊾」以《白兔》、《殺狗》之列為四大傳奇，而此派竟以惡道視之，則其品評標準可知矣。而堆砌典故、徒逞詞藻、不協音律之作，如《香囊》、《玉玦》之類，亦不為此派人士所喜，必得文詞如湯氏之典麗，復又「諧音

協律，窈眇鏗鏘，故得案頭俊俏，場上當行，兼而有之」者，方
為佳劇。

而鄭振鐸跋尤侗《雜劇五種》則就曲文而觀之，以為尤侗誠
不愧才子，因其「使事之典雅，運語之俊逸，行文之楚楚動人，
在在皆令讀者神爽。斯類超脫之神筆，蓋未嘗為拘律守門者所夢
見也。⑩」鄭氏之評又似乎僅就案頭詞藻而論，而忽略其音樂性
也。藕香水榭跋梁廷柟《圓香夢》則就聲律、韻律、曲文、賓
白、才氣方面評論，可謂具體而明確之評論方針，雖僅片言隻
字，實為後世評騭劇本啟發無限生機：

> 曲絢爛極矣，……第一二折賓白，鎔鑄莊生所作《李姬
> 傳》，可稱天衣無縫。餘間以粵管方言，傳粵人口吻，於
> 例無譏。⑪

> 而聲律復諧《四夢》外，別張一幟。……周氏《中原音
> 韻》，止為北曲而設，故主人初稿，南詞用韻於不可通者
> 多為協音。既乃自嫌參差，更歸一律云。⑫

此就賓白、聲律韻律而批評也，以為劇本用語當恰如劇中人
之身份，乃能天衣無縫，而如有摻雜方言，若能傳神，則於例無
譏。而於聲律上，南韻不合周氏之北韻，則多為協音，歸為一
律。其重音律、務密合之見解高於鄭氏許多，至其讚美梁廷柟
「洋灑萬言，兩日而脫稿，敏捷之才所未聞也。」則就才氣而論
也。

三、論思想、主題、內容題材者

　　古人作劇雖以娛樂教化目的爲大宗，然清代序跋家以爲劇本之佳者，在思想主題、內容選材上，大多有所寄託，絕非單純優孟衣冠、供人笑樂而已。丁澎題尤侗《讀離騷》，讚譽有加，並以爲己作《演騷》一劇遠不如《讀離騷》，此則就思想內容而做比較也：

> 尤子悔庵，領袖詞壇久矣。一旦譜爲新聲，命曰《讀離騷》，以補詩歌所未備。其猶有溯源復古之思乎。遂使汨羅孤忠，湘潭遺恨，長劍高冠，宛然在目，眞千百年如一日也。余居東無事，嘗傳喬補闕《綠珠篇》軼事，亦作《演騷》一劇以寄志，今視尤子未免有大巫之嘆。㊿

> 嗟乎！尤子，推此志也，美人可以喻君，椒蓀可以況己。「醫春蘭兮秋菊，採芳華兮未央。」豈僅施孟衣冠，流連於一觴一詠之間而已哉。㊿

　　而馮家楨叙裘璉《明翠湖亭四韻事》亦就其思想內容而論：

> ……《四韻事》有豪情，有逸致，有奇氣，有濟世心，有出世想。繡口錦心，吐其香艷。㊿

　　羅聘〈論文一則〉就主旨思想評蔣士銓之《空谷香》、《香祖樓》二傳奇：

> ……而立言之旨，動關風化，較彼導欲宣淫之作，又何其婉而多風，嚴而有體也耶！至首尾二篇以情關爲轉捩，發出徹地通天之論。造語神奇，說理平實，括三乘於半偈，韜萬派於一源，又何其解悟神通若是歟！㊿

是則說明蔣氏所寫雖爲兒女情事，然其主題思想正大磊落，得乎天地之正者也。鄭振鐸跋尤侗《雜劇五種》亦就內容題材及曲文二者評論其劇作：

> 侗之數作，於題材上，皆故作滑稽，若洞庭君之遣白龍，化身漁父，迎接屈原爲水仙；若陶淵明爲入桃源仙去；若李白之中狀元等等，並皆出於常人意外。惟《黑白衛》、《弔琵琶》二劇之結構，較爲嚴肅耳。(57)

尤侗於題材點染鋪叙上，故作滑稽，或爲娛樂大衆之目的，鄭氏以爲出人意外、不夠嚴肅，竊以爲若不涉及怪力亂神、悚人觀聽，以尤氏之滑稽，乃旁枝而非主題，實無傷大雅，若須因應主題嚴肅之需求，而事事求嚴肅，實非戲曲之道也。如樸齋主人總評李漁《風箏誤》以爲該劇實乃新、奇之至，而概出於事、理之平常，非悚人觀聽、牛鬼蛇神即爲一篇好傳奇：

> 是劇結構離奇、鎔鑄工煉掃除一切窠白（宜爲臼）。向從來作者搜尋不到處，另闢一境，可謂奇之極、新之至矣。然其所謂奇者，皆理之極平；新者皆事之常有。近來牛鬼蛇神之劇充塞宇內，使慶賀讌極之家，終日見鬼遇怪，謂非此不足悚人觀聽。詎知家常事中，儘有絕好戲文，未經做到耶。是劇一出，鬼怪遁形矣。(58)

可知就內容、題材而論，不出於家中平常、耳聞目見之事，不出於怪奇偉麗，唯須用心經營，仍不失爲一種好劇本。

四、論作者寫作手法兼抒發己情者

　　序跋家有品評劇本之餘又兼之抒情者，例如彭孫遹之題詞大都寓意深遠，論劇兼抒情，獨樹一幟，令人激賞：

> 悔庵負絕世之才，多發憤之作。所作《黑白衛》填詞，倘悅離奇，勝讀龍門一傳，是雖寄託所爲，亦足令天下無義氣丈夫心悸。⑤

　　此爲評論劇本之部分，繼之抒情感懷：

> 僕常私謂世間不平事，如聚塵積阜，未易消除。能消除者唯酒與匕首二物。然拍浮酒海，放浪醉鄉，可以澆磊塊，不可以行胸懷。終不若三寸芙蓉，差強人意。『見買若耶溪水劍，明朝歸去事猿公。』寄語悔庵，此後嘗尋僕於飛林削仞、懸崖絕澗之間矣。⑥

　　此則彭氏之情感激越處，借勢而發也。范承謨跋嵇永仁《續離騷》亦慷慨激昂、眞情流露：

> 慷慨激烈，氣暢理該，眞是元曲。而其毀譽含蓄，又與《四聲猿》爭雄矣。捧讀之際，俱感友誼忠懷，不禁涕泗滂沱，一見不忍再見，想伯約信國睹此，必有餘哀也。⑥

　　凡此抒情、令人動容，皆該歸類於劇本之外，所謂第二創作也。羅聘〈論文一則〉評論蔣士銓之《空谷香》、《香祖樓》二傳奇，則曰：

> 甚矣，《香祖樓》之難于下筆也！前有《空谷香》之夢蘭，而若蘭何以異焉？夢蘭、若蘭同一淑女也；孫虎、李

蚓同一繼父也；吳公子、扈將軍同一樊籠也；紅絲、高駕同一介紹也；成君美、裴畹同一故人也；小婦同一短命也；大婦同一賢媛也。使各爲小傳，且難免雷同，瓜李之嫌。……試合兩劇而參觀之，微特不相侵犯，且各極其變化推移之妙。嗚呼！神矣哉！予謂不善爲文者，如拙工之寫生，秦人越人，無不相似者，善爲文者則不然。伯喈必非仲喈，家臣斷非至聖也。玉茗先生寫杜女離魂若彼矣，作者偏不畏其難，而一再攖其鋒，犯其壘，弗以爲苦。寫夢蘭之死則達也；寫俞娃之死則戀也，寫若蘭之死則恨也；皆非若麗娘死於情欲之感。⑫

此則就寫作手法評論劇本之高下，以爲題材性質雖近似，然作者尚能極盡變化之能，不相侵犯，非高手不易得也。

五、論觀衆心理者

序跋中有特別探討觀衆心理因素者，雖僅片言隻語，然於戲曲理論之角度而言，亦覺彌足珍貴。江春序蔣士銓《四絃秋》云：

……偶及《琵琶行》，舊人撰有《青衫記》，命意遣詞，俱傷雅道。太史工塡詞，請別撰一劇湔雪之，太史欣然諾從。閱五日即脫稿，題曰《四弦秋》，示余，余讀之而嘆。嘆夫太史之才之大，微引不出本事，而閨房婉轉，遷客羈愁描摹鏤刻，一一曲盡其妙，乃益笑昔人之拙，其增添新意，正苦才窘耳。亟付家伶，使登場按拍，延客共賞。則觀者則欷歔太息，悲不自勝，殆人人如司馬青衫

矣。夫文之至者能感人，太傅之詩，與太史之詞，皆千秋
絕調，合而爲一，其由足以感人也，不亦宜乎！⑥

此段劇評乃就作劇本事、觀衆心理，此兩方面來評論此劇：
其一，肯定其關目情節有所本，而加以點染，旣符合戲曲「以實
作虛」之寫作原則，亦可見作者之才華：「嘆夫太史之才之大，
徵引不出本事，而閨房婉轉，遷客羈愁描摹鏤刻，一一曲盡其
妙，乃益笑昔人之拙，其增添新意，正苦才窘耳。」其二，就觀
衆心理學之觀點而言，一劇之所以能使觀者「欷歔太息，悲不自
勝」，究其原因在於感人，而感人之因，緣於作者將白太傅「天
涯淪落」之悲寫出，而牽引觀衆心中沉痛，此則偉大文學所具備
之普遍共通性也。

而張景宗序蔣士銓《四絃秋》以駢文寫成，旨亦探討劇本之
所以感人之觀衆心理：

> 溯青衫之歌泣，事以感生；揮彩筆之雲煙，興從境起；美
> 人香草，雲山助詞客謳吟；戍婦飛蓬，霜雪乃征夫寄託。
> 總緣千古情同，遂至一時紙貴。⑥

此言文學作品感人之由在於「千古情同」，亦即劇作家寫出
千古以來人類共同之心聲，故能感人。此看法正與江春相同，可
視爲文學理論之一部分，非僅適用於單一某人某劇而已。

六、就同一題材之劇本做比較者

文學作品之同一故事題材，由不同作家創作即呈現不同之面
貌。近代序跋清雜劇者如吳梅、鄭振鐸，雅好以前後劇本做對應

比較，吳梅跋蔣士銓《四絃秋》，首將元馬致遠《青衫淚》、明顧道行《青衫記》及蔣士銓本劇做一比較評論，云：

> 白傳《琵琶記》事，譜入劇場者，先有馬致遠《青衫淚》，以香山素狎此伎，於江州送客時，仍歸司馬，踐成前約。後有顧道行《青衫記》，即根據馬劇，為《諧賞園傳奇》之一。心餘序中，所云「命意敷詞」，庸劣可鄙者，蓋指顧作。此記一切刪薙，僅就《琵琶行序》，及元和九、十年時政，排組成章，較馬、顧二作，有天淵之別矣。……通本皆作蘊藉語，恰合樂天身分。《改官》折尤得大體，世人皆賞【折桂令】，蓋愛春華而忽秋實者也。⑥⑤

其次說明本劇在當代受歡迎之情況：「時丹徒王夢樓，精音律，家有伎樂，即據以付梨園，一時交口稱之。故《納書楹曲譜》尚存《送客》一齣也。」鄭振鐸跋桂馥《後四聲猿》亦就題材方面與他劇做比較批評：

> 按東坡事，元費唐臣曾譜為《貶黃州》一劇，惜今僅存殘文，《謁帥府》一劇慷慨激昂，為僚吏吐盡不平之氣，足補費臣之遺憾矣。《放楊枝》、《題園壁》、《投圈中》三劇，題材皆絕為雋妙，胥為前人屐齒所未經，獨怪元明諸大家，何乃輕輕放過此種絕妙之劇材耶？石韞玉嘗將白傳放妓故事，寫為《樂天開閣》一劇，然點金成鐵，殊不足觀。于此，蓋亦嘆馥不獨長于捉住此種絕妙好題材，亦善於驅遣此種好題而成之為絕妙好劇也。⑥⑥

末就詩人不能忘情，方能有情以感人做結：「馥寫此四劇，

時年近七十。然於《放楊枝》、《題園壁》二劇，遣詞述意，纏綿悱惻，若不勝情，婉妮多姿，蓋有過於少年作家，老詩人固猶未能忘情耶？」是則題材相同之劇本，略勝一籌之主因，亦不免於曲文之貼切劇中人身份，或者感人與否而矣。

第五節　優伶批評論

傳統對優伶之評價，自司馬遷〈滑稽列傳〉肯定優伶之貢獻，以為優伶不僅優孟衣冠，仿人啼笑而已；再經元夏庭芝《青樓集》肯定優伶之藝術地位；乃至明朱權《太和正音譜》賤視優伶為「戾家把戲」止，對優伶形成肯定或否定之二分法觀點；清人專著曲論中，即有此兩種觀點呈現，筆者博士論文第三章「清代曲論之分類」即將清人有優伶之記載分而為六：巧藝類、諷諫類、諧謔類、德性類、機智類、嬖倖類，由此亦可看出清人對優伶之兩種態度。然而一般曲家皆肯定戲曲之社會價值，以為於公則可風化勸懲、陶淑世人、評史論事；於私亦可托喻抒憤、感懷共鳴；優伶之存在，對社會亦有正面之貢獻；然而序跋中亦有持反對看法者，如金連凱《業海扁舟·序》乃持不同看法：

其一，不論優伶如何搏命演出，只不過「舞衫歌扇之流」、「離合悲歡之技」而已；亦無論作家如何努力裁選「神仙妖鬼、文忠武勇、麗女才郎、謔浪詼諧」等內容，無非是「供人遣興陶情，以博筵前一笑」耳；觀眾「樂則樂矣」，奈何優伶「苦太苦耳」。

其二，優伶人品良莠不齊，易引人入罪業，敗壞社會風氣：金氏以為梨園優伶「污人品行、敗人身家、為人所賤，考其尊卑，實擔夫販豎之不若矣。」以富家貴公子為例，方其

「富麗青春、血氣未定」之時，鮮能不被優伶之「姦聲亂
色」所蠱惑引誘，甚至於傾家蕩產、身敗名劣者，在所多
有。

其三，觀劇之患，善者不足法、惡者毫無戒耳。金氏《梨園囈論》
云：「……專心留意，無非掃北；熟讀牢記，盡是征西。
《封神榜》刻刻追求，《平妖傳》時時讚羨，《三國志》
上慢忠義，《水滸傳》下誘強梁。」故將劇作定為「起禍
之端倪、招邪之領袖」，其對社會人心之害，難以臆言。

金氏（即悟夢子）對戲曲之所以持此論斷，鄙意以為其因有
二：第一，金氏之身世遭遇，第二，金氏個人器識之寬窄有關。
金連凱姓愛新覺羅氏，名綿愷。字白山、樂齋、號悟夢子、
六乙子，別署蓮池居士、吉善居士、友月居士。為清宣宗旻
寧異母弟，封淳親王。道光十八年五月，因「違例囚禁多
人，復將優伶藏匿府內，加之平日沉迷聲色，放蕩不羈，被
降為郡王，罷一次職任，罰俸三年。並革去紅絨結頂，金黃
蟒袍。⑥」可知作者曾因梨園事而獲罪，故藉此文貶損梨
園，冀得皇帝之諒解。

再者，金氏雖貴為王族，然對戲曲之社會功能，仍無法跳脫
「歌頌太平」、「孝子順孫」、「贊頌皇室」之陳腐觀念：「若果
能於喧闃鑼鼓中，敲得風調雨順；悠揚笙管內，吹來物阜民安，
……方可謂之歌詠太平，億兆蒼生，寰區樂業，遐邇康年，熙熙
皥皥，不識不知，到那時間，可已算得梨園有益，明效大驗，余
再不敢瀾（濫）翻強辯矣。⑥」於此可知器識之不寬宏、眼光短
視，是其鄙視戲曲、賤視優伶之最大因素。

注　解

① 陳玉祥：《新傳奇品‧跋》，《中國古典戲曲序跋彙編》（大陸濟
南：齊魯書社，1989年10月）冊1，頁77。

② 曹聚仁：《李笠翁曲話‧引》，《中國古典戲曲序跋彙編》（大陸
濟南：齊魯書社，1989年10月）冊1，頁80。

③ 李蕭平：《曲話‧序》，《中國古典戲曲序跋彙編》（大陸濟南：
齊魯書社，1989年10月）冊1，頁170。

④ 李蕭平：《曲話‧序》，《中國古典戲曲序跋彙編》（大陸濟南：
齊魯書社，1989年10月）冊1，頁170。

⑤ 葉元清：《修正增補梨園原‧序》，《中國古典戲曲序跋彙編》
（大陸濟南：齊魯書社，1989年10月）冊1，頁172-173。

⑥ 葉元清：《修正增補梨園原‧序》，《中國古典戲曲序跋彙編》
（大陸濟南：齊魯書社，1989年10月）冊1，頁172-173。

⑦ 葉元清：《修正增補梨園原‧序》，《中國古典戲曲序跋彙編》
（大陸濟南：齊魯書社，1989年10月）冊1，頁172-173。

⑧ 裴文祀：楊恩壽《詞餘叢話‧序》，《中國古典戲曲序跋彙編》
（大陸濟南：齊魯書社，1989年10月）冊1，頁182-183。

⑨ 錢熙祚：《樂府雜錄‧跋》，《中國古典戲曲序跋彙編》（大陸濟
南：齊魯書社，1989年10月）冊1，頁3-4。

⑩ 以上1-5之資料皆見於錢熙祚：《樂府雜錄‧跋》，《中國古典戲
曲序跋彙編》（大陸濟南：齊魯書社，1989年10月）冊1，頁3-4。

⑪ 此段資料來源爲：袁于令《南音三籟‧序》，《中國古典戲曲序
跋彙編》（大陸濟南：齊魯書社，1989年10月）冊1，頁62。

⑫ 王瑞生：《新定十二律京腔譜‧凡例》，《中國古典戲曲序跋彙
編》（大陸濟南：齊魯書社，1989年10月）冊1，頁114-115。

⑬ 王瑞生：《新定十二律京腔譜‧凡例》，《中國古典戲曲序跋彙
編》（大陸濟南：齊魯書社，1989年10月）冊1，頁114-115。

⑭ 王瑞生：《新定十二律京腔譜・凡例》，《中國古典戲曲序跋彙編》（大陸濟南：齊魯書社，1989年10月）冊1，頁114-115。

⑮ 呂士雄：《南詞定律・序》，《中國古典戲曲序跋彙編》（大陸濟南：齊魯書社，1989年10月）冊1，頁116。

⑯ 朱廷鏐：《太古傳宗・序》，《中國古典戲曲序跋彙編》（大陸濟南：齊魯書社，1989年10月）冊1，頁122。

⑰ 朱珩：《太古傳宗・序》，《中國古典戲曲序跋彙編》（大陸濟南：齊魯書社，1989年10月）冊1，頁126。

⑱ 黃之雋：《樂府傳聲・序》，《中國古典戲曲序跋彙編》（大陸濟南：齊魯書社，1989年10月）冊1，頁145。

⑲ 王文治：《納書楹曲譜・序》，《中國古典戲曲序跋彙編》（大陸濟南：齊魯書社，1989年10月）冊1，頁154。

⑳ 石韞玉：《長生殿曲譜・序》，《中國古典戲曲序跋彙編》（大陸濟南：齊魯書社，1989年10月）冊1，頁161-162。

㉑ 此段資料來源爲：錢熙祚《樂府雜錄・跋》，《中國古典戲曲序跋彙編》（大陸濟南：齊魯書社，1989年10月）冊1，頁4。

㉒ 此段資料來源爲：錢熙祚《樂府雜錄・跋》，《中國古典戲曲序跋彙編》（大陸濟南：齊魯書社，1989年10月）冊1，頁4。

㉓ 此段資料來源爲：金管齋《碧鷄漫志・序》，《中國古典戲曲序跋彙編》（大陸濟南：齊魯書社，1989年10月）冊1，頁5。

㉔ 劉世珩：《錄鬼簿・跋》，《中國古典戲曲序跋彙編》（大陸濟南：齊魯書社，1989年10月）冊1，頁23。

㉕ 此段資料來源爲：孫毓修《太和正音譜・跋》，《中國古典戲曲序跋彙編》（大陸濟南：齊魯書社，1989年10月）冊1，頁28。

㉖ 此段資料來源爲：王國維《新傳奇品・跋》，《中國古典戲曲序跋彙編》（大陸濟南：齊魯書社，1989年10月）冊1，頁76。

㉗ 此段資料來源爲：劉世珩《新傳奇品・跋》，《中國古典戲曲序

跋彙編》（大陸濟南：齊魯書社，1989年10月）冊1，頁76-77。

㉘ 陳玉祥：《曲品・跋》，《中國古典戲曲序跋彙編》（大陸濟南：齊魯書社，1989年10月）冊1，頁76。

㉙ 此段資料來源為：李伯珩《傳奇彙考標目・跋》，《中國古典戲曲序跋彙編》（大陸濟南：齊魯書社，1989年10月）冊1，頁147。

㉚ 錢熙祚：《曲目新編・序》，《中國古典戲曲序跋彙編》（大陸濟南：齊魯書社，1989年10月）冊1，頁177。

㉛ 此段資料來源為：錢熙祚《樂府雜錄・跋》，《中國古典戲曲序跋彙編》（大陸濟南：齊魯書社，1989年10月）冊1，頁54。

㉜ 此段資料來源為：李玄玉《南音三籟・序》，《中國古典戲曲序跋彙編》（大陸濟南：齊魯書社，1989年10月）冊1，頁61。

㉝ 此段資料來源為：袁園客《南音三籟・題詞》，《中國古典戲曲序跋彙編》（大陸濟南：齊魯書社，1989年10月）冊1，頁63。

㉞ 鄭振鐸：《臨春閣・跋》、《通天台・跋》，《中國古典戲曲序跋彙編》（大陸濟南：齊魯書社，1989年10月）冊2，頁928。

㉟ 吳梅：《通天台・跋》，《中國古典戲曲序跋彙編》（大陸濟南：齊魯書社，1989年10月）冊2，頁927-928。

㊱ 沈君庸：《鴛鴦夢・序》，《中國古典戲曲序跋彙編》（大陸濟南：齊魯書社，1989年10月）冊2，頁930。

㊲ 田御宿：《孔方兄・序》，《中國古典戲曲序跋彙編》（大陸濟南：齊魯書社，1989年10月）冊2，頁932。

㊳ 葉承宗：《孔方兄・自序》，《中國古典戲曲序跋彙編》（大陸濟南：齊魯書社，1989年10月）冊2，頁932。

㊴ 尤侗：《讀離騷・自序》，《中國古典戲曲序跋彙編》（大陸濟南：齊魯書社，1989年10月）冊2，頁934。

㊵ 以上二則皆出自曹爾堪：《讀離騷・序》，《中國古典戲曲序跋

彙編》（大陸濟南：齊魯書社，1989年10月）冊2，頁935。

㊶　王士祿：《讀離騷・題詞》，《中國古典戲曲序跋彙編》（大陸濟南：齊魯書社，1989年10月）冊2，頁935。

㊷　張塤石：《冬青樹・序》，《中國古典戲曲序跋彙編》（大陸濟南：齊魯書社，1989年10月）冊3，頁1807。

㊸　鄭振鐸：《續四聲猿・跋》，《中國古典戲曲序跋彙編》（大陸濟南：齊魯書社，1989年10月）冊2，頁961。

㊹　陳俠君：《吟風閣雜劇・序》，《中國古典戲曲序跋彙編》（大陸濟南：齊魯書社，1989年10月）冊2，頁978。

㊺　鄭振鐸：《通天台・跋》，《中國古典戲曲序跋彙編》（大陸濟南：齊魯書社，1989年10月）冊2，頁929。

㊻　李瀅：《讀離騷・題詞》，《中國古典戲曲序跋彙編》（大陸濟南：齊魯書社，1989年10月）冊2，頁937-938。

㊼　鄭振鐸：《後四聲猿・跋》，《中國古典戲曲序跋彙編》（大陸濟南：齊魯書社，1989年10月）冊2，頁1027。

㊽　吳梅：《後四聲猿・跋》，《中國古典戲曲序跋彙編》（大陸濟南：齊魯書社，1989年10月）冊2，頁1027。

㊾　聽濤居士：《紅樓夢散套・序》，《中國古典戲曲序跋彙編》（大陸濟南：齊魯書社，1989年10月）冊2，頁1057。

㊿　鄭振鐸：《雜劇五種・跋》，《中國古典戲曲序跋彙編》（大陸濟南：齊魯書社，1989年10月）冊2，頁1122。

（51）　藕香水榭：《圓香夢・跋》，《中國古典戲曲序跋彙編》（大陸濟南：齊魯書社，1989年10月）冊2，頁1122。

（52）　藕香水榭：《圓香夢・跋》，《中國古典戲曲序跋彙編》（大陸濟南：齊魯書社，1989年10月）冊2，頁1122。

（53）　丁澎：《讀離騷・題詞》，《中國古典戲曲序跋彙編》（大陸濟南：齊魯書社，1989年10月）冊2，頁937。

(54) 丁澎：《讀離騷・題詞》，《中國古典戲曲序跋彙編》（大陸濟南：齊魯書社，1989年10月）册2，頁937。

(55) 馮家楨：《明翠湖亭四韻事・敘》，《中國古典戲曲序跋彙編》（大陸濟南：齊魯書社，1989年10月）册2，頁956。

(56) 羅聘：〈論文一則〉，《中國古典戲曲序跋彙編》（大陸濟南：齊魯書社，1989年10月）册3，頁1793。

(57) 鄭振鐸：《雜劇五種・跋》，《中國古典戲曲序跋彙編》（大陸濟南：齊魯書社，1989年10月）册2，頁943-944。

(58) 僕齋主人：《風箏誤・總評》，《中國古典戲曲序跋彙編》（大陸濟南：齊魯書社，1989年10月）册3，頁1498。

(59) 彭孫遹：《黑白衛・題詞》，《中國古典戲曲序跋彙編》（大陸濟南：齊魯書社，1989年10月）册2，頁940。

(60) 彭孫遹：《黑白衛・題詞》，《中國古典戲曲序跋彙編》（大陸濟南：齊魯書社，1989年10月）册2，頁940。

(61) 范承謨：《續離騷・書後》，《中國古典戲曲序跋彙編》（大陸濟南：齊魯書社，1989年10月）册2，頁946。

(62) 羅聘：〈論文一則〉，《中國古典戲曲序跋彙編》（大陸濟南：齊魯書社，1989年10月）册3，頁1793。

(63) 江春：《四紘秋・序》，《中國古典戲曲序跋彙編》（大陸濟南：齊魯書社，1989年10月）册2，頁990。

(64) 張景宗：《四紘秋・序》，《中國古典戲曲序跋彙編》（大陸濟南：齊魯書社，1989年10月）册2，頁991。

(65) 吳梅：《四紘秋・跋》，《中國古典戲曲序跋彙編》（大陸濟南：齊魯書社，1989年10月）册2，頁992。

(66) 鄭振鐸：《後四聲猿・跋》，《中國古典戲曲序跋彙編》（大陸濟南：齊魯書社，1989年10月）册2，頁1027。

(67) 李修生：《古本戲曲劇目提要》，（大陸北京：文化藝術出版

社，1997年12月）頁780。

⑱　金連凱：《業海扁舟・序》，《中國古典戲曲序跋彙編》（大陸濟
　　南：齊魯書社，1989年10月）冊2，頁1080-1081。

第八章　雜　論

第一節　曲譜選曲標準

自梁昭明太子蕭統訂定《昭明文選》之選文標準以來，後世之選本莫不仿此，以定出一己之選文準則，久之遂造成選文之風格，戲曲之選本及曲譜之選曲，尤其如此；亦可從中窺出當時曲壇所競尚之風氣。紐少雅《南曲九宮正始》之選曲標準有二：

其一為「寧質毋文」。曰：「傳奇數套，原文古調，以為章程，故寧質毋文，間有不足，則取明初者一二以補之。」

其二則為不合律者不選。曰：「至如近代名劇名曲，雖極膾炙，不能合律者，未敢濫收。[1]」

王瑞生《新定十二律京腔譜》之選曲標準，亦重視聲音之道超過詞藻，認為「選曲不論其詞華，但取其當行可法，平仄相宜，以便於歌唱而已。」

王瑞生以為，如果詞藻與聲音，只能擇其一，則非聲音莫屬：「如有俚鄙之曲，而可以為曲體者，即當錄用，苟非然者，即字字珠璣，行行錦繡，而於曲體正格實為背謬，又何足取？」王氏對於湯顯祖《四夢》寧可拗折天下人嗓子，而不肯置一詞，頗不以為然：「即如湯臨川四大夢諸作，詞語隱僻，而於曲律一道，全然不諳，世俗以為拱璧奇珍，妄加嘆賞，而有識者視之，不啻如覆甕之需耳。[2]」如果選曲專重詞華，則文翰如林，何書不可入選？劇作家何必因劇場歌唱之備，而耗廢心思歟！此為王氏之選曲觀念。再者，王瑞生對於《九宮十三調曲譜》及《南詞

新譜》蒐集犯調之情況頗爲不滿，故重立選犯調之標準：

一、　通行可用。

二、　接榫合處如無縫天衣。

三、聯絡成章如一氣呼吸者。鄙意以爲犯調之作，本屬文字遊
　　戲，文人矜誇才華之所，故瑣碎、斷續、斧鑿之跡處處可
　　見，佳作少而勉強多。

　　莊親王允祿、周祥鈺《新定九宮大成南北詞宮譜》南曲之選
曲標準有兩大原則：

一、　依古曲之已成圭臬，可爲依據者。

二、以聲音爲主，不問字句，其〈凡例〉云：「譜中所收《殺狗
　　記》、《臥冰記》，文句鄙俚。《拜月亭》差勝，而用韻亦復
　　夾雜。蓋詩濫觴而爲詞，詞濫觴而爲曲。此則曲之崑崙墟，
　　故歷來用爲程式，但取聲音不問字句。今若盡行削去，則牌
　　名體式不具，不得已而收之。③」

　　而其北曲之選曲標準依〈凡例〉云：

一、「定譜中曲式，僅以《月令應承》、《元人百種》、《雍熙樂
　　府》、《北宮詞紀》及諸譜傳奇中選擇，各體各式，依次備
　　列。④」是知北曲之選擇有別於南曲之鄙俚，以從衆、流
　　行、時尚爲主。

二、詞中「稍有增損而格調仍彷彿者，皆從詞譜摘選，以爲考證
　　世尚。」

三、《西廂記》之曲詞，諸譜皆收，然本譜以爲彼爲弦索，音調
　　另成一家，故只取其格，不錄詞句。

四、「又一體」之定義：本譜以爲諸譜所載之正體不能劃一，故
　　「選字句最少者爲正格，凡增句、增字、平仄拈異者，皆爲

又一體。」此則又一體之定義過於氾濫，不如其他諸本之謹
嚴矣。

依此，可知三種曲譜之選曲標準，及當時曲壇所崇尚之風格
有二：其一，在於音律，而非詞藻；其二，在於流通時尚，而非
以怪奇難得爲主。

第二節　悲喜劇觀

中國古典戲曲之區分向來以類型爲主，而不以內容要，故內
容所涉及之悲喜，向來不爲傳統之曲論家所重視，因而如西洋戲
劇所重視之悲、喜劇論，則無法在傳統戲曲之範疇內生根，此現
象對提昇古典戲曲之境界而言，爲一大隱憂；蓋戲曲之初，固然
爲先劇本而後有理論，然時日旣久，則必產生理論引導劇作之現
象，若理論之發展無法有開闊之視野，則戲曲創作之品質自然受
影響，爲解決此燃眉之急，從傳統之角度出發，衍生出一套具有
中國特色之悲、喜劇觀，勢必成爲當今曲論界必行之趨勢。

曾永義先生曾於課堂提及對中國悲劇之看法，以爲從戲曲之
源生、功能及演出場合來看，中國都不適合有悲劇，以下就曾先
生之意見，糅雜筆者個人觀點，加以說明。

一、就中國戲曲之孕育場合看，有些是宮廷、有些是祭祀場所、
　　有些是山野民間。宮廷之主要表演者爲優伶，基本上是以諷
　　諫、取悅人君爲主，不可能帶有悲劇色彩。而祭祀場合所表
　　演之項目，以人神同樂爲主，如《九歌》、儺戲、迎神賽會
　　等，故不可能演悲劇項目。而山野民間之秧歌、採茶、花
　　燈，大都以滑稽詼諧、談笑逗樂爲主，悲劇亦無從生根。

二、就戲劇演出之功能而言，自來中國戲曲之最大功能皆爲「寓

教於樂」，明代洪武、永樂皆下詔限制戲曲之表演內容，除忠孝節義、孝子賢孫、歌頌聖人、樂道太平者可演之外，若有褻瀆帝王聖賢者，一概不赦。因此更限制戲曲內容之發展，乃至清代，莫不如此。故元明清三代中僅有元代初期、明末清初、晚清民初，稍可反映時代、政治、社會之現況，其餘大皆只有寓教於樂之主題而已。而元代政治黑暗、社會不公的演出相當多，然仍欠缺哲理之探討及人性之省思。明末有麥秀黍離之思，如吳偉業等人。晚清對革命思潮之反映、驅除封建之作品，亦在所多有，然皆不甚有深層內在之主題思想，內容不過是悲歡離合之思、離情別怨之苦、夫妻父子之慶團圓而已，以為人生之最高境界唯有忠孝節義而已。

三、就演出場合而言，有些地方戲有一定之程式，難以突破。例如莆仙戲之演出，最後一定有狀元及第、或大團圓儀式，方能符合其特色。故如此歡慶之場面，只適合迎仙慶壽等場面之演出。

四、再者，南曲之【尾聲】大都不稱為【尾聲】，而說成【慶餘】或【十二拍板】或【意不盡】，可知中國人習慣戲劇有充滿吉祥歡樂之結尾。

　　由於以上情況，中國難有悲劇。其實筆者以為中國戲曲之悲劇在其演出過程，而不在結局，就如同早期之希臘悲劇，結尾時都會演一齣與劇情無關之牧神劇，以沖淡悲劇予觀眾之衝擊，而中國戲曲固然多要有一大團圓之結尾，然而其作用同於希臘牧神劇，平衡觀眾之心理而已，故若不將大團圓視為喜劇，而多思考其過程，中國戲曲絕對有悲劇之存在也。本論文在戲曲之序跋資

料中，凡內容有牽涉悲、喜劇觀者，莫不視爲瑰麗珍寶，加以牽連引申，以明傳統戲曲理論固然缺乏悲、喜劇之分類觀念，然此觀點亦決非空穴來風，毫無依據也。例如：

> 余家藏書不備，嘗就余所見，輯成《史泣》、《史笑》二書，若以傳奇家例論，則《史笑》多淨丑，《史泣》多苦生，其間尤痛心酸鼻不能已已者，莫如東京之范孟博、南渡之岳鵬舉。⑤

孔尚任《桃花扇・傳奇本末》亦有論及悲、喜劇之觀念：

> 顧子天石，讀予《桃花扇》，引而申之，改爲《南桃花扇》。令生旦當場團圓，以快觀者之目。其詞華精警，追步臨川。雖補予之不殆，未免形予儉父，予敢不避席乎。⑥

是知傳統令觀眾一快耳目之大團圓結局，雖然仍符合大多數人之心理，然傑出偉大作家之胸襟眼界絕不隨俗浮沉，由孔尚任之安排《桃花扇》結局可知矣。

第三節　有關戲曲之方言、術語、特殊觀念及題詞

在序跋中有許多純屬作者個人觀念，或見解特殊，或形式獨創，皆頗具價值，然卻無類可歸者，一概歸屬於本章雜論類，再細分爲方言術語、特殊觀念、題詞等三部分。依序舉例說明如下：

一、方言術語類：例如張赤幟跋傅山《紅羅鏡》雜劇，將涉及晉陽川方言之部分詳細列出、一一注釋，凡此皆有助於後世對當代雜劇之了解，此亦爲深知語言三昧者也。蓋方言口語變

化多而易失傳，若不於當時說明，恐後世失眞，故此類序跋雖不同於其他，亦有不容忽視之價值也。例如：

> 呆答孩　言一直走動不知有所妨也。
>
> 跋躐　言物有妨礙於我不便也。
>
> 胡柴　言滿口胡說若柴之亂也。
>
> 歪剌古　言不端正之婦女也。
>
> 爬不迭　言恨不得如此也
>
> 冒忽天　言突如其來便啓口動手也。⑦

凡此之類，皆爲訓詁範疇中，頗見重視於後世之資料，當代若不保存，後人即無法窺知其意也。又如胥園居士莊肇奎《梨園原・序》，首論「鬼門道」原始意義：

> 鬼門道者，乃戲房出入之所。謂之鬼門道者，言其扮演者代鬼行事，故謂之鬼門道。愚俗不知，因戲場置鼓於門，即訛傳爲鼓門道，又曰古門道，皆非也。東坡詩云：扮演古人事，出入鬼門道。正此謂也。⑧

莊氏又再論演員中，有「良家弟子」之演員與「娼優」演員之別。先以趙子昂所言爲立論之依據：「戲曲，良家子弟所扮演者，謂之『行家生活』，娼優所扮者謂之『戾家把戲』。」繼則曰：

> 戲文者，出於鴻儒、碩士、騷人、墨客，其所作者，娼優豈能扮乎？推其門，正其理，娼優故以爲戾家也。良家子弟扮者，雖亦有風花雪月，然均合乎情理。當太平之盛，

雍熙之治，欲追昔感今，故取良家子弟通於音律者，扮演
戲曲，以飾太平，隋謂之「康衢戲」，唐謂之「梨園戲」，
宋謂之「華林戲」，元謂之「昇平樂」。⑨

最後結論曰：「梨園樂者，唐明皇所賜；至於娼優，乃勾欄
中樂工也。愚俗不明，呼爲一類，實未明其原耳。」此序雖將梨
園中之表演者視爲良家子弟，而與勾欄中之樂工娼優有所分別，
可知賤視娼優之觀念，至清仍無所改變。然娼優亦人也，豈當有
所分別乎！而論梨園子弟不應列入娼優之列，鄭錫瀛《梨園原・
序》與胥園居士莊肇奎有相同之看法：

首論梨園之設，其來有自：「《樂記》云：『古者，樂部有
樂師，分五音六律，以定四時八節之聲，以備享廟之用。』樂部
之設，所由來也。⑩」

次論今之梨園即古樂部之延伸：「今日梨園樂雖無金聲玉
震、藁木貫珠，然亦作於朝廟，達乎鄉國，何爲乎以娼優例之，
豈不負此梨園一業也。⑪」

末以莊氏之立論與己相參：「觀胥園居士贈黃旛綽先生《梨
園原序》，論梨園出處數則，皆有先聖先賢，證據班班可考，梨
園之不應列入娼優也明矣。⑫」

梨園中潔身自好、奮力向上者固不乏其人，如葉元淸《修正
增補梨園原・序》引梨園中龔豐瑞云：

> 梨園之業非賤業也。切須束身勿邪以自重，虛心勿怠以精
> 其技。勿負吾言。⑬

其中「束身勿邪」、「虛心勿怠」說盡術德兼修之道，堪爲

梨園表率。

二、特殊觀念類：藝即道。提倡此觀念者劉熙載，一生治學以經
　　爲主，遍及史、子、集各部，尤精於聲韻及算術。所著《藝
　　概》六卷，內文分文概、詩概、賦概、詞曲概、書概、經文
　　概，各一卷。其主要觀念在於將詩、文、詞、曲、賦等文類
　　總稱爲「藝」，並將之提昇至「道」之同等地位。序中云：
　　「藝者道之形也。學者兼通六藝，尚矣。次則文章名類，各
　　舉一端，莫不爲藝，即莫不當根極於道。」此種「藝亦道」
　　之觀點，在當代視詞曲爲雕蟲小技，壯夫不爲之氛圍中，可
　　謂難能可貴矣。而以道之高不可攀，藝是否需言之至詳，方
　　足以備道乎？劉氏曰：「雖然，欲極其詳，詳有極乎？若舉
　　此以概乎彼，舉少以概乎多，亦何必殫竭無餘，始足以明指
　　要乎！……莊子取『概乎皆嘗有聞』，太史公歎『文詞不少
　　概見』，聞見皆以概爲言，非限於一曲也。⑭」故其書名曰
　　《藝概》，蓋欲「得其大意，則小缺爲無傷，且觸類引伸，安
　　知顯缺者非即隱備者哉！」此亦取《大戴禮記》「通道必簡」
　　之意也。

三、題詞：題詩詞於作品之後，以表達感情、抒發感慨、勉勵作
　　者、推崇著作、評論曲家，凡此皆屬跋之範疇，且由於作者
　　之巧妙構思、抒懷感憤、哀怨淒絕，故有不少令人低迴之佳
　　作。茲將清人序跋中之題詞部分分類如下：

（一）表達感情者：

　　　　我亦曾傳法曲來，新聲流寓滿燕台。千秋同付雙鬟唱，誰
　　　　是旗亭第一才？（嚴保庸作）

梅花觀裡拜瞿雲，曾與諸姑半日譚。譚道精忠丞相傳，一時清淚落春衫。（吳規臣作）

瀟湘千古傷心地。歌也誰聞？怨也誰聾？我亦江邊憔悴人。　青山剪紙歸來晚。幾度招魂？幾度鎖魂？不及高唐一片雲。⑮（【采桑子】）

（二）抒發感慨者：

不須勤說下場難，離合誰能破此關？我亦上場裝老外，歸來仍看六朝山。（包世臣作）

法曲飄零一網收，就中無限古今愁。儂家也譜千金壽，付與吳伶已十秋。（魯頌作）

人生離合等浮萍，夢到邯鄲便不醒。滿眼旌旗場欲散，空留江上數峰青。（周綺作）

宰官仕女總非真，卅二金仙司相頻。寵辱從來各天定，可憐傀儡慣由人。（湯貽汾作）

（三）勉勵作者：

院本紛紛按譜陳，元明昭代各爭新。請君再列功臣表，付與旗亭畫壁人。（韓崇作）

好替詞人著姓名，開編示我最分明。幾時盡洗箏琶耳，來聽霓裳第一聲。（雷浚作）

（四）推崇著作：

歌管年年慶太平，悲歡離合寄深情。世間院本無徵久，難
得新編曲目成。（阮亨作）

舊曲新詞一例收，元人百種讓風流。他年傳出支家譜，忙
殺江南菊部頭。（程爾亨作）

幾年嚼徵復含商，編出新書字字香。莫怪梅花溪上客，戲
場原可做文場。（程爾亨作）

百種元人本最先，清歌檀板和三絃。笑將曲目從頭數，絕
勝南華第一篇。（吳規臣作）

（五）評論曲家：

風雪旗亭畫壁時，也曾傾耳到清絲。笠翁滑熟臨川拗，畢
竟誰為絕妙詞？（雷浚作）

今古才人聚一編，尤吳李蔣最堪憐。世人莫認為兒戲，不
比桃花燕子箋。⑯（周綺作）

　　按此中題詞以推崇著作之應酬類為最多，抒發感慨類境界最
高，而評論曲家類最可貴，畢竟應酬文字，難免有推崇勉勵之
語，唯不過份佞諂，仍不失為佳作。此外尚有好作品而不忍割捨
者，如吳梅《坦庵詞曲五種‧跋》，跋中云重讀《坦庵詞曲五
種》，故題四絕句於跋後。由於是後人為前人題詞，可免無謂之
應酬語，所題大都就劇本內容有關之事，而抒發感慨，蒼茫頓挫
之氣充滿字裡行間，耐人尋味：

拈花迦葉指禪宗，眷屬神仙也是空。我最服膺蘇老語，啼

顏笑齒宦場中。（讀《拈花笑》）

十七史從何處説？紛紛哀怨總成虛。何妨醉倒東籬下，來聽虞初一卷書。（讀《大轉輪》）

五湖煙水自蒼茫，誰信佳人是國殤？我本姑蘇台下住，忍聽遺屧響空廊。（讀《浮西施》）

三春都費買花錢，難得知音在九天。只恐亭皋風葉下，傷心不獨柳屯田。⑰（讀《買花錢》）

　題詞亦有以散文形式出現者，藉該戲曲人物以抒發感慨，未必爲評論作品之高下者也。隨緣居士《祭皋陶‧題詞》云：

每疑祭皋陶一段公案，強作解事小兒便道：「皋陶爲古來第一明允刑官，今日建牙茗盧堂上，冤民朝夕膜拜泣禱，決不負人香火。請看范孟博，爲東漢奇男子，冥牢遭牢脩媒蘗奇禍事，駰博慷慨，不數語即爲奏聞，帝立見平反，爲後世沒，人理人非，萬軍京觀，載之祀典，潵以百牢詎踰與！」予聞而嘻曰：「此是上碧翁索性培護善數，渠何自事，輒妄獵人間酒肉乎？若值上審醉，約百皋陶無滴耳。不見秦之寰土，歷百餘歲尚化爲丐酒之蟲邪？」或曰：「唯唯，否否。九閽高，一言提挈者誰？苟非虞廷士師惡不可爲，我不爲惡者烏得而免諸？由此觀之，若有能不荒皋陶者，方許他祭皋陶。」⑱

（六）其他：

　1.有就作者之生平與作品結合而立論，對作者之遭遇，抱以惋

惜感慨之情，如《續離騷》：

> 緣情舒憤道心生，舌底青蓮金石鳴。鬼佛仙儒渾作戲，歌
> 哭笑罵漫成聲。騷壇即席逢中散，警世當場快屈平。此去
> 吳門紙價重，周郎不數舊聞名。（王龍光作）

> 往事關情豪氣生，懸崖激水自爲鳴。歌來喧寂皆空相，哭
> 到淒涼總失聲。古佛拈花惟有笑，書生憤世意難平。流傳
> 詞話描摹筆，杯酒銷磨千載名。（林可棟作）

> 未盡顚危已達生，午鐘晨角夜猿鳴。牢騷不灑黃金淚，慷
> 慨猶歌白雪聲。賦比三都才獨重，詞雄七發病堪平。憐君
> 夙有如椽筆，浪擲旗亭酒社名。（沈上章作）

2. 有詩有詞有曲，內容大多以抒發情感、議論劇情爲主，例如
張棟題蔣士銓《四絃秋》詩云：「老大何須更自傷，蝦蟆陵
下舊家鄉；從來遷客元多感，不必琵琶始斷腸。」此則翻說
白太傅之所以多感，原是因爲遷客騷人之身份所致，不必因
爲歌女之身世，翻案詩也。春鶴亭詩云：「販茶重利輕離
別，每到春來不在家；漫道此身如柳絮，可憐彩鳳暗隨
鴉。」此則評論劇情也；題詞內容大類此，茲不贅舉。

3. 《寫心雜劇》此雜劇之題詞形式頗爲複雜，有散文、律詩、
絕句、排律、詞等；內容方面則以對劇情本事之抒懷感憤、
同情共鳴爲主，偶有之劇評、簡書之出現，實屬難能可貴。
例如：

(1)抒懷：「花柳叢中自在身，曇雲優鉢現前因；無情更是多
情極，罔說維摩跡已陳。」、「空空色色都成悟，燕燕鶯

鶯底事忙；閨裡應添懊惱曲，風流不似舊時郎。」

⑵劇評：「種緣徐君，吳江懷才高士也。風雅多情，亦復澄心味道。嘗作《鏡光緣》傳奇，固已文詞婉媚，一往情深。今讀《寫心劇》，寓意超妙，音節高遠，殆將夢幻泡影中，指點斯世迷津，益以徵其夙慧。然則磨頂授記，證無上果者，無用求諸經典，讀斯詞可悟矣。⑲」袁枚致徐爔之書簡云：「此中便有鬼神，非偶然也。晚間讀世兄自製樂府，一片靈機，蟠天際地，使衰朽之人蹲蹲欲舞，詞曲感人乃至是哉！⑳」此二者皆就境界之空靈評本劇，前者類似序跋，後者爲書信。

⑶寫情：吳鎬藉【百字令】詞牌，將《紅樓夢》一書所詮釋之「情」字，發揮無餘，如上片云：「愁城愛海，逗癡兒怨女，聰明耽惑。一縷情絲柔似許，繞得纏綿悱惻。綠綺傳心，翠銷封淚，償了靈河債。樓空人散，夢緣留在湘帔。」下片則說明寫作緣由，及自愧不如湯臨川之彩筆：「我亦初醒羅浮，酸辛把卷，未悟空和色。撿取埋香芳塚，恨譜出斷腸花拍。駐彩延華，揉酥滴粉，愧少臨川筆。春宵低按杜鵑紅，雨應濕。㉑」此詞之空靈優美，實不減臨川風采。吳素《酬紅記·題詞》：「一度春歸一斷魂，雨潺風懨又黃昏。人間不少傷心事，偏替愁紅寫淚痕。㉒」亦同。

⑷點染劇情：此類題詞大都就劇情加以點染、發揮者，如《春燈新曲》之題詞，皆就蘇武及明武宗之風流韻事抒情感慨者。如：張鳳翩【念奴嬌】上片云：「橫空迴雁，正孤臣、遼海嚙氈餐雪。踏遍平沙，衰草地，猶抱漢家殘

節。紫塞千山，金門萬里，只翼飛難越。南天遙望，長安
一片明月。」即揣摩蘇武心情所寫。裕貴【永遇樂】上片
云：「千古揚州，二分明月，伊人幽獨。懶看春燈，閒舒
繭紙，寫出搔頭玉。風流天子，雲和仙史，又結三生眷
屬。最銷魂，秋涼紈扇，膩語誓藏金屋。」㉓寫李鳳姐與
明武宗緣會後之惆悵心態。

四、音釋、腳色考：王夫之爲清初三大家之一，所崇尚者以實學
爲主，乃有雜劇之作，實屬難能，故此《龍舟會》之序跋皆
無，惟一「音釋」附於劇末，可謂別開生面者也。此「音釋」
分兩部分，前者註明反切，如：「腳，古效切」、「略，力
弔切」等等；其次說明戲曲角色之性質，以今日觀之，大都
不甚正確，聊備一說而已：

（一）「末泥、孤，番語，此云官人。」

案末泥不知是否爲番語，然絕非官人之意。元夏庭芝《青樓
集》云：「雜劇則有旦、末。旦本女人爲之，名粧旦色；末
本男子爲之，名末泥。㉔」此中「旦本女人爲之」、「末本
男子爲之」，似有語病，當爲「旦本扮女人者爲之」，「末本
扮男子者爲之」較妥，故知末有男子之意。又曾永義先生
〈中國古典戲劇腳色概說〉認爲末字含有自謙之義，亦由自
謙之詞而來㉕。末泥又可省稱末，《太和正音譜》曰：「末
……俗稱末泥。」曾永義先生〈中國古典戲劇腳色概說〉亦
云：「秦簡夫《東堂老》雜劇次折『正末同卜兒、小末尼
上』，小末尼，下文即作小末；元雜劇劇目，李致遠有《都
孔目風雨還牢末》，吳昌齡有《貨郎末泥》（元曲選目，正名
泥字作尼）；可見末泥即末，皆用爲男子之稱，稱末泥，蓋

為宋元口語，而末則為末泥之省，猶如且為旦兒之簡稱。
㉖」可知末泥、末尼、末三者意同。至於「孤」之意，亦不
知是否為番語，《太和正音譜》釋孤云：「當場粧官者。」
㉗王國維《古劇腳色考》謂：「孤之名或官之訛轉。㉘」元
劇亦皆以官員為孤，無誤。

（二）「凡北曲之末，即南曲之生。」

曾永義先生〈中國古典戲劇腳色概說〉云：「末在戲劇中皆
扮演男性角色，故其得名當與生同。㉙」徐渭《南詞叙錄》
及祝允明《猥談》皆有生即男子之記載，以此為角色名最早
見於《永樂大典戲文三種》，北劇無生之名，若有乃經明人
之竄改，不得引以為依據，是知北曲之末即南曲之生。

（三）「卜兒，本女腳，但與南丑腳同，故可借作男扮。」

卜兒所扮大都為老婦人或妓女之假母，少有借作男扮之例，
《元曲釋詞》云：「宋元人把『娘』字省寫做奻，又省做
『卜』，卜兒即老娘、老婦之意，相當於後來戲劇中之老
旦。」㉚王國維《古劇腳色考》云：「扮老婦者謂之卜兒。」
㉛是知卜兒所扮，皆以女腳為主，船山所言不知何所據。

（四）「孛兒，即南曲之淨。」

王國維《古劇腳色考》云：「金元之際，鮑老之名分而為
三：其扮盜賊者，謂之邦老；扮老人者，謂之孛老；扮老婦
者，謂之卜兒。皆鮑老一聲之轉，故為異名以相別耳。」故
知孛老為劇中扮演老男人之腳色，而孛兒即孛老兒之省稱，
孛老兒又省稱孛老，通常由「外」或「沖末」扮演；至若南
曲之淨，則不限於老年男子也。

（五）「茶旦，南曲小旦，宮詞所謂『十三嬌小喚茶茶也』。」㉜

此說亦有可議之處：蓋茶旦又爲搽旦，元劇旦腳之一，常於臉上搽粉抹黑，夏庭芝《青樓集》李定奴條云：「凡妓，以墨點破其面者爲花旦。」㉝所謂花旦即元劇之搽旦或色旦，所扮大都爲不正經婦女之腳色。如《全元曲》《陳州糶米》第三折：「搽旦王粉蓮趕驢上」㉞，而王粉蓮在此劇中所扮則爲妓女；《全元曲》《爭報恩‧楔子》搽旦云：「相公去了也，丁都管，我嫁你相公許多年，不知怎麼說，我這兩個眼裡見不得他，我見你這小的，生得乾淨濟楚，委的著人，我有心和你吃幾鍾梯氣酒兒，你心下如何？」㉟觀其對話可知其不正經之個性，而南曲小旦則未必皆如此。又《元曲釋詞》茶茶條云：「茶茶，金人對婦人的泛稱。猶如漢人多以秀英秀梅等作婦女之名相似。」㊱可知茶茶之稱呼，並不限於年輕未嫁之女性。船山將小旦、茶茶、茶旦三者混爲一談，可知戲曲領域，固非其所長也。

五、女性觀點：清人對女性之觀點，亦偶爾流露於序跋之中，大部分論女子不當嫉妒，方爲有德。同時欲藉戲曲之觀賞，以補女性生活空間之窄小及眼光胸襟之不足也，古代男性對女性之觀點可從徐石麒《拈花笑》之序跋得知一二：

> 女子最弱，到妒時，扛金鼎，舉石白，丈二將軍不能過也。女子最愚，到妒時，放大光明，無幽不察，可謂極巧窮工；女子最愛修潔，到妒時，雖汙池在前，溷廁在後，舉身投之，略無所恤。凡此種種，雖天性使然，亦童而習之也；姑姨姊妹，竟日喋喋，唯此一義，正如商賈學算法，子弟讀爛經，日增益其所不能，故探奇盡變乃爾。㊲

女子善妒，實非其過，環境所造成之關係猶大也，故須加以教化，徐石麒《拈花笑・自序》以爲須從敎育著手，看書或聽童謠，云：

> ……吾向集古今妒婦事，成一帙，命曰《指木遺編》。然其事隱其詞文，恐不堪入閨閤耳。夏日無事，又爲拈作歌曲，只取通俗，不顧鄙俚，蓋欲入懵懂隊中，説現身法也。倘市兒傳誦，得一二語爲胭脂虎解頤，或可發其廉恥羞惡之心，卻勝啜倉庚膾一碗耳。㊳

此亦可知古代女子生活之局限性，及社會之保守性。

第四節　音樂功能論

清人序跋之音樂觀點包括音樂史觀、音樂理論、音樂功用三方面而言。依序說明討論於後：

一、音樂史觀

周祥鈺於《九宮大成南北詞宮譜・自序》中引莊親王之言曰：「夫樂以詩爲本，詩以聲爲用。隋唐以來，《三百篇》中，僅傳〈鹿鳴〉、〈關雎〉十二章。宋時，趙彥肅將字句配協律呂，因垂作譜於鹿鳴等六詩，爲黃鐘清宮，註云：『俗稱正宮』；〈關雎〉等六詩，爲無射清商，註云：『俗稱越調』。今人但知南北曲有正宮越調之名，而不知亦麗於風雅。至於工尺之譜，四上競氣之語，見諸《楚詞・大招》，泊乎《宋史》。是書之輯，非予創爲。一依古以爲程，殆與雅樂相爲表裡者歟！」是知宮調之名《詩經》時代已有，工尺之譜更可上溯自《楚辭》，此爲

以古爲師之音樂史觀。㉙

　　李瀚章《樂府傳聲・序》提及樂府之歷史曰：（一）「漢初
詔樂府令夏侯寬備簫管，而樂府之三正調，曰平、曰清、曰瑟；
二變調，曰楚、曰側，始著聲於協律。」（二）「至齊梁而樂府
盡。」（三）「至宋元而樂府復興。其以燕樂宮商羽十五調，施於
用，與漢之三調，名異實同。至崑山之魏良輔之南曲水磨腔出，
而人聲之著於歌曲也尤準。」㊵

　　以今日觀之，其言尚有可參考之價值也。

二、音樂理論

　　姚思之音樂觀與一意尚古音者有異，蓋其以爲：「夫古樂之
不可得而聞，與古人之不可得而見，古治之不可得而復，非獨其
勢使然，亦由理應如此。」既有如此之觀念，則與一心蒐求古
譜，以古音爲重之紐少雅當有相左之意見，爲何仍贊成紐氏之
舉？實則因當代曲家，人人各懷隋珠和璧，各不相謙，乃至音律
之道混淆難明之故也。其言曰：「蓋自宋始有院本，金元從而廣
之。雜劇之行，人懷蒼璧，家蓄玄珠，及明猶備，作者輩出，相
望若林，才大者或難於制伏，華盛者都昧於本原，初則忽於塡
詞，繼乃訛於演唱。不有憂者，誰挽其流？不有明者，誰繩其
過？」目睹曲壇世風下趨，習俗難變，音律之亂如此，故雖主張
「爲吾黨者，宜在今言今。」然而仍冀有識者能存救正之思，適
逢紐氏與徐氏之書刊成，乃欣然告慰曰：「不惟慰子室氏未成之
志於地下，而自此操觚者，與夫按板者，一旦同還正始，其不謂
之騷壇之元勳也歟！」㊶

　　王瑞生對弋陽腔之滾白有獨到看法：《新定十二律京腔譜・

總論》嘗爲滾白定義曰：「嘗閱樂誌之書，有唱和嘆三義：一人發其聲曰唱；衆人成其聲曰和；字句聯絡，純如、繹如，而相雜於唱和之間者曰嘆；兼此三者乃成弋曲。由此觀之，則唱者，即起調之謂也，和者即世俗所謂接腔也，嘆者即今有滾白也。」

以京腔爲正格之傳奇、可視情況用崑腔唱：（一）偶一爲之可用崑腔唱者，如【朝元令】、【二犯江兒水】、【賽觀音】、【人月圓】。（二）特殊場合：「若用在宴會同場，原可京腔唱；若用在起兵演陣之處，全以威武取勝者，必須崑腔唱，庶使樂器相助而便於排場。」（三）點綴排場：「以小曲爲之，以便接續劇場上下，原不必京腔唱也。」

徐大椿則認爲音樂之完成有七端，缺一則不能成樂。《樂府傳聲》是以第七項「審口法」爲主要論題。先將此七項逐一列出介紹，此亦可知徐氏之音樂觀點：

（一）定律呂：「考黃鐘大呂之本，窮宮商徵羽之變是也。」

（二）造歌詩：「上及雅頌，下至謠諺，與凡詞曲有韻之文皆是也。」

（三）正典禮：「郊天祭地，宴饗贈答，房中軍中之所宜用是也。」

（四）辨八音：分辨「金石絲竹匏土革木，古今樂器是也。」

（五）分宮調：分別「旋宮之六十調，與今所存北曲之六宮十一調，南曲之九宮十三調是也。」

（六）正字音：「一字有一字之正音，不可雜以土音，又北曲有北曲之音，南曲有南曲之音是也。」

（七）審口法：「每唱一字，則必有出聲、轉聲、收聲，及承上接下諸法是也。」

必此七項盡通，方可謂專精之士；雖然，樂海浩瀚，非一人所能盡學，故分習之情況較爲常見。徐氏認爲：「律呂、歌詩、典禮，此學士大夫之事也；其八音之器，各精一技，此樂工之事也。」而唱曲者所必須了解者爲「宮調、字音、口法」；其中以口法爲最難。[42]

裴文禩《詞餘叢話·序》將音樂定義爲：「古有樂，今亦有樂。古樂云亡，舍今奚從？而今日之樂，大而清廟、明堂、燕享、祭祀，小而樵歌牧笛，婦孺謳吟，凡有聲音，皆可謂樂。以此爲樂，則弟子可學矣。」此所謂廣義之音樂觀，而非斤斤於「窮極精微，屢牘連篇」之深奧，方得稱爲音樂。可謂相當進步之音樂觀也。[43]

三、音樂功用

馮旭認爲音樂與政治、敎化相通，而對於刻羽引商，審辨聲歌，訂定律呂之事，則認爲是閒情逸韻，其於《南曲九宮正史·序》對於一般士夫，「晨昏尋味，手口臨摹，總不出經事文章」，「諉曰未遑」，頗不以爲然。他認爲自五英六莖，雲門大章而後，周人製爲樂章，漢人製爲樂府，《朱鷺》、《黃驄》諸奏，洋洋其可聽也。至唐而用十二鐘，製十二和，李白之調，龜年之曲，並重開元。樂興，則有和峴竇儀之章焉，范鎭□几之律焉。歷觀名流才士，其所著述，眞可垂千古不磨。此自大方向看音樂之功用也。[44]

王瑞生《新定十二律京腔譜·自序》認爲「蓋古昔聖賢格神人、協上下，胥賴乎樂」，音樂是六經中寓義綦大者，其重要性可以「驗氣數之盛衰，推政治之得失」，故季札觀樂而預識興

亡，太史採風而懸知消長，此皆有賴斯樂也。⑤

　　音樂之用大矣哉！其言曰：「蓋樂之爲用，音聲動靜，感人性情之變甚速，先王愼樂之感，擇其正者以布化於生民，故聖人有云：『興於詩、立於禮、成於樂。』樂之爲道，顧云重矣。苟有毫髮之不善，又烏能造其理窟而得神融之至也歟！」⑥

　　唐紹祖《樂府傳聲·序》論及音樂於敎化之重要，藉李文貞公之語曰：「每論聲淸之源，與移風移俗之本，謂敎化莫先於樂，樂以人聲爲重。」又曰：「又論元曲只四齣，猶有古者升歌笙入，間歌和樂之遺意。嘗欲編次史傳中忠孝廉節諸事，仿元人體製以授。」又曰：「今崑腔去其淫聲艷字而調理之，亦可以感動人心。」

　　由此可知唐氏認爲能感動人心之樂，乃爲素樸而有嚴肅主題有如元劇之忠孝節義者。⑰

　　凡此理論，就今日而言，即將音樂活用，使之符合人生社會之所需，蓋天地間一切事物之生，本爲增進宇宙萬物之幸福而設，若違反此原則，則反爲無意義，聲音之道豈有自外哉！

注　解

① 以上二條見：紐少雅《南曲九宮正始·臆論》，《中國古典戲曲序跋彙編》（大陸濟南：齊魯書社，1989年10月）冊1，頁90。

② 以上三條資料皆見：王瑞生《新定十二律京腔譜·凡例》，《中國古典戲曲序跋彙編》（大陸濟南：齊魯書社，1989年10月）冊1，頁105。

③ 周祥鈺：《新定九宮大成南北詞宮譜·凡例》，《中國古典戲曲序跋彙編》（大陸濟南：齊魯書社，1989年10月）冊1，頁132。

④ 周祥鈺：《新定九宮大成南北詞宮譜・凡例》，《中國古典戲曲序跋彙編》（大陸濟南：齊魯書社，1989年10月）冊1，頁134。

⑤ 杜陵睿水生：《祭皋陶・幷語》，《中國古典戲曲序跋彙編》（大陸濟南：齊魯書社，1989年10月）冊2，頁931。

⑥ 孔尙任：《桃花扇・傳奇本末》，《中國古典戲曲序跋彙編》（大陸濟南：齊魯書社，1989年10月）冊3，頁1604。

⑦ 張赤幟：《紅羅鏡・跋》，《中國古典戲曲序跋彙編》（大陸濟南：齊魯書社，1989年10月）冊2，頁926。

⑧ 莊肇奎：《梨園原・序》，《中國古典戲曲序跋彙編》（大陸濟南：齊魯書社，1989年10月）冊1，頁172。

⑨ 莊肇奎：《梨園原・序》，《中國古典戲曲序跋彙編》（大陸濟南：齊魯書社，1989年10月）冊1，頁172。

⑩ 鄭錫瀛：《梨園原・序》，《中國古典戲曲序跋彙編》（大陸濟南：齊魯書社，1989年10月）冊1，頁171。

⑪ 鄭錫瀛：《梨園原・序》，《中國古典戲曲序跋彙編》（大陸濟南：齊魯書社，1989年10月）冊1，頁171。

⑫ 鄭錫瀛：《梨園原・序》，《中國古典戲曲序跋彙編》（大陸濟南：齊魯書社，1989年10月）冊1，頁171。

⑬ 葉元淸：《修正增補梨園原・序》，《中國古典戲曲序跋彙編》（大陸濟南：齊魯書社，1989年10月）冊1，頁173。

⑭ 此段資料皆得之：劉熙載《藝概・自序》，《中國古典戲曲序跋彙編》（大陸濟南：齊魯書社，1989年10月）冊1，頁176。

⑮ 吳綺：《讀離騷・題詞》，《中國古典戲曲序跋彙編》（大陸濟南：齊魯書社，1989年10月）冊2，頁938。

⑯ 以上題詞屬詩之部分爲嚴保庸等人作。錄自《中國古典戲曲序跋彙編》（大陸濟南：齊魯書社，1989年10月）冊1，頁179-182。若爲詞則另注出處。

⑰　吳梅：《坦庵詞曲五種・跋》，《中國古典戲曲序跋彙編》（大陸濟南：齊魯書社，1989年10月）冊2，頁924。

⑱　隨緣居士：《祭皋陶・題詞》，《中國古典戲曲序跋彙編》（大陸濟南：齊魯書社，1989年10月）冊2，頁931-932。

⑲　胡世詮：《中國古典戲曲序跋彙編》（大陸濟南：齊魯書社，1989年10月）冊2，頁1014。

⑳　袁枚：《中國古典戲曲序跋彙編》（大陸濟南：齊魯書社，1989年10月）冊2，頁1013。

㉑　吳鎬：《紅樓夢散套・題詞》，《中國古典戲曲序跋彙編》（大陸濟南：齊魯書社，1989年10月）冊2，頁1057。

㉒　吳素：《酬紅記・題詞》，《中國古典戲曲序跋彙編》（大陸濟南：齊魯書社，1989年10月）冊2，頁1073。

㉓　以上資料來自《中國古典戲曲序跋彙編》（大陸濟南：齊魯書社，1989年10月）冊2，頁1088-1091。茲不另注。

㉔　夏庭芝：《青樓集・誌》，《中國古典戲曲論著集成》（大陸北京：中國戲劇出版社，1959年3月）冊2，頁7。

㉕　此則資料見：曾永義《說俗文學・中國古典戲劇腳色概說》，（臺灣臺北：聯經出版事業公司，1980年4月）頁252。

㉖　曾永義：《說俗文學・中國古典戲劇腳色概說》，（臺灣臺北：聯經出版事業公司，1980年4月）頁252。

㉗　朱權：《太和正音譜》，《中國古典戲曲論著集成》（大陸北京：中國戲劇出版社，1959年3月）冊3，頁53。

㉘　王國維：《古劇腳色考》，《觀堂曲學名著八種》（臺灣臺北：盤庚出版社，1978年9月）頁237。

㉙　曾永義：《說俗文學・中國古典戲劇腳色概說》，（臺灣臺北：聯經出版事業公司，1980年4月）頁252

㉚　顧學頡、王學奇：《元曲釋詞》，（大陸北京：中國社會科學出

版社，1990年10月）冊1，頁155。

㉛　王國維：《古劇腳色考》，《觀堂曲學名著八種》（臺灣臺北：盤庚出版社，1978年9月）頁239。

㉜　以上有關王夫之釋腳色之資料皆來自：《中國古典戲曲序跋彙編》（大陸濟南：齊魯書社，1989年10月）冊2，頁945，茲不另注。

㉝　夏庭芝：《青樓集》，《中國古典戲曲論著集成》（大陸北京：中國戲劇出版社，1959年3月）冊2，頁40。

㉞　無名氏：《包待制陳州糶米》，《全元曲》（大陸石家莊：河北教育出版社，1998年8月）冊9，頁6261。

㉟　無名氏：《爭報恩三虎下山》，《全元曲》（大陸石家莊：河北教育出版社，1998年8月）冊9，頁6537。

㊱　顧學頡、王學奇：《元曲釋詞》，（大陸北京：中國社會科學出版社，1990年10月）冊1，頁213。

㊲　徐石麒：《拈花笑‧自序》，《中國古典戲曲序跋彙編》（大陸濟南：齊魯書社，1989年10月）冊2，頁923。

㊳　徐石麒：《拈花笑‧自序》，《中國古典戲曲序跋彙編》（大陸濟南：齊魯書社，1989年10月）冊2，頁923-924。

㊴　本段引用資料來自周祥鈺：《九宮大成南北詞宮譜‧自序》，《中國古典戲曲序跋彙編》（大陸濟南：齊魯書社，1989年10月）冊1，頁128。茲不另注。

㊵　本段引用資料來自李瀚章：《樂府傳聲‧序》，《中國古典戲曲序跋彙編》（大陸濟南：齊魯書社，1989年10月）冊1，頁146-147。茲不另注。

㊶　本段引用資料來自姚思：《南曲九宮正史‧序》，《中國古典戲曲序跋彙編》（大陸濟南：齊魯書社，1989年10月）冊1，頁89。茲不另注。

㊷　本段引用資料來自徐大椿：《樂府傳聲‧自序》，《中國古典戲

曲序跋彙編》（大陸濟南：齊魯書社，1989年10月）冊1，頁
141-142。茲不另注。

㊸　本段引用資料來自裴文禩《詞餘叢話・序》，《中國古典戲曲序
跋彙編》（大陸濟南：齊魯書社，1989年10月）冊1，頁182-
183。茲不另注。

㊹　本段引用資料來自馮旭：《南曲九宮正史・序》，《中國古典戲
曲序跋彙編》（大陸濟南：齊魯書社，1989年10月）冊1，頁
86。茲不另注。

㊺　本段引用資料來自王瑞生：《新定十二律京腔譜・自序》，《中
國古典戲曲序跋彙編》（大陸濟南：齊魯書社，1989年10月）冊
1，頁95。茲不另注。

㊻　本段引用資料來自王瑞生：《新定十二律京腔譜・自序》，《中
國古典戲曲序跋彙編》（大陸濟南：齊魯書社，1989年10月）冊
1，頁121。茲不另注。

㊼　本段引用資料來自唐紹祖：《樂府傳聲・序》，《中國古典戲曲
序跋彙編》（大陸濟南：齊魯書社，1989年10月）冊1，頁144。
茲不另注。

下篇　結論——總結清人戲曲序跋之內涵、承傳及特質

第一章　清人戲曲序跋之內涵與承傳

　　本論文將清人戲曲序跋理論中之犖犖大宗者，歸納爲：曲律論、動機論、創作論、表演論、戲曲史觀論、批評論、雜論等七大部分，此七大類大致上已概括清人戲曲序跋理論之全貌，或有小部分之理論，因爲資料寡少、缺乏重要性等因素，而被忽略棄置，或置入雜論中，本文儘量避免此種疏失。

一、曲律論

　　序跋中之曲律論，又可分腔板論、宮調論、曲牌論、音律論、字數句法論、製譜論等六節，各節皆能顯現出清人在此方面之傑出表現，茲將其成果分述於後：

　　清人在序跋中對腔板論方面有見解者有：袁于令、王瑞生、周祥鈺、葉堂等人。此四位專家對腔、板之定義、重要性、活用程度等方面，都有一定之貢獻，一方面總結前人說法，一方面亦將研擬多年之心得，化爲實際之成果，而流傳於後世。

　　清人序跋在宮調論方面，對前人之宮調說提出質疑反駁，以爲五音律呂相配之原則，與音樂原理毫無關係，而且由五音中所產生之調名混淆不清，如宮所生之七音爲宮，商羽之七音又謂之

調，角之七音又謂之角，幾無法則可尋；又對沈璟、凌濛初等曲家所定之曲譜提出嚴正之糾謬與批評，而處在如此頹波泛濫之下，清人亦勇於做中流砥柱，立下前所未有之指南，其功厥偉、其意義重大矣！

清人序跋在曲牌方面上亦有諸多看法：紐少雅以爲某小令應當屬何宮調，不可就一隻曲牌判斷，必得成套數後，方能判定。王瑞生對沈璟曲體不統一、動輒存又一體曲牌之作風表示質疑。呂士雄則針對賺詞提出個人見解。周祥鈺《新定九宮大成南北詞宮譜》對曲牌有重大貢獻，例如：以詞牌名代替部分曲牌、更改犯調爲集曲、定下集曲命名之原則、強調北曲尾聲之重要性等，成就傑出。

清代曲家大都強調音與律之重要性，在「音」方面，講明五音與十二律之配合方法；在「律」方面說明其重要性，並論其功用；在聲律方面，對平仄四聲之講求比前人更加謹嚴、精細；在韻律方面大致上都贊同以《中原音韻》爲主，若有《中原音韻》未迨之處，亦皆提出獨到之見解。

字數句法是編曲譜時最重要之問題，故清代凡重要曲譜之作者如：紐少雅、王瑞生、呂士雄等家，莫不兢兢而深究之。其中紐氏要求最嚴，舉凡處理增減字句、襯字、處理闕疑字、曲牌之句法等棘手之問題，皆有一定準則，而獲得認同。

清代製譜風氣之盛，遠超前人。如：李玉《北詞廣正譜》、紐少雅、徐慶卿《南曲九宮正始》、王瑞生《新定十二律京腔譜》、呂士雄等《南詞定律》、湯彬和《太古傳宗》、莊親王允祿、周祥鈺《新定九宮大成南北詞宮譜》、楊□□《曲譜》、葉堂《納書楹曲譜》、馮起鳳《長生殿曲譜》等，皆不滿當時通行曲譜

之襲謬沿訛，正音乖舛，而發憤作譜，故其序跋皆以強調製譜之緣由、經過、方法、原理爲主，故此方面之成就亦斐然可觀。

二、動機論

序跋中之動機論又分風化陶淑、攄衷訴志、感懷共鳴、評論史事、用洗前陋、煉石補恨等六項，其中以攄衷訴志、感懷共鳴占最大宗，亦可窺知淸人戲曲中，成爲文人案頭淸供、抒愁寫恨者亦不在少數，茲將各節之特色叙述於下：

以風化陶淑爲目的之作者，主要在強調戲曲之道德敎化，蓋因當代傳奇勝極一時，大多數作家以不羈之才，寫逞奇爭巧之事，雖亦發人歌泣、啓人艷慕，然畢竟與「風化勸懲、陶淑世人」之傳統思想悖然相左，故如高奕、吳偉業、蔣士銓等有社會責任感之曲家，紛紛藉序跋自序等文抒發此種隱憂。

淸代文人案頭劇盛行，影響戲曲理論之走向，戲曲由初期敎化淑世爲主，演變至後期之抒發個人思想情感、胸中塊壘。元代劇作家，雖不得志於當世，然目睹黑暗之政治，劇作之主旨大皆以挑戰現實、揭露社會黑暗面爲主；明代前期作家大多是道德之維護者，中晚期受當代哲學思潮之衝擊，乃有反抗傳統思想作品之產生。淸代文字獄興，考證之學大盛，影響所及，反抗時代思潮之大塊作品少，而抒發個人胸中塊壘、憫其志向之不得伸張之作，乃充斥其間，此爲大環境所影響，不得不然之趨勢也。

感懷共鳴之序跋產生原因，在於序跋者無法處於客觀冷靜之批評立場，而是當下受劇本情境之感染，一時之間無以自拔，因而與作品產生心靈共鳴，發而爲序跋之文也，此類序跋數量龐多，幾占總數之三、四成左右，情感眞摯，文筆高雅不俗，又多

能發人所未發，可視爲與戲曲有關之另類創作。

評論史事類之劇作，序跋者認爲劇作家將旣有之史實敷演成篇，故藉機評論感慨，冀望後人引以爲鑑，勿再重蹈覆轍也，頗有翻案文章之意味。此項大皆爲歷史劇，可說是劇作家中，較富有積極之創作目的者也。

用洗前陋之序跋心態十分單純，僅由於不滿前人作品在思想或文詞方面之鄙陋，故而重譜此事也，此類序跋不多。

煉石補恨劇本之寫作，蓋因後人讀史，往往嘆息扼腕、痛哭流涕，恨造化弄人，然亦無可如何。

職此之故，劇作家突發奇想，利用戲曲入人心之深，藉劇以彌補古人之憾恨，並安頓今人爲古人抱不平而忽忽若狂之心，序跋者亦爲之揭露此種心態。

三、創作論

創作論又分四項，（一）取材論，戲曲取材需加點染，以實作實則淪於板滯，以實作虛則利於鋪張；（二）主題思想論，作品之主題思想要有歷史背景、哲學思潮作陪襯，方能使作品具份量；（三）關目排場論，關目情節要翻新做巧，動之以誠正，方能令觀衆感動；（四）結構論，清人之結構論大致受李漁之影響，小有不同而更深入；凡此皆爲劇本創作中精闢警人之議論，較諸現代文學理論而毫無愧色也。

四、表演論

清代曲家之表演論，繼承元代芝菴《唱論》、明代魏良輔《曲律》、李開先《詞謔》、潘之恆《鸞嘯小品》、《亘史》、馮夢

龍「傳神論」、沈寵綏《絃索辯訛》、《度曲須知》等優秀曲家之
承傳，亦發展出如：李漁《閒情偶寄‧詞曲部》、徐大椿《樂府
傳聲》、黃旛綽《梨園原》、王德輝、徐沅澂《顧誤錄》、劉廷璣
《在園曲志》等研究表演方面之專門經典、煌煌鉅著，然而有關
此類表演論之序跋卻不多見，例如為《梨園原》寫序跋者僅有鄭
錫瀛、莊肇奎、葉元清、夢菊居士等，其中夢菊乃是民國初年之
人；為徐大椿《樂府傳聲》寫序跋者有胡彥穎、唐紹祖、黃之
雋、無我道人、王保玠、李翰章等人，而為王德輝、徐沅澂《顧
誤錄》寫序者僅周棠一人，其餘則自序之外，序跋者較為稀少，
殆寫作表演論專著之人，大都非顯赫之輩，故乏人寫序。因此從
清人序跋中較無法窺知清代表演論之全貌也。

五、戲曲史觀論

　　戲曲史觀論又分：

（一）戲曲本事溯源：分清代與近代兩方面敘述，清代學者自序
　　　其劇本本事，大皆詳贍淋漓、誠懇感人，可作為戲曲史之
　　　資料。清末民初學者以鄭振鐸為最好此道，構成其個人序
　　　跋劇本之特色。

（二）戲曲史論：作者藉序跋而論戲曲史之觀念，資料雖不多而
　　　彌足珍貴，可視為戲曲發展史之重要資料。例如吳偉業序
　　　李玄玉《北詞廣正譜》，牽涉兩種戲曲史之問題：其一為元
　　　劇興盛之因，其二為元曲於文學史上之價值。吳偉業認
　　　為：1. 元代曾以詞曲取士；2. 士人沉抑下僚者眾，只得躬
　　　踐排場，親自參與演出；3. 士人藉此抒發胸中塊壘。此為
　　　元劇興盛之因。而元曲於文學史上之價值亦可分三方面

言：1. 整體而言，可與漢文、唐詩、宋詞、並駕齊驅，毫
無愧色。2. 就詞藻音律言，已達渾然天成之境界。3. 就刻
劃人物而論，能行於法則之內而不爲法所束縛，並開拓意
象豪邁之蹊徑。凡此見解皆爲後世治文學史者所引用、重
視。

（三）花部戲史論：焦循《花部農譚》自序，首論花部定義曰：
「花部者其文俚質，共稱爲亂彈者也。」繼言花部動人之
處，在於：主題具教化意義、曲詞平易近人、腔調慷慨，
其言曰：「花部原本於元劇，其事多忠、孝、節、義，足
以動人，其詞質直，雖婦孺亦能解；其音慷慨，血氣爲之
動盪。」並抨擊雅部吳音不足以耳聞即曉，兼之主題薄
弱、乏善可陳；凡此論點皆足以提昇地方戲之地位與價
值。而王瑞生對弋陽腔之提昇，亦不遺餘力。

六、批評論

批評論又分：（一）品評曲論曲律之優劣。（二）版本目錄
之校勘。此二類序跋家提供最好之版本資訊，有利於後人對戲曲
參考書版本之選擇。（三）劇作家批評論：對劇曲家之評論，介
紹其生平，討論其曲作之風，亦有針對曲家之才氣、人格、際
遇、曲壇地位做評論者，有利於後人對曲家之深層認識。（四）
劇本批評論：劇本批評則較著重於：1. 風格辭藻；2. 音律韻
律、曲文賓白；3. 思想主題、內容題材；4. 論劇兼抒情；5. 觀
眾心理；6. 同一題材之劇本做比較等六項，每項皆顯現出具體
而微之批評雛型，有利於日後戲曲批評理論之發展。（五）優伶
批評論：自元明之際朱權而起，優伶長久處於被賤視之地位，實

則與優伶品性、上進心皆有關係。

七、雜論

雜論又分下列諸項：

（一）曲譜選曲標準論：說明各曲譜之選曲條件。

（二）悲喜劇觀：杜陵睿水生序宋琬《祭皋陶》中所提到悲喜劇
之概念，蓋中國古典戲曲之區分向來以類型爲主，而不以
內容爲要，故內容所涉及之悲喜，向來不爲傳統之曲論家
所重視，因而如西洋戲劇所重視之悲、喜劇論，則無法在
傳統戲曲所涉之範疇內生根，此現象對提昇古典戲曲之境
界而言，爲一大隱憂；蓋戲曲之初，固然爲先劇本而後有
理論，然時日旣久，則必產生理論引導劇作之現象，若理
論之發展無法有開闊之視野，則戲曲創作之品質自然受影
響，爲解決此燃眉之急，從傳統之角度出發，衍生出一套
具有中國特色之悲、喜劇觀，勢必成爲當今曲論界必行之
趨勢。

（三）有關戲曲之方言、題詞、特殊觀念、術語等論點：方言、
術語之運用，以題詞代替序跋所表現之意義等等，莫不內
容豐富、意蘊深刻。又有關戲曲之特殊觀念、方言、術
語、題詞亦普遍呈現於序跋中，例如張赤幟將傅山雜劇
《紅羅鏡》中涉及方言之部分詳細列出一一注釋，此爲深知
語言三昧者也，蓋方言口語變化多而易失傳，若不於當時
說明，恐後世失眞，故此類序跋雖不同於其他，亦有存在
之價值也。舉例如下：「呆答孩」即一直走動，不知有所
妨也。「跋躠」言物有妨礙於我不便也。凡此若能作深入

整理，皆有助於對當代雜劇之了解。又有序跋題詩詞於作
品之後，以表達感情、抒發感慨、勉勵作者、推崇著作、
評論曲家爲內容，形式方面有散文、律詩、絕句、排律、
詞等；凡此皆屬序跋之範疇，且由於作者之巧妙構思，故
有不少令人低迴之佳作。

（四）音樂功能論：從序跋中可知清人之音樂觀。李調元《雨村
　　　曲話》自序以爲曲之爲用，非只爲「深閨永巷，春傷秋怨」
　　　之語，而是以「達乎情止乎禮義」爲最高境界；凡人心之
　　　壞是由於無情，故可以「情」之功用教化民衆，而曲之重
　　　要乃在於表達「情」字，絕非風花雪月之泛句套詞而已。

　　以上爲序跋內涵之大略，以下論其承傳：

　　綜而言之，清人雜劇之序跋所發展出來之各種戲曲理論，莫
不站在前代之基礎上，而做更深入之發展：曲律論方面，在元代
得之於周德清之啓發，以《中原音韻》爲標準做深入之研究或改
進，在明代得到朱權《太和正音譜》、李開先《詞謔》、何良俊
「聲重於辭」、沈璟吳江派之啓發，發展出更精緻化、複雜化之曲
律論，可說結集先人之大成者，然民國以來，有關曲律方面人才
漸稀，欲求一二解得古曲律者，渺不可得，回顧往賢所作之種種
精深之學問，能不愧然赧然。

　　動機論方面明清二代專門論述此類之文字較少，《琵琶記》
之風教觀、湯顯祖之主情說、呂天成等人之本色當行說等等，大
致已成爲一代風尚，而清人之動機較之前代已更趨繁複，個人情
意之表達更加豐富，恐是時代所趨，個人思想理念抬頭，不得不
然之勢。

　　創作論方面承傳前二朝之理論基礎，如元周德清《中原音

韻‧作詞十法》、陶宗儀《南村輟耕錄‧作今樂府法》、鍾嗣成
《錄鬼簿》中零星散落於各處之理論，明代徐復祚、呂天成皆主
張作劇之結構須謹嚴、忌頭緒紛繁、取材合情理；馮夢龍主張取
材以虛用實、情景交融、絕假存真；祁彪佳主張用聯貫法、宜曲
折、忌紛繁；凡此皆爲清人創作論之張本，而在序跋中可窺微知
著者也。

　　表演論承傳於前代之事，前以論及，茲不再述；批評論之品
評版本目錄之優劣，是清人特有之序跋方式，而爲元明二代所寡
少。劇作家及作品之批評元代自鍾嗣成《錄鬼簿》始已創風氣之
先，其後明代諸之曲論家，莫不以作家、作品、風格、結構爲理
論重心，清人繼承前代豐富之理論基礎，自然能有更進一步之進
展。優伶批評論方面，元人夏庭芝《青樓集》對有色、才、藝俱
佳之優伶多所讚賞鼓勵，然此一風氣並無加以承傳保護，故以明
清二代而論，賤視優伶之風氣始終不變。而雜論所收，除音樂論
外，大皆是清代戲曲序跋中所特有之理論，而爲元明二代、甚至
清代專門論著之戲曲理論所無。雖屬小道，而頗有可觀之處，譬
如悲喜劇之研究、女性觀點、方言術語之研究，皆爲目前現當代
之學者專家所重視，並已張開研究之門路，相信其研究成果日後
必大放異彩。茲將先秦、漢至唐、宋代、元代、明代四期，清代
（包括專著及序跋）等各時代戲曲理論之發展，製成一簡表附錄
於書後，俾令學者對於清代序跋曲論之承傳與演變，有深入之認
識。

　　此則爲本節清人序跋之內涵及承傳之大較也。

第二章　古典戲曲之美對清人序跋之影響

第一節　雜劇之美

中國古典戲曲自元劇成熟，迄今將近八百年，從元人雜劇、明清傳奇到清代地方戲，每一階段皆發展出傲人之成就，亦產生出不同之美學特質。

元雜劇之體製謹嚴，每本分四折（亦有例外，為數不多），每折包括曲子一套及若干賓白，曲子由主角一人獨唱，賓白由全劇演員分別念說，劇中人之動作曰「科」，每折皆有科、白、曲，四折聯貫成為一完整故事。每本四折若不敷劇情所需，則可增加「楔子」，一般可用一至二個楔子，最多不得超過三個，置於劇首或折與折之間，不得放置於劇末。楔子亦有曲白，然曲不必成套，亦不限於主角唱，照例用【仙呂‧賞花時】或【端正好】。四折中所用之宮調、韻部不得重複，元人慣例，第一折必用【仙呂】、第二折常用【南呂】或用【正宮】、第三折常用【中呂】、第四折【雙調】，除第一折外，其餘諸折可視劇情加以斟酌。此種創作規格，無論在音樂或體製上都能達成嚴謹、統一之目的，許多明代作家亦承認製作北曲較南曲謹嚴，然而元劇之佳處絕不專美於體製、格律，王國維《宋元戲曲考》云：

> 元曲之佳處何在？一言以蔽之，曰自然而已矣。古今之大
> 文學，無不以自然勝，而莫著於元曲。……然元劇最佳之

處，不在其思想結構，而在其文章。其文章之妙，亦一言
以蔽之曰：有意境而已矣。何以謂之有意境？曰：寫情則
沁人心脾，寫景則在人耳目，述事則如其口出也是也。古
詩詞之佳者，無不如是，元曲亦然。①

此種之不求工而自工、不求美而自美，即是元劇最佳之處，
所謂「粗服亂頭不掩國色」者也。朱權《太和正音譜》將雜劇分
爲十二科，可知元劇內容之多元多采：有以揭發貪官污吏、暴露
黑暗政治爲主者；有描寫家庭倫理、反映婚姻問題、娼妓問題
者；有藉歷史事實反映微言大意者；有隱居樂道、不問世事者；
這類豐富深刻之內涵，必須在四折之內交待完畢，故關目之安排
便十分緊湊：第一折分前後，前部虛寫居多，由劇中角色自敘身
世、懷抱，作者藉角色之口，趁機發牢騷罵人；後半部寫故事之
開端；第二折故事之發展循次漸進；第三折爲全劇之拔尖高潮，
文情並茂之曲多出於此折；第四折收束全劇，有些劇本已爲強弩
之末，僅塡三五支短套即草草結束。此種固定、簡短之體製格
式，勢必無法滿足元劇所要表現之豐富內涵，故將最精彩之部分
做最經濟之壓縮，企圖在最有限之時間、空間下，創作出讓觀衆
印象鮮明、永難磨滅之場面，是每位元劇作家最大之挑戰。職是
之故，元劇之語言活潑、生動、誇張，元劇之曲子酣暢淋漓、飽
滿豐足、描繪深刻，王國維《宋元戲曲考·元劇之文章》以爲元
劇之文章有意境，述事則「語語明白如話，而言外有無窮之
意」、「如其口出」；寫男女離別之情則「如彈丸脫手，後人無
能爲役，唯南曲中拜月琵琶差能近之」、「沁人心脾」；寫景則
「在人耳目」；而不論寫情、寫景、述事都擅長用俗語或狀聲

字，例如形容烏雲用「黯黯慘慘」、「黑黑暗暗」；形容下雨用
「萬萬點點」、「赤留赤律瀟瀟灑灑斷斷續續」、「淋淋淥淥」；
形容路面崎嶇不平、低窪積水用「窄窄狹狹溝溝塹塹」、「高高
下下凹凹答答一水模糊」；形容閃電用「霍霍閃閃」；形容風用
「出出律律忽忽魯魯」、「颾颾摔摔」；……不一而足，充分表現
出元代新文體之自由無拘精神，亦形成元劇中美學之特質，後世
無有能及之者。

　　下迨明、清二世，體製上較之元雜劇稍作改變，根據曾永義
先生《明雜劇概論》之統計，明憲宗成化以前約一百二十年間，
遵守元人科範之作品約佔百分之八十，破壞者百分之二十；孝宗
弘治至世宗嘉靖八十年間，遵守元人科範之作品降為百分六十，
改製者百分之四十，許多一折短劇出現，亦有由數個獨立短劇合
成一劇之現象，如徐渭《四聲猿》即含四個短劇。穆宗隆慶至思
宗崇禎，守成規者僅佔百分之十，此時傳奇之發展已至巔峰，雜
劇作家受其影響，大量使用南曲創作；雜劇有少至一折，多至十
一折者。而清雜劇之體製，根據曾永義先生〈清代雜劇概論〉統
計，遵守元人科範者僅三十九本，佔全數百分之十七左右。其它
如用韻、排場皆較元人能自由發揮。故元明二朝之雜劇，成長於
貴族、士夫之手，藝術成就較高，且勇於突破元人科範，同時擷
取傳奇長處，照理應較元人有更多發揮之空間，然而明初洪武三
十年(1397)、永樂九年(1411)所頒布之禁令，卻使戲曲內容趨於
狹隘而貧乏。顧起元《客座贅語》云：

　　　一榜永樂九年七月初一日，該刑科署都給事中曹潤等奏，
　　　乞徠下法司，今後人民倡優裝扮雜劇，除依律神仙道扮、

義夫節婦、孝子順孫，勸人爲善及歡樂太平者不禁外，但
有褻瀆帝王聖賢之詞曲、駕頭、雜劇，非律所該載者，敢
有收藏傳誦、印賣，一時拿送法司究治。奉旨，但這等詞
曲出榜後，限他五日，都要乾淨將赴官燒毀了，敢有收藏
的，全家殺了。②

　　如此之嚴刑峻罰，清代亦更相因襲，戲曲遂變而爲宣傳宗敎
道德之工具，較之元人，內容已大幅萎縮，明雜劇以封建倫理敎
化爲最高指導原則，曾永義先生〈元明雜劇的比較〉一文中指
出，元明雜劇對題材之運用及其所呈現出之思想有頗大差異性，
例如：同樣以文人遭遇爲題材，元人至多藉發牢騷，一吐憤懑之
氣；明人則謾罵攻詰、借機報復。再以公案劇爲例，元人表現出
黑暗社會之不公、百姓之痛苦呼號，寄寓深刻、意味深長；明代
則至多宣揚敎化，告誡世人做惡之下場，及善惡果報而已。又以
風月劇爲例，元人劇中之青樓女子，具有鮮明之風塵形象，與良
家婦女差別甚大；明人筆下之風塵女子，則刻意被上道德敎化之
外衣，守貞守節，與良家婦女殊無二致，毫無特色可言。清雜劇
亦操於文人之手，用詞雅雋，案頭清供之作頗多，其題材有取材
於小說者、有取材於史傳者、有取材於野史傳說者、有取材於詩
話者、有取材於民間說唱者、有取材於當代時事者；雖亦呈現多
采局面，然較之元人，缺少活潑之生命力，缺乏元人驚天動地、
衝破天地、打破藩籬之勇氣，故以元明清三代之雜劇而論，最能
發揮雜劇之美者，元人之劇不遑多讓。

第二節　傳奇之美

　　明清傳奇雖然受元劇之影響，然而從源頭而言，與元劇並非同屬一個系統。它是以宋元南戲爲基礎發展而來，其後逐漸吸收模仿北曲之音樂聯套、文詞創作，加以改善，終於形成與元劇不同體製、不同風貌之藝術形式。宋元時期之南戲亦稱爲戲文，是明清傳奇之前身，根據張清徽先生《明清傳奇導論》戲文之體製結構，有十點與元劇不同，後出之傳奇以此爲雛型，茲將其說簡述如下：③

一、題目正名　北劇各有一句或二句，置於劇末；南戲置於劇前或第一齣之結尾。

二、家門　南戲第一齣謂之家門，開場或開宗，爲全劇大意作說明者，戲文傳奇各有不同體製，然作用則相同。元劇則只第一場上半由主角自叙身世懷抱，故事即開始進行。

三、唱做情況　元劇唱者自唱、做者自做，生角在左，旦角在右；南戲則唱做合一，「白與曲兼，身與口應」，角色在臺上可活動。

四、唱白　元劇個人獨白多而對白少，有獨唱而無合唱；南戲獨白少而對白多，獨唱之外尚有對唱、分唱、合唱；北雜劇先白再唱，南戲先唱後白；元劇偶有淺近文言之賓白，南戲常有駢儷對偶出現。

五、出場　元劇先由劇中人道白或念定場詩開場，不限定角色；南戲以生角先上場唱，其他角色陸續出現。

六、下場詩　元劇之下場詩時有時無；而早期不分齣之南戲如《永樂大典戲文三種》，皆以下場詩爲分段處。

七、長短限制　元劇限四折，少有例外；南戲可自由伸展，明清
　　傳奇甚至有多至百折者。

八、角色　元劇以正旦或正末爲主角，其餘皆爲配角；南戲角色
　　初期較簡單，如《小孫屠》用生、末、外、旦、梅、婆、淨
　　七色，《張協狀元》用生、末、外、旦、后、淨、丑七色，
　　《錯立身》用生、末、外、旦、虔、淨六色，《琵琶》用
　　生、末、外、旦、貼旦、淨、丑七色；至清逐漸轉爲複雜，
　　李斗《揚州畫舫錄》有「江湖十二腳（角）色」之稱。

九、換韻　北劇一折用一套曲，一折之內不准換韻。南戲每齣換
　　排場即可換宮調，換宮調即可換韻。

十、南北合套　南戲《永樂大典戲文三種》已有南北合套之情
　　形，不過尚未成熟，此後之傳奇頗多此種現象。
　　　其後傳奇之體製大抵朝此方向發展。而傳奇之美在於其內涵
之「無傳不奇、無奇不傳」，舉例如下：

　　　茅瑛〈題牡丹亭記〉云：「第曰傳奇者，事不奇幻，不
　　傳；辭不奇艷，不傳。④」
　　　李漁《閒情偶寄・演習部》云：「且戲場關目，全在出奇
　　變相，令人不能懸擬。⑤」
　　　孔尚任《桃花扇・小識》云：「傳奇者，傳其事之奇焉者
　　也，事不奇則不傳。《桃花扇》何奇乎？……此則事之不
　　奇而奇，不必傳而可傳者也。⑥」
　　　姚燮《今樂考證・國朝院本》云：「有奇可傳，乃爲塡
　　詞。雖不妨於附會，最忌出情理之外。⑦」

　　　明、清曲論家對傳奇之「奇」字之要求，如出一輒、可見一

斑。然而「奇」並非「怪」之同義複詞，必須「奇而不怪」、「奇而眞」、「奇而新」、「奇而巧」、「奇而美」，必須出自耳聞目見情理之內，而非怪奇偉麗、炫惑人心者也。明凌濛初《譚曲雜箚》及清李漁《閒情偶寄・詞曲部》對「奇」有深刻之詮釋，試舉其二人之說如下：

> ……舊戲無扭捏巧造之弊，稍有牽強，略附神鬼作用而已，故都大雅可觀，今世愈造愈幻，假託寓言，明明看破無論，即眞實一事，翻弄作烏有子虛。總之，人情所不近，人理所必無，世法既自不通，鬼謀亦所不料，兼以照管不來，動犯駁議，演者手忙腳亂，觀者眼暗頭昏，大可笑也。⑧

> 昔人云：「畫鬼魅易，畫狗馬難。」以鬼寐無形，畫之不似，難於稽考；狗馬爲人所習見，一筆稍乖，是人得以指摘。可見事涉荒唐，即文人藏拙之具也。而近日傳奇，獨工於爲此。……王道本乎人情，凡作傳奇，只當求於耳目之前，不當索諸見聞之外。無論詞曲，古今文字皆然。凡說人情、物理者，千古相傳；凡涉荒唐、怪異者，當日即朽。⑨

> 人惟求舊，物惟求新。新也者，天下事物之美稱也。……古人呼劇本爲傳奇者，因其事甚奇特，未經人見而傳之，是以得名。可見非奇不傳。「新」即「奇」之別名也。⑩

> 傳奇之爲道也，愈纖愈密，愈巧愈精，詞人忌在老實，……
> ……其實「尖新」即是「纖巧」，……以尖新出之，則令人

眉揚目展，有如聞所未聞；以老實出之，則令人意懶心
灰，有如聽所不必聽。⑪

　　凌濛初抨擊當代作新劇者，好出新巧，大多扭捏巧造，乃至
於所編之劇，無一符合人情道理；故奇則奇矣，卻遠超出世法人
情之外，弄巧成拙。李漁首先說明「奇」與「眞」之關係，所謂
傳奇之題材「求於耳目之前，不當索諸見聞之外」，即須以眞爲
本；其次說明「奇」與「新」、「美」之關係，以爲新則美、新
即奇，亦唯奇方能新、能美；第三說明「奇」與「巧」之關係，
傳奇題材若出以「奇巧」，則巧妙構思，令人愉悅。凡此皆爲傳
奇之美學特質，明清諸名家之傳奇如：梁辰魚《浣紗記》、湯顯
祖《玉茗堂四夢》、南洪北孔之《長生殿》、《桃花扇》，絕少違
背此原則者。

　　《浣紗記》在文字創作上頗多惡評，然其崑腔之運用頗得歌
場恭維，此無論矣；其關目結構藉西施、范蠡離合之情，寫歷史
興亡之感，以愛情爲主腦，從而凸顯吳、越雙方之利益衝突，此
亦符合平常之事物中，創造出新奇境界之傳奇美規則，王世貞詩
中所謂：「吳閶白面冶游兒，爭唱梁郎雪艷詞。」此盛極一時之
局面，即由於另闢蹊徑之故也。

　　《玉茗堂四夢》之作，亦集奇幻之大成，湯氏以主情之說，
對抗當代心性義理之學，思想上即具有銳不可擋、所向披靡之
勢，陳繼儒云：「臨川老人括男女之思，而托之於夢⑫」，湯氏
亦自云：「因情成夢，因夢成戲。」故此情、夢、戲之關係，已
構成湯氏創作上新奇、新巧之特色，而此奇、巧是植根於當代現
實之土壤中，運用浪漫之筆法，得到社會大衆之認同，而發揮戲

曲影響人心之效果。

《長生殿》亦將李、楊之戀情，寄託於歷史變亂之中。從釵合情緣至馬嵬兵變、思妃情癡至月宮團圓，糅雜歷史事實與民間傳說於一爐，將李楊戀情賦予不同於俗之面貌，令觀眾耳目一新，故能轟動一時。容安《長生殿·序》云：

> 昉思此劇，不惟爲案頭書，足供文人把玩，近時讌會家糾集伶工，必詢《長生殿》有無，設俳優非此，俱爲下里巴詞，一如開元名人潛聽諸妓歌聲，引手畫壁，竟爲角勝者。然是劇之動人，豈徒優孟壹冠，作傀儡故事已邪！我輩閒情著述，要當令及身享有榮名，方不負一生心血。⑬

容安在序中一方面說明此劇在當時盛傳之情況，一方面亦認爲此劇之影響，絕非等閒優孟衣冠而已，其中寓意早已超出文字、音律之外，而具備傳世不朽之條件矣。

至於《桃花扇》傳奇，亦結合奇人、奇事、奇情、奇采於一劇，將侯方域、李香君離合之情，以及南明小王朝治亂之道、興亡之感，林林總總，全納入一柄男女主角定情之桃花扇中，清劉凡《桃花扇·題詞》曰：「奇而眞、趣而正、諧而雅、麗而清、密而淡，詞家能事畢矣。⑭」孔尙任《桃花扇》傳奇小識曰：

> 《桃花扇》何奇乎？妓女之扇也，蕩子之題也，遊客之畫也，皆事之鄙焉者也；爲悅己容，甘剺面以誓志，亦事之細焉者也；宜其相謔，借血點而染花，亦事之輕焉者也；私物表情，密痕寄信，又事之猥褻不足道者也。桃花扇何奇乎？其不奇而奇者，扇面之桃花也；桃花者，美人之血

痕也；血痕者，守貞待字，碎首淋漓不肯辱於權奸者也；
權奸者，魏閹之餘孽也；餘孽者，進聲色、羅貨利、結黨
復仇，驟三百年之帝基者也。帝基不存、權奸安在？惟美
人之血痕、扇面之桃花，嘖嘖在口，歷歷在目，此則事之
不奇而奇，不必傳而可傳者也。⑮

　　一部膾炙人口、流傳不朽之大著作，亦不過是耳聞目見之史
實布局，及兒女私情之串聯，真乃張岱所謂「布帛菽粟之中，自
有許多滋味咀嚼不盡。」何須裝神弄鬼、作怪興妖，方謂之奇？
故明清傳奇之美盡在發揮「不奇而奇，不必傳而可傳」、「奇而
不怪」、「奇而真」、「奇而新」、「奇而巧」、「奇而美」之特
色，亦乃傳奇美之必要條件也。

第三節　雜劇傳奇美對清人序跋之影響

　　李漁非但將雜劇傳奇之美學特質納入戲曲理論之規律中，同
時亦將此規律實踐在傳奇作品裡，而造成理論與作品結合為一之
現象，無怪乎樸齋主人《風箏誤・總評》曰：

　　是劇結構離奇，鎔鑄工鍊，掃除一切窠白（白之誤）。向
　　從來作者搜尋不到處，另闢一境，可謂奇之極、新之至
　　矣。然其所謂奇者，皆理之級平；新者，皆事之常有。近
　　來牛鬼蛇神之劇充塞宇內，使慶賀讌集之家，終日見鬼遇
　　怪，謂非此不足以悚人觀聽。詎知家常事中盡有絕好戲
　　文，未經做到耶？是劇一出鬼怪遁形矣。⑯

　　此則李漁所編傳奇之美對清人戲曲序跋之影響，序跋家有感

於李漁編劇於平常材料中尋出新奇神妙，而能引人入勝，故而大力宣揚，雜劇傳奇之奇絕非鬼怪悖倫常之奇，而是從平凡不奇中尋求奇，此種傳奇之美，觀李漁之劇可以得之過半矣。

朱襄《長生殿・序》：

> 其文雖爲昉思之文，而其事實天寶之遺事，非若《西廂》、《琵琶》、《牡丹亭》者，皆子虛無是之流亞也。⑰

此則傳奇之眞對清人戲曲序跋之影響。就古人一樣題材，寫出不同之面貌，非求之於常理之外，而是出之於耳聞目見之內；洪昇用眾人耳熟能詳之歷史故事，寫出《長生殿》鉅著，非但一洗前人之陋，且令後人不思再作，朱彝尊對此不無讚賞：

> 元人雜劇中輒喜演太眞故事，如白仁甫之《幸月宮梧桐雨》、庾吉甫之《華清宮霓裳怨》、關漢卿之《哭香囊》、李直夫之《念奴教樂》、岳百川之《夢斷貴妃》是也。或謂古人有作，當引避之，譬諸〈登黃鶴樓〉，豈可和崔顥詩乎？此大不然。善書者必草《蘭亭》，善畫者多傚《清明上河圖》，就其同而不同乃見也。錢塘洪子昉思，不得志於時，寄情詞曲，所作《長生殿》傳奇，三易稿而後付梨園演習，匪直曲律之精而已，其用意，一洗太眞之穢，俾觀覽者祇信其爲神山仙子焉。方之元人，蓋不啻勝三十籌也。⑱

傳奇美中所謂新奇中求眞，耳聞目見之內求眞，而非狠求奇怪者也。王廷謨《長生殿・序》亦云：

　　壬午夏，洪子昉思自杭州來，持所作《長生殿》，擲予前
曰：「聞子能論文，能識我文乎？」……噫嘻異哉！昉思
爲誰也？而能是文耶？是文也，而竟出自昉思耶？……昉
思，其耐庵後身耶？實甫、臨川後身耶？殆玉環後身耶？
抑明皇後身耶？何其聲音悲笑，畢肖其人耶？抑得乎天得
乎心，而幻化百千萬億不可測之境情，假此游戲人間耶？
……雖然，何其多情也。多情而出於性，殆收有悟於道
耶？然歡娛之詞少，悲哀之詞多，昉思其深情而將至忘
情，以悟情之即性即道耶？噫嘻異哉！此所謂心合乎天而
發於眞者耶！⑲

　　此序亦將《長生殿》之成功歸之於有眞情至性、乃有好文
章。故雜劇傳奇美之構成條件，亦影響序跋之評論方向。

注　解

① 王國維：《宋元戲曲考》，《觀堂曲學名著八種》（臺灣臺北：盤
　庚出版社，1978年9月），頁105-106。

② 顧起元：《客座贅語‧國初榜文》，《元明史料筆記叢刊》（大陸
　北京：中華書局，1987年4月）頁347-348。

③ 以下十點皆擷取自張清徽：《明清傳奇導論》，（臺灣臺北：華
　正書局，1986年10月）頁6-8，以後不再每條作注。

④ 茅暎：〈題牡丹亭記〉，《中國古典戲曲序跋彙編》（大陸濟南：
　齊魯書社，1989年10月）冊2，頁1224。

⑤ 李漁：《閒情偶寄‧演習部》，《中國古典戲曲論著集成》（大陸
　北京：中國戲劇出版社，1959年3月）冊7，頁108。

⑥ 孔尚任：《桃花扇‧小識》，《中國古典戲曲序跋彙編》（大陸濟

南：齊魯書社，1989年10月）冊3，頁1602。

⑦　姚燮：《今樂考證·國朝院本》，《中國古典戲曲論著集成》（大陸北京：中國戲劇出版社，1959年3月）冊10，頁252。

⑧　凌濛初：《譚曲雜箚》，《中國古典戲曲論著集成》（大陸北京：中國戲劇出版社，1959年3月）冊4，頁258。

⑨　李漁：《閒情偶寄·詞曲部》，《中國古典戲曲論著集成》（大陸北京：中國戲劇出版社，1959年3月）冊7，頁19。

⑩　李漁：《閒情偶寄·詞曲部》，《中國古典戲曲論著集成》（大陸北京：中國戲劇出版社，1959年3月）冊7，頁15。

⑪　李漁：《閒情偶寄·詞曲部》，《中國古典戲曲論著集成》（大陸北京：中國戲劇出版社，1959年3月）冊7，頁58-59。

⑫　陳繼儒：《批點牡丹亭·題詞》，《中國古典戲曲序跋彙編》（大陸濟南：齊魯書社，1989年10月）冊2，頁1226。

⑬　容安：《長生殿·序》，《中國古典戲曲序跋彙編》（大陸濟南：齊魯書社，1989年10月）冊3，頁1591。

⑭　劉凡：《桃花扇·題詞》，《中國古典戲曲序跋彙編》（大陸濟南：齊魯書社，1989年10月）冊3，頁1615。

⑮　孔尚任：《桃花扇·小識》，《中國古典戲曲序跋彙編》（大陸濟南：齊魯書社，1989年10月）冊3，頁1602。

⑯　樸齋主人：《風箏誤·總評》，《中國古典戲曲序跋彙編》（大陸濟南：齊魯書社，1989年10月）冊3，頁1499。

⑰　朱襄：《長生殿·序》，《中國古典戲曲序跋彙編》（大陸濟南：齊魯書社，1989年10月）冊3，頁1587。

⑱　朱彝尊：《長生殿·序》，《中國古典戲曲序跋彙編》（大陸濟南：齊魯書社，1989年10月）冊3，頁1586。

⑲　王廷謨：《長生殿·序》，《中國古典戲曲序跋彙編》（大陸濟南：齊魯書社，198910月）冊3，頁1590。

第三章　清人戲曲序跋之美學特質

　　所謂美學特質是指在某一特定時空之下，人類對某種藝術所興起、形成之某種特殊之審美觀念，而此觀念亦同時影響藝術美之創造與走向。故在審美觀及藝術美二者相互刺激、相互影響之過程中，即造就出每個時代之藝術類型及美學特徵。故美學特質絕非空洞之理念，其必與藝術美之特定型態相牽連，含有具體之事實，表達出某一特定時代中，審美觀念之傾向與特質。故不同之時、空，不同之人種即有不同之美學特質。

　　清人戲曲序跋主要是清代曲論家在與戲曲相關書籍之序跋方面，所發表之戲曲理論。其審美觀念主要是以清人所編輯創作之曲論、曲律、雜劇、傳奇爲主要對象，其中雜劇與傳奇之序跋數量最多，而傳奇又多於雜劇，此種現象顯現清人戲曲序跋之審美觀念主要集中在雜劇與傳奇，尤其是傳奇之美學特質之闡發。此種審美觀念大致形成三種美學特質：在思想內涵方面要求個人與社會之和諧關係；在表現形式上要求劇作家與演員之創新；在欣賞品味上要求戲劇中呈現出對完美人生境界之追求。

第一節　和諧──清人戲曲序跋美學特質之一

　　中國人向來認爲社會安定，泰半來自於家庭之和諧，家庭之和諧來自於人倫關係之圓滿，而人倫關係之圓滿則有賴於聖人之教化，而聖人之教化盡載於六經，六經又非百姓所人人得而觀之，人人得而化之者，故戲曲之道，實則替聖人行教化之道也。

清人戲曲不乏以敎化民衆爲最高原則之作品，故在序跋上即形成
標擧安定家國、追求和諧社會風氣，爲最高創作原則之傾向。此
類序跋之作者肩負有宣揚敎化之使命感，因此形成一種追求和諧
之美學特質。例如朱亦東序王懋昭《三星圓》云：

> 大地一梨園也。曰生、曰旦、曰淨、曰丑、曰外、曰末，
> 場上之人，即場下之人也。貧富貴賤，倏升倏沉，眼前景
> 也。離合悲歡，欲歌欲泣，心頭事也。忠孝廉節，爲聖爲
> 賢，意中人也。嘗以此推作者之用心，溫柔敦厚，《詩》
> 之正而葩也；疏通知遠，《書》之典而則也；廣博易良，
> 《樂》之和而節也；恭儉莊敬，《禮》之簡而文也；潔靜
> 精微，《易》之奇而法也；屬詞比事，《春秋》之勸善而
> 懲惡也。我故曰：傳奇非小技，以文言道俗情，約六經之
> 旨而成者也。①

　　觀此可知，朱氏已將傳奇提高至與六經比肩之地位，認爲傳
奇是將六經之旨、世俗之情融合爲一，有利於世道人心，不但肯
定傳奇之社會敎化地位，同時也表現出追求和諧美之傾向。夏綸
《惺齋五種曲・自序》亦呈現出，欲藉傳奇追求社會安定和諧之
主旨：

> 近有客謂予曰：「傳奇，傳奇也。文工而事弗奇，不傳；
> 事奇而文弗工，亦不傳。叟是集忠孝節義五種庸行耳，何
> 奇之有？事既弗奇矣，文雖工，烏乎傳！」余曰：「不
> 然。子以反常背道爲奇，欲其奇之傳也，難矣！天下惟事
> 本極庸，而衆人避焉，一人趨焉，是爲庸中之奇。庸中之

奇，斯其奇可傳，而其傳可久。元明佳曲林立，獨高則誠之《琵琶記》，賢愚盡推無異辭。余統觀全劇：其事則綱常倫紀，其文則布帛菽粟，絕無纖毫驚世駭俗之處，而識者謂南曲冠冕，不能舍此別有他處屬，詎非不奇而奇，莫與京之明徵耶！余才雖遠不殆東嘉，然胸無城府，獨從扶掖正氣起見，認題既眞，覺捻毫構思之際，似有鬼神效靈於其間。」②

故傳奇之奇，只寄寓於平常事物，非反常背道，亦不驚世駭俗，只倫常綱紀、布帛菽粟之中，自有和諧滋味存在，凡此思想皆爲安定社會之良方也。

此外淸人於序跋中亦強烈顯現出對「情」之嚮往與追求，以爲情亦是追求和諧人生中過程中，不可或缺之一環。故時時藉序跋而抒發如此「情」懷。蓋晚明湯顯祖之主情論方盛未艾，至淸代又掀一波高潮也，舉例如下：

張堅《梅花簪‧自序》云：「天地以情生萬物，情主於感，故可以風。采蘭贈芍，人謂之情，而卒不可以言情，以感非其正也。夫玉不磨，安知其不靈？素不涅，安知其不淄？世途之坎壈，人心之險巇，造化弄人之巧毒，惟不失其正，乃履艱蒙難，百折而其情不移。③」此言「情」須經過考驗，方爲眞情，所謂不失其正，有情人以正道相感而生情，尙未可言情也，須履艱蒙難，方能考驗出眞情。和諧人生必得有情，而情之追求必經過一番人生之險巇巧毒，百折不餒者得之。

胡璵章《燈下草‧自序》云：「一往而深者，惟情而已矣。……甚至情最難繼，無青案之歡，樂去還悲；有白頭之嘆，誠令

才子羞顏、佳人隕淚矣。⑷」此言一往情深之難繼，而又無法不
生情之難爲。

　　楊維棟《雨花臺‧叙》云：「才貫催人死，情每令人生。死
而才名蓋代，則死猶未死；生而情可通幽，則生如眞生。⑸」
《雨花臺》傳奇爲徐昆作品，寫情之深，令人低迴不已，甚至生
「終當爲情而一死」之心，雁門馮郅《雨花臺‧題詞》曰：「讀
罷新詞萬感興，幾回掩卷幾沉吟？分明一枕遊仙夢，贏得情鍾我
輩深。⑹」

　　錢維喬《鸚鵡媒‧自序》云：「竹初居士旣成《碧落緣》傳
奇之逾月，愀然而悲，喟然而嘆曰：嗟乎！情之不可已也如是！
……夫有運動即有知覺，知覺者，其情端乎？情之大，在忠義孝
烈，可以格天地、泣鬼神、迴風雨、薄日月；而小之，在閨房燕
昵、離合欣戚之間。用不同，而其專於情，一也。⑺」生而爲
人，不論情之小大，無一日無之，如何導之於正，專於情，是序
跋家及戲曲家，所當愼思者。

　　李調元《雨村曲話‧自序》以爲曲之爲用，非只是「深閨永
巷，春傷秋怨之語」而已，而是以「達乎情止乎禮義」爲最高境
界者也：「凡人心之壞，必由於無情，而慘刻不衷之禍，因之而
作。若夫忠臣、孝子、義夫、節婦、觸物興懷，如怨如慕，而曲
生焉，出於綿渺，則入人心脾；出於激切，則發人猛省。故情
長、情短，莫不於曲寓之。」故可以「情」之功用敎化民衆。
「人而有情，則士愛其緣，女守其介，知其則而止乎禮義，而風
醇俗美」，「人而無情，則士不愛其緣，女不守其介，不知其則
而放乎禮義，而風不醇，俗不美」，故曲之重要乃在於其所表達
之情字；絕非「瑤臺玉句」「芳草輕煙」等風花雪月之泛句套辭

而已；此豈足以言曲之正乎！⑧

　　凡此皆眷戀執著於情者也，一日不得其情，一日則鬱鬱寡歡，故以追求人生之圓滿和諧而言，得情之正，即是清人「爲情而寫序跋」者，所共同表達之訊息。

第二節　創新——清人戲曲序跋美學特質之二

　　鍾嗣成《錄鬼簿》卷下，批評「方今已死名公才人」劇作，大都以「搜奇索古」、「新奇」、「工巧」、「文筆新奇」、「不重蹈襲」等等爲讚賞之最高標準，可見在戲曲取材上，對於新奇事物之追求、嚮往，自古而然。然而清代繼踵於元雜劇、明傳奇等瑰奇偉麗作品之後，欲突破前人藩籬，表現時代特色，實爲困難重重，然而清人在雜劇和傳奇之表現，較之前代，卻是不遑多讓，將古典戲曲之生命，在清代，又掀起另一高潮。究其原因，蓋有南洪、北孔、李玉、李漁、蔣士銓、張堅等諸名家健將之外，諸名家之能以彩筆寫新情亦是成功之關鍵。

　　洪昇《長生殿》，李、楊題材非新也；孔尚任《桃花扇》，全本皆因史實而加點染者也；李玉《人獸關》出於小說改編、《永團圓》有些情節亦就近於《荊釵》、《琵琶》之改造；蔣士銓《紅雪樓九種曲》或本於時事、或本於歷史，改編而成；張堅《玉燕堂四種》、《懷沙記》皆有所本而作也；觀此可知戲曲雖唯新之欲觀，唯奇之欲傳，然而並非一味求之於人情之外，「狠求奇怪」、「談天說鬼」者也；張岱所謂「布帛菽粟之中，自有許多滋味咀嚼不盡」，此言得之。是故能將此「創新而不求怪奇」思想形成一股風潮，造就出清人戲曲之美學之第二特質——創新，而清人之序跋曲家，具有高尚之審美品味，實有不可抹滅之

功勞也。以下將清人為清代諸名劇所寫之序跋列出，從中可知此審美風氣之形成，實非偶然也。

　　龍子猶《永團圓・叙》云：「於戲！是一笠菴傳奇之第二編也（案指《永團圓》）。……中間投江遇救近《荊釵》，都府挺婚近《琵琶》，而能脫落皮毛，掀翻窠臼，令觀者耳目一新，舞蹈不已。邇來新劇充棟，率多戲筆，不成佳話，兼之韻律自負，時實則茫然，視此不啻宵壤隔也。⑨」

　　龍子猶《永團圓・總評》云：「太守主婚事奇，中丞挺婚事更奇。二女一混，而夫不知其妻，姑不知其媳，妹不知其姊，并父不知其女，如此意外團圓，倍覺可喜。蜃樓海市，幻想從何處得來！古傳奇全是家門正傳，從忠孝節義描寫性情，新劇只□餘波點染，縱觀發□，否則以幻怪取異而已。此劇如上卷之《鬧府》、《斷配》，下卷之《看錄》、《訊因》、《勸女》、《團圓》等折，即古劇中，何可多得？而點染襯貼處，亦複不乏。如《看會生嫌》折，新劇中，得未曾有。⑩」

　　龍子猶即馮夢龍，生於明萬曆二年(1574)卒於清順治三年(1646)，李玉明末清初戲曲家(1591?-1671)，生卒年不詳，唯一可確定者，此二家在戲曲上有交集，馮夢龍曾改編李玉之《永團圓》、《人獸關》傳奇。馮氏在序中盛讚李玉編劇之奇，能「脫落皮毛，掀翻窠臼，令觀者耳目一新，舞蹈不已」，而一般新劇只以幻怪取異，且輕率下筆，態度輕浮，與李玉之作品有天壤之別。由此可知馮夢龍是審美觀念正確、品味不凡之人，兼之又是民間文學家，曾蒐集整理出八百多首「掛枝兒」、「山歌」一類純真之民歌。故其對戲曲方面之欣賞眼光，定能帶領風氣之先，成為社會共同之美學風潮。再者從李漁作品之序跋亦能觀察出某

些現象：

西梅客《鳳求鳳·總評》曰：「吾少時讀傳奇，數十本
耳。今則家翻新譜，曲換新聲，驟增數百十本，其實不脫
古人窠臼。《琵琶》、《荊釵》、《西廂》、《幽閨》等名
曲，或竊其文辭，或作其情節，改頭換面，別是一班傀儡
登場。不得已牛鬼蛇神，衒奇飾怪，按實求之了無意味。
……今觀笠翁所著傳奇，未嘗立意翻新，有一字經人道
過，笠翁唾之矣。⑪」

樗道人《巧團圓·序》曰：「笠翁之著述，愈出而愈奇；
笠翁之心思，愈變而愈巧。讀至《巧團圓》一劇，而事之
奇觀止矣。文章之巧亦觀止矣。筆筆靈性，言言精髓，吐
人不能吐之句，用人不敢用之字，摹人欲摹而摹不出之
情，繪人爭繪而繪不出工之態。然此非自笠翁始也。古來
文章，不貴因而貴創。⑫」

又曰：「然世儘有好為新奇，無奈牛鬼（奪一蛇字）神，
幻而不根，鑿空羽化，妄而鮮實，自為捧心之妍，而徒令
觀者掩鼻。非不務創，以其有創之心，無創之具也。笠翁
則誠有其具矣。……至觀其結想擒詞，段段出人意表，又
語語仍在人意中。陳者出之而新，腐者經之而艷，平者遇
之而險，板者觸之而活。……神乎！神乎！文章三昧遽至
此乎！⑬」

觀此三段序跋，皆有相同意蘊，第一，對當代傳奇蹈襲剽
竊、牛鬼蛇神，衒奇飾怪之不滿，第二，對笠翁能獨出眾表，超

然流俗，推陳出新，獨運機杼之讚賞，對當代之傳奇創作，定有
導正風氣之作用。而《長生殿》、《桃花扇》之序跋，之前所舉
之例已不少，亦大都多讚賞二人，於尋常材料中推陳出新。可見
創新所包含之美學特質有二：其一，不陳腐不蹈襲，其二，不刻
意炫怪、乃至於牛鬼蛇神皆登場而實則了無新意。最後，引佚名
及張正任之序跋，做爲本段論文之結尾，說明創新之美學思想在
清代，不獨名家要求如此，即使佚名、無名之作家，莫不耳濡目
染於此。

> 《芝龕記》，蓋因《桃花扇》擴充而作，非不包羅全史，獨
> 惜其用意太拙耳。⑭

> 文無奇則腐，無雋才則俗。腐也俗也，古來才子決不屑。
> 則一段奇氣之所發，雋才之所攄，安得不於春花秋月，出
> 其錦心繡口，以寫其胸中所欲鳴也哉？況夫事有可傳，且
> 屬當傳而不傳，且第使學士大夫、文人詞客知之，口能道
> 之而編，氓士女不能遍喻，爭相月旦，豈伊古人之遺憾，
> 我輩良有責矣。⑮

第三節　完美——清人戲曲序跋美學特質之三

　　從清人古典戲曲創作動機之多面性，可知清人渴望追求完美
人生品質之理念，而序跋作家在序跋之際，亦時時不忘將劇作家
之最高信念披露於文中，造成牡丹綠葉，相得益彰之局面。
　　風化陶淑是劇作家對社會責任完美之追求，蓋東方之文化型
態，以理性爲主，提倡道德，重視良善，因此不論事物如何美、

如何眞，若缺乏善之基礎，不符合社會道德之標準，絕對不可能長久存在，職是之故，有些劇作家之作品完全服膺此原則，有些劇作家雖然有其它動機，亦絕不敢忽略此一特殊現象。

董榕《芝龕記》傳奇，是以《明史》爲根據，爲秦良玉、沈雲英二女衍傳。《芝龕記·凡例》云：

> 記中惟闡揚忠孝節義，並無影射譏彈。所有事蹟，皆本《明史》及諸名家文集、志傳，旁採說部，一一根據，並無杜撰。雖詞場餘技，而存心必矢虛公，命意必歸忠厚。深知刻薄譏刺，無益世風，徒傷心術。⑯

其作傳奇之立意如此，影響所及，郭世欽〈重刊芝龕記書後〉一文，即闡發此種追求完美形象之決心，秦良玉以一巾幗婦人，上急公家難，下顧私門仇，聞鷄起舞，枕戈待旦，雖鬚眉男子，亦難與爭鋒，而上不知用，「乃四城甫復，遽命之歸，旣歸蜀矣，又不付以封疆之重，捍禦鄉土，徒令與張令等比列。⑰」故基於明末有才者而不能盡其才，有救亡之臣而不知用，遂至亡其國，乃作傳奇以傳於後，俾使觀者感發興起，於世道人心不無小補。此種以傳奇昭警戒、以傳奇感人心之狀態，亦爲追求完美之精神表現，現實旣不夠完美，故就現實中之挫敗汲取教訓，追求另一高峰，傳奇中之序跋，充分表現此種精神。清傳奇、雜劇中，藉言序跋而追求完美境界者，比比皆是也：

夏璣《花萼吟·贈言》：「我惺齋大兄夙擅風雅，而行誼一軌于正。每見演傷敗倫紀之劇，輒推案起，不忍卒視。嘗語余曰：『曲爲詞餘，詞爲詩餘，詩始於《三百篇》，其言溫厚，固可摩人骨肉，而令若薰蕕之，不同器乎？』余韙其言。⑱」此則

藉序跋追求完美之人倫軌跡、社會秩序者也。

　　宋廷魁《介山記・自序》：「吾聞治世之道，莫大於禮樂，禮樂之用莫切於傳奇。何則？庸人孺子，目不識丁，而論之以禮樂之義，則不可曉。一旦登場觀劇，目擊古忠者孝者，廉者義者，行且爲之太息，爲之不平，爲之扼腕而流涕，亦不必問古人實有是事否？而觸目感懷，啼笑與俱，甚至引爲佳話，據爲口實，蓋莫不思忠、思孝、思廉、思義，而相儆於不忠、不孝、不廉、不義之不可爲也。⑲」此則藉序跋發揮完美人格之境界，俾使當代作劇者有所歆慕、有所追求者也。

　　清人古典戲曲序跋之美學特質，約而言之，即是對和諧、創新、完美之追求，此即爲清人古典雜劇、傳奇在序跋方面，所興起、形成之特殊審美觀念，而此觀念亦同時影響當代雜劇、傳奇之創造與走向。故在此審美觀及藝術美二者相互刺激、相互影響之過程中，同時亦造就出清代雜劇、傳奇等藝術類型之美學特質。故清人在古典戲曲序跋中，所發展出之美學特質，絕非空洞之理念，其必與雜劇、傳奇藝術美之特定型態相牽連，含有以上所分析之具體美學特質，表達出清人在雜劇、傳奇兩種藝術類型上之審美觀念。此則在不同之時、空之下，所發展出不同於其他時代之美學特質，而成爲清人所獨有之特色。大抵而言，清人古典戲曲之序跋，在當代形成一股美學風潮，使清人創造古典雜劇、傳奇之際，邁出正確之歷史走向、完成嚴肅之歷史任務，清人古典戲曲之序跋，居功厥偉矣。

注　解

① 朱亦東：《三星圓・序》，《中國古典戲曲序跋彙編》（大陸濟

南：齊魯書社，1989年10月）冊3，頁2062-2063。

② 夏綸：《惺齋五種曲・自序》，《中國古典戲曲序跋彙編》（大陸濟南：齊魯書社，1989年10月）冊3，頁1740。

③ 張堅《梅花簪・自序》，《中國古典戲曲序跋彙編》（大陸濟南：齊魯書社，1989年10月）冊3，頁1684。

④ 胡瑪章：《燈下草・自序》，《中國古典戲曲序跋彙編》（大陸濟南：齊魯書社，1989年10月）冊3，頁1738。

⑤ 楊維棟《雨花臺・叙》，《中國古典戲曲序跋彙編》（大陸濟南：齊魯書社，1989年10月）冊3，頁1900。

⑥ 馮郣《雨花臺・題詞》，《中國古典戲曲序跋彙編》（大陸濟南：齊魯書社，1989年10月）冊3，頁1901。

⑦ 錢維喬：《鸚鵡媒・自序》，《中國古典戲曲序跋彙編》（大陸濟南：齊魯書社，1989年10月）冊3，頁1954。

⑧ 李調元：《雨村曲話・自序》，《中國古典戲曲序跋彙編》（大陸濟南：齊魯書社，1989年10月）冊1，頁166。

⑨ 龍子猶《永團圓・叙》，《中國古典戲曲序跋彙編》（大陸濟南：齊魯書社，1989年10月）冊3，頁1466-1467。

⑩ 龍子猶《永團圓・總評》，《中國古典戲曲序跋彙編》（大陸濟南：齊魯書社，1989年10月）冊3，頁1467。

⑪ 西泠梅客：《凰求鳳・總評》，《中國古典戲曲序跋彙編》（大陸濟南：齊魯書社，1989年10月）冊3，頁1496。

⑫ 樗道人《巧團圓・序》，《中國古典戲曲序跋彙編》（大陸濟南：齊魯書社，1989年10月）冊3，頁1502。

⑬ 樗道人《巧團圓・序》，《中國古典戲曲序跋彙編》（大陸濟南：齊魯書社，1989年10月）冊3，頁1502。

⑭ 佚名：《芝龕記・跋》，《中國古典戲曲序跋彙編》（大陸濟南：齊魯書社，1989年10月）冊3，頁1723。

⑮　張正任：《介山記・叙》，《中國古典戲曲序跋彙編》（大陸濟
　　南：齊魯書社，1989年10月）冊3，頁1918。

⑯　董榕：《芝龕記・凡例》，《中國古典戲曲序跋彙編》（大陸濟
　　南：齊魯書社，1989年10月）冊3，頁1712。

⑰　郭世欽：〈重刊芝龕記書後〉，《中國古典戲曲序跋彙編》（大陸
　　濟南：齊魯書社，1989年10月）冊3，頁1721。

⑱　夏璣：《花萼吟・贈言》，《中國古典戲曲序跋彙編》（大陸濟
　　南：齊魯書社，1989年10月）冊3，頁1760。

⑲　宋廷魁：《介山記・自序》，《中國古典戲曲序跋彙編》（大陸濟
　　南：齊魯書社，1989年10月）冊3，頁1912。

引用參考書目

一、專書

（一）經部類

尚書　十三經注疏　清嘉慶重刊宋本　臺北藝文印書館，1976年
詩經　十三經注疏　清嘉慶重刊宋本　臺北藝文印書館，1976年
周禮　十三經注疏　清嘉慶重刊宋本　臺北藝文印書館，1976年
禮記　十三經注疏　清嘉慶重刊宋本　臺北藝文印書館，1976年
左傳　十三經注疏　清嘉慶重刊宋本　臺北藝文印書館，1976年

（二）史部類

清·張廷玉等　明史　北京中華書局，1997年
趙爾巽等　清史稿　北京中華書局，1977年

（三）子部類

清·郭慶藩　莊子集釋　臺北河洛圖書出版社，1974年
陳奇猷　呂氏春秋校釋　臺北華正書局，1985年

（四）元明清戲曲理論　（按朝代編排）

唐·崔令欽　教坊記　中國古典戲曲論著集成第1冊，北京中國戲劇
　　出版社，1982年
唐·段安節　樂府雜錄　中國古典戲曲論著集成第1冊，北京中國戲

劇出版社，1982年

元・芝　菴　唱論　中國古典戲曲論著集成第1冊，北京中國戲劇出
版社，1982年

元・周德清　中原音韻　中國古典戲曲論著集成第1冊，北京中國戲
劇出版社，1982年

元・夏庭芝　青樓集　中國古典戲曲論著集成第1冊，北京中國戲劇
出版社，1982年

元・鍾嗣成　錄鬼簿　中國古典戲曲論著集成第2冊，北京中國戲劇
出版社，1982年

明・朱　權　太和正音譜　中國古典戲曲論著集成第3冊，北京中國
戲劇出版社，1982年

明・賈仲明　增補本錄鬼簿　中國古典戲曲論著集成第2冊，北京中
國戲劇出版社，1982年

明・李開先　詞謔　中國古典戲曲論著集成第3冊，北京中國戲劇出
版社，1982年

明・魏良輔　曲律　中國古典戲曲論著集成第5冊，北京中國戲劇出
版社，1982年

明・何良俊　曲論　中國古典戲曲論著集成第4冊，北京中國戲劇出
版社，1982年

明・徐　渭　南詞叙錄　中國古典戲曲論著集成第3冊，北京中國戲
劇出版社，1982年

明・王世貞　曲藻　中國古典戲曲論著集成第4冊，北京中國戲劇出
版社，1982年

明・胡應麟　少室山房曲考　任中敏編《新曲苑》第1冊，臺灣中華
書局，1969年

明‧王驥德　曲律　中國古典戲曲論著集成第4冊，北京中國戲劇出版社，1982年

明‧徐復祚　曲論　中國古典戲曲論著集成第4冊，北京中國戲劇出版社，1982年

明‧馮夢龍　太霞曲語　任中敏編《新曲苑》第1冊，臺灣中華書局，1970年

明‧東山釣史　九宮譜定　任中敏編《新曲苑》第1冊，臺灣中華書局，1970年

明‧沈德符　顧曲雜言　中國古典戲曲論著集成第4冊，北京中國戲劇出版社，1982年

明‧呂天成　曲品　中國古典戲曲論著集成第6冊，北京中國戲劇出版社，1982年

明‧凌濛初　譚曲雜箚　中國古典戲曲論著集成第4冊，北京中國戲劇出版社，1982年

明‧祁彪佳　遠山堂曲品　中國古典戲曲論著集成第6冊，北京中國戲劇出版社，1982年

明‧祁彪佳　遠山堂劇品　中國古典戲曲論著集成第6冊，北京中國戲劇出版社，1982年

明‧沈寵綏　度曲須知　中國古典戲曲論著集成第5冊，北京中國戲劇出版社，1982年

清‧李　漁　閒情偶寄　中國古典戲曲論著集成第7冊，北京中國戲劇出版社，1982年

清‧李　漁　閒情偶寄　臺北長安出版社，1975年

清‧徐大椿　樂府傳聲　中國古典戲曲論著集成第7冊，北京中國戲劇出版社，1982年

清・李調元　雨村曲話　中國古典戲曲論著集成第8冊，北京中國戲
　　劇出版社，1982年

清・李調元　劇話　中國古典戲曲論著集成第8冊，北京中國戲劇出
　　版社，1982年

清・焦　循　劇說　中國古典戲曲論著集成第8冊，北京中國戲劇出
　　版社，1982年

清・焦　循　花部農譚　中國古典戲曲論著集成第8冊，北京中國戲
　　劇出版社，1982年

清・王德輝、徐沅澂　顧誤錄　中國古典戲曲論著集成第9冊，北京
　　中國戲劇出版社，1982年

清・黃旛綽　梨園原　中國古典戲曲論著集成第9冊，北京中國戲劇
　　出版社，1982年

清・李　斗　揚州畫舫錄　臺北世界書局，1979年

清・王繼善編　審音鑒古錄　道光十四年刊本　王秋桂主編《善本戲
　　曲叢刊》第5輯，臺灣學生書局，1987年

清・劉熙載　藝概　中國古典戲曲論著集成第9冊，北京中國戲劇出
　　版社，1984年

清・姚　燮　今樂考證　中國古典戲曲論著集成第10冊，北京中國
　　戲劇出版社，1982年

清・楊恩壽　詞餘叢話　中國古典戲曲論著集成第9冊，北京中國戲
　　劇出版社，1982年

清・楊恩壽　續詞餘叢話　中國古典戲曲論著集成第9冊，北京中國
　　戲劇出版社，1982年

任中敏　曲海揚波　任中敏編《新曲苑》第4冊，臺灣中華書局，
　　1970年

任中敏　作詞十法疏證　任中敏編《散曲叢刊》第4冊，臺灣中華書
　　局，1971年

王季烈　螾廬曲談　臺灣商務印書館，1971年

許之衡　曲律易知　臺北郁氏印獎會，1979年

汪效倚編　潘之恆曲話　北京中國戲劇出版社，1982年

吳　梅　顧曲塵談　臺灣商務印書館，1988年

蔡　毅編　中國古典戲曲序跋彙編一　濟南齊魯書社，1989年

蔡　毅編　中國古典戲曲序跋彙編二　濟南齊魯書社，1989年

蔡　毅編　中國古典戲曲序跋彙編三　濟南齊魯書社，1989年

蔡　毅編　中國古典戲曲序跋彙編四　濟南齊魯書社，1989年

隗　芾、吳毓華編　古典戲曲美學資料集　北京文化藝術出版社，
　　1992年

（五）戲曲理論、戲劇學（按年代排列）

曾永義　說戲曲　臺北聯經出版事業公司，1976年

郭紹虞　中國歷代文論選　臺北木鐸出版社，1981年

趙景深　曲論初探　上海文藝出版社，1980年

葉長海　王驥德曲律研究　北京中國戲劇出版社，1983年

任二北　散曲概論　元曲研究第2冊，臺北里仁書局，1984年

祝肇年　古典戲曲編劇六論　北京中國戲劇出版社，1986年

葉長海　中國戲劇學史稿　上海文藝出版社，1986年

王季思等　中國古典戲曲論集　北京中國展望出版社，1986年

曾永義　說俗文學　臺北聯經出版事業公司，1988年

曾永義　詩歌與戲曲　臺北聯經出版事業公司，1988年

蔡鍾翔　中國古典劇論概要　北京中國人民大學出版社，1988年

曾永義　中國古典戲劇的認識與欣賞　臺北正中書局，1991年

周傳家等編　戲曲編劇概論　浙江美術學院出版社，1991年

曾永義　參軍戲與元雜劇　臺北聯經出版事業公司，1992年

譚　帆　金聖嘆與中國戲曲批評　上海華東師範大學出版社，1992年

藍　凡　中西戲劇比較論稿　上海學林出版社，1992年

譚帆、陸煒　中國古典戲劇理論史　北京中國社會科學出版社，
　　1993年

譚源材　中國古典戲曲學論稿　瀋陽春風文藝出版社，1993年

俞爲民　李漁閒情偶寄曲論研究　南京江蘇教育出版社，1994年

孫惠柱　戲劇的結構　臺北書林出版社，1994年

謝柏梁　中國分類戲曲學史稿　臺灣商務印書館，1994年

張燕瑾　中國戲曲史論集　北京燕山出版社，1995年

趙山林　中國戲劇學通論　合肥安徽教育出版社，1995年

曾永義　論說戲曲　臺北聯經出版事業公司，1997年

李昌集　中國古代曲學史　上海華東師範大學出版社，1997年

杜書瀛　李漁美學思想研究　北京中國社會科學出版社，1998年

俞爲民、孫蓉蓉　中國古代戲曲理論史通論　臺北華正書局，1998年

陳　竹　中國古代劇作學史　武漢出版社，1999年

陸　林　元代戲劇學研究　合肥安徽文藝出版社，1999年

冀和德主編　中華戲曲第23輯　北京文化藝術出版社，1999年

錢南揚　戲文概論　臺北里仁書局，2000年

羅麗容　曲學概要　臺北建宏書局，2001年

（六）文藝美學理論（按年代排代）

朱東潤　中國文學批評史大綱　臺灣開明書店，1960年

李文彬譯、佛斯特著　小說面面觀　臺北志文出版社，1973年

韋勒克(Rene & Wellek)、華倫(Austin Warren)文學理論(*Theory of Literature*)，梁伯傑譯　臺北大林出版社，1977年

朱光潛　談美　臺灣開明書店，1980年

郭紹虞　中國詩的神韻格調及性靈說　臺北河洛圖書出版社，1980年

亞里士多德著，姚一葦譯註　詩學箋註　臺灣中華書局，1981年

王運熙、顧易生主編　中國文學批評史　上海古籍出版社，1983年

徐復觀　中國藝術精神　臺灣學生書局，1984年8版

劉大杰等　中國文學批評史　臺北文匯堂，1985年

韋勒克(Rene & Wellek)批評的諸種概念(*Concepts of Criticism*)，丁泓、余徵譯　成都四川文藝出版社，1988年

耿庸主編　新編美學百科詞典　福建人民出版社，1989年

汪安聖主編　思惟心理學　上海華東師範大學出版社，1992年

王向峰　中國美學論稿　北京中國社會科學出版社，1996年

姚文放　中國戲劇美學的文化闡釋　北京中國人民大學出版社，1996年

程德祺、鄭亞楠主編　吳文化研究論叢第1輯　蘇州大學出版社，1998年

張庚、蓋叫天　戲曲美學論文集　臺北丹青圖書有限公司，出版日期不詳

美學百題　臺北丹青圖書有限公司，出版日期不詳

（七）近代戲曲專論（按年代排列）

胡　忌　宋金雜劇考　上海古典文學出版社，1957年

曾永義　長生殿研究　臺灣商務印書館，1969年

王國維　觀堂曲學名著八種　臺北盤庚出版社，1978年

曾永義　明雜劇概論　臺北學海出版社，1979年

（日）吉川幸次郎　元雜劇研究　臺北藝文印書館，1981年

吳　梅　吳梅戲曲論文集　北京中國戲劇出版社，1983年

張　敬　明清傳奇導論　臺北華正書局，1986年

郭英德　明清文人傳奇研究　北京師範大學出版社，1992年

么書儀　元人雜劇與元代社會　北京大學出版社，1997年

馮沅君　古劇說彙　臺北學海出版社，出版日期不詳

（八）散曲作品、戲曲劇目（按朝代排列）

明・王元壽　紅梨花記　古本戲曲叢刊初集　上海商務印書館，
　　1954年

明・周朝俊　紅梅記　古本戲曲叢刊初集　上海商務印書館，1954年

明・王光魯　想當然　古本戲曲叢刊初集　上海商務印書館，1954年

明・王驥德　韓夫人題紅記　古本戲曲叢刊2集　上海商務印書館，
　　1955年

明・鄭之珍　旗亭記　古本戲曲叢刊2集　上海商務印書館，1955年

明・月榭主人　釵釧記　古本戲曲叢刊2集　上海商務印書館，1955年

明・王　異　弄珠樓　古本戲曲叢刊3集　上海商務印書館，1957年

明・毛　晉編　六十種曲　北京中華書局，1958年

明・葉憲祖　鸞花鳳　盛明雜劇　臺北文光出版社，1963年

明・葉憲祖　四艷記　盛明雜劇　臺北文光出版社，1963年

明・趙元度集　孤本元明雜劇　臺南平平出版社，1974年

明・湯顯祖　湯顯祖集　臺北洪氏出版社，1975年

清・玩花主人　綴白裘　王秋桂主編《善本戲曲叢刊》第5輯，臺灣

學生書局，1987年

清・李　漁　李漁全集　杭州浙江古籍出版社，1990年

清・洪　昇　長生殿　臺北文光圖書公司，1966年

清・孔尚任　王季思等校注　桃花扇　臺北里仁書局，1996年

清・陳鍾麟　紅樓夢傳奇　見清孔昭虔等著《紅樓夢戲曲集》，臺北漢京文化事業有限公司，1984年

錢南揚校點　湯顯祖戲曲集　上海古籍出版社，1978年

徐沁君校點　新校元刊雜劇三十種　北京中華書局，1980年

曾永義　中國古典戲劇選注　臺北國家出版社，1983年

隋樹森編　全元散曲　臺北漢京文化事業有限公司，1983年

錢南揚　永樂大典戲文三種校注　臺北華正書局，1985年

徐朔方輯校　沈璟集　上海古籍出版社，1991年

魏同賢主編　馮夢龍全集　上海古籍出版社，1993年

王學奇主編　元曲選校注　石家莊河北教育出版社，1994年

徐征、張月中等編　全元曲　石家莊河北教育出版社，1998年

李增坡主編　丁耀亢全集　鄭州中州古籍出版社，1999年

（九）作家作品資料彙編（按年代排列）

清・黃文暘著、董康輯　曲海總目提要　臺北新興書局，1985年

金夢華　汲古閣六十種曲敘錄　臺北嘉新水泥公司出版，1969年

傅惜華　清代雜劇全目　北京人民文學出版社，1981年

莊一拂　古典戲曲存目匯考　上海古籍出版社，1982年

毛效同編　湯顯祖研究資料彙編　上海古籍出版社，1986年

侯百朋編　琵琶記資料匯編　北京書目文獻出版社，1989年

曾白融主編　京劇劇目辭典　北京中國戲劇出版社，1989年

李修生主編　古本戲曲劇目提要　北京文化藝術出版社，1997年

郭英德　明清傳奇綜錄　石家莊河北教育出版社，1997年

孫崇濤　風月錦囊考釋　北京中華書局，2000年

（十）戲劇史、劇場史、音樂史（按年代排列）

宋・陳　暘　樂書　文淵閣四庫全書，臺灣商務印書館，1986年

孫楷第　傀儡戲考原　上海上雜出版社，1952年

陸萼庭　崑劇演出史稿　上海文藝出版社，1980年

楊蔭瀏　中國古代音樂史稿　北京人民音樂出版社，1981年

（日）青木正兒　中國近世戲曲史　臺灣商務印書館，1982年

任半塘　唐戲弄　上海古籍出版社，1984年

周貽白　中國戲曲發展史綱要　上海古籍出版社，1984年

王永健　中國戲劇文學的瑰寶--明清傳奇　南京江蘇教育出版社，
　　　1989年

張發穎　中國戲班史　遼寧瀋陽出版社，1991年

張庚、郭漢城　中國戲劇通史　北京中國戲劇出版社，1992年

趙義山　元散曲通論　成都巴蜀書社，1993年

王新民　中國當代戲劇史綱　北京社會科學文獻出版社，1997年12月

廖　奔　中國古代劇場史　鄭州中州古籍出版社，1997年

（日）田仲一成　中國演劇史　東京大學出版會，1998年

（十一）集部類：詩文集、小說、筆記、文論、詩話、詞話、史
　　　　傳（按朝代排列）

宋・李　昉等　太平御覽　臺北新興書局，1959年

宋・曾　慥　類說　筆記小說大觀三十一編，臺北新興書局，1980年

宋‧孟元老　東京夢華錄　臺北大立出版社，1980年

宋‧耐得翁　都城紀勝　臺北大立出版社，1980年

宋‧周　密　武林舊事　臺北大立出版社，1980年

宋‧吳　曾　能改齋漫錄　臺北木鐸出版社，1982年

宋‧洪　冀　暘谷漫錄　筆記小說大觀三十一編，臺北新興書局，
　　1985年

金‧王若虛　滹南詩話　臺北藝文印書館，1966年

元‧陶宗儀　南村輟耕錄　元明史料筆記叢刊，北京中華書局，
　　1959年

元‧楊　載　詩法家數　清何文煥輯歷代詩話(二)，臺北漢京文化事
　　業有限公司，1983年

元‧胡祗遹　紫山大全集　文淵閣四庫全書，臺灣商務印書館，
　　1986年

明‧顧起元　客座贅話　元明史料筆記叢刊，北京中華書局，1987年

明‧李　贄　焚書　臺北漢京文化事業有限公司，1984年

明‧祝允明　猥談　古今說部叢書5集　上海文藝出版社，1991年

汪辟疆校錄　唐人小說　臺北河洛圖書出版社，1974年

王國維　人間詞話　臺北學海出版社，1982年

李泉、張永鑫　水滸全傳校注　臺北里仁書局，1994年

馮其庸校注　紅樓夢　臺北里仁書局，1995年

（十二）字典、曲譜、韻書（按朝代排列）

漢‧許　慎　說文解字　臺北洪葉文化事業有限公司，1998年

清‧葉　堂　納書楹曲譜　臺北生齋出版社，1969年

王季烈、劉富樑同撰　集成曲譜　臺北進學出版社，1969年

鄭　騫　北曲新譜　臺北藝文印書館，1973年

劉蘭英等編　中國古代文學詞典　南寧廣西人民出版社，1986年

Judy Pearsall and Bill Trumble, The Oxford English Reference Dictionary,
　　Oxford University press., 1996

二、 論文

（一）期刊論文（按年代排列）

張全恭　〈明代的南雜劇〉，《嶺南學報》第6卷第1期，廣東私立嶺
　　南大學出版，東方文化書局複刊，1937年3月

張　敬　〈李漁〉，《中國文學史論集》，臺北中華文化出版事業委員
　　會，1958年

朱東潤　〈李漁戲劇論綜述〉，《中國文學批評家與文學批評》，臺灣
　　學生書局，1971年

鄭　騫　〈元明鈔刻本元人雜劇九種提要〉，《景午叢編》，臺灣中華
　　書局，1972年

鄭　騫　〈元雜劇的結構〉，《景午叢編》，臺灣中華書局，1972年

鄭　騫　〈董西廂與詞及南北曲的關係〉，《景午叢編》，臺灣中華書
　　局，1972年

羅錦堂　〈現存元人雜劇的題材〉，《錦堂論曲》，臺北聯經出版事業
　　公司，1977年

梅應運　〈李笠翁戲劇論概述〉，張健主編《中國古典文學論文精選
　　叢刊》，臺北幼獅文化，1979年

羅忼烈　〈說務頭〉，《詞曲論稿》，臺北木鐸出版社，1982年

周貽白　〈中國戲劇本事取材之沿襲〉，《周貽白戲劇論文選》，長沙

湖南人民出版社，1982年

周致一　〈談曲尾〉，《戲曲研究》第10輯，北京文化藝術出版社，
　　　　1983年

許祥麟　〈明代劇論中的本色說〉，《文史知識》，1982年1月

許祥麟　〈王驥德的本色說再探〉，《戲曲研究》第12期，1984年6月

龔鵬程　〈論本色〉，《古典文學第》第8集　臺灣學生書局，1986年

俞爲民　〈明代曲論中的本色論〉，《中華戲曲》第1輯，太原山西
　　　　人民出版社，1986年

俞爲民　〈古代曲論中的結構論〉，《南京大學學報》第4期，1987年

譚　帆　〈行家之品和文人之品--呂天成、祁彪佳戲曲審美思想的比
　　　　較〉，《藝術百家》第1期，1987年

夏寫時　〈論李卓吾的戲劇批評〉，《論中國戲劇批評》，濟南齊魯書
　　　　社，1988年

孫永和　〈論湯顯祖在戲曲理論史上的地位〉，《戲曲研究》第28
　　　　期，北京文化藝術出版社，1988年

陳國球　〈本色的探求與應用——胡應麟的詩體論〉，《胡應麟詩論
　　　　研究》，香港華風書局，1988年

洪惟助　〈吳梅務頭之說商榷——並評論明清以來曲學者對務頭之解
　　　　說〉，《清代學術研討會論文集》，國立臺灣中山大學，1989年

廖藤葉　〈明代劇論中的當行本色論〉，《大陸雜誌》第87卷5期，
　　　　1992年

譚源材　〈古代戲曲結構學綜論〉，《戲曲研究》第42輯，1992年

張　敬　〈南曲聯套述例〉，《清徽學術論文集》，臺北華正書局，
　　　　1993年

蔡孟珍　〈曲論中的當行本色說〉，師大國文研究所《中國學術年刊》

　　　　第14期，1993年3月

顏天佑　〈試論賈仲明的八十首【凌波仙】挽曲〉，《元雜劇八論》，
　　　　臺北文史哲出版社，1996年

陸萼庭　〈清代全本戲演出述論〉，《明清戲曲國際研討會論文集》，
　　　　臺北中央研究院文哲所籌備處，1998年

羅麗容　〈從法國純詩運動看李商隱錦瑟詩〉，《東吳系刊》第4
　　　　卷，1978年5月

羅麗容　〈清代曲論家之表演藝術論〉，《東吳文史學報》第7號，
　　　　1989年3月

羅麗容　〈古典詩詞曲鑑賞-四季的思念-關漢卿大德歌賞析〉，《國
　　　　文天地叢書》，1989年11月

羅麗容　〈從竇娥與安蒂岡妮探討中西之悲劇精神〉，《東吳文史學
　　　　報》第10號，1992年3月

羅麗容　〈秦香蓮與米蒂亞二劇女性形象淺探〉，《東吳文史學報》
　　　　第1期，1995年5月

羅麗容　〈中國悲劇理論研究之回顧與前瞻〉，《古典文學》第13集
　　　　學生書局，1995年9月

羅麗容　〈論花部戲秦香蓮之源流與演變〉，《中國國學》第23期，
　　　　1995年11月

羅麗容　〈孟稱舜《嬌紅記》之審美經驗淺析〉，《東吳中文學報》
　　　　第2期，1996年5月

羅麗容　〈馮夢龍之戲劇美學思想及其實踐〉，《東吳中文學報》第
　　　　3期，1997年5月

羅麗容　〈沈璟之戲劇美學理論〉，《中國國學》，1998年5月

羅麗容　〈《牡丹亭》三論〉，《復興戲劇學刊》第24期，1998年7月

羅麗容　〈淺論中國古典戲曲科諢之淵源與演進〉，《復興戲劇學刊》
　　　第25期，1998年10月

羅麗容　〈《錄鬼簿》中所載「書會」、「才人」對元劇發展之影
　　　響〉，《東吳中文學報》第4期，1999年5月

羅麗容　〈晚明泰州學派對湯顯祖「主情說」之影響〉，政治大學中
　　　研所明代文學研討會論文，1999年6月

羅麗容　〈戲曲科諢之名稱、淵源、承傳及演變再探〉，東吳大學中
　　　文系第84次學術研討會論文，1999年10月

羅麗容　〈戲曲科諢之名稱、淵源、承傳及演變再探〉，《東吳中文
　　　學報》第6期，2000年5月

羅麗容　〈論湯顯祖「主情說」之淵源、內涵與實踐〉，《古典文學》
　　　第15期，2000年5月

羅麗容　〈元劇中之小戲面貌〉，兩岸小戲大展暨學術會議論文（國
　　　立傳藝中心籌備處主辦），2000年2月

羅麗容　〈清人曲論曲律之序跋初探〉，《東吳中文學報》第7期，
　　　2001年5月

羅麗容　〈關漢卿雜劇作者質疑〉，東吳大學中國文學系宋元文學學
　　　術研討會論文集，2002年3月

羅麗容　〈清雜劇序跋之研究〉，《東吳中文學報》第8期，2002年5月

（二）學位論文（依成書年代順序）

汪志勇　明傳奇聯套研究　政治大學中文所碩士論文，1969年

羅麗容　鄭之珍勸善記研究　東吳大學中文所碩士論文　張敬先生指
　　　導，1979年

陳芳英　明代劇學研究　臺灣大學中文所博士論文　張敬先生指導，

　　　　1983年

羅麗容　清代曲論研究　東吳大學中文所博士論文　張敬先生指導，
　　　　1984年

李惠綿　王驥德曲論研究　臺灣大學中文所碩士論文　曾永義先生指
　　　　導，1987年，《臺大文史叢刊》之90，臺灣大學出版委員會，
　　　　1992年

黃富美　孟稱舜及其劇論劇作之研究　輔仁大學中文所碩士論文，曾
　　　　永義先生指導，1990年

邱瓊慧　祁彪佳戲曲理論研究　政治大學中文所碩士論文，洪惟助先
　　　　生指導，1993年8月

李惠綿　元明清戲曲搬演論研究--以曲牌體戲曲爲範疇　臺灣大學中
　　　　文所博士論文，曾永義先生指導，1994年，臺北文史哲出版
　　　　社，1998年

里仁書訊

BOOKLIST OF LE JIN BOOKS LTD.
2002/SPRING

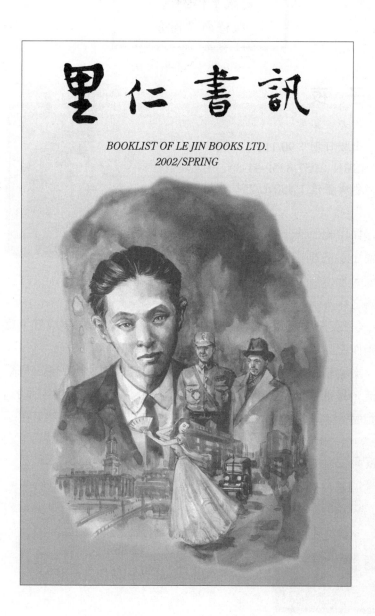

子　夜

作者：茅盾
出版日期：90/11
ISBN：957-8352-91-3
參考售價：450元/25開平裝578頁

廿世紀三十、四十年代中，茅盾
長篇小說的創作，無疑是數一數二的
佼佼，而《子夜》歷來被公認是他的
扛鼎之作。

《子夜》之所以能代表沈氏現實主義文學創作主要成就，重
在鉅作之深入探析時代經濟結構以及人性底層。

文藝創作，內容形式兩全不易，《子夜》的小說技法，修辭
鮮活，足能當此：既有強壯的骨架意識，又有豐美血肉的「形」
來相配；呈現的是有聲有色，而意識指涉，價值意義已然俱在。

古典小說與情色文學

作者：陳益源
出版日期：90/9
ISBN：957-8352-88-3
參考售價：380元/25開平裝486頁

本書是作者關於明清艷情小說與非艷情小說艷情主題的嚴肅研究。

作者長期觀察古典小說裡的艷情成份，發現它們過去經常被刻意抹煞，或歪曲渲染，因此他勇於出面，站在學術研究的立場，呼籲大家以健康、務實的態度，加以輕鬆、客觀的對待。

作者：陳益源，國立中正大學中文系所副教授，著有《台灣民間文學採錄》、《民俗文化與民間文學》（以上由里仁書局出版）、《從嬌紅記到紅樓夢》、《元明中篇傳奇小說研究》等書，得到很高的評價。

王翠翹故事研究

作者：陳益源
出版日期：90/12
ISBN：957-8352-95-6
參考售價：350元/25開平裝302頁

一個命運坎坷的奇女子——王翠翹，在東亞文學世界裡，始終散放著迷人的光采；一部遭遇奇特的小說——《金雲翹傳》，享譽海外，卻在本國沒有很高的知名度。面對此一詭譎的「翹傳現象」，本書作者長年考察明清相關文獻，多次遠赴越南廣搜漢喃資料，兩度前往廣西進行田野調查，又注意到王翠翹故事在台灣的小說創作，因此能發前人之所未發，為我們釐清了許多王翠翹故事發展與演變的真相，值得小說與故事研究者詳加參考。

作者：陳益源，國立中正大學中文系所副教授，研究專長為古典小說、民間文學、東亞漢文學。著有《元明中篇傳奇小說研究》等十餘種專書，在台灣、香港、大陸、越南各地出版。其中《民俗文化與民間文學》、《台灣民間文學採錄》、《古典小說與情色文學》與此書，係由本局印行。

文學論文寫作講義

作者：羅敬之
出版日期：90/10
ISBN：957-8352-90-5
參考售價：250元/25開平裝254頁

　　隨時都有同學在撰寫論文，每年都有提請論文口試的畢業生，但論文要如何寫，許多同學卻不甚了了。

　　本書以敘述論文之寫作方法為主，分由體例之界定與寫作應有之條件、認知及原則入門，進而探討資料之蒐集、分析與考證，並強調如何善用工具書，希冀最終能推論問題於真實、表達文字於精確。全編詳細而富贍，對論文寫作之初學者，實深具指引迷津之效。

　　編後附錄有研究生學位論文寫作要則，另附論述讀書箚記之重要性。

　　作者羅敬之，中國文化大學中文系、所主任。早年師事史學家羅香林教授，故於史學方面用力極深，並潛心蒲留仙聊齋文學，著有《蒲松齡及其聊齋志異》、《聊齋詩詞集說》、《蒲松齡年譜》等，屢發創見，為學界所推崇。

唐宋古文論集

作者：王基倫
出版日期：90/10
ISBN：957-8352-89-1
參考售價：300元/25開平裝262頁

　　　　唐宋古文作爲文學研究材料，在廿一世紀的今天，如何加入新的研究方法，使其源泉滾滾，盈科而後進，是很值得思考的問題。

　　本書乃作者近年論文結集。作者虛心的接受西方文學理論的創意精神，又深化傳統中國文學理論的研究方式，企圖爲唐宋古文研究找到新向度，實有其意義與價值。

　　作者王基倫，臺灣師大國文系、所畢，臺灣大學中文所博士，現任臺灣師大國文系教授，兼國語日報社《古今文選》主編。著有《孟子散文研究》、《韓歐古文比較研究》、《韓柳古文新論》（本局出版）等專書和論文多篇。在中國散文、辭賦方面有很好的研究成績。

蒹葭樓詩論

作者：陳慶煌
出版日期：90/11
ISBN：957-8352-92-1
參考售價：230元/25開平裝162頁

黃節（晦聞）以詩學名家，長年講學北京大學，其所著《詩學》，所箋註之《漢樂府風箋》、《謝康樂詩註》等，在大學風行數十年，至今不衰。

黃節先生也是詩人，他的詩風華當代，意眞詞妙，有詩史之風，與歷代詩家並耀千秋而無愧色。

這是一本全面探討黃節詩作的書，並兼論黃節詩學要旨與並世詩家交遊切磋之梗概。全書條分縷析，頗有可觀。

作者陳慶煌：國立政治大學文學博士，淡江大學專任教授、台北大學兼任教授；除本書外另著《西廂記的戲曲藝術》等。

金瓶梅與紅樓夢

作者：王乃驥
出版日期：90/5
ISBN：957-8352-85-9
參考售價：260元/25開平裝272頁

識者很早就注意到《紅樓夢》和《金瓶梅》的源流關係。曹雪芹在創作時，脂硯齋就曾指出《紅樓夢》「深得金瓶壺奧」。

本書作者首先標示其原創的「金瓶梅模式」，然後將「紅取之於金而紅於金」的「金瓶梅模式」，一一條分縷析。由於作者精研麻將學，對於金、紅二書的酒令博戲，加配套色之骨牌圖案，指陳前人所未識，創見獨特。——酒令博戲在二書中之重要性，早為學者所公認，卻一直被刻意忽視。——本書之出版，有助於解

決長久以來存疑於《紅樓夢》中的一些公案，如一百八回的十二釵骰令謎；喜研《紅樓夢》與《金瓶梅》的讀者不可不看。

作者王乃驥，台大畢業，美國經濟學博士。現為華府作家協會與國建會會員。

詩論紅樓夢

作者：歐麗娟
出版日期：90/1
ISBN：957-8352-77-8
參考售價：400元／25開平裝492頁

曹雪芹是最偉大的小說家與極其優秀的詩人，在他的筆下，《紅樓夢》兼具了小說與詩歌高度的藝術價值。

紅學界雖然不乏對其中為數眾多的詩歌作品進行評注或探源的工作，但全面而系統地闡述書中的詩歌理論與詩歌藝術，本書允稱學界首見。

本書呈現了《紅樓夢》中詩歌理論的縝密性與詩歌藝術的美感度；尤其在論述時，往往是置諸整個詩歌歷史發展的框架中來展開，因此能夠探測到中國抒情傳統的縱深面。

歐麗娟，臺大中文所博士，現任台灣大學副教授。著有《唐詩選注》、《杜詩意象論》、《唐詩的樂園意識》等書，均由本局出版。

金瓶梅藝術論

作者：周中明
出版日期：90/2
ISBN：957-8352-80-8
參考售價：300元／25開平裝504頁

《金瓶梅》被列爲中國四大奇書之一，可惜往往被忽視、被貶斥。

本書力圖還原《金瓶梅》的本來面貌，以美學的觀點，將《金》書「化醜爲美」的嚴格現實主義精神，和它所運用的藝術形式，給予正確的認識和評價。

作者周中明，北京大學中國語言文學系畢業，現任安徽大學中國語言文學系教授。除本書外，另著《紅樓夢的語言藝術》（由本局出版）等書，並與徐少知、朱彤合作《西遊記校注》（已由本局出版）。

古典短篇小說之韻文

作者：許麗芳
出版日期：90/3
ISBN：957-8352-81-6
參考售價：300元／25開平裝358頁

韻散相雜向爲中國古典小說明顯的書寫特徵，好的韻文是小說不可或缺的

有機組成，值得我們細細品味。

　　這是一本全面探討小說韻文的書，說明唐傳奇和宋元明話本如何藉韻文以總述故事、呈現人物心志、描繪人物形象、刻畫鋪敘場景、渲染烘托氣氛與發揮作者論斷的功能；並從而探討文類混合之課題。

　　作者許麗芳，台大中文系學士、碩士，中山大學文學博士，現任彰化師範大學國文系助理教授，專研古典小說、女性文學。除本書外，另著《傳統書寫之特質與認知：以明清小說撰者自序爲考察中心》。

● 袖珍詞學

作者：張麗珠
出版日期：90/5
ISBN：957-8352-84-0
參考售價：280元／25開平裝274頁

　　歷來關於詞的選集與著作，多如繁星；如何在有限的時間內有效地閱讀，實在是一件困擾人的事。本書著者以優美浪漫的筆調，結合了詞的發展史、詞人的生平以及名篇賞析，帶領讀者在最短的時間內，獲得最完整的詞學概念。是一本值得現代人一讀的好書。

　　著者張麗珠，國立高雄師範大學博士。現任教於國立彰化師範大學國文系，開設課程有中國近代思想、新文藝及習作、詞曲選及習作、史學導讀等。此書之外，另著有《清代義理學新貌》

（本局出版）、《乾嘉時期的義理學趨向研究》、《全祖望之史學研究》等。

清代女詩人研究

作者：鍾慧玲
出版日期：89/12
ISBN：957-8352-76-X
參考售價：500元／25開平裝576頁

清代婦女文學風氣鼎盛，女作家眾多，作品豐富，惜文學史家多所忽略，本書為台灣地區最早探究此一專題之學術論著。

全書首先論述清代女詩人興盛的原因，進而深入考察女詩人的文學活動，闡明女作家寫作的態度及文學理論，並以王端淑等六位作家為主，分立專節，探討其生平事蹟、風格藝術及其文學評價。

著者鍾慧玲，國家文學博士，現任教於東海大學中文系，本書為其博士論文。

南朝邊塞詩新論

作者：王文進
出版日期：89/2
ISBN：957-8352-63-8
參考售價：280元／25開平裝268頁

「邊塞詩」在中國文學史上，一向被視爲唐代詩人融鑄南朝的綺麗詩風與北朝雄勁格調而來的新體。

本書以充份的證據，認爲中國唐代詩歌史上令人一新耳目的「邊塞詩」其實源自於南朝。

作者以南朝詩人特殊的時空思維模式，解釋南朝詩人何以在「山水」、「田園」、「宮體」諸體之外，還創設了令人訝異的「邊塞」一體，並藉此剖析南朝詩人特殊的心靈結構。

作者王文進，台灣大學中國文學研究所博士、名散文家。著有《論六朝詩中巧構形似之言》、《洛陽伽藍記研究──淨土上的風煙》及散文集《豐田筆記》。現爲國立東華大學中國語文學系教授。

秦始皇評傳

作者：張文立
出版日期：89/11
ISBN：957-8352-75-1（平裝）
　　　　957-8352-74-3（精裝）
參考售價：450元／25開平裝644頁
　　　　　600元／25開精裝644頁

秦始皇的傳記，已然很多了。張文立的這本最爲晚出，是一部集秦皇研究的大成著作，足以代表當代研究水準。

本書著重從思想上作考察，將始皇帝的生平、性格、政策、措施及近人評論、秦人心態等方面，加以評述。每章均採專題討

論方式深入剖析，彼此密切關聯。讀者或通讀，或任意抽讀，均可體會本書體大思精的長處。

　　秦漢史名家林劍鳴、東海大學吳福助教授均曾爲文大力推薦本書，譽爲本世紀不可多得的史學名著。

禪學與中國佛學

作者：高柏園
出版日期：90/3
ISBN：957-8352-82-4
參考售價：280元／25開平裝360頁

　　禪學是中國佛學中最具特色的發展。禪宗的不立文字、以心傳心、公案等，無一不表現出中國人特有的智慧。

　　本書即是試圖通過哲學的角度，重新展示禪學之心性論、修養論、公案話頭等內容，並對諸如頓悟與漸修等問題提出論斷，對神秀與惠能之關係與地位，有全新的評價與安立。至於禪學與管理學之關係，也是本書內容之一。此外，本書也對影響中國社會甚深的淨土思想，提供現代化的詮釋。

　　作者高柏園，文化大學哲學博士。現任淡江大學中文系主任、中研所所長、鵝湖月刊社社長。著有《中庸形上思想》、《莊子內七篇思想研究》、《韓非哲學研究》等七種。譯有《亞里斯多德》。

人間四月天

── 民初文人的愛情故事

作者：蔡登山
出版日期：90/3
ISBN：957-8352-70-0
參考售價：200元／25開平裝320頁

問世間情為何物，直教人生死相許。

「愛情」令人心動，也使人迷惘，多少人能揮揮衣袖不帶走一片雲彩？不論是徐志摩與陸小曼、魯迅與許廣平、郁達夫與王映霞、朱湘與霓君……，這些聞名遐邇的一代文人為了愛情可以衝破世俗的一切、可以以死相殉而無怨無悔。在愛情背後所寫下的動人詩篇，構築的文字成為最扣人心弦的部分，直窺內心深處。

作者蔡登山，自由製片人，曾製作「作家身影」十三集，著有《人間花草太匆匆──卅年代女作家美麗的愛情故事》（已由本局出版）等書，為少數卅年代研究名家。

春風煦學集 ──

黃慶萱教授七秩華誕受業論集

編著者：賴貴三、陳廖安、江弘毅、黃忠天等
出版日期：90/4
ISBN：957-8352-83-2
參考售價：500元／18開精裝438頁

三國演義的美學世界

作者：廖瓊媛
出版日期：89/9
ISBN：957-8352-72-7
參考售價：250元/25開平裝310頁

《三國演義》可說是影響中國人最
深、最普遍的文學作品。

　　本書從作者的美學思維創作靈感
出發，透視人物、情節、修辭用典等表現技巧，進而關照讀者由
美感心理出發的鑑賞與批評。讀者可以由此走入《三國》美的藝
術殿堂，玩味小說的寄寓與憧憬，樹立正確的審美觀。

　　廖瓊媛，東海大學中研所碩士，大學教師。

性別與家國－漢晉辭賦的楚騷論述

作者：鄭毓瑜
出版日期：89/8
ISBN：957-8352-71-9
參考售價：280元/25開平裝290頁

　　本書以屈原、宋玉的作品作爲模
寫的源頭，探討兩漢魏晉辭賦的擬騷
系列如何透過「論述」楚騷，開拓出

以性別改扮抗拒階級壓制的「神女」象徵；以地理經驗引生對反放逐的「家國」想像；以及透過「直諫」的理想典型，標記知識份子於家國政權體制中昂然獨立的身分認同。

鄭毓瑜，台灣大學中文博士，現任台灣大學中文系教授，著有《六朝情境美學》（本局出版）、《六朝文氣論探究》、《古典文學與性別研究》(合著，本局出版)等書。

敘事性口傳文學的表述

作者：巴蘇亞‧博伊哲努(浦忠成)
出版日期：89/8
ISBN：957-8352-66-2
參考售價：300元/25開平裝330頁

本書針對包括神話、傳說、民間故事的敘事性口傳文學產生的背景、傳述的形態與其間蘊藏的內容，進行探究；以台灣原住民鄒族部落—特富野(也是作者出身的部落)作為探索的焦點，並儘可能廣泛徵引相關的學理與田野材料，由民族歷史文化發展的綿長脈絡，尋繹文學曾經產生的波動與具體的功能。

巴蘇亞‧博伊哲努，台灣鄒族人，中國文化大學中文研究所博士，現任台北市立師範學院語文教育系副教授，著有《台灣鄒族的風土神話》、《原住民神話文學》等書。

論亞理斯多德《創作學》

作者：王士儀
出版日期：89/8
ISBN：957-8352-68-9
參考售價：360元/25開平裝464頁

　　亞里斯多德名著 Περὶ ποιητικῆς，明明論戲劇創作，中譯卻一直用「詩學」。王士儀教授精通希臘文，正本溯源，正名為《創作學》。

　　本書不僅是亞氏著作的正譯，王教授更闡述亞氏理論微旨，期達到字字通、節節通的目標，是研讀戲劇與文學創作者所必讀的書。

　　王士儀教授，中國文化大學藝術研究所及美聖若望大學東亞研究所碩士，英牛津大學博士候選人，現任文化大學中國戲劇學系主任。出版《戲劇論文集：議題與爭議》等。

吳娟瑜的身心安頓學

作者：吳娟瑜
出版日期：91/2
ISBN：957-8352-97-2
參考售價：230元/25開平裝330頁

　　在二十一世紀充滿不確定的年代裡，老實說，我們多麼渴望隨時能回歸

生命的源頭，找到自然、淳樸的自我；我們也多麼期盼在人際紛擾的世界裡，能隨時為自己砌造一座心靈的花園。

在《吳娟瑜的身心安頓學》這本書裡，你將聽到內在生命最真誠的呼喚，你也將碰觸靈魂最自由的面貌。

第一輯　在不確定的年代裡
第二輯　生命的七大連繫
第三輯　身心桃花源的營造
第四輯　身心安頓的禪說

台灣俗曲集

25開平裝，排校中。

戰國策新釋　繆文遠 校注

25開精裝二冊，排校中。

文學概論　朱國能 著

25開平裝，排版中。

蘇辛詞選注　劉紀華·高美華　編著

25開平裝，寫作中。

明清小品選注　曹淑娟 選注

25開平裝，寫作中。

溪聲便是廣長舌　王保珍 著

25開平裝，排版中。

李商隱詩選注　黃盛雄 選注

25開平裝，寫作中。

歷代短篇小說選注　劉苑如・高桂惠
　　　　　　　　康韻梅・賴芳伶 選注

18開平裝，排版中。

歷代散文選注　龍亞珍・詹海雲・廖棟樑
　　　　　　方　介・周益忠・黃明理 選注

18開平裝，寫作中。

唐人小說選注　蔡守湘　選注

25開精裝，排校中。

謝靈運集校注　顧紹柏 選注

25開精裝，排校中。

里仁叢書總目

　　下列價格2002（91）年12月31日以前有效；超過此時限，請來信或電話詢問。

　　※① 表內價格全係優待價（含稅），書後括號為初版年度（民國紀年）。

　　※② 郵購300元以內者，另加郵資60元；300元以上（含300元）郵資免費優待。

　　※③ 有△符號者五折優待。

一、總論

① 章太炎與近代中國學術研討會論文集　善同文教基金會編　18開平裝　特價500元(88)

② 碩堂文存三編　何廣棪著　25開平裝　特價200元(84)

③ 春風煦學集　賴貴三等編　18開精裝　特價500元(90)

二、中國哲學・思想

① 論語今注　潘重規著　25開平裝　特價360元(89)

② 莊子釋譯　歐陽景賢・歐陽超釋譯　25開精裝二大冊　特價700元(81)

③ 老子校正　陳錫勇著　25開平裝　特價250元(88)

④ 中國文化要義　梁漱溟著　25開平裝　特價200元(71)

⑤ 東西文化及其哲學　梁漱溟著　25開平裝　特價200元(72)

⑥ 魏晉思想　容肇祖・湯用彤・劉大杰等著　25開平裝二冊　特價360元(84)

⑦ 郭象玄學　莊耀郎著　25開平裝　特價250元(87)

⑧ 清代義理學新貌　張麗珠著　25開平裝　特價300元(88)

⑨ 聖賢典型的儒道義蘊試詮　吳冠宏著　25開平裝　特價300元(89)

三、美學

① 中國小說美學　葉朗著　25開平裝　特價200元(76)

② 中國散文美學　吳小林著　25開平裝二冊　特價350元(84)

③ 六朝情境美學　鄭毓瑜著　25開平裝　特價200元(86)

④ 三國演義的美學世界　廖瓊媛著　25開平裝　特價250元(89)

⑤ 論亞理斯多德《創作學》　王士儀著　25開平裝　特價360元(89)

四、經學

① 周易陰陽八卦說解　徐志銳著　25開平裝　特價160元(83)

② 周易大傳新注　徐志銳著　25開平裝二冊　特價350元(84)

③ 周易新譯　徐志銳著　25開平裝　特價250元(85)

④ 唐代經學及日本近代京都學派中國學研究論集　張寶三著　25開精裝　特價500元(87)

⑤ 陳振孫之經學及其《直齋書錄解題》經錄考證　何廣棪著　25開精裝　特價1200元(86)

⑥ 焦循雕菰樓易學研究　賴貴三著　25開精裝　特價500元(83)

⑦ 昭代經師手簡箋釋——清儒致高郵二王論學書　賴貴三編著　25開平裝　特價500元(88)

⑧ 焦循手批十三經註疏研究　賴貴三著　25開平裝二冊

特價1000元(89)

五、中國歷史

① 秦漢的方士與儒生　顧頡剛著　25開平裝　特價140元(74)

② 國史論衡(一)　鄺士元著　25開精裝　特價400元(81)

③ 國史論衡(二)　鄺士元著　25開精裝　特價400元(81)

④ 中國經世史稿　鄺士元著　25開精裝　特價400元(81)

⑤ 中國學術思想史　鄺士元著　25開精裝　特價400元(81)

⑥ 中國近代史研究　蔣廷黻著　25開平裝　特價180元(71)

⑦ 中國上古史綱　張蔭麟著　25開平裝　特價170元(71)

⑧ 中國歷史研究法（正補編及新史學合刊）　梁啓超著
　　25開平裝　特價180元(73)

⑨ 蒙事論叢　李毓澍著　25開精裝　特價500元(79)

⑩ 中國史學名著評介　倉修良主編　25開精裝三冊　特價
　　1200元(83)

⑪ 隋唐制度淵源略論稿‧唐代政治史述論稿　陳寅恪著
　　25開平裝　特價170元(69)

⑫ 明清史講義　孟森（心史）著　25開精裝　特價450元(71)

⑬ 清代政事軍功評述　唐昌晉著　25開精裝三冊　特價
　　1500元(85)

⑭ 朱元璋傳　吳晗著　25開平裝　特價180元(86)

⑮ 司馬遷之人格與風格　李長之著　25開平裝　特價200元
　　(86)

⑯ 章學誠的史學理論與方法　張鳳蘭著　25開平裝　特價
　　160元(86)

⑰ 中國近三百年學術史（附：清代學術概論）　梁啓超著
　　25開精裝　特價400元(84)

⑱ 中國古史的傳說時代　徐炳昶（旭生）著　25開平裝
特價300元(88)

⑲ 史記選注　韓兆琦選注　25開精裝一大冊　特價500元(83)

△⑳ 讀通鑑論（《宋論》合刊）　王夫之著　25開精裝二冊
特價1000元(74)

㉑ 焦循年譜新編　賴貴三著　25開精裝　特價500元(83)

㉒ 秦始皇評傳　張文立著　25開精裝　特價600元　平裝特
價450元(89)

六、文學評論

① 文心雕龍注釋（附：今譯）　周振甫著　25開精裝　特
價500元(73)

② 韓柳古文新論　王基倫著　25開平裝　特價200元(85)

③ 漢魏六朝文學新論（擬代贈答篇）　梅家玲著　25開平
裝　特價250元(86)

④ 中國文學家傳　王保珍著　25開平裝　特價150元(82)

⑤ 唐宋八大家　吳小林著　25開平裝　特價360元(88)

⑥ 唐宋古文論集　王基倫著　25開平裝　特價300元(90)

⑦ 嘉義地區古典文學發展史　江寶釵著　18開平裝　特價
300元(87)

七、詩詞

① 人間詞話新注　王國維著　滕咸惠校注　25開平裝　特
價150元(76)

② 歷代詞選注（附「實用詞譜」、「簡明詞韻」）　閔宗
述・劉紀華・耿湘沅選注　18開平裝　特價450元(82)

③ 唐宋詞格律　龍沐勛著　25開平裝　特價160元(84)

④ 倚聲學（詞學十講）　龍沐勛著　25開平裝　特價170元
(85)

⑤ 袖珍詞學　張麗珠著　25開平裝　特價280元(90)

⑥ 海綃翁夢窗詞說詮評　陳文華著　25開平裝　特價250元
(85)

⑦ 歷代詩選注　鄭文惠・歐麗娟・陳文華・吳彩娥選注
18開平裝一大冊　特價600元(87)

⑧ 唐詩選注　歐麗娟選注　25開精裝　特價500元(84)

⑨ 杜詩意象論　歐麗娟著　25開平裝　特價200元(86)

⑩ 唐詩的樂園意識　歐麗娟著　25開平裝　特價400元(89)

△⑪ 田園詩人陶潛　郭銀田著　25開平裝　特價200元(85)

⑫ 唐詩學探索　蔡瑜著　25開平裝　特價250元(87)

⑬ 說詩晬語論歷代詩　朱自力著　25開平裝　特價200元(83)

⑭ 南朝邊塞詩新論　王文進著　25開平裝　特價280元(89)

⑮ 蒹葭樓詩論　陳慶煌著　25開平裝　特價230元(90)

⑯ 鬉華仙館詩鈔　曾廣珊著　25開平裝　特價160元(75)

⑰ 珍帚集（古典詩集）　陳文華著　25開平裝　特價160元
(85)

⑱ 風木樓詩聯稿　李德超著　25開平裝　特價200元(86)

⑲ 錦松詩稿　簡錦松著　25開平裝　特價200元(88)

八、戲曲

① 西廂記　王實甫著　王季思校注　25開平裝　特價200元
(84)

② 牡丹亭　湯顯祖著　徐朔方等校注　25開平裝　特價220
元(84)

③ 《牡丹亭》錄影帶　張繼青主演　VHS二捲一套　特價

600元(86)

④ 長生殿　洪昇著　徐朔方校注　25開平裝　特價200元(85)

⑤ 桃花扇　孔尚任著　王季思等校注　25開平裝　特價200元(85)

⑥ 琵琶記　高明著　錢南揚校注　25開平裝　特價200元(87)

⑦ 關漢卿戲曲集　吳國欽校注　25開平裝二冊　特價500元(87)

⑧ 舞臺生涯　梅蘭芳述　許姬傳記　25開平裝　特價300元(68)

⑨ 王國維戲曲論文集（宋元戲曲考及其他）　25開平裝特價300元(82)

⑩ 戲文概論　錢南揚著　25開平裝　特價300元(89)

⑪ 歷代曲選注　朱自力・呂凱・李崇遠選注　18開平裝特價400元(83)

⑫ 元曲研究　賀昌群・任二北・青木正兒等著　25開平裝二冊　特價350元(73)

⑬ 傳統戲曲的現代表現　王安祈著　25開平裝　特價200元(85)

⑭ 清代中期燕都梨園史料評藝三論研究　潘麗珠著　25開平裝　特價250元(87)

九、俗文學

① 民俗文化與民間文學　陳益源著　25開平裝　特價200元(86)

② 台灣民間文學採錄　陳益源著　25開平裝　特價250元(88)

③ 敘事性口傳文學的表述　巴蘇亞・博伊哲努（浦忠成）著　25開平裝特價300元(89)

④ 中國民間文學　鹿憶鹿著　25開平裝　特價350元(88)

⑤ 中國神話傳說　袁珂著　25開平裝三冊　特價500元(76)

⑥ 山海經校注　袁珂校注　25開精裝　特價500元(71)

十、小說

① 革新版彩畫本紅樓夢校注　馮其庸等注　劉旦宅畫　25開精裝三冊　特價1000元(73)

② 彩畫本水滸全傳校注　李泉・張永鑫校注　戴敦邦等插圖　25開精裝三大冊　特價1200元(83)

③ 三國演義校注　吳小林校注　附地圖　25開精裝二大冊　特價700元(83)

④ 西遊記校注　徐少知校　朱彤・周中明注　25開精裝三冊　特價1000元(85)

⑤ 古今小說　馮夢龍《三言》之一　25開平裝二冊　特價360元(80)

⑥ 警世通言　馮夢龍《三言》之二　25開平裝二冊　特價360元(80)

⑦ 醒世恆言　馮夢龍《三言》之三　25開平裝二冊　特價400元(80)

⑧ 魯迅小說史論文集（中國小說史略及其他）　25開平裝　特價250元(81)

⑨ 古典短篇小說之韻文　許麗芳著　25開平裝　特價300元(90)

△⑩ 紅樓夢研究　俞平伯著　25開平裝　特價250元(86)

⑪ 紅樓夢的語言藝術　周中明著　25開平裝　特價300元(86)

⑫ 紅樓夢人物研究　郭玉雯著　25開平裝　特價300元(87)

⑬ 紅樓夢人物論　王昆侖著　25開平裝　特價180元(71)

⑭ 詩論紅樓夢　歐麗娟著　25開平裝　特價400元(90)

⑮ 金瓶梅與紅樓夢　王乃驥著　25開平裝　特價260元(90)

⑯ 聊齋誌異研究　楊昌年著　25開平裝　特價200元(85)

⑰ 六朝志怪小說故事考論　謝明勳著　25開平裝　特價250
元(88)

⑱ 金瓶梅藝術論　周中明著　25開平裝　特價300元(90)

⑲ 三國演義的美學世界　廖瓊媛著　25開平裝　特價250元
(89)

⑳ 古典小說與情色文學　陳益源著　25開平裝　特價380元
(90)

㉑ 王翠翹故事研究　陳益源著　25開平裝　特價350元(90)

十一、近代文學

① 水晶簾外玲瓏月——近代文學名家作品析評　楊昌年著
25開平裝　特價300元(88)

② 魯迅小說合集（吶喊・彷徨・故事新編）　25開平裝
特價250元(86)

③ 駱駝祥子　老舍著　25開平裝　特價150元(87)

④ 呼蘭河傳　蕭紅著　25開平裝　特價135元(87)

⑤ 生死場　蕭紅著　25開平裝　特價125元(88)

⑥ 邊城　沈從文著　25開平裝　特價135元(89)

⑦ 子夜　茅盾著　25開平裝　特價450元(90)

⑧ 人間花草太匆匆 —— 卅年代女作家美麗的愛情故事　蔡
登山著　25開平裝　特價200元(89)

⑨ 人間四月天 —— 民初文人的愛情故事　蔡登山著　25開
平裝　特價200元(90)

十二、近代學人文集

① 聞一多全集(一)　神話與詩　25開精裝　特價400元(82)

② 聞一多全集(二)　古典新義　25開精裝　特價450元(85)

③ 聞一多全集(三)　唐詩雜論　25開精裝　特價450元(89)

④ 聞一多全集(四)　詩選與校箋　25開精裝　特價450元(89)

十三、寫作學

① 創意與非創意表達　淡江大學語文表達研究室編　25開平裝　特價250元(86)

② 文學論文寫作講義　羅敬之著　25開平裝　特價250元(90)

十四、語言文字

① 漢語音韻學導論　羅常培著　25開平裝　特價130元(71)

② 甲骨文研究（中國古文字與文化論稿）　朱歧祥著　18開平裝　特價500元(87)

③ 甲骨文讀本　朱歧祥著　18開平裝　特價450元(88)

十五、社會

① 中國法律與中國社會　瞿同祖著　25開平裝　特價250元(84)

△② 中國封建社會（周代社會組織）　瞿同祖著　25開平裝　特價300元(73)

③ 中國文化與中國的兵　雷海宗著　25開平裝　特價200元(73)

△④ 蛻變中的中國社會　李樹青著　25開平裝　特價250元(71)

十六、藝術

△① 中國繪畫理論　傅抱石著　25開平裝　特價250元(84)

② 八大山人之謎　魏子雲著　25開平裝　特價250元(87)

③ 八大山人是誰　魏子雲著　25開平裝　特價160元(88)

④ 唐代樂舞新論　沈冬著　25開平裝　特價250元(89)

十七、宗教

① 中國佛寺詩聯叢話　董維惠編著　25開精裝三大冊　特價2000元(83)

② 佛教與文學的系譜　周慶華著　25開平裝　特價240元(88)

③ 禪學與中國佛學　高柏園著　25開平裝　特價280元(90)

④ 靈泉心語（基督教）　劉蓉蓉著　25開精裝　特價300元(83)

十八、兩性研究

① 女性主義與中國文學　鍾慧玲主編　25開平裝　特價300元(86)

② 古典文學與性別研究　梅家玲等著　25開平裝　特價250元(86)

③ 《午夢堂集》女性作品研究　李栩鈺著　25開平裝　特價250元(86)

④ 清代女詩人研究　鍾慧玲著　25開平裝　特價500元(89)

⑤ 性別與家國—漢晉辭賦的楚騷論述　鄭毓瑜著　25開平裝　特價280元(89)

十九、新聞

① 一勺集（一個新聞工作者的回憶）　耿修業著　25開精裝特價400元　平裝300元(81)

二〇、人生管理系列

① 吳娟瑜的情緒管理學　吳娟瑜著　25開平裝　特價250元(86)

② 吳娟瑜的婚姻管理學　吳娟瑜著　25開平裝　特價250元(87)

③ 吳娟瑜的溝通管理學　吳娟瑜著　25開平裝　特價230元
(88)

④ 吳娟瑜的親子成長學　吳娟瑜著　25開平裝　特價250元
(88)

⑤ 吳娟瑜的男性知見學　吳娟瑜著　25開平裝　特價240元
(89)

⑦ 大兵EQ　吳娟瑜著　25開平裝　特價200元(88)

⑧ 吳娟瑜的女性成長學　吳娟瑜著　25開平裝　特價250元
(90)

⑨ 親子溝通的藝術（有聲書）　吳娟瑜主講　盒裝三捲
特價350元(86)

⑩ 吳娟瑜的身心安頓學　吳娟瑜著　25開平裝　特價230元
(91)

本書局全省經銷處

（有☆符號者，書較齊整）

台北市：

① 重慶南路──☆三民書局、☆書鄉林、☆建宏書局、☆
建弘書局、☆天龍圖書公司、阿維的書店。

② 台大附近──聯經出版公司、☆唐山出版社、結構群出
版社、女書店、台灣个店。

③ 師大附近──☆學生書局、☆政大書城師大店、☆五南
師大店、☆樂學書局（金山南路）。

④ 和平東路二段──洪葉書局（國立台北師院內）。

⑤ 復興北路（民權東路口）──☆三民書局。

⑥ 忠孝東路四段──聯經出版公司。

⑦ 木柵──☆政大書城（政治大學內）。

⑧ 士林東吳大學──東吳大學圖書部（藝殿書局）。

⑨ 中正紀念堂──中國音樂書房。

⑩ 陽明山──☆瑞民書局（文化大學外）、☆華岡書城（文
化大學內）。

⑪ 環亞百貨──FNAC。

⑫ 研究院──☆四分溪書坊。

淡水： ☆驚聲書城（淡江大學內）。

新莊： ☆文興書坊、敦煌書局（輔仁大學內）。

中壢： ☆中大書城（中央大學內）、☆元智書坊（元智大學內）。

新竹： 古今集成文化公司、☆水木書苑（清華大學內）、☆全民
書局（新竹師院內外）、☆玄奘大學圖書文具部（香山玄

央大學內）。

台中：☆五楠圖書公司、☆東海書苑（東海別墅）、寶山文化公司、敦煌書局（逢甲大學內、東海大學內、靜宜大學內）、興大書齋、☆闊葉林書店（興大附近）、☆村尙文化有限公司。

南投：☆暨南大學圖書文具部。

彰化：☆復文書局（彰師大外）、白沙書苑（彰師大內）。

嘉義：☆復文書局（中正大學內）、南華書坊（南華大學內）。

台南：☆成大書城（長榮店）、敦煌書局、超越書局。

高雄：☆復文書局（高雄師大內）、開卷田書店、☆中山大學圖書文具部、☆五楠圖書公司（中山一路）。

屏東：復文書局（林森路）、☆屏東師院圖書文具部。

花蓮：瓊林圖書事業有限公司、☆復文書局（花蓮師院內）、☆東華大學東華書坊。

台東：☆台東師院圖書文具部。

聯鎖店：全省誠品書店、金石文化廣場、建宏書局。

網路書店：博客來網路書店（網址：http://www.books.com.tw）

　　　　　華文網股份有限公司（網址：http://www.book4u.com.tw）

吳娟瑜老師的書全省各大書店有售

里 仁 書 局

台北市仁愛路二段98號5樓之2

TEL：(02)2321-8231,2391-3325,2351-7610

FAX：(02)3393-7766

郵政劃撥：01572938「里仁書局」帳戶

E-mail：lernbook@ms45.hinet.net

LE JIN BOOKS LTD.

5F-2, NO. 98, Jen Ai Road, Sec. 2,

Taipei, Taiwan, R. O. C.

Please T/T To Our Account:

HUA NAN COMMERCIAL BANK LTD.

SHIN YIH BRANCH

No. 183, Sec. 2, Shin Yih Road,

Taipei, Taiwan, R.O.C.

Swift Address: HNBK TW TP

A/C NO:102-97-002651-1

I:\BD\CK\CK-63.PS 8/21/2002 10:40:3 Date: 8/21/2002 16:18;45

國家圖書館出版品預行編目資料

清人戲曲序跋研究／羅麗容著．
- - 初版 ． - - 臺北市：里仁，民 91
362 面；15×21 公分　參考書目：16 面

ISBN 986 - 7908 - 02 - 3（平裝）
1. 中國戲曲 - 歷史 - 清（1644 - 1912）

820.9407　　91015005

清人戲曲序跋研究

羅麗容 著

校對人：：高文彥・作者自校
發行人：：徐　秀　榮
發行所：：里仁書局（請准註冊之商標）
台北市仁愛路二段98號五樓之2
電話：：2391 - 3325・2351 - 7610，
2321 - 8231
FAX：：3393 - 7766
E mail: lernbook @ ms45. hinet. net
排　版：宜豐有限公司
印刷所：傳興印刷有限公司
郵政劃撥：01572938「里仁書局」帳戶
中華民國九十一年八月十五日初版
累積印數：一〜五三〇（限印本）
本書編號：：000413

參考售價：平裝 450 元
ISBN 986 - 7908 - 02 - 3（平裝）